돌이킬 수
있는

돌이킬 수 있는

문목하 장편소설

아작

차례

1 당신이 시작한 이야기 ——— *7*

2 당신이 마주한 이야기 ——— *14*

3 싱크섹션 ——— *107*

4 비원 ——— *134*

5 경선산성 ——— *140*

6 당신이 감내한 이야기 ——— *184*

7 여기 ——— *245*

8 당신이 선택한 이야기 ——— *248*

9 계단 ——— *304*

10 당신이 모르는 이야기 ——— *342*

1 ─────────── 당신이 시작한 이야기

 단도를 거머쥔 여자의 손이 도중에 뚝 멎었다. 칼자루를 으스러뜨릴 기세로 온 힘을 주어 밀어도 칼은 앞으로 더 나아가지 않았다.
 눈 앞의 남자는 제 귓불에서 한 뼘 거리에 멈춰 있는 칼날엔 눈길도 주지 않았다. 피곤한 듯 잔뜩 충혈된 남자의 눈은 조금 전 자신에게 달려든, 움직이지 않는 단도를 부여잡고 낑낑대는 여자를 관찰하고 있었다. 덫에 걸린 산짐승을 겨냥하며 때를 기다리는 사냥꾼의 눈빛이었다. 흙먼지를 잔뜩 뒤집어쓴 꼴에 비해 남자의 자세며 표정은 평온하기 그지없었는데, 죽은 사람이 눈만 끔뻑이는 듯 생기가 없어서 얼핏 혐오감이 들 정도였다.
 갑작스럽게 귀 안쪽을 때리는 진동이 일었다. 왼편이었다. 빽빽이 들어찬 활엽수 때문에 건너편이 자세히 보이지 않았지만, 멀리서 무거운 울림이 하나둘 착실히 건너오는 것을 여자는 느낄 수 있었다.

그제야 남자의 자세가 변했다. 여자는 공격을 예상하고 고개를 뒤로 뺐다. 하지만 남자는 전혀 다른 곳을 보고 있었다. 숲 바깥에서 무언가 다가오고 있었다. 나뭇잎 스치는 소리에 불길한 소음이 섞였다.

날 수 없는 것이 하늘을 나는 소리였다.

거대한 덩치가 나무들을 우지끈 부수며 날아들었다. 어느 것은 낡은 주택 일부였고 어느 것은 바위처럼 보이는 시멘트 덩어리였다. 여자는 조금 전의 진동이 폭발음이었다는 걸 깨달았다. 날아오는 것들은 그 폭발의 잔해였다.

여자는 몸을 숙였다. 추락지점을 벗어날 시간도 없었으니 칼을 챙길 틈은 더더욱 없었다. 웅크려 앉은 건 본능에 지나지 않았다.

그러나 남자가 엎드리는 기색은 없었다. 내달려 도망치는 소리도 들리지 않았다. 곧바로 이어져야 할, 거대한 폭발 잔해가 주위에 내리꽂히는 소리 역시 나지 않았다.

여자는 양쪽 귀가 짓이겨진 건지 의심하며 조심스럽게 고개를 들었다. 하늘에서 돌가루가 이슬비처럼 후드득 떨어졌다.

그러나 그것들은 지면에 닿기 전에 우뚝 멈췄다.

여자의 시선은 공중에 멈춘 돌가루를 계단 밟듯 타고 올라가 꼭대기로 향했다. 하늘을 가리고 떠 있는 거대한 철골은 비행기나 헬리콥터 따위가 아니었다. 조금 전 머리 위로 떨어지려던 건물 잔해였다. 나무들을 쓰러트리며 무서운 기세로 날아오던 온갖 덩어리도 그들에게 닿지 못하고 도중에 멈춰 섰다.

그 거대한 잔해들은 허공에 박제라도 된 것 같았다. 혹은 구름이나 태양에서부터 이어진 가느다란 실에 의지해 대롱대롱 매달린 것처럼, 혹은 보이지 않는 투명한 지렛대에 올라탄 것처럼 보였다.

그것들이 무해한 작은 동물인 줄 아는 듯 남자는 그곳에 그저 가만히 서 있기만 했다.

여자의 눈길을 느꼈는지 남자도 여자를 내려다보았다. 남자의 눈높이에서 무언가가 반짝였다. 여자가 놓친 단도였다.

단도는 공중에 떠 있는 다른 사나운 것들과 마찬가지로 허공에 붙박여 있었다. 남자는 주인 잃은 단도를 잡아 내렸다. 공중에 단단히 박혀 있던 작은 칼은 우스울 정도로 허무하게 남자의 손에 감겨들었다.

"도망 안 가?" 남자가 말했다.

차라리 이때 무슨 수를 써서라도 어떻게든 이 남자를 죽였다면 좋았을 것이다. 이 순간을 떠올릴 때마다 여자는 그렇게 생각한다. 시간의 타래가 감길 때마다 그 생각은 퇴색되었다가 덧칠되고, 희미해졌다가 견고해지길 수없이 반복하는 변덕을 부리게 되지만.

"도망가줘."

남자가 단도를 치켜들고 말했다. 도망갈 방법이야 없지 않았다. 여자가 남자를 쳐다만 본 건 도망갈 수 없다는 무력함 때문이 아니라, 남자의 목소리에서 느껴진 피로와 환멸 때문이었다. 남자는 도축자처럼 효과적인 자세로 칼을 쥐고 있었지만 그게 짜증스러워 견딜 수 없다는 양 인상을 찌푸렸다.

남자의 이마에 잡힌 주름을 모사하듯, 허공에 떠 있던 건물 파편에 금이 가기 시작했다. 왼편에서부터 머리 위까지 포물선을 그리며 다닥다닥 멈춰 있던 조각들이 일제히 부서지며 더 작은 여러 개의 파편을 만들어냈다.

따가운 폭발음이 터지기 직전에 여자는 저도 모르게 말했다.

"도망쳐."

그 말에 반응해 남자의 눈이 뾰쪽 솟았다. 한 번 멈췄던 잔해가 다시 터지면서, 위에 있던 것은 아래로 쏟아지고 평행한 곳에 있던 것은 옆으로 짓쳐 들었다. 남자는 칼을 내리고 주위를 둘러보았다. 사방에서 달려들던 회색빛 우박은 남자의 시선에 복종해 다시 멈춰 섰다.

남자는 그것들이 당연히 공중에 매달려 있어야 하는 모빌이라고 생각하는 듯 느긋하기만 했다. 모든 파편이 정지해 얌전히 자리를 지켰다.

여자에게 날아드는 단 하나의 파편을 제외하고.

주먹만 한 시멘트 덩어리가 뒷머리를 강타했을 때, 순간 여자는 남자가 그 파편을 멈추는 데에 실패했다고 생각했다. 그러나 남자를 보고 전혀 그렇지 않음을 깨달았다. 남자는 그것만을 기다렸다는 듯 여자를 주시하고 있었다. 변함없는 관찰자의 눈길이었지만, 그 눈빛은 더는 사냥꾼의 것이라기엔 애매했다.

남자의 달라진 표정에 주의를 빼앗겨서 여자는 도망갈 틈을 놓치고 정신을 잃었다. 남자는 여자의 맥박을 확인하고 허리춤을 뒤져 칼집을 찾아냈다.

칼을 칼집에 꽂아 넣자 남자의 등 뒤에서 발소리가 다가왔다. 남자는 여자의 칼을 다시 빼내려다 발소리의 주인을 보고 손을 물렸다.

모래를 잔뜩 뒤집어쓴 탓에 염색이라도 한 것처럼 보이는 또 한 명의 남자가 숨을 헐떡이며 서 있었다. 그는 허공의 건물 잔해는 쳐다도 보지 않고 말했다.

"뭐냐?"

옆에 쓰러져 있는 여자를 두고 한 말이란 걸 알았지만, 남자는 대답이 궁해 고개만 저었다. 남자를 찾아온 이는 부루퉁하게 입술을 내밀고 고개를 돌려 크게 소리쳤다.

"형! 여준이 여기 있는 거 맞아요! 그래, 무사해. 내가 그럴 거라고 했잖아. 신경 쓸 필요 없대도. 빨리 돌아가요! 나도 이제 갈 거야!"

그는 신경질적으로 머리 위의 모래를 털어냈다.

"여긴 왜 왔어." 그에게 여준이라고 불린 남자가 말했다.

"대홍 형이 하도 걱정하잖아. 그 형도 참, 다른 애들 다 놔두고 하필 나한테 자꾸 가보라고 해서. 그렇게 큰 거 하늘에 주렁주렁 멈춰놓으면 아무리 멀리 있어도 네가 여기 있는 거 누구나 다 알겠다, 야. 위치 들켜서 2차 폭발까지 당한 거 같은데 왜 그걸 또 위에 매달아놓고 앉았냐? 자리 옮기지 않고 계속 여기 있으니까 형이 너 다리라도 심하게 다친 줄 알고 걱정하잖아."

"어쩌다 보니 그렇게 됐어. 이제 이동할 거야."

"그래. 왜 아직도 여기 있냐고 물어보려고 했는데 옆에 있는 그 여자 때문이겠네. 누구냐?"

"넌 누군지 알아?"

"처음 보는 얼굴인데."

"네가 모르는 사람을 내가 어떻게 알겠어. 나도 몰라."

"모르는 거 좋아하시네. 모르는 사람 옆에서 뭘 뭉그적거리고 있어. 대충 처리하고 다른 데로 가. 거의 막바지라 이제 끝날 거 같긴 한데 혹시 모르잖냐. 난 먼저 간다."

손을 휘휘 저으며 뒤도는 그를 향해 여준이 말했다.

"야, 이찬."

"뭐, 또."

여준은 턱짓으로 여자를 가리켰다. "네가 대신 좀 맡아줘라."

"아이씨, 나더러 죽이라고?"

"이제껏 잘만 해놓고 왜."

"비원 쪽 여자 죽이는 거랑 생판 얼굴 한번 못 봤던 여자 죽이는 거랑 같아? 하긴 허리에 칼 매달고 너 찾아온 거 보면 비원 사람이겠다만."

"어쨌든 나 대신 맡아줘. 죽여달라는 거 아니야."

"죽이지 않으면, 뭐 오붓하게 앉아 차 한잔 하자고 하리?"

"…뭐 좀 물어볼 게 있어."

"생포해서 고문하는 거야 말리진 않겠는데, 너랑 내가 안 죽여도 다른 사람들이 가만 안 놔둘걸?"

여준은 표정을 누그러트리고 이찬을 향해 잔잔히 웃었다. "그럴 리가. 네가 버티고 있는데 감히 누가 손을 대겠냐."

"말은 잘하시지, 아주." 이찬은 성큼성큼 걸어와 여자의 단도를 칼집째로 빼내 제 주머니에 넣었다. 그리고 여자의 머리가 시야에 닿도록 대충 둘러업었다. "데리고 어디로 가? 아예 퇴각해버려도 돼? 이거 내가 농땡이 피우는 게 아니라 네가 시켜서 그러는 거다?"

"그래. 이제 막바지라서 좀 있으면 끝날 것 같다며. 다른 데 다시 자리잡아서 내가 정리할게."

"나야 고맙지. 수고해라. 아, 그런데 얘 어떡할까? 다리라도 부러트려 놓아?"

여준은 눈을 가늘게 뜨고 여자의 체격을 가늠해보았다. "…아니야. 됐어. 그냥 나랑 대홍 형 둘 다 도착하기 전에 정신 차리지만 않게 해둬."

"오냐."

이찬은 비틀거리며 멀어졌다. 여준도 머리 위에 떠 있는 잔해를 주시하며 멀찍이 걸음을 옮겼다. 거리가 어느 정도 벌어지자 그는 허공에 멈춰놓은 파편을 놓아주었다. 철골이며 시멘트 덩어리들은 제각기 큰 소리를 내며 떨어져 박히고 부서졌다. 왼쪽 산길은 반쯤 허물어졌고 곳곳에 잔해가 쌓였다.

늦기 전에 새 자리를 찾아야 했다. 아래쪽 상황을 파악할 수 있을 만큼 높되 상대편에게 들키지 않도록 적당히 멀고 장애물에 둘러싸인 곳을, 동시에 동료들이 찾아오기 어렵지 않을 만큼 충분히 익숙한 곳을.

그의 눈이 사방을 훑다가 잔해 너머로 멀어져가는 이찬의 뒷모습에 꽂혔다. 여자의 고개가 불편하게 흘러내려 덜렁거렸다. 단정히 묶이지 않고 제멋대로 나풀대는 머리카락이 살인자의 몸단장답지 않아 눈에 거슬렸다.

여자가 그랬듯, 여준 역시 차라리 이때 복잡하게 굴 것 없이 바로 그녀를 죽였다면 좋았으리라고 생각하게 된다.

물론 그것은 오랜, 아주 오랜 시간이 지난 후의 이야기다.

2 ———————————— 당신이 마주한 이야기

 모든 일은 가을에 시작되었다. 여자가 경찰청에 입사한 것도, 처음으로 서형우를 만난 것도, '정여준 암살단'에 합류한 것도 각기 해는 달리했지만 모두 가을에 일어난 일이었다. 언제 왔고 언제 떠났는지 모르는 계절처럼 그 일들 역시 정확히 언제 어떻게 일어났는지 사람들의 기억 속에서 모호했다. 다만 그 순간을 떠올리면 늘 기억 한구석엔 낙엽 쌓인 골목이 있었다.
 특채로 들어온 신입 하나가 써먹을 만하다는 소문을 들었을 때, 서형우는 조금도 흥미로워하지 않았다. 월급 받아먹으니 당연히 빠릿빠릿해야 할 것이고, 설령 써먹을 만하다 해봤자 신입이 얼마나 날고 기겠냐는 생각 때문이었다. 더군다나 소문의 신입은 마약 수사 전담팀이었다. 인연이 전혀 없는 부서는 아니었지만, 서형우는 소문의 다른 팀 신입과 최소 10년 안에 상종할 일은 생기지 않으리라고 생각했다. 본청에서 짬밥깨나 먹었다는 사람들 입에 오르내린 건 꽤 가상하지만 딱 거기까지였다. 신입이 똑똑하고 약삭빠른 건 좋지만 유능하면 곤란하다. 유명해지면 더더욱 낭패다. 그 신입이 앞으로 처신을 얼마나 잘할지는 몰라도 백이면 백, 남의 공 세워주기 위해 재주 부리는 곰으로 전락할 게 뻔했다.

알을 깨고 나온 야심 찬 젊은이의 미래가 어찌 되든 그의 알 바 아니었다. 소문을 흘려 넘긴 건 신입을 무시했기 때문만은 아니었다. 경찰청을 오가는 웬만한 이야깃거리는 그의 관심사가 못 된 탓이다.

그는 그것으로 남의 팀 신입 얘기는 까맣게 잊고 지냈다. 다시 떠올리게 된 건 마약 수사 전담팀이 중간 규모 조직 두 군데의 꼬리를 한꺼번에 잡은 때였다. 당시만 해도 그 둘은 서로 관련 없는 별개의 조직으로 취급받고 있었다. 그는 강 건너 불구경하듯 그 조직이 적어도 한국에서 법의 심판을 받을 일은 없을 거라고만 생각했다.

하지만 결과적으로 두 조직, 정확히는 두 조직인 척했던 한 조직의 우두머리는 쇠고랑을 찬 채 경찰청에서 참치 덮밥을 먹었고, 서형우는 그게 아래층 최 팀장의 솜씨라곤 생각하지 않았다.

단순한 호기심 때문에 훑어본 수사 기록에서 그는 써먹을 만하다던 특채 신입의 존재를 읽었다. 확실히, 이 정도면 최 팀장이 신입의 세금을 대신 내줘야 한대도 이견이 없었다. 신입은 돈의 흐름을 무섭도록 잘 읽는 인재였다. 경제적 시야가 좋다는 게 아니라, 궁지에 몰린 의심 많은 놈들이 수중의 것을 어떻게 처리하고 싶어 하는지를 기가 막히게 예측해내는 재주가 있었다. 판돈 굴러가는 꼬락서니만 제대로 알아내면 그걸 어떻게 이용해야 하는지는 최 팀장도 알았다.

"얘는 국세청에나 갈 것이지, 왜 여기 와서 이러고 있대."

그게 서형우가 신입에 대해 가진 감상 전부였다. 이때도 그는 신입의 이름은커녕 성별조차 기억하지 못했다.

그의 시야에 신입이 걸려든 건 해를 넘겨 다시 가을이 찾아올 즈음이었다. 그로선 상대가 두 팔을 벌리고 뛰어든 것이나 마찬가지였다. 신입이 '비원'이라는 가칭을 지닌 범죄조직의 말단을 건드렸기 때문이다.

중요한 건 하나였다. 비원은 오로지 서형우만이 건드려야 하는 먹이라는 점이었다. 신입은 분명 몰랐을 것이다. 경찰청의 그 누구도 모르는 일이었으므로.

아무리 비원이 떳떳지 못한 일로 돈놀이를 한다지만 마약으로 바깥길을 뚫지는 않았다. 마약이든 아니든 비원은 어떤 일로도 해외와 접촉하지 않았다. 바다 건너에 물꼬도 없는 조직을 최 팀장이 좋다고 잡아 물었을 리가 없었다. 겉으로 보기에 비원은 소규모 집단이었고 늘 합법과 불법 사이에서 아슬아슬하게 놀았으므로 누구도 비원에 침을 바르지 않았다.

가만히 두면 신입이 잡아낸 비원 건은 최 팀장이 적당히 다른 기관에 넘길 사안이었다. 하지만 그는 이 일이 자연스러운 흐름에 묻히길 기다리지 않았다.

그는 제 팀으로 갓 넘어온 수사관을 붙들고 말했다.

"최 팀장 밑에서 계좌 터는 애 있지. 걔 신원조회 좀 우리 식으로 다시 하자."

그렇게 서형우는 그렇게나 인연 만들기를 무의식중에 거부했던 아래층 똘똘이 신입의 이름을 알게 되었다. 윤서리.

*

얼굴만 봐도 직업을 알 것 같은 사람이 있다. 인생이 직업에 찌든 것이다. 그건 단순히 흰자위의 실핏줄이나 주름살 따위로 구별하는 종류의 것이 아니다. 그 직업을 위해 태어나지는 않았지만, 그 일을 하다 죽겠구나 싶은 묘한 기운 같은 것이 있다. 윤서리가 서형우를 보았을 때 느낀 인상도 그런 기운과 비슷했다.

경찰, 형사, 첩자, 흥신소, 수금원. 뭐가 됐든 사람을 쫓고 좇는 데에 삶을 탕진한 얼굴이었다. 그 때문에 윤서리는 그의 눈빛에 자신의 어느 부분이 쫓기고 있는지 절로 고민했다.

사무실에서 대면했을 때 서형우는 그녀를 투시하듯 쳐다보았다. 가십의 주인공을 흘끔거리는 호기심 어린 시선도, 직급 낮은 어린 여자를 끈적하게 훑어보는 지저분하고 폭력적인 시선도 아니었다. 단지 건조하고 날카롭기만 했다. 업무상 긴밀하게 전할 말이 있는데 언제가 좋겠냐고 그가 물었을 때, 그녀는 자세한 말을 묻지 않고 조용히 다섯 손가락을 쭉 내밀었다.

그는 지팡이를 짚고 다리를 절뚝이며 돌아갔고, 그녀는 오후 5시에 자리에서 일어났다. 약속 장소인 지하 문서 보관실엔 그들 둘 외에 아무도 없었다.

두 사람은 성의 없이 목을 까닥여 인사를 대신했다.

"어쩌다 이 일에 지원했나?"

종이컵에 대충 탄 커피를 내놓으며 서형우가 처음으로 한 말은 그것이었다.

"난방비 내려고요." 못 견디게 지루한 질문이라고, 그녀는 생각했다. "혹시 제가 저도 모르는 사이에 지원서를 또 냈습니까?"

"난방비가 두 배로 찍혀 나와도 연연하지 않을 수 있게 해줄 일에 관해 얘기 좀 해보려고 하는데, 관심 있나?"

그녀는 자리를 뜨지 않았다. 그는 곧바로 비원에 관해 물었다. 무슨 수로 비원을 추적했는지에 대한 질문이 아니었다. 네가 비원을 내장 속까지 뒤집어봐도 비원이 아무 제재도 받지 않는다면 어떻게 생각하겠느냐는 물음이었다.
"그런 특권을 누릴 정도로 대단해 보이진 않던데요." 그녀가 말했다.
"대단하고 대단하지 않고의 문제가 아니야. 그냥 그런 일이 있다면 어떻게 생각하겠냐는 거지. 사채, 수금, 불법 개량, 도박 사업으로 몸뚱어리를 유지하는 조직이 있는데 절대 일정 선 이상은 간섭받지 않는다면."
"세상 쉽게 산다고 생각하겠죠. 정말 그럴 경우의 말이지만."
"그럼 그 조직을 일정 선까지만 간섭하고 그 이상은 간섭하지 않는 사람들에 대해선? 어떻게 생각하나?"
"왜 그런 일을 하죠?"
"더 많은 사람을 안전하게 해주니까."
그녀는 잠시 입을 닫았다가 말했다. "세상 쉽게 산다고 생각하겠죠."
서형우는 씩 웃었다. "자네 세상 쉽게 살아볼 생각 없나?"
"무엇을요, 비원을 선택적으로 제재하라는 말씀입니까?"
"그게 아니면 뭐겠어."
"그 경우 제가 그 안전한, 더 많은 사람 안에 속하나요?"
"안 그럴 이유가 없지."
"왜 하필 제게 그런 제안을 하시는 겁니까?"
"본인이 유명 인사라는 자각은 있을 거 아냐. 능력 덕에 스카우트 제의받는다는 생각은 안 드나?"
"능력 증명한 사람들이 이런 일 처리하러 불려 간단 소리는 못 들어서요."
"그래, 내 능력이 달려서 도움을 바란다면 거짓말이겠지. 마찬가지로 자네도 얼마 전에 비원 건드린 거 기억 안 난다고 하면 거짓말이겠지? 이대로 놔뒀다간 계속 비원한테 얼쩡댈지 누가 알아. 자네가 일 더 크게 벌이기 전에 내 선에서 막는 게 낫지. 아, 물론 내 제안을 수락하든 말든 자네 맘대로 비원 못 건드리게 될 건 변하지 않을 거야."

주먹을 휘두르는 게 어울릴 협박이었지만 그의 목소리는 차분했고, 심지어 듣기 좋을 정도였다. 부패 경찰의 둥그스름한 이목구비에서 죄책감 따위는 찾아볼 수 없었다.

그녀는 덤덤하게 답했다.

"정확히 무슨 일을 하게 될지 들을 수 있습니까? 부서까지 바꾸게 되나요?"

"자네가 동의한다면 내 팀으로 불러들일 거야. 절차는 걱정할 필요 없어."

다행히 그녀는 과장급도 아닌 고작 팀장 선에서 어떻게 멋대로 인사이동이 가능하냐고 면전에서 말하지 않았다.

"지금 당장은 이거만 신경 써봐." 그는 종이 한 장을 내밀었다. "여기에 대해 잠깐 대화를 나눠도 괜찮겠나?"

서류엔 그녀가 어릴 적 거주했던 옛 주소가 적혀 있었다. 이제는 존재하지도 않는 그 주소지 정보를 그녀는 어디에도 남긴 적이 없었다. 하지만 그녀는 그리 놀라지 않았다.

"제가 도중에 대답을 거부할 수도 있습니다. 그래도 괜찮으시면 대화 정도는 얼마든지."

"괜히 용의자처럼 굴지는 말지 그래."

"어릴 때 살았던 사적 장소에 대해 대답을 가려 하는 게 용의자처럼 구는 게 되나요? 문제 될 게 없다고 생각하는데요."

"보통은 문제가 안 되지. 하지만 내 밑에서 일하게 될 거라면 문제가 돼."

"PTSD를 걱정하시는 건가요?"

"외상 후 스트레스 장애 때문에 일상에 불편을 겪고 있나?"

"아니요."

"잘됐군. 그거랑 별개로 내가 걱정하는 건 PTSD 같은 게 아니야. 언제부터 언제까지 이 지역에 살았는지 말할 수 있나?"

"그쪽으로 이사한 건 세 살 때라고 들었는데 정확하진 않습니다. 그 뒤로 계속 그곳에서 살았습니다."

"싱크홀 발생 전까지?"

"네."

말소된 주소를 털었는데 주거 기간을 모를 리 없었다. 그녀는 그가 자신에게 진실을 말하게 하는 준비운동을 시키고 있다는 것을 알았다.

"그날 어떻게 살아남았나?" 그가 말했다.

"그곳에 없었습니다."

"평일이었는데? 학생이었으니 학교에 갔을 텐데?"

"당시엔 별로 학생다운 학생이 아니었습니다."

"그럼 그땐 어디에 있었지?"

"서울에 올라갔었습니다."

"거기서 뭘 했는데?"

"말씀드리고 싶지 않습니다."

"부모님이 어디서 어떻게 사망했는지 정확히 알고 있나?"

"모릅니다. 직장이 집과 가까웠으니 거기서 돌아가셨겠죠."

"시신은 거뒀고?"

"못 찾았습니다. 다들 그랬으니까요."

"찾으려고 노력해봤나?"

"말씀드리고 싶지 않습니다."

"그날 이후 어디서 살았지?"

"유가족 임시 피난소요."

"피난소 철거된 이후 말이야."

"말씀드리고 싶지 않습니다."

"이거는 정말 들어야겠는데."

"이건 정말 말씀드리고 싶지 않습니다."

서형우는 차가울 정도로 담담한 그녀의 눈을 오랫동안 들여다보았다. 대답을 재촉하는 신호라고 생각한 그녀가 말했다.

"이걸 말씀드리지 않아서 팀 이전이 불가능하면, 저는 팀장님 팀엔 들어가지 않아도 됩니다. 비밀엄수가 필요한 업무 내용을 들은 것도 아니니 문제 생길 일도 없을 거고요. 설마 한때 그 지역에 살았던 적이 있단 이유로 부당해고 당하진 않겠죠."

그는 차디찬 의자에 등을 기대 그녀의 옛 주소가 적힌 종이를 반으로 접었다.

믿기지 않지만, 그곳이 특이할 것 없는 평범한 장소였던 적도 분명 있었다.

벌써 11년이나 지난 일이다. 한때는 사람들도 하루하루 날짜를 세어가며 재난을 기록하고 추모했지만, 이제 대부분은 그 일이 정확히 몇 년 전에 일어났는지 기억하지 않았다. 그에겐 다행스러운 일이었다.

연도는 차치해도 사건 자체는 갓난애가 아닌 이상 모두 생생히 기억하고 있었다. 산 하나가 통째로 땅 아래로 가라앉았다. 지도에서 지워지기 전 그 산은 경기권 도시 세 군데를 가운데서 막는 넓고 높은 곳이었다. 땅은 그런 산을 뿌리부터 꼭대기까지 잡아먹었다.

등산로 입구도, 주차장도, 약수터도, 산 깊숙이 자리 잡은 절도, 정상에 길게 늘어선 산성 벽도, 평화롭게 산을 타던 사람들도 전부 지하로 빨려들었다.

산이 얼마나 빨리 가라앉았는지 알려주는 건 위성사진밖에 없었다. 산과 도로와 빌딩으로 가득했던 일대는 검은 구멍으로 바뀌었고 땅속의 거대 진공청소기는 모습을 드러내지 않았다.

산사태가 아니었다. 산 가장자리로부터 주위 약 2킬로미터까지 모두 땅속으로 자취를 감췄는데, 그 절단면은 소행성 크기의 총알이 뚫고 지나간 듯 깔끔했다. 바닥이 보이지 않는 뻥 뚫린 싱크홀의 어둠은 심해를 넘어 우주를 연상케 했다.

유례를 찾기 힘든 자연재해였고 전대미문의 트라우마가 전국을 쑤셨다. 한동안 아무도 등산복을 입지 않았음은 물론이고 전혀 다른 지역에 사는 사람들도 주거지를 산에서 떨어진 곳으로 옮겼다. 공포가 너무나 컸던 나머지 시민들은 몇 주가 지나서야 사망자들을 추모할 수 있었다. 아무도 이 갑작스러운 거대 싱크홀의 발생 원인을 밝혀내지 못했다. 어떤 기관도 조사인력을 들여보내지 않았기 때문이다. 생존자들은 모두 이웃 도시에 급조된 피난소로 대피했고 곧 싱크홀 주변은 유령도시가 되었다. 극히 소수의 인력만 싱크홀에서 아주 멀리 떨어진 곳에 상주하며 출입 통제소를 지켰다.

대부분은 그 도시와 가까운 고속도로를 타는 것마저 꺼렸지만, 싱크홀로 다가가려는 사람이 아예 없던 건 아니었다. 가족이 싱크홀 안에 묻힌 사람, 목숨보다 직업 정신이 중요한 학자와 기자, 부동산 소유자, 자살희망자, 구조지원자 등이 때때로 도시에 들어가려 했다. 다행히 출입 통제원은 맡은 바 임무를 충실히 수행해서 싱크홀 근처를 집적거리다 추가사망자가 생긴 일은 없었다. 그건 11년이 지난 지금도 유효했다. 아직도 도시 사방엔 출입을 막는 감시소가 남아 있었다.

구조대나 경찰은 파견되지 않았다. 기적의 힘을 믿는 이라도 그 재난에선 희망을 찾지 않았다. 누가 봐도 그 싱크홀은 발생 순간부터 거대한 공동묘지였다. 도시 끄트머리의 출입 금지구역 표지판은 그 무덤의 묘비였다.

시신을 찾을 수 없었으므로 인구통계와 실종신고로 사망자 수를 집계할 수밖에 없었다. 확인된 사망자는 십의 자리 반올림으로 43,700명에 달했다. 그러나 자의 반 타의 반으로 도시를 떠나야 했던 난민의 수는 추산되지 않았다.

아무리 시간이 흘러 사건이 세간의 관심에서 멀어졌다곤 해도 상흔까지 사라지진 않았다. 대표적인 예로 사람들은 싱크홀이 생긴 곳을 본래의 지역명으로 부르지 않았다. '싱크홀'이라고 말하거나 기껏해야 산꼭대기를 산성이 둘러싸던 걸 기억해 '그 산성'이라고 지칭할 뿐이었다. 마치 처음부터 그곳에 있던 건 싱크홀이었던 것처럼, 원래 그곳은 도시가 아니었고 아무도 살지 않았던 것처럼, 가라앉은 건 사람이 아니라 오직 산밖에 없는 것처럼.

대재난 때문에 사람들이 특별히 잔인하게 변모한 건 아니었다. 그저 4만 명 넘는 유령의 무게를 감내하고 걷기엔 삶이 너무 험준한 탓이었다.

종이에 적힌 윤서리의 옛 주소는 이제 싱크홀 밑바닥에 있었다. 서형우는 그녀에게서 느껴지는 약간의 냉랭한 분위기가 천성 때문인지 아니면 생존자 피난소에서 만들어진 건지 생각해보았다. 하기야 생각해볼 필요도 없었다. 눈 앞의 여자는 학창 시절에 부모를 싱크홀에 묻고 변변한 친척도 없이 홀로 세상 앞에 몰린 이재민이었다.

미성년자 신분으로 보금자리를 잃고 지원금도 제대로 받아내지 못한 인간이 어떤 삶을 살았을지, 아무리 서형우라도 상상하기 어렵지 않았다.

억척스러워지거나 차가워지거나. 둘 중 하나는 선택해야 했을 것이다. 그는 그녀가 독하게 살아남은 덕에 경찰청의 유능한 인재로 새 삶을 살고 있다고 생각하지 않았다. 그 반대였다. 유능했기 때문에 그녀는 아직도 살아남은 것이었다. 사근사근함을 가장하길 거부하는 말투도, 상사를 대하는 것 같지 않은 요상스러운 태도도 아마 신입답지 않은 명철함이 없었다면 조직에서 진즉에 개조됐을 게 뻔했다.

그는 자신의 질문에 로봇처럼 대답하는 그녀의 입을 쳐다봤다. 단정하게 다문 입술 안쪽에 숨어 있을 치아를 그는 아직 보지 못했다. 상사의 기에 눌린 젊은 직원은 괜스럽게 이를 드러내며 습관처럼 웃기 마련이건만 그녀는 미소도 짓지 않았다. 차갑고 뻣뻣한 자세는 너무나 방어적이어서 그는 얄미운 마음조차 들지 않았다.

그는 누그러진 목소리로 말했다.

"그 산성을 벗어나서 경찰청에 들어올 만큼 공부하기 쉽지 않았을 텐데, 입사 직전에 신변이 어땠는지 파악해두는 게 좋을 것 같아서 한 질문이었어."

"그건 염려하실 필요 없습니다. 알아내봤자 좋은 얘기는 듣지 못하실 겁니다. 여자애가 무일푼으로 평범한 삶까지 기어 올라온 고생담을 듣고 싶은 건 아니시겠죠."

"그래, 아니야. 필요한 정보가 그거였던 것도 아니고. 남이 알아서 기분 좋을 일도 아니었을 텐데 미안하게 됐어. 자네한테 일어난 일은 유감이네."

"예."

"이거 하나만 더 묻지. 그간 가까이 지낸 생존 난민이 있나? 연락을 주고받는 그 지역 출신이나."

"없습니다. 그런 걸 챙길 정신이 없었습니다."

알 법했다. 그는 대화를 나눈 이래 처음으로 고개를 끄덕였다.

"대체 팀장님 밑에서 제가 할 일이 뭐길래 그런 정보가 필요한 건가요? 사전에 이런 문답을 해야 할 업무는 딱히 없을 텐데요."

"그걸 알려주면 아까 자네가 말한 '비밀엄수가 필요한 업무 내용'을 듣는 게 되는데."

"들으면 반드시 함께 일하게 되는 겁니까?"

"그러거나, 혹은 그러지 않더라도 절대 발설하면 안 되지. 말하는 순간 자네의 해고는 부당해고가 아니게 될 거야."

"소문 퍼트리는 습관은 없습니다. 믿고 말씀하셔도 됩니다."

"자네가 그 산성 출신 사람들에게 감정적 유대나 연민을 느끼면 곤란해서."

그녀는 눈짓으로 다음 말을 재촉했다. 그는 이어 말했다.

"비원 소속 대부분은 싱크홀 때문에 생긴 난민들이거든."

그녀는 잠시 말이 없다가 입을 열었다.

"비원이 정확히 어떤 조직인지는 모르겠지만, 분명 저는 그보다 더 나락으로 빠진 난민도 봤을 겁니다."

"그래서 그 사람들한테 연민은 느끼고?"

"연민도 받아본 사람이 할 줄 아는 거겠죠."

그녀는 완벽하게 아무 표정도 짓지 않았고, 그는 그것을 포커페이스가 아닌 진실을 말하는 얼굴로 받아들였다.

"이제 내가 무슨 일을 하는진 대충 눈치챘겠지."

"네, 하지만 팀장님이 담당하신 게 고작 비원인가요?"

"앞으로도 계속 비원을 '고작'이라고 생각하는 게 좋을 거야. 그것까지 포함한 게 자네 일이야."

그녀는 구긴 종이컵을 쓰레기통에 던져 넣는 것으로 악수를 대신했다.

바로 다음 날부터 그녀의 직속 상사는 최 팀장에서 서 팀장으로 변했다. 윤서리를 서형우 팀장에게로 배속한다는 공문서가 책상에 놓인 일은 없었지만 모든 게 물 흐르듯 처리됐다. 그녀는 무슨 수를 쓴 거냐고 묻지 않았다. 그 대신 많아진 급료에 비해 업무는 줄어든 데에 의문을 표했다.

"머잖아 저절로 알게 될 텐데 뭘 지금부터 알려고."

서형우는 그렇게만 답했다.

그들의 팀은 공식적으론 테러 혹은 유사 테러 사태의 현장 지원을 보조하는 B팀이었다. 대부분의 일상은 모니터링과 서류 잡무로 이뤄졌고 지독하게 지루했다. 그녀는 비원이 공식 업무 바깥에 있는 존재라는 걸 금방 눈치챘다.

예상대로, 그녀에게 비원 일이 할당됐을 때 다른 어떤 팀원도 그 사실을 몰랐다. 서 팀장이 그녀에게 비공식으로 맡긴 일은 하나였다. 지정된 협력자가 고발한 법 위반 사항은 접수하고, 그 외는 눈감아 줄 것.

비원이 합법과 불법 사이를 아슬아슬하게 걷는 게 아니라 서형우가 비원을 법의 사각에 두고 보호하는 셈이었다. 이 질 나쁜 해결사 노릇에 굳이 그녀를 끌어들인 건 돈 때문이었다. 그는 그녀가 비원의 검은돈을 안전하게 돌봐주길 원했다. 조직의 돈 일부는 곧 그의 것이 될 것이기 때문이었다.

"월급 올라간 게 비리 수당인 건 상관없는데, 비원 사람들 대신 제가 감방 갈 일은 없을 거라고 보장해주실 수 있습니까?"

그녀가 그렇게 말했을 때 서형우는 자신의 멀쩡한 왼쪽 다리를 담보로 걸었다.

그는 지팡이를 짚지 않으면 춤추듯 걷게 될 정도로 오른쪽 다리가 상해 있었다. 무릎 부상이었다. 듣기로는 예전에 업무를 수행하다 생긴 상처라고 했다. 불법 사업 은닉을 도와가며 책상일 하는 사람이 부상당할 일이 어디 있나 싶었지만, 부상 탓에 현장 업무를 내려놓고 책상으로 돌아왔다고 생각하면 얼추 이해가 갔다.

함께 일하며 그녀가 알게 된 서 팀장의 사적인 정보는 거의 없었다. 의도치 않게 알아낸 건 '서형우'가 그의 본명이 아니라는 사실이었다. 그의 예비용 신분증을 어쩌다 보게 돼 알게 된 일이었다. 옛 신분증엔 그의 젊은 사진과 함께 '장태성'이라는 이름이 찍혀 있었다.

그녀는 왜 이름을 바꿨냐고 묻는 대신 왜 예전 신분증을 처분하지 않았냐고 물었다. 뻔하지 않은 질문이 맘에 들었는지 그는 선선히 대답해줬다.

"직업이 직업이니까. 가끔 신분증 두 개를 번갈아 쓸 일이 있어서 남겨둔 거야. 이름 숨기는 것만으로도 귀찮은 일이 줄어들 때가 종종 있어. 정직은 신용을 지켜주지만, 거짓말은 생명을 지켜주거든."

"그럼 장태성이라는 이름은 가명처럼 쓰고 있는 건가요?"

"한때는 서형우가 가명이었지. 아는 동생 세 놈 이름에서 한 글자씩 따 만든 이름이야. 서형우가 장태성보다 더 익숙해져버리는 바람에 아예 개명했어. 이 이름으로 살 거라곤 생각도 못 했지만."

이후로 그녀가 그에게 직접 옛날이야기를 듣는 일은 없었다.

그렇게 두 사람은 동업자인 듯 아닌 듯 건조한 관계를 유지했다.

그는 현장 지원을 감독하는 팀장의 업무를 기계적으로 수행했고, 그녀 역시 일상 업무에 임하다가 남모르게 비원의 돈줄을 지키는 일을 차곡차곡 해냈다.

한 해가 지나 다시 가을이 찾아오기 전까지는.

*

서형우는 두 가지 면에서 윤서리를 마음에 들어 했다. 불안을 티내지 않는 점, 쓸데없이 고뇌하지 않는 점이 좋았다. 그것은 그가 옛날부터 동료나 부하를 고를 때 염두에 두던 요소였다. 정의로운 일이라면 모를까 뒤가 구린 일을 할 때 그런 성정은 도움 될 게 없었기 때문이다.

윤서리는 불안도 고뇌도 없이 비교적 잘 돌아가는 톱니바퀴 중 하나였다. 하지만 톱니바퀴를 전적으로 신뢰하는 기계공은 없다. 바퀴는 언제든 잘못 움직이거나 멈출 수 있다. 늘 주기적으로 관찰해야 하는 대상인 것이다. 그리고 그는 적어도 감시자로서의 할 일은 소홀히 하지 않았다.

그는 윤서리가 이를 간과한 게 틀림없다고 생각했다. 단순히 작은 톱니바퀴로 취급해 저를 그다지 주시하지 않으리라 생각했을 것이다. 혹은 그를 우습게 보았거나. 그러지 않았다면 이 영리한 젊은이가 어리석은 짓을 이렇게나 자주 반복할 리 없었다.

그들의 비공식 역할분배는 반년만 깔끔하게 돌아갔다. 그녀가 처음 어긴 지침은 '지정된 협력자가 고발하지 않은 위법행위는 눈감아 줄 것'이었다. 특히 비원 내부의 일은 그 종류가 어떤 것이든 절대 건드리지 말기로 했는데, 바로 그 부분부터 삐끗하기 시작했다.

이틀에 걸쳐 비원에서 내부 투쟁이 일어난 적이 있었다. 물론 외부인의 눈으로 볼 때나 투쟁이었지, 실상은 한쪽이 일방적으로 다른 한쪽을 떼어내는 수술 작업이었다. 잊을 만할 때마다 반복되는 일이었고 제거 대상은 언제나 조직의 말단이었다. 그는 이 일상적인 사건에 철저히 관여하지 않는 것에 더해 관심마저 거뒀다. 죽은 세포가 본체에서 분리되는 건 자연스러운 현상이라는 생각에서였다. 그는 그녀에게 설령 비원이 이 작업 도중 민간인을 희생시키더라도 특별하게 생각하지 말라고 일렀다. 비원이 손을 댄 이상 그 사람은 민간인처럼 보여도 민간인이 아니라는 논리였다.

문제의 사건에 그녀가 손을 댄 걸 그는 한 박자 늦게 알았다. 관여 대상의 신분이 일반인과 비원 사이에 어정쩡하게 걸쳐져 있었기 때문이다. 상대는 비원의 작업 범위 안에 직접적으로 들어간 인물은 아니었지만, 작업의 성공을 위해 필수 불가결하게 희생될 수밖에 없는 대상 중 하나였다. 그 사람이 신변 보호를 요청했을 때 윤서리는 자신에게 직접 닿은 요구가 아님에도 불구하고 손을 썼다. 그 덕에 그 신변 보호 요청은 비원과 일체 관련 없는 단순한 시민의 민원으로 모습을 바꿨다.

결과적으로 그 사람은 목숨을 부지했다. 그가 살았다는 건 비원 내부에서 반드시 일어나야 할 연쇄작용이 도중에 차질을 빚었다는 뜻이었다. 결국 비원의 작업은 의도된 모양새를 만들어내지 못하고 이틀 만에 중단됐다.

이 일을 서형우는 전혀 다른 일을 감시하던 중 알게 되었다. 흐름을 거스르면서 그 한 명을 구한 탓에, 죽지 않아도 괜찮을 사람이 나중에 열 명 더 죽을 것이었다. 그는 그녀에게 그렇게 말해주려다 잠자코 있었다.

대체 눈 하나 깜빡하지 않고 덤덤히 범죄에 가담하던 놈이 왜 이런 귀찮고 멍청한 짓을 했을까.

아마 보호를 요청한 그 사람이 이제 막 열 살 먹은 아이였기 때문이리라.

그걸 제외하면 그녀가 다르게 행동할 요소가 없었다. 그는 그녀의 행동을 결정하는 방정식에 동정심이 끼어든 걸 깨닫고 난감해졌다. 계산에 넣지 않은 장애물이 나타나자 그는 서둘러 머리를 굴렸다. 그녀의 연민이 어느 범위까지 해당할는지, 어느 선까지 자비를 베풀 준비가 되어 있을지, 만약 앞으로 비원과 어린아이가 얽히는 일이 또 생긴다면 그때도 지침을 무시할지.

그에게 사람 머릿속을 들여다보는 능력이 없는 이상 그것들은 영영 답할 수 없는 질문이었다. 반드시 답해야 할 것은 하나였다. 윤서리라는 톱니바퀴를 그의 방에서 제거할 것인가, 그냥 둘 것인가.

서형우는 후자를 택했다. 그가 부하의 돌발행동을 묵인할 정도로 마음 넓은 상사이기 때문도 아니었고, 새 부하의 능력을 아까워해서도 아니었다. 그녀가 그런 일을 저질렀는데도 비원과 그의 관계에 아무 변화도 오지 않았기 때문이다.

이 첫 번째 불상사는 어린아이를 향한 측은지심 때문에 돌발적으로 일어난 일이라고 생각하기로 했다. 그녀의 안에 남아 있는 양심 때문에, 정의를 향한 욕구 때문에 생긴 실수 치고 넘어가기로 결정했다. 시간이 흐르면 사실 네가 무슨 짓을 했는지 알고 있었다고 은근슬쩍 말해줄 생각이었다.

그러나 그가 자비심을 발휘해 세운 그 계획은 무용지물이 되었다. 얼마 지나지 않아 비슷한 일이 다시 일어난 것이다.

윤서리가 일으킨 두 번째 일탈은 첫 번째 건과 다르게 요상한 면이 있었다. 그녀는 처단해야 할 일은 처단하지 않고, 처단하지 말아야 할 일은 굳이 처단했다. 그녀는 이 두 작업을 노골적으로 동시에 끝마쳤다. 생각이란 걸 할 수 있는 비원 조직원이라면 인위적 손길을 느꼈을 것이다.

이때도 그는 그녀의 반항에 제동을 걸지 않았다. 언제까지 이런 짓을 할지, 어디까지 할 수 있을지 배짱을 두고볼 요량이었다. 작은 실수인 척 어물쩍 넘어갈 구멍을 완전히 차단하려는 셈이기도 했다. 이왕 잡아 족치려면 일이 커질 때까지 기다리는 편이 좋았다. 상대가 적이든 동료든 부하든.

그런데 두 건을 짝지어 건드리는 당근과 채찍 패턴은 계속 유지됐다. 비원의 작업을 도중에 멈출 땐 처치 곤란한 범죄기록을 손봐주고, 넘어갈 수도 있었을 사건 하나를 들쑤시는 대신 반드시 처벌받을 수밖에 없는 다른 사건을 조용히 묻었다.

'이 일은 용납할 수 없어, 이건 봐주지 않을 거니 앞으로도 절대 하면 안 돼, 대신 이 일을 안 하면 이건 조금은 봐줄게, 너희 돈도 더 안전해질 거야.' 마치 비원에 이렇게 말하기라도 하는 것처럼.

상황은 명백했다. 그녀는 비원을 통제하려 하고 있었다.

분노에 가까운 괘씸한 감정이 그를 덮쳤다. 요구하지도 않았는데 그녀는 그의 복제품이 되어가고 있었다. 용납할 수 없는 일이었다. 비원을 조종하는 건 온전히 서형우 자신, 단 한 사람이어야만 했다.

분명 그녀는 비원에 별다른 감흥 없이 이 일에 가담했다. 비원의 뒤를 봐주는 이유를 꼬치꼬치 묻지도 않았다. 그 무신경함과 적당한 타협이야말로 그가 그녀에게 책상을 내준 이유였다. 기대가 예상치 못한 방향으로 적중하기는 했다. 그녀가 거리낌 없이 위법행위로 위법행위를 막은 것만은.

그러나 그는 이해할 수 없었다. 이 짓을 하고도 들키지 않을 거라고 윤서리가 자기 실력에 자만했던 건지는 두 번째 문제였다. 이런 일을 벌인 동기를 알 수 없었다. 비원을 유희 거리로 삼았는지, 범죄조직을 휘두르는 공권력에 취하기라도 했는지, 아니면 이런 행위가 본인 나름대로는 정의를 실현하는 어둠의 방식이라고 생각했는지. 어느 쪽도 그녀다워 보였고 어느 쪽도 그녀답지 않아 보였다. 내밀한 신념을 읽어내기엔 이제껏 그가 그녀에게 쏟은 관심이 너무나 적었다.

결국, 그는 그녀의 동기를 추론해 당사자 앞에서 나불대고 싶은 욕망을 눌렀다. 어떤 변명이 나올지 들어보자고 기대하며 그는 그녀가 벌인 모든 일탈의 증거물을 모니터 밖으로 꺼냈다.

다음 날 그는 둘만 남은 사무실에서 증거자료를 책상에 올렸다. 그녀는 가장 위에 놓인 종이 한 장만 슬쩍 보고 바로 상황 파악이 된 듯했다. 그녀는 종이 더미를 투시해 맨 아래에 깔린 기록물을 읽기라도 하려는 듯 책상만 노려보며 아무 말이 없었다.

"나한테 설명할 게 많을 것 같은데."

"……."

"사정이 있었으면 지금 말해. 누구한테 협박당해서 어쩔 수 없었다든가. 물론 그런 일은 없겠지만."

"네. 그런 일은 없습니다. 전부 자의로 벌인 일입니다. 변명 드릴 말씀이 없습니다."

"아니, 변명해야 돼. 말해봐. 왜 그랬어."

그녀는 책상에서 눈을 떼고 그를 쳐다봤다. 매주 보는 얼굴인데도 서형우는 그녀와 굉장히 오랜만에 눈을 마주친 것만 같았다.

"비원이…." 윤서리는 말끝을 흐리다 한숨을 쉬었다. 그러더니 옆에 있는 의자를 끌어당겨 책상 맞은편에 아무렇게나 두었다. "앉아도 됩니까?"

그는 고개를 끄덕였다. 그녀는 의자에 털썩 앉아 한동안 깍지 낀 제 손만 내려다봤다.

"…이미 스스로 많이 물어본 질문입니다. 왜 그랬을까 하고요. 누군가 저더러 왜 그랬느냐고 물어보면 뭐라고 답할지 생각도 해보고. 이유야 많지요. 한두 개겠습니까. 그런 일을 아무 이유도 없이 장난삼아 할 사람은 없겠죠." 그녀는 도저히 상사에게 부정행위를 들킨 부하라고 하기 어려울 만큼 당당했다. 심지어 화가 난 것처럼 보일 정도였다. "이유가 많았는데…, 변명할 말들을 이것저것 쌓아뒀었는데, 막상 들켜서 이유를 말해야 하니 아무것도 생각나지 않네요. 저도 제가 왜 그랬는지 모르겠습니다."

책상에 쌓인 종이 더미를 집어다가 얼굴에 패대기쳐도 될 만큼 얼빠진 대답이었지만 서형우는 그 심정을 아주 정확히 알 것 같았다. 그는 정말로 오랜만에 타인에게 순수하게 공감했다. 질 나쁜 공감이었지만 그의 말문을 한순간 막히게 하기엔 충분했다.

"서 팀장님."

그녀의 목소리가 그의 턱을 붙잡아 올렸다.

"이제 어떡하실 건지 물어도 됩니까?"

"어떡할 거냐고? 내가? 내가 아니라 자네가 어떻게 해야 할지 생각해야 하지 않겠어?"

"제가 뭘 한다고 뭔가가 달라진다면 이 서류를 보자마자 의자에 앉는 게 아니라 방을 나갔겠죠. 제가 간 큰 짓은 했습니다만, 팀장님을 그 정도로 깔보진 않습니다. 내일의 제가 어디서 뭘 하고 있을지 전적으로 팀장님께 달렸다는 것 정도는 압니다."

"그래. 그래서 이제 어떡할지 결정하려고 자네 변명 좀 들어보려고 했는데, 자네가 들려준 말이 겨우 그거잖아. 내가 대체 어떻게 해야겠어?"

"절 살려두실 겁니까?"

그는 눈을 동그마니 뜨고 그녀를 보았다. 농담하는 낌새도 공포도 느껴지지 않는 당돌한 눈을 샅샅이 훑다가 그는 결국 허탈하게 웃었다.

"너 나를 아예 경찰이라고 생각 안 하는구나?"

최소한의 존칭조차 사라진 그 말에 그녀는 담담히 대답했다.

"전 딱히 서 팀장님을 경찰로 인정해서 팀장님 아래에서 일한 건 아니었습니다. 팀장님도 절 경찰로 생각하지 않으셨을 테고요."

"그래, 내가 널 경찰로서 영입한 건 아니긴 하지. 아무리 그래도 그렇지, 살려둘 거냐니. 이거 제복 입은 사람한테 진지하게 할 말은 아닌데."

"그럼 살려둘 겁니까? 절?"

"정말 내가 누굴 그렇게 아무렇잖게 죽일 거라고 믿는 거냐? 내가 너 보는 앞에서 그런 짓이라도 했어?"

"비원이 그런 짓을 하지요." 그녀는 눈 앞에 쌓인 서류 더미를 보며 말했다. "그리고 팀장님은 비원을 지켜보는 사람입니다. 살인할 각오 없이 살인 집단의 뒤를 봐주는 건 쉽지 않겠죠."

"나한테 죽을지도 모른다고 생각하면서 여기서 일했다 이거지."

"가능성이 없는 건 아니라고 생각했을 뿐입니다."

"비원 애들 관찰하느라 무뎌졌나 본데, 사람 죽이는 거 그렇게 간단한 일 아니야."

"안 죽이는 것도 간단한 일이 아니지요. 저를 비리 혐의로 고발해 처리해도 제가 팀장님을 물고 늘어지면 그보다 골치 아픈 일이 없을 테고. 조용히 직위만 해제해도, 제 머릿속에 있는 비원에 대한 정보가 거슬릴 테고. 어차피 제가 팀장님을 도운 건 팀장님밖에 모르는 일인데, 아예 제거해버리는 편이 깔끔하지 않겠습니까."

"이놈 이거 정말 진심인가 보네. 내가 널 죽여서 입 막을 생각 있다고 하면, 그럼 뭐 어쩔 건데?"

"제 나름대로 도망쳐야겠죠."

"죽일 생각 없다면?"

"다행이라고 생각하겠죠."

"내 말을 어떻게 믿고."

"직전까진 믿어주는 게 인간적이니까요."

가장 인간적이지 않은 주제에 대해 말하고 있는 사람이 인간성을 논하고 있었다. 대화가 이어질수록 그는 두통을 느꼈다. 끌어들이지 말았어야 할 사람을 주위에 두었다는 생각이 들기 시작했다.

1년이 채 못 되는 동안 윤서리가 비원에 내민 손길이 그의 눈 앞에 그려졌다. 그는 그중 심기가 불편하지 않았던 거래를 떠올렸다. 그 반대의 경우는 종이의 형태를 취해 책상에 올라와 있었다. 그는 머릿속에 있는 것들의 무게와 책상 위에 있는 것들의 무게를 저울질했다. 이 많은 반항의 증거에도 불구하고 윤서리라는 신식 톱니바퀴는 내치기 아까운 존재인가.

아니었다. 그런 사람은 이제껏 아무도 없었고 앞으로도 없을 것이다.

"너는 어때." 그가 말했다. "내가 널 살려뒀으면 좋겠어? 이 일을 계속하고 싶긴 해?"

그녀는 처음으로 진지하게 고민하는 듯했다.

"설마 나더러 제발 죽여주십사 이런 짓을 한 건 아니겠지?"

"죽고 싶다면 여기 옥상보다 좋은 도구가 없지요. 굳이 팀장님을 쓰진 않았을 겁니다."

"마찬가지다. 비슷한 이유로 난 널 죽이지 않을 거야. 굳이 내가 손쓰지 않아도 네가 선을 넘으면 비원에서 알아서 널 처리할 테니까. 사실 난 왜 여지껏 비원이 널 가만히 뒀는지 이해할 수 없어."

"그러게요. 서 팀장님이 절 비원에서 보낸 첩자로 의심하셔도 할 말이 없었을 겁니다."

서형우의 얼굴이 굳었다. 초점 없는 눈을 깜빡이다가 그는 유리를 긁는 듯한 기이한 소리를 내며 웃었다.

"첩자? 비원이? 그 자식들이 날 상대로 첩자질을 한다고? 차라리 너 대신 여기 옥상에 올라가서 단체로 자살쇼나 벌이라 그래."

"다른 짓에 비하면 경찰에 자기네 사람 보내는 것 정도는 쉽게 할 조직 같던데, 아직 그런 적은 없었습니까?"

"제까짓 것들이 감히 누구 앞에 뭘 보내. 신원 조작하는 방법이나 제대로 알겠어, 그놈들이? 두 번 얼굴 비추러 오기도 전에 뽀록나고 끝날걸. 그리고 너만큼 비원한테 최악인 첩자가 어딨어." 그는 종이더미를 톡톡 쳤다. "너 때문에 죽어 나간 비원 중간층이 몇인데."

서형우는 히죽 웃었다. 그녀는 웃지 않았다.

"이렇게 하자." 그는 자세를 고쳐 앉아 책상에 가지런히 손을 모았다. "나는 이 증거를 없앨 거야. 널 고발하지 않을 거고, 너랑 자멸하지도 않을 거야. 하지만 지금까지 해온 일을 계속 시키게 될 거야. 괜찮나?"

"협력자의 고발만 접수하는 그것 말인가요?"

"그건 예전에 했던 주문이고. 네가 실제로 해온 일은 조금 다르잖아? 애완견 훈련하듯 비원 놈들 가지고 논 그 짓거리 말이야."

그녀는 얼마간 말이 없다가 입을 열었다. "그걸 계속하게 돼도 앞으론 거기에 제 의지는 들어가지 못하겠군요. 어떤 사건을 덮고 어떤 사건을 막을지 고르는 기준 말입니다. 아마 팀장님이 지시하시겠죠."

"당연하지. 말이라고 해? 네가 비원 데리고 소꿉놀이하려고 여기 있는 거야? 처음부터 내 말대로 고분고분 일했으면 이럴 일도 없었을 거 아냐, 이 배신자야. 너 때문에 죽은 애들은 좀 더 나중에 죽었어야 할 놈들이었어. 넌 그간 받은 뒷돈에서 동전 한 푼 값어치도 일하지 못했다고."

하고 싶던 말을 드디어 조금이나마 내뱉으니 속이 편해져서 그는 뻐근한 목을 양옆으로 비틀었다. 그녀는 여전히 그를 뉴스 앵커 바라보듯 무표정하게 보고 있었다. 그는 인상을 찌푸리고 말했다.

"이건 내 영역이야. 네가 건드릴 일이 아니었어. 여기까지 온 이상 넌 정말로 나한테 경찰이 아니다. 네가 또 내 눈 피해서 비원한테 멋대로 손대면 이런 얌전한 곳에서 만날 생각은 접어야 할 거야. 내가 주문하지 않은 어떤 형태로든 비원이랑 접촉하는 일이 생기면 그날로 끝이다. 못 하겠으면 지금 말해. 동업 관계 청산하고 싶으면 위층에 가서 자수하고, 날 고발하고, 사이좋게 형사재판이나 받자고."

"피고인석에 앉을 생각 없으신 거 압니다. 저도 마찬가집니다."

"알겠지만 이건 비원이 아직 널 건드리지 않은 행운 덕이야. 내 지시를 따르다가 비원 심기를 건드릴지도 모르고, 아니 아마 건드리게 되겠지. 그때 받을 신체적 위협에서 내 보호를 바라기도 어려울 거야. 네가 이 책상에 쌓아놓은 것들 덕분에 생긴 리스크다. 받아들일 거냐?"

"네. 그 대신 하나 요청해도 되겠습니까?"

"그 대신? 그 대신이라고? 설마 이걸 거래라고 착각할 정도로 뻔뻔한 건 아니겠지? 이건 통보 겸 교육이라고."

"압니다. 하지만 필요한 일이라서요."

"말해봐."

"당분간은 그럴 생각 없지만, 제가 원할 때 무리 없이 경찰직을 그만두고 싶습니다. 그때 비원과 관련된 내용은 팀장님이 지워주실 거라고 믿어도 될까요."

그는 눈썹을 늘어트렸다. "벌써부터 도망갈 길을 만들려는 건 아니겠지."

"저 혼자 힘으론 그러지 못할 거 아시지 않습니까. 어차피 절 너무 오래 곁에 두는 것도 팀장님껜 부담 아닌가요? 배신한 값만 적당히 치르고, 받아먹은 돈이 지나치게 불기 전에 깨끗이 떠나는 게 저희 모두에게 좋을 거라고 생각하는데요."

맞는 말이었다. 어쩌면 그녀가 원하는 것보다 더 빨리, 그녀가 상상한 것보다 더 깨끗하게 떠나게 될 수도 있었다. 그는 자신의 왼쪽 다리를 툭 치며 약속했다.

"또 배신하지만 마. 뒤돌아서 자수할 생각도 말고. 진지하게 말하는데 다시 배신하느니 차라리 지금 도망가는 편이 백배는 나을 거다."

"예. 서 팀장님이 윗선에 절 제물로 바치지 않는 이상 제가 수갑 찰 일은 없을 겁니다." 그녀는 의자를 뒤로 끌었다. 뭉툭하고 뻑뻑한 소리가 났다. "다시 믿어주셔서 감사합니다. 내일부턴 여기서 정말로 나쁜 짓을 시작하게 될 테니 웬만해선 빨리 나가고 싶은데, 더 말씀드려야 할 게 없다면 이만 인사드려도 될까요."

그는 파리 쫓듯 손을 저었고 그녀는 평범한 날의 퇴근 시간처럼 가방을 걸쳤다. 그녀는 한 번도 뒤를 돌아보지 않았지만, 그는 그녀가 문을 나서는 뒷모습을 내내 눈으로 좇았다.

멀어져가는 발소리를 들으며, 그는 그녀가 자신과 대화하는 내내 단 한 번도 죄송하다는 말을 하지 않았다는 것을 뒤늦게 깨달았다.

앞으로 비원이 어떻게 반응할지, 그녀가 언제까지 죽지 않고 버틸지 궁금해졌다. 그는 곧 한 장 한 장 태울 종이 더미를 집으면서, 윤서리의 시체를 신축 대형 마트 공사장 아래에 묻으려 했던 기존의 계획을 머리에서 지웠다.

*

일은 여러 의미에서 그의 의도대로 풀리지 못했다.

첫째로는 비원이 윤서리를 살해하지 않았다. 가장 큰 기대가 좌절돼 그는 적잖이 실망했다. 작정하고 지나친 액션을 주문해도 비원은 그녀에게 손대지 않고 서형우에게만 요즘 무슨 수작이냐는 사인을 보낼 뿐이었다. 그건 오히려 그가 비원에 하고 싶은 말이었다. 비원에 잠입시킨 퇴직 경찰이며 국정원 직원들은 잘도 쏙쏙 골라으스러트리는 주제에, 서울 구석진 곳에 홀로 세 들어 사는 눈엣가시는 뭐가 어려워 처리하지 않는지 알다가도 모를 일이었다.

둘째로는, 배반하지 않겠다던 그녀의 약속이 지켜지지 않았다.

그는 그래 내가 호구지 싶었다. 자신에게 웃음만 났으나 그는 두 번째 큰 배신과 마주했던 그 순간 도저히 웃을 수 없었다. 머리를 내려치는 폭우가 매서웠고, 그녀와 그는 꼴사나웠고, 무엇보다 바로 지척에 비원의 우두머리가 서 있던 탓이었다.

문제의 그날은 처서가 갓 지난 평일이었다. 수도권 전역에 비구름이 드리워져 있었고 나흘째 내리는 늦장마에 속눈썹 사이사이까지 축축했다. 바깥이 한밤중처럼 컴컴해서, 건물 안에서 점심을 먹는데도 마치 새벽에 몰래 음식물쓰레기를 뒤지는 길짐승이 된 기분이었다.

　서형우는 일찌감치 본청을 나섰다. 제2의 '회사'에서 내려온 지령을 완수하기 위해서였다. 정확히는 그가 먼저 '회사'에 제안한 계획이었다. 비원의 삼인자를 제거하기 위해 그는 2년이 넘도록 비원에 연락책을 꽂아댔다. 넘치는 경찰 첩자 때문에 비원의 수뇌부가 냉정을 잃고, 삼인자를 외부와 내통하는 배신자로 의심해주길 바라서였다. 그가 보낸 아이들 대부분은 비원이 정확히 어떤 조직인지도 모른 채 비원의 손에 제거됐다. 몇 안 되지만 성공적으로 심층부까지 잠입한 요원도 있었다. 재주 좋게 비원의 비밀을 눈치챈 이들은 서형우에게 제거됐다. 그들은 비원에 정체를 들키기 위해 잠입한 것이지 비원의 정체를 캐내기 위해 잠입한 게 아니었다. 그들이 자신의 임무를 후자로 알았던 건 차치하고.

　가장 바람직한 건 비원의 일인자가 직접 삼인자를 처리하는 것이지만 삼인자가 실각하기만 해도 되었다. 권력자가 권력을 잃는 것을 바깥세상에선 인생이라고 부르지만, 비원에선 죽음을 뜻했기 때문이다.

　2년 가까이 되는 지루한 파견은 슬슬 결실을 맺는 듯 보였다. 그에겐 삼인자의 마지막을 지켜볼 의무가 있었다. 살해되는지 연명하는지, 저항하는지 묵묵히 운명에 따르는지, 죽는다면 어떻게 죽는지, 곁에 정확히 누가 있는지, 그 모든 것을.

　당연하지만 그가 지켜보는 걸 비원이 알게 할 순 없었다. 잠입한 아이들이 얼마나 죽어 나가든 경찰도 '회사'도 지금껏 그들을 구하러 간 적이 없었다. 삼인자의 처분에 그가 관련된 걸 들키면 그걸로 작전 종료였다. 제사상에 애들 목만 올린 채, 그 혼자 절을 올리면서.

다행히 처분은 실내에서 이뤄지지 않으려는 듯했다. 영상기기를 심을 필요가 없어서 좋았다. 카메라나 도청기를 설치해봤자 비원의 우두머리는 그것들을 귀신같이 찾아내 상식의 반열에 들지 않는 방식으로 죄다 부쉈다. 비원에 눈과 귀로 심는 소모품을 반드시 사람으로 선택하는 가장 중요한 이유였다.

비원의 간부들이 향한 곳은 그 산성이 있는 유령도시 외곽이었다. 공개처형 없이 조용히 처리할 모양이었다. 아무도 다가오려 하지 않아 무섭도록 조용한 곳이기에 미행이나 잠복이 어렵겠지만, 굵은 빗줄기 덕분에 그럭저럭 몸을 숨길만 해 보였다.

그는 도중에 차를 버리고 뒤를 따라잡았다. 한동안 그들의 차에선 아무도 나오지 않았다. 그는 인내 깊게 동태를 살폈다. 우비만 뒤집어쓰고 1시간 가까이 비를 맞자니 손톱 안쪽까지 오슬거렸다. 얼마 뒤 차 문이 열리고 한 남자가 쫓기듯 튀어나왔다. 곧 시체가 돼야 할 삼인자였다. 이어서 큰 검은 우산을 펼친 일인자가 차에서 나왔다. 열린 차 문 사이로 언뜻 여자가 보였다. 멀어서 이목구비가 뚜렷이 보이지 않았지만, 그는 차 안에 이인자가 있음을 확신했다.

그 외엔 아무도 없는 듯했다. 처형장을 몰래 지켜본 보람이 있었다. 남자가 죽을 때 곁에 있는 게 저 두 사람뿐이라면, 걱정하는 일은 일어나지 않을 것이다.

삼인자의 '능력'은 다른 이에게 '옮겨' 가지 않고 그의 시신과 함께 썩으리라.

남자는 고스란히 비를 맞으면서 자신의 보스를 향해 애원하듯, 혹은 나무라듯 고함쳤다. 아무도 외침에 반응하지 않았다. 비원의 간부 세 명이 2백 미터도 떨어지지 않은 곳에 모여 자해를 시도하는 모습에 그는 소리 내 웃지 않기 위해 애썼다. 의심을 이기지 못한 우두머리가 삼인자를 처단하면 그 빈자리에 앉는 겁쟁이를 소식통으로 삼으면 완벽했다. 다음 목표는 이인자였고, 다시 생긴 빈자리에 두 번째 허수아비를 꽂으면, 양팔을 잃은 우두머리가 제아무리 아성의 독재자라 할지라도 홀로 버틸 수 없을 것이다.

늦여름 비의 찝찝함도 잊고 환상에 취하던 서형우가 어찌 예상할 수 있었을까. 어서 남자의 죽음을 확인하고 집으로 돌아가 따뜻한 목욕을 하고 싶다는 생각만 가득했던 그가, 어떻게 앞으로 일어날 일의 일부라도 상상할 수 있었을까. 사방을 메운 빗줄기의 소란에 갇힌 채, 멀리서 땅을 치며 다가오는 소리가 실은 빗소리가 아닌 바퀴 소리라는 걸 무슨 수로 알아챌 수 있었을까.

차를 멈추고 나와 망연히 선 사람이 경찰 근무복을 입고 있는 걸, 눈으로 보기 전에 그가 어떻게 알 수 있었을까.

그것은 기회가 다시 주어져도 예측할 수 없는 일이었다. 그는 빗줄기 아래에 선 경찰이 비원의 삼인방을, 정확히는 차 밖에 나온 두 명의 남자를 바라보는 걸 보고 눈알이 튀어나오는 것만 같았다. 목격자가 생긴 게 문제가 아니었다. 목격자 따윈 비원이나 그가 얼마든지 처리할 수 있는 사소한 장애물에 불과했다. 진정한 문제는 그 사람이 절대 그들의 처형을 방해해선 안 되는 1순위 신분인 경찰이라는 점이었다.

비원의 우두머리도 당황한 낌새였다. 그 머리통에서 무슨 생각이 오가는 중인지 그는 손바닥 들여다보듯 알 것만 같았다. 시나리오가 발가벗겨지고 있는 게 빗방울보다도 생생히 느껴졌다. 서형우라는 이름이 삼인방 모두의 머릿속에 떠올랐다는 것도 장담할 수 있었다.

빗소리에 섞여 사이렌 소리가 들려왔다. 비원엔 구원이고 그에겐 종말 같은 행차였다. 삼인자는 우두머리와 함께 차에 올랐다. 적어도 이 장소에서만큼은 아무런 범법행위도 저지르지 않은 세 사람은 유유히 자리를 떴다. 이제 앞으로 무슨 수를 써도 삼인자는 절대 잘려 나가지 않을 것이다.

서형우는 온몸을 부르르 떨며 불청객에게 달려갔다. 지팡이는 공중에서 헛돌았고 오른쪽 다리는 왼쪽 다리의 속도를 따라가지 못해 땅바닥에 질질 끌렸다.

왜소해 보였던 그 경찰은 여자였다. 더 가까이 다가가자 얼굴을 알아볼 수 있었다. 윤서리였다.

주체할 수도 없는 화가 머리끝까지 뻗쳤다. 그가 소리쳤다.

"너 이 자식 어쩌자고 여길 기어와!"

경찰차 세 대가 가까운 곳에 정차했다. 밖으로 나온 다섯 명의 순경 중 그가 아는 얼굴은 없었다. 그들은 무엇을 위해 이 자리에 불려 왔는지도 모르는 것처럼 어리둥절해 보였다. 되는대로 대충 끌어모은 송사리들인 게 훤했다. 그는 당장에라도 그녀의 멱살을 잡아 패대기치고 싶어 두 손을 부들부들 떨었다.

"무슨 상황인지나 알고 온 거야? 왜 왔어? 어떻게 왔어! 네가 어떻게 이 시간, 이 장소를 알고 올 생각을 해. 이젠 하다 하다 내 외근 파일까지 뚫었냐? 그렇게 할 짓이 없어? 비원한테 받아 처먹은 거라도 있냐? 그런 거구먼. 송치할 것도 없이 내부 징계만으로 당장 끝장내줄 수 있어! 너 집으로 곱게 돌아갈 생각은 접어라."

순경 한 명이 말을 걸려고 다가왔지만, 그는 당장 꺼지라고 소리치며 씩씩거렸다. 윤서리는 주룩주룩 내리는 비를 맞으며 그를 노려보고 있었다. 말도 안 되는 눈빛이었다. 개처럼 엎드려 머리를 박아도 모자랄 상황이었다. 그는 거치적거리는 순경들만 없었더라도 지금 당장 그녀를 저세상으로 보낼 수 있을 만큼 화가 나 있었다.

그녀는 그가 다시 노성을 내지르기 전에 말했다.

"제 보고가 필요하실 겁니다, 서 팀장님. 포에스 빌딩이 무너졌는데요."

포에스 빌딩은 비원이 다업종 투기를 위해 근교에 세운 위장회사 중 하나였다. 그는 머리카락을 쥐어뜯으며 경찰신분증을 내보여 순경들을 되돌려 보냈다. 그녀는 기다렸다는 듯 바로 말을 이었다.

"비유가 아니고 말 그대로 무너졌습니다. 건물이 전부, 완전히요. 지반 문제로 보긴 어려우니 부실 공사로 결론 나겠죠. 생존자는 확인되지 않았습니다. 얼마 전까지 지를 통해 계속 주시하셨던 곳이니 중대한 소식이라고 생각합니다만."

"그래, 당연히 무너졌겠지."

"팀장님이 그러셨다는 겁니까?"

"장난해? 자기들끼리 치고받다가 무너진 거지."

"위장회사 직원들끼리 뭘 어떻게 해야 건물이 폭격 맞은 것처럼 무너질 수 있습니까?"

"그냥 그런 자식들이야. 너만 아니었어도 빌딩 한 채는 더 무너졌을 텐데 이따위로 끝나버렸잖아. 비원에서 머리 하나가 떨어져 나가기 직전이었어, 바로 조금 전에! 포에스 빌딩에서 뒈진 놈들도 그렇게 예상했겠지! 결국 의미 없는 생존 싸움이 됐지만 말이야. 삼인자가 멀쩡히 살아남았는데 휘하만 전멸해봤자지! 내가 돌발행동하지 말라고 한 게 무슨 뜻인지 아직도 몰라? 다시는 비원 놈들 황천길 가는 순서 바꿔대지 말라고 했잖아!"

그녀는 더 차갑게 가라앉은 눈빛으로 그를 쳐다봤다. 눈망울이 빗방울 같았다.

"서 팀장님. 비원으로 정확히 무슨 일을 하고 계시는 겁니까?"

"그건 내가 묻지. 너 대체 무슨 짓을 하는 거냐? 고작 빌딩 하나 무너졌다고 허겁지겁 달려와? 네가 그럴 애야? 내가 여기 오는 거 알아내려고, 세상에, 무슨 짓을 했어? 뭐로 털었냐? 언제부터 날 털고 있었냐고."

"서 팀장님."

"그러고 보니 오늘 일 세부 사항까지 알고 있겠네? 말해, 어디까지 알아. 어디까지 봤냐고. 이 세상에서 세 명밖에 모르는 계획이었어. 네가 뭘 건드린 건지 알기나 해?"

"서 팀장님."

서형우는 입을 벌리고 숨을 들이켰다. 입술 사이로 빗물이 들이쳤다.

그녀가 말했다.

"비원으로 뭘 하시는지 처음부터 물을 생각은 없었습니다. 묻지 않을 생각으로 팀장님께 합류했고요. 물었던 건 단지 이유와 목적이었죠. 왜 그런 일을 하느냐고요. 더 많은 사람이 안전해지기 위해서라고 말씀하신 거 기억하십니까?"

그는 가만히 눈만 깜빡였다.

"비원을 당장 와해하지 않는 데엔 그만한 이유가 있겠죠. 하나라도 도움 되는 구석이 있으니 밟지 않는 거겠죠. 하지만 서 팀장님, 제가 지켜본 바로는 아주 천천히, 하지만 지속적으로, 비원을 가지치기하듯 잘라내고 계시는데, 그때마다 죽어 나가는 사람들 수가… 저는… 모르겠습니다. 조금이라도 더 많은 사람이 안전하기 위해서라고 말씀하셨지만, 1년 가까이 저는 안전한 사람을 한 명도 못 본 것 같습니다. 묻지 않을 생각이었지만, 이젠 물어야겠습니다. 비원으로 뭘 하시려는 겁니까?"

"내가 등신이다. 내가 등신이야. 믿을 구석이 어딨다고 너 같은 걸 여태껏 끌고 다녔는지 다 내 잘못이지. 안전한 사람을 못 봤다고? 지금 그 말 지껄이는 넌 안전하지 못해서 그러고 서 있는 것 같아? 조금 전에 돌아간 경찰 다섯 명은 안전하지 않아 뵈고? 사람들이 평범하게 살고 있는 게 당연해 보이지? 그걸 위해 뒤에서 누가 어떻게 일하고 있는지는 생각하지도 않고!"

"예, 비원은 나쁜 짓으로 먹고삽니다. 파고들수록 더러운 일도 많이 봤고요. 언젠가 합당한 처벌을 받아야겠죠. 하지만 비원 정도의 범죄조직은 얼마든지 더 있습니다. 팀장님이 그렇게 열 내실 정도로 비원이 치명적인 테러 집단으로는 안 보이는데요."

"그래서 뭐냐? 네 눈에 그렇게 안 보인다고 정말 테러 집단이 아니라는 거야? 고작 그걸로 몇 년짜리 계획을 물 먹인 거야? 덜 위험해 보이는데 자꾸 죽어 나가니까 뒤늦게 동정심이라도 들었어? 경찰 때려치우고 비원에 들어가지 그랬어? 내 팀에 오지 말고!"

그는 질퍽거리는 땅을 발로 차대며 악을 썼다. 그러다 분노를 칼로 절단한 듯 순식간에 조용해졌다. 그는 이마 아래로 흘러내린 머리카락을 뒤로 쓸어 넘기고 말했다.

"여기에 왜 왔는지 한마디로 정리해서 다시 말해봐."

"…비원의 주요 인물이 정말로 숙청되면 팀장님이 말씀하신 것처럼 건물 하나가 더 무너지는 일이 일어날 것 같았습니다. 그건 너무 심하다고 생각해서 왔습니다."

"숙청 계획은 내가 준 정보가 아니야. 알아낸 방법은 듣고 싶지 않아. 얼마나 알고 있어."

"방금 팀장님과 대화하면서 오고 간 사항 외에는 모릅니다."

"나도 사람이야. 어쩌면 꼭지 돌아서 너한테 무슨 짓이든 할 수도 있었어. 뭘 믿고 순경들 돌아간 뒤에도 혼자 여기 남은 거냐."

"여차하면 도망칠 수 있다고 생각했습니다."

"지랄을." 그는 지친 다리를 끌고 가 그녀의 차에 기댔다. "내가 말이야. 공들인 계획에 실패한 적이 없는 건 아니야. 하지만 너 같은, 당장 없어져도 아무 영향 없는 송사리 때문에 이렇게까지 뒤통수 맞은 건 정말로 처음이다."

"압니다."

"더는 나랑 일할 생각 없지?"

"일하게 해줄 생각도 없으신 것 같은데요."

"저번에 나한테 널 살려둘 거냐고 물었지. 어때. 이번엔 내가 널 살려둘 것 같아?"

"잘 모르겠습니다."

"살고는 싶냐?"

"가능하면요."

서형우는 웃으며 도리질했다. 그는 차 문을 열어 다리를 바깥에 내놓고 자리에 털썩 앉았다. 좌석이 축축이 젖었고 운동화에 잔뜩 고인 흙탕물이 빗물과 함께 흘러내렸.

"아무리 그래도 말이다. 나쁘게 시작한 인연도 아닌데 그 정도로 지저분하게 끝내서야 되겠냐. 내가 너한테 화풀이야 할 순 있어도 멀쩡한 사람을 시체로 만들어야 쓰겠냐고."

그녀는 말이 없었다.

"네가 더럽게 굴기 전에 내가 먼저 너한테 더러운 짓을 하게 만든 건 맞지. 끌어들인 건 나야. 물론 네가 뒤통수친 걸 용서하는 건 아니니까 착각은 하지 마라, 이 망할 것아. 그래, 너 때문에 날려 먹은 게 한둘이 아니지. 하지만 마지막은 깨끗하게 정리해야 하지 않겠어? 우리 둘 다 각자 벌인 짓에 책임을 지자. 넌 상사를 엿 먹인 값을 치르고, 난 널 데려온 값을 치르는 거야."

그녀는 고개를 끄덕였다. "최선을 다해보겠습니다. 어떻게 하면 될까요."

"일단 내일은 출근하지 마라." 그는 오랫동안 마른세수를 했다. "아니. 아니다. 모레도 나오지 마. 그다음 날 와서 일단 평소처럼 근무해. 고 이틀 사이에 또 비원 주위 껄떡대는 짓거린 안 할 거라고 믿어도 되겠지?"

"예."

"그래. 난 이거 타고 갈 거야. 오늘은 더 이상 말 나누기 싫다. 여기 오면서 내 차 발견했냐?"

"아니요."

"하긴 네 눈에 띌 거면 비원 놈들이 먼저 눈치챘겠지. 버려진 요금소 입구에 폐차 무더기로 모여 있는 건 봤지? 어딘지 알겠어?"

"예."

"그 안쪽에 숨겨놨어. 찾아서 본청에 적당히 주차해봐." 그는 주머니에서 차 키를 꺼내 그녀의 발치로 던졌다. 열쇠 위로 기다렸다는 듯 빗줄기가 우수수 떨어졌다. "건물 안으론 들어가지 말고."

그는 조수석에 지팡이를 기대고 시동을 걸었다. 그녀는 느릿느릿 허리를 굽혀 바닥에 떨어진 차 키를 집었다. 그가 말했다.

"너도나도 탈 없이 살아남도록 머리 굴리고 있을 테니까, 넌 이틀 동안 머리 좀 비워둬. 웬만해선 아무 생각도 하지 마."

그는 문을 닫고 차를 돌렸다. 그녀는 차 키를 손에 쥐고 물끄러미 그를 눈으로 좇았다. 비원의 간부를 쳐다봤던 자세와 똑 닮아 있었다. 비바람 몰아치는 허허벌판에 홀로 꿋꿋이, 버려진 말뚝처럼 박혀 있던 그 모습이었다.

그때 윤서리와 비원 간부 사이의 거리는 그리 가깝지 않았다. 비가 많이 내린 데다 우두머리는 커다란 우산을 쓰고 있었다. 나쁜 시야에서 그 남자는 그녀의 얼굴을 보았을까. 기억을 할까. 그보다 더 중요한 건 그녀가 그 남자의 얼굴을 보았을까 하는 점이었다.

상사의 뒤를 캔 건 적당한 선에서 덮을 수 있다. 걸레질 몇 번으로 처리할 수 있는 문제였다. 그러나 그녀가 날린 결정타는 괘씸죄 따위가 아니었다.

그녀는 비원의 일인자와 같은 공간에 있었다. 최주상을 보았다.

그 얼굴을 정확히 보았는지는 중요하지 않았다. 최주상을 멀리서라도 목격한 이상 서형우는 그녀를 살려둘 생각이 없었다.

'너도나도 탈 없이 살아남도록.' 그 말에서 '너'는 윤서리가 아니었다. 살아남는 건 오직 서형우와 장태성일 것이다.

*

이틀 뒤 느지막한 시간에 두 사람은 본청 옥상에서 만났다. 뛰어내릴 기회를 주는 거냐고 윤서리가 건조하게 농담했다. 서형우는 질색했다.

"실수로라도 발 헛디디지 마라, 사정청취 받기 싫으니까."

그는 한 모금 남은 커피를 입에 털어 넣었다. 첫 번째 만남 때와는 다르게 이번엔 그녀 몫의 커피는 없었다.

"세 번째 면접 좀 보자."

그녀는 고개만 끄덕였다.

"사람 죽여본 적 있냐?"

"아직 없습니다."

아직. 소름 끼치도록 마음에 드는 답이었다.

"사람 죽이는 걸 도운 적은?"

"있습니다."

"언제 어디서 어떻게."

"1년 동안 서 팀장님과 함께 일했습니다."

허, 소리를 내며 그는 웃었다. "그럼 죽이라면 죽일 수 있을 것 같아?"

"어지간히 약한 사람이 아니면 저한테 죽어줄 사람은 없을 텐데요."

"상대가 너보다 약하면 죽일 수 있단 뜻인가?"

"모르겠습니다. 죽어도 될 만한 인간이라면요. 아마도. 그런 인간이 세상에 얼마나 있을지는 모르겠지만."

"있기야 있지. 살아 있는 것보다 차라리 죽는 편이 사람들한테 이로운 인간이."

그는 죽어야 할 사람과 죽지 말아야 할 사람을 그녀가 자의적으로 판단했기 때문에 이 모든 일이 일어났다는 사실을 기억해내고 씁쓸해졌다. 잘만 이용하면 이 무심한 여자만큼 편리한 도구도 없었다. 상대가 죽어도 싼 인간이라고만 인식시키면 그녀는 평소처럼 묵묵히 임무를 수행할 터였다.

"연쇄 살인자야. 그리고 다른 사람들을 살인자로 만들지. 자기 것이 아닌 걸 강탈하고, 속이고, 언제든 음지를 벗어나 더 큰 혼란을 초래할 위험이 커. 이쯤 되면 죽어도 될 만해 보여?"

"그런 인간이 아직도 음지에 머무를 수 있는 게 믿기지 않네요. 국내 일입니까?"

"그래. 계속 지켜보고 있었는데, 손을 써야 할 것 같아서 사람 좀 모아 보낼 참이야."

"사살 허가가 날 정도면 꽤 거물이겠군요."

"사살 허가? 아니, 이건 암살 작전인데."

"경찰이 암살도 합니까?"

"이건 경찰 이름으로 하는 일이 아니야. 평시에 암살이 허용되는 공무직이 이 나라에 하나밖에 더 있냐."

그녀는 눈을 또륵또륵 굴렸다.

"국정원도 암살 작전 부서는 없는 것으로 압니다."

"겉으로는."

"그전에, 서 팀장님은 그쪽 직원이 아니라 경찰이신데요."

"이었었지."

"국정원 소속이었다고요?"

"일개 팀장이 돈에만 눈멀어서 본청 직원 다 속이고 비원을 입맛대로 주물렀겠냐. 대충 어쩌다 여기로 좌천됐다고 생각해라."

"여기가 거기 지부인 것도 아니고 무슨 그렇게…."

"이건 청이 모르는 일이니 경찰로서 하는 업무가 아니고, 내가 공식적으론 경찰 신분이니 국정원도 관련이 없어. 서류상으론 어디에도 남지 않는 작전이야. 계속 들을 거야, 말 거야?"

그녀는 구구단을 외는 것처럼 입술을 달싹이다가 말했다.

"말씀하십시오."

"너는 오늘로 직위해제. 지난번에 멋대로 순경들 끌고 나왔던 거 내가 권한 남용으로 부풀릴 거야. 경찰 딱지 없이 암살팀이랑 일하고 돌아오면 나랑 있었던 모든 일에 대한 입막음으로 아쉽지 않을 만큼 통장을 채워주지. 대신 국내에 남으면 안 돼. 무조건 바깥으로 사라져. 이게 우리를 위해 세운 최상의 시나리오다. 어떻게 생각해."

"국적 변경만 도와주시면 지금 당장도 비행기 표 끊을 여유는 됩니다. 바로 나가는 편이 더 낫지 않습니까?"

"내 프로젝트를 반 이상 망쳐놓고, 넌 빼먹은 돈만 홀랑 챙겨 튀겠다고? 실책을 만회할 기회가 아니라 덮을 기회를 달라는 거냐?"

"아닙니다. 암살에는 제가 합류해봤자 도움 될 것 같지 않아서요."

"힘은 다른 애들이 쓸 거야. 네 담당은 집중 수색이고."

"수색에 발휘될 역량이 저한테 있을지 모르겠습니다."

"그 장소는 그나마 네가 제일 익숙할 테니 보내는 거야."

"제가요?"

"한때 거기 살았으니까. 지금은 옛날이랑 바뀐 게 많지만 그래도."

그녀는 부엉이 같은 눈으로 그를 보더니 반 발짝 물러섰다. "산성엔 사람이 없습니다."

"그래. 사람은 거기 없어."

"암살 대상을 수색하기 위해 그곳에 들어갈 거라고 말씀하신 게 아닙니까?"

"그래. 그놈은 거기 있어."

그녀는 월권행위를 들켰을 때보다 훨씬 더 당황한 것 같았다.

"질문할 건 오직 하나야. 네가 저지른 그 말도 안 되는 짓을 나한테 사죄하고, 마지막 돈다발을 얻기 위해, 넌 그 도시에 들어가서 한 사람을 죽이는 작업을 지원할 수 있겠어?"

그녀는 그의 눈동자 속에서 답을 찾기라도 하듯 오랫동안 그를 바라보았다. "…연쇄 살인범이라고 하셨죠?"

"다른 사람도 살인자로 만들어버리는 놈이지."

"완수하고 돌아오면 여기서 있었던 일은 정말 지워지는 겁니까?"

"정확히는 그건 이미 내가 지워버렸고. 네가 얻을 건 돈이랑 목숨이지. 난 네가 살아남기 위해 개자식 한 명을 죽일 수 있겠냐고 묻고 있는 거야."

그녀는 인상을 잔뜩 찌푸렸다. "하겠습니다. 작전 세부 사항은 어떻게 됩니까?"

그는 주머니에서 종이 쪼가리 한 장을 꺼내 구겨 빈 종이컵 안에 넣고 건넸다. 그녀는 쪽지를 꺼내 펼쳤다. 커피 몇 방울이 살짝 스며든 메모엔 약 한 달 뒤의 날짜와 주소가 적혀 있었다.

"그날 거기서 대기하고 있어. 내가 보이면 아는 체하지 말고 적정 거리 유지하고 따라와. 굳이 미행하는 것처럼 각 잡을 필요는 없어. 예상 시간은 9시부터 15시 사이. 눈에 안 띄게 시간 보낼 만한 거 챙겨오고. 작전 지시는 이동한 곳에서 할 거야. 신변 정리는 네가 먼저 하지 마. 아, 갑자기 해외로 사라졌을 때 널 찾을 만한 주변인이 몇 명이야?"

"없습니다."

그는 만족스럽게 고개를 끄덕였다. 그녀는 쪽지를 주머니에 넣고 물었다.

"제가 만약 못 하겠다고 했다면 다른 임무를 주셨을 겁니까?"

"아니. 말로는 최상의 시나리오라고 했지만 사실 유일한 시나리오였어."

"그럼 제가 여기에 가담하지 않았다면요?"

"넌 네 발로 여길 내려가지 못했겠지." 그는 우두둑 소리를 내며 목을 돌렸다. "농담이다. 이게 다 너도 살고 나도 살려고 하는 짓이라고 그때 말했잖아."

그녀는 입술만 어색하게 끌어올려 미소 지었다. "팀장님이 농담하시는 건 이번이 처음이네요."

"나도 네가 그렇게나마 웃는 걸 본 건 이번이 처음이다. 이제 와 말하기도 뭐하지만, 난 네가 움직이는 마네킹인 줄 알았어." 그는 등 돌려 걸었다. "혹시나 싶어 다시 말하는데, 도망치거나 허튼수작 부릴 생각일랑은 접어라? 널 위해 하는 말이야."

"예. 잠복 감시하고 있는 그 두 분께 전해주십시오. 도망가지 않을 테니까 식사는 편하게 해도 된다고."

"어이쿠. 이틀도 안 되는 사이 너한테 들킬 정도로 나사 빠진 놈들은 아니라고 생각했는데. 담당조를 바꿔야겠구먼. 충고 고맙다."

그는 절뚝거리며 계단을 내려갔다. 최상의 시나리오. 누군가의 최상이 누군가의 최악이 되는 건 자연스러운 이치다.

윤서리는 비행기 없이 손쉽게 이곳을 뜰 수 있을 것이다. 함께 투입될 이들과 함께. 그리고 어쩌면 암살에 성공할지도 모를 요원과 함께.

그곳이 깔끔한 처형소는 못 되지만 그 도시에 들어간 이상 살아나올 가능성은 없었다.

다 저 스스로 죽음을 자초한 결과라고 서형우는 생각했다. 시키는 대로만 일하고 가만히 있었더라면 이런 일은 일어나지 않았으리라.

*

여름이 남긴 마지막 기운도 사라지고 가로수의 가지가 가벼워진 거리에서, 윤서리는 정확히 4시간 30분을 기다렸다.

메모에 적힌 주소는 먹거리가 넘쳐나는 거리에서 전혀 눈에 띄지 않는 낡은 카페를 가리키고 있었다. 가게는 전방이 야외로 트여 있어서 지나가는 사람들을 관찰하기 쉬웠다. 그녀는 미리 들른 서점에서 눈에 띄는 대로 집어 온 책을 펼치고 읽는 시늉만 했다.

서형우는 다리를 절며 가게 안으로 성큼 들어와 누가 들어도 메뉴에 전혀 관심 없어 보이는 목소리로 커피를 주문하고 근처에 앉았다. 두 사람 모두 서로에게 아는 척을 하지 않았다. 음료가 나오자 그는 컵 안의 내용물을 전부 처리대에 따라버리고 절뚝거리며 가게를 나섰다. 그녀는 그가 인파에 섞여 들기 시작할 때 책을 덮고 뒤를 따랐다.

불편한 다리로 느리게 걷는 그와 거리를 두기 위해 그녀는 종종 길을 헤매는 척을 해야 했다. 구(區)를 벗어나자 뒤에 붙은 미행 중 한 명이 사라졌고, 또 다른 구에 접어들자 마지막 남은 한 명마저 모습을 감췄다. 둘은 아주 오래 걸었다. 세 번째 구에 도착했을 땐 해가 졌고 인파도 없었다.

주택이 빽빽이 들어찬 골목에 들어서자 그는 눈에 띄게 걸음을 늦췄다. 그가 자리에 멈춰 다리를 주무르는 것을 보고 그녀는 가까이 다가갔다. 그녀가 옆에 서자 그는 다시 발을 떼며 말했다.

"올 만했냐."

"예."

"길은 외웠고?"

"예."

"외웠다고? 괜한 짓을. 머리에서 지워. 쓸데없는 정보야. 다시는 여기 올 일 없을 거다."

"혹시 모르니까요."

"만에 하나 비상 상황이 터져도 여기선 안 만날 거야. 금방 옮길 텐데 뭘."

"누구로부터 숨기 위한 안전가옥입니까?"

"주로 비원. 때로는 회사."

"회사요?"

"내 전 직장."

"비공식이어도 국정원을 위해 일하는데 국정원을 피해 숨는다고요?"

"거기엔 너 같은 애들이 많거든."

그는 지저분한 남색 대문 앞에 멈춰 문손잡이에 지팡이를 끼워 당겼다. 문에 손바닥 자국처럼 붙어 있던 전단들이 팔랑거렸다.

그들이 들어간 1층 주택은 양옆에 바짝 붙어 선 낡은 2층 주택 사이에 끼어 당장에라도 찌부러질 것 같았다. 그는 지팡이를 찍어 누르며 힘겹게 계단을 올라 신경질적으로 철문을 열었다. 그녀는 그가 당장에라도 안전가옥 위치를 옮길 듯 구는 이유가 보안을 위해서가 아니라 다섯 칸의 계단 때문일 거라고 생각했다.

안에는 넓은 탁자와 의자와 간이소파 외엔 아무런 가구도 없었다. 탁자는 방 한가운데를 차지했고 소파는 화장실과 딱 붙은 방에 짐처럼 놓여 있었다. 소파 위엔 파일과 외장 하드와 줄 끊어진 헤드폰들이 질서 없이 쌓여 널브러져 있었다.

그리고 그 앞엔 한 사람이 지저분한 무질서의 일부가 되어 웅크려 앉아 있었다.

그 사람은 서류철을 늘어놓고 맨바닥에 앉아 밥을 먹고 있었다. 까놓은 도시락이 서류 수보다 많았다. 환기가 제대로 안 된 방에 기름 냄새, 간장 냄새, 더운밥 냄새, 매콤한 냄새 등등 온갖 향이 섞여 찐득한 기운을 풍겼다. 그 속에서 낯선 사람은 허겁지겁 튀김 반찬을 삼키며 그들을 흘끗 쳐다보기만 했다.

대충 보아서는 성별을 짐작할 수 없는 인물이었다. 서형우는 그 정체 모를 사람에 대해 아무 설명도 하지 않고 탁자가 있는 방에 들어가더니 의자 위의 짐을 탁자로 옮기고 앉아 다리를 꼬았다.

"그 도시를 얼마나 자세히 기억하고 있지?"

어느 도시를 지칭하는지는 뻔했다. 기억을 더듬느라 윤서리의 미간이 꿈틀했다.

"어디가 높고 어디가 낮고, 어디가 깨끗했고 어디가 복잡한 동네였고, 이런 식으로 단편적으로 기억합니다."

"거기 가면 대강이라도 위치를 파악할 수 있겠어?"

"장담은 못 드리겠습니다. 오래 살긴 했어도 그만큼 오랫동안 가지 않았으니까요."

"폐쇄된 지 올해 들어 12년째지. 만약 도시 일부가 많이 달라졌어도, 다른 곳들이 변한 것 없이 그대로라면, 그곳에서 주변에 뭐가 있는지 기억해낼 수 있을 것 같아?"

"경우에 따라 다르겠죠. 토박이도 잘 모를 만큼 구석진 곳이면 아무리 보존이 잘돼 있어도 전 모르겠지요."

그는 탁자 위로 사진 한 장을 날렸다. "보고 떠오르는 게 있으면 말해봐."

그녀는 사진을 보자마자 말했다. "어렸을 때 랜드마크였던 곳입니다. 바로 앞에 오거리, 근처에 사거리가 있고 도로가 아닌 곳은 모두 상점가와 주택가였습니다."

다른 사진이 미끄러지듯 탁자를 건너왔다. 그녀는 이번엔 사진을 구석구석 훑고서 말했다.

"두 군데가 생각나는데, 근처에 중학교가 있으면 큰 도로를 사이에 두고 앞뒤에 높은 언덕이 있는 곳입니다. 초보자는 운전하기 어려울 정도로 가파른 지형입니다. 뒤편 언덕을 완전히 넘어가면 그 일대는 전부 유흥가였습니다. 만약 중학교가 아니라 시립도서관이 있다면 도서관 정면에 빌라 단지, 걸어서 20분 거리쯤에 짧은 터널이 있는 곳입니다."

새로 던져진 사진을 보고 그녀는 고민하다 말했다.

"근처 사진이 몇 장 더 있으면 알 것 같은데 지금은 잘 모르겠습니다."

그는 들고 있던 뭉치를 뒤져 사진 두 장을 꺼내 건넸다. 그녀는 고개를 주억거리더니 말했다.

"공단과 가장 가까운 곳에 세워진 아파트단지입니다. 입주 신청 개시일을 홍보하는 현수막을 본 기억이 납니다. 싱크홀이 생기는 바람에 그 아파트에서 살게 된 사람은 한 명도 없었겠지만요."

그는 새 사진을 주었다.

"모르겠습니다."

근방인 듯한 장소를 찍은 사진이 탁자를 가로질렀다. 그녀는 고개를 저었다.

"모르는 곳입니다."

그는 다시 새 사진을 건넸다. 번듯하지만 오랫동안 관리하지 않은 것 같은 건물이 찍혀 있었다.

"…입소문이 나서 꽤 잘 팔리던 식당이었습니다. 아버지 되는 놈팽이가 도박으로 날린 걸 남매가 자수성가해서 되찾은 가게로 유명했습니다. 음식은 맛있고 주인도 친절해서, 추운 겨울에 특히 사람이 북적였죠."

"그런 쓸데없는 거 말고. 다른 중요한 건 안 떠올라?"

"아… 예, 보도가 복잡하게 얽혀 있고 주변에 공원이 많았습니다. 인공공원은 거의 없고, 산에서 갈라져 나온 작은 산줄기를 이용한 자연공원이 대부분입니다."

서형우는 사진을 거둬 정리했다. 다른 뭉치에서 사진 한 장을 집고 그가 말했다.

"이건 지금까지 보여준 사진과 다르게, 아까 말했던 '예전과 많이 달라진' 장소야. 그걸 감안하고 봐봐."

"그럼 방금 본 사진들은 달라지지 않은 곳입니까? 12년 전에 찍은 게 아니라 최근 사진이라고요?"

그는 건성으로 고개를 끄덕이고 사진을 탁자 중앙으로 날렸다. 그녀는 멍하니 있다가 사진을 보더니 말했다.

"만약 서 팀장님이 미리 말씀하지 않았다면 이곳이 그 도시라고 생각하지도 못했을 겁니다."

"어디인 것 같아?"

"글쎄요. 철거장… 공사판. 재개발구역이겠네요."

"원래는 그 도시의 어디였는지 예상할 수 있겠어?"

"감도 안 옵니다."

"이런 곳이 군데군데 있을 거야." 그는 사진을 가져가며 말했다. "특히 싱크홀 주변. 싱크홀과 가까울수록 이렇게 무너진 곳이 많고, 싱크홀이랑 멀리 떨어졌는데도 엉뚱하게 머리카락 뽑힌 것처럼 뜬금없이 이런 폐허가 나올 수 있어. 알아는 두라고 말해주지만, 아마 이런 데 근처는 갈 일 없을 거야. 예상 수색지역은 높은 곳이니까."

"높은 곳이요?"

"그래. 상하좌우, 주변을 지켜볼 수 있을 정도로 적당히 높은 곳. 지도가 그려지나?"

"높은 곳에 빌딩이나 아파트도 포함됩니까?"

"우선순위로 생각하진 마. 폐쇄되지 않은 자연 그대로의 공간으로 한정하는 게 좋아. 하지만 지나치게 개방적이지 않은 곳으로. 요약하면 적당히 장애물이 있는 고지대가 되겠지. 그런 데를 떠올릴 수 있겠어?"

"이동하기 편한 몇 군데는 떠오릅니다. 그런 요소를 가진 모든 장소를 알진 못하겠지만요."

"그 정도로 됐어." 그는 파일에서 종이 한 장을 꺼냈다. "수색 대상이자 제거 대상은 이놈이다."

같은 남자의 얼굴이 찍힌 각기 다른 증명사진 네 장이 한데 모여 인쇄돼 있었다. 따분한 얼굴이라고 그녀는 생각했다. 얌전하고, 단정하고, 경직돼 보였다. 비슷한 느낌의 사진을 기업 입사 지원 이력서 정리함에서 한 뭉텅이 찾아낼 수 있을 것 같았다.

"그리고 이건 최근에 찍힌 사진." 서형우가 말했다.

그녀는 사진을 얼굴 높이로 들었다. 사진 속 남자는 증명사진에 찍힌 사람과 동일 인물 같지 않았다. 나이가 조금 더 들어 보이는 것만으론 설명이 안 되는 근본적인 차이가 표정에 드러났다. 남자는 연쇄 살인범이 아니라 살인 현장에서 빠져나온 도망자 같았다. 과거 사진보다 좀 더 마른 모습이었지만 유약해 보이기보다는 예민해 보였다. 생기 없는 얼굴에 그녀는 본능적으로 거부감이 들었다.

"살인이 아니라 자살을 할 것 같은 사람인데요."

"괜히 감정적으로 해석하려 들지 마."

"약점은 갖고 있습니까?"

"집중력이 높아."

"강점으로 들리는데요."

"강점이자 약점이지. 너희 말고 다른 데에 죽도록 집중하고 있을 테니까. 사실 노릴 수 있는 유일한 순간이 그거야. 그놈이 엉뚱한

데 정신 팔렸을 때 최대한 가까이 다가가 처리해."

"원거리 사격이 제일 효과적일 텐데요."

"그놈한텐 총칼이 별로 효과적이질 않아서."

"그런 인간이 있습니까?"

"자세히 생각할 필요 없어."

그녀는 고장 난 계산기를 보는 것처럼 그를 쳐다봤다. "그래도 명색이 암살 작전인데 총칼은 소지하고 들어가겠죠?"

"물론. 운 좋으면 총알 한 방으로 끝낼 수 있을 테니까. 그놈한테 가까이 다가가 처리하라는 건 최후의 최후를 고려해서 한 말이야. 그놈 주변에 너 혼자밖에 없을 때 말이다. 그런 경우는 어쩔 수 없겠지. 하지만 네 주 임무는 어디까지나 수색이야. 남들이 그놈 근처에 도착할 수 있게 해주는 보조 역할."

"폐쇄된 구역이 시 전체인데, 높은 곳이라는 단서 하나로 사람을 찾으려면 며칠을 써도 모자랄 텐데요. 절 포함해 몇 명이 투입됩니까?"

"일곱 명."

"이 사람이 암살당하길 원치 않으시는 것으로 들리네요."

"눈에 띄지 않아야 하는데 사람 수만 많아 봤자 어쩌려고. 시 전부를 뒤지라고는 안 했어. 도착하면 어디서 소동이 일어날 거야. 그 소동의 가시거리 내에서 높은 곳을 뒤져. 만약 소동이 일어나지 않으면 작전은 취소야. 어차피 이건 당일에 현장 요원이 알아서 챙겨주겠지만."

"거기에 싱크홀이 하나 더 생기지 않는 이상 소동이랄 게 일어날 수나 있나요."

"아까부터 말하지만, 자세히 생각하지 마. 너한텐 이번 작전에서 그게 가장 중요한 핵심이다."

"…아시겠지만 전 직위 해제돼서 총기가 없습니다. 무기는 여기서 받습니까?"

"나흘 뒤 오전 5시, 소집 장소에서. 당연히 난 없을 거야."

"위치는요."

"네가 지난달에 비원 삼인자 살리려고 달려왔던 거기."

그녀는 서형우의 눈에서 뚝뚝 떨어지는 분노를 보기 싫어서 사진으로 제 눈 앞을 가렸다. 고요하게 정돈된 외모를 가진, 그러나 차가워서 쩍쩍 갈라질 듯한 표정으로 무장한 남자가 종이 안에서 그녀를 외면하고 있었다.

왜 사진을 보고 혐오와 반발심이 생겼는지 그녀는 어렴풋이 알 것 같았다. 남자에게서 뿜어져 나오는 분위기가 지나치게 익숙했다. 그녀가 매일 아침 거울 속에서 보는 얼굴과 닮아 있었다.

그녀는 탁자에 사진을 뒤집어놓으며 말했다. "표적 이름이 어떻게 됩니까?"

"알아야 할 정보는 아닌 것 같은데."

"그러네요. 시신은 어떻게 처리할까요."

"네가 손댈 일은 없을 거야. 다른 놈이 알아서 챙길 거니까. 네가 주의할 점은 하나다. 팀 이탈만 하지 마."

"예."

그들은 말없이 서로를 응시했다.

"더 지시하실 사항이 있습니까?"

"없어. 그만 가봐."

"나흘 뒤 임무 마치고 공항에서 뵙겠습니다."

그녀는 곧장 방을 나왔다. 소파 옆에서 식사하고 있던 낯선 이는 여전히 음식을 우물거리고 있었다.

그녀가 문 앞에 다다르기 직전에 철문이 열리고 누군가가 들어왔다. 그녀는 그 얼굴을 보고 저도 모르게 고개를 돌려 식사 중인 사람을 쳐다봤다. 둘은 생김새도 차림새도 비슷한 쌍둥이였다. 그녀는 밥을 먹고 있는 사람이 여자고 방금 들어온 쪽이 남자일 거라고 어림짐작했다.

남자는 양손 가득 짐을 들고 있었다. 바닥에 푼 비닐봉지에서 나온 건 여자가 먹어 치운 것과 비슷한 양의 먹을거리였다.

윤서리는 그들에게 인사하지 않고 휙 나갔다. 그녀가 밖으로 나간 후 한참 뒤에 여자가 말했다.

"어차피 현장 들어가면 몇 분 못 가서 죽을 애한테 뭘 그렇게 자잘한 것까지 설명해?"

"최소한의 신뢰는 심어줘야 잠깐이나마 제대로 일할 거 아니야. 총알받이한테도 어디 서야 할지 자리 정도는 정해줘야지." 서형우가 말했다.

"뭐야, 방금 나간 여자 총알받이야? 근데 왜 여길 들였어?" 남자가 여자에게 물었다.

"한 달 전에 어떤 수사관이 비원 머리 수술 망쳐놨잖아. 그 사람이래."

"아, 걔가 걔야?"

"암살팀에 그 여자 넣을 생각한 거 너잖아. 그런데 얼굴도 몰랐어?"

"알 게 뭐야. 서 팀장이 사진 한 장 안 줬어."

듣고 있던 서형우가 말했다. "차세연 말마따나 어차피 죽을 앤데, 차세욱 네가 얼굴 알아서 뭐 하게."

"하긴 세욱이가 궁금하단 소리도 않긴 했지. 나도 그래서 말 한마디 안 걸었어. 재밌는 애면 좀 봐보려고 했는데 그렇지도 않더라."

차세연이라고 불린 여자가 말했다.

"암살 작전 세운 건 넌데 애정 좀 갖고 대하지 그래." 차세욱이라는 남자가 말했다.

"뭐 그걸 갖고 작전이네 뭐네 거창하게 굴 것까지 있나, 그냥 몇 명 모아다 보내는 게 끝인데…."

차세연은 선어 초밥을 입에 넣었다. 입에 든 걸 다 씹기도 전에 빵 봉지를 부스럭대는 그녀를 보며 차세욱이 말했다.

"이것도 모자라서 또 사 오라고 하면 진짜 죽는다."

"반년 만에 대신 사다준 주제에 생색내면 죽는다."

"너희야말로 이번 암실팀 또 실패하면 죽을 줄 알아." 서형우가 말했다.

"우리가 왜? 못 죽이고 온 놈들이 잘못한 거지." 차세연이 말했다.

"죽일 수 있을 만한 놈들로 골라 보내야 할 거 아니야. 기억해. 올해 안엔 처리해야 한다고 말했지? 몇 달 안 남았어."

"이번 팀이 겨우 세 번째잖아. 정여준이 고작 이 정도로 끝장날 만큼 약해빠졌으면 갠 진즉 비원한테 죽고도 남았어. 인내심 좀 가져. 설마 올해 안에 못 죽이려고."

"올해 안이 아니라 이번에 끝낼 생각을 해야지." 서형우는 심드렁하게 벽에 몸을 기댔다. "이번 애들은 어때 보이냐? 표적 접근은 성공할 것 같아?"

"글쎄." 차세연은 마지막 초밥을 집었다. "적어도 아까 그 여자 시체 남모르게 처리하는 건 성공하겠지."

*

나흘 뒤 약속 장소에서 윤서리가 만난 여섯 명은 체격도 생김새도 옷차림도 제각각이었고 본래의 직업을 유추하기 어려웠다. 인생의 산전수전이 절로 보일 정도로 양손이 굳은살로 울퉁불퉁한 사람이 있는가 하면 그녀보다 어린애 같은 손을 가진 사람도 있었다. 유일한 공통점을 말하자면 다들 애써 혼란과 두려움을 숨기고 서로에게 일절 관심을 내비치지 않았다는 점일 것이다.

아파 보일 정도로 머리카락을 틀어 올린 여자가 리더였다. 그러나 리더는 많은 걸 설명하지 않았고 아무도 리더에게 질문하지 않았다. 작전의 당사자들인데도 작전에 대해 자세히 알고 싶어 하지 않는 것처럼 보였다. 혹은 굳이 설명을 듣지 않아도 모든 걸 알고 있는 듯했다. 그들은 조용히 자동차의 덜컹거림에 몸을 맡겼다. 윤서리는 총을 받아 챙기고 예비용 단도를 허리춤에 끼웠다. 남자들은 총 대신 칼과 장갑과 구리선을 챙겼다. 그녀는 자신이 살인을 위해 이동하고 있다는 걸 뒤늦게 체감했다.

무리는 도중에 차를 갈아탔다. 하늘에 새벽빛이 걷히고 동이 틀 때 그들은 도시의 경계에 도착했다.

도시를 사방에서 두르는 출입 통제소가 보였다. 방호벽이 붙은 통제소에서 사람이 나오자 무리는 일제히 양손을 들어 올렸다. 그녀도 덩달아 손을 올렸다.

"서형우." 리더는 무장한 통제원에게 그 말과 함께 종이 한 장을 건넸다. 암살팀보다 훨씬 더 암살 요원처럼 보이는 통제원은 서류를 대충 훑어보더니 그들을 안쪽으로 들였다.

전 세계 그 어느 언론사도 12년간 이곳을 넘지 못했는데, 그들은 조금 전 서형우라는 이름 석 자만으로 통제소를 통과한 것이었다. 윤서리는 대체 그가 출입 요구서에 무슨 말을 적었을지 궁금했다. '살인자를 처리하기 위한 살인자들이니 통과를 요함. 비록 구조대도 들어가지 못한 곳이지만, 암살자에게는 충분한 자격이 있음.' 서형우라면 그렇게 써놨을 법도 했다.

도시에 진입한 후 그들은 도보로 움직였다. 리더가 앞에 자리를 잡았고 그 뒤로 여섯 명이 거리를 둔 채 두 줄로 나뉘어 걸었다. 그들은 15분 간격으로 방향을 바꿔가며 텅 빈 도로를 가로질렀다.

도시 일부는 박제된 역사박물관처럼 보였고 어떤 건물들은 놀라울 정도로 무너져 상했다. 10년이 넘도록 사람 손을 타지 않은 간판과 표지판들은 잘못 진화한 돌연변이 식물처럼 보였다. 아무것도 불타고 있지 않은데도 타는 냄새가 간간이 코를 스쳤다. 아주 메마른 콘크리트 사막을 걷는 것 같다가도, 모퉁이 하나를 돈 것만으로 지독한 습기에 축축해지기 일쑤였다. 그들은 점점 거대한 인형의 집에서 장난감을 발로 차가며 헤매는 듯한 느낌에 빠져들었다. 청설모만 한 쥐가 발치를 기어갔을 때 그들은 징그러워하지도 않고 이곳에 자신들 외에도 살아 있는 무언가가 있다는 걸 감사해했다.

수풀과 초목 근처를 지나갈 때면 동물들이 툭툭 튀어나왔다. 다람쥐와 까치가 떼를 지어 있었고 간혹 제법 큰 고라니도 지나갔다. 그들은 사람 키를 훌쩍 넘는 구렁이가 4차선 도로를 건너는 걸 숨죽이고 응시하며 공포에 떨다가, 막상 눈 앞에서 동물이 사라지면 지독한 외로움을 느꼈다. 바람 소리만 가득한 유령도시와 어울리지 않는 투박하고 불경한 존재는 그들뿐이었다.

방향을 일곱 번 바꾸었을 때 그들은 공기의 울림을 느꼈다. 지루했던 행군에 긴장감이 돌았다. 바람의 방향이 자주 바뀌기 시작했고 하늘 위의 새들이 십자 모양으로 날아갔다.

미세하게 땅이 진동하자 그들은 높은 건물을 피하며 빠른 걸음으로 걸었다. 그들은 때때로 걸음을 늦춰가며 진원지로 추정되는 곳을 향해 삐뚤빼뚤 나아갔다. 땅의 울림은 비주기적이었지만 걸음을 옮길수록 진동도 착실히 세졌다. 그들은 노출된 대로변을 버리고 한 칸 안쪽의 골목으로 몸을 숨겨 이동하기로 했다.

가장 뒤에 선 그녀는 리더가 전방이 아닌 위를 주시하며 걷는 것을 보았다. 오래 지나지 않아 그녀는 그 이유를 알게 되었다.

거대한 것이 하늘을 가로질렀다. 아파트였다.

특이한 형태로 진화한 조류도 아닌, 경이롭게 생긴 운석도 아닌, 평범한 인간들의 너절해진 옛 주거가 하늘 위를 쏜살같이 날아갔다.

잠시 후 건물이 추락했을 남서쪽에서 끔찍한 굉음이 났다. 몇 초의 간격을 넘어 진동이 다가왔다. 그들은 둘로 갈라져 뛰기 시작했다. 셋은 건물이 날아온 방향으로, 넷은 건물이 떨어진 방향으로 향했다.

그녀는 리더와 함께 4인조에 어울려 정신없이 내달렸다. 땅이 울리는 주기가 갈수록 짧아졌다. 주변에 보이는 골목과 건물들이 하나둘 줄어들고 서서히 황량하고 넓은 지대가 펼쳐졌다. 건물이나 축대 등은 드문드문 얼룩처럼 보였다.

멀찍이서 먼지가 두텁게 올라와 시야를 흐렸다. 본래 그 자리에 있던 건물들은 부서지고 뭉개져 난장판을 만들어냈다. 그녀는 그 조잡한 모습이 낯익다는 생각을 했다.

서형우가 안전가옥에서 건네준 사진 중 도저히 본래의 모습을 추측할 수 없었던 공사판 같은 장소. 눈 앞에 보이는 광경은 그것과 닮아 있었다.

그녀는 달리는 속도를 높여 리더의 옆으로 붙었다. 위치를 지키라는 면박을 받았지만 그녀는 개의치 않고 계속 달렸다.

그런 그녀를 당혹케 하는 소리가 들려왔다.

일행이 아닌 사람의 고함이었다.

12년 전부터 어떤 인간도 들어올 수 없었던 유령도시에, 목소리가 공명하여 허허벌판에 메아리치고 있었다.

무언가가 멀찍이서 우글대며 나타났다. 목소리가 들리지 않았다면 그것이 인간일 거라곤 생각도 못 했겠지만, 그건 틀림없이 사람들이었다. 암살팀은 맞은편에 나타난 사람들을 보고 뜀박질을 늦췄다.

그때 윤서리가 땅을 박차고 리더에게 달려들었다. 두 사람은 거칠고 볼품없게 땅바닥에 나뒹굴었다.

"뭐야, 미쳤어?"

리더가 소리치며 그녀를 밀어냈다. 그녀는 바깥으로 얼굴이 밀리면서도 리더의 허리를 다리로 제압해 눌렀다. 갑작스러운 상황에 당황한 일행이 그녀의 멱살을 잡아 올린 그때, 지척에 둔중한 충돌음이 났다.

그들은 본능적으로 머리를 감싸고 엎드렸다. 잠시 후 고개를 들어 눈 앞을 확인하자 또 하나의 거대한 물체가 지면에 박혀 있었다. 건물 일부로 보이는 콘크리트 덩어리였다.

뛰던 방향으로 계속 달렸다면 그 말도 안 되는 우박 덩어리는 그들의 머리 위로 떨어졌을 터였다. 넘어진 자리에 주저앉은 리더는 윤서리를 향해 가볍게 눈인사했고, 윤서리는 자기 대신 찰과상을 입어준 그녀에게 고개를 주억거렸다.

난데없이 떨어진 두 번째 추락물은 먼 곳의 정체 모를 사람들로부터 그들을 숨겨줄 가림막이 되어 주었다. 그들은 물체에 몸을 붙이기 위해 등을 맞댔다.

"또 온다." 일행 중 하나가 말했다.

그들은 하늘을 올려다보았다. 유리 판자며 돌덩이며 철근들이 먼

곳에서 태풍처럼 날아와 하늘 위를 가로질렀다. 폭발의 잔재처럼 보이는 온갖 파편들 사이엔 부서진 나무 기둥마저 보였다.

그들은 그것들이 정수리로 떨어지지 않고 좀 더 멀리 날아가주길 바라며 몸을 웅크렸다. 다행히 그들 위로 추락한 물체는 없었지만 반드시 나야 할 소리 또한 들리지 않았다. 이제껏 났던 충격음보다 더 큰 굉음이 나야 마땅한데도 땅을 흔드는 소리가 없었다.

그들은 조심스럽게 고개를 들었다.

"뭡니까, 저건?" 일행이 중얼거렸다.

리더는 말이 없었다. 그들은 답을 채근하지도 못하고 멍하니 위를 올려다보았다.

추락했어야 할 파편들이 공중에 멈춰 있었다.

빗발쳐 날아온 것들 중 어느 것 하나 땅에 있는 사람들을 해치지 못하고 하늘에 고스란히 매달려 있었다.

"저게 서 팀장이 말했던 소동이라는 건가요?" 윤서리가 말했다.

"딱 보니까 알겠지? 느긋하게 구경할 시간은 없을 거야. 봐. 이제 온다."

딱 본다고 알 리가 없었고, 느긋하지도 구경을 하고 있지도 않았다. 하지만 시간이 없다는 말만은 맞았다. 물체들이 공중에 멈춘 덕에 목숨을 건진 사람들이 점점 거리를 좁히고 있었다. 새까맣게 뭉쳐 있던 인파 중 일부는 뒤로 더 멀어졌고, 다른 일부는 암살팀이 있는 방향을 향해 달려왔다. 리더가 다급하게 말했다.

"알고 있겠지만, 표적은 저 상황을 대강이라도 지켜볼 수 있는 장소에 있다."

"여기서 금방 갈 수 있는 데엔 높은 곳이 없습니다." 윤서리가 말했다.

"나도 알아. 그래도 최대한 가까운 곳부터 훑어야겠지. 일단 저 사람들이랑 맞닥뜨리기 전에 이동한다. 따라와."

달려 나가려는 리더를 제지하려 손을 들고 그녀가 말했다.

"잠깐만요. 2동 성당 근처로 가시려는 겁니까?"

"가려는 곳이 2동이 맞긴 한데 글쎄, 성당이 있는지는 모르겠어. 그건 왜?"

"성당 방향 외에 고지대가 하나 더 있습니다. 거리는 둘 다 비슷해요."

"기억나는 데가 없는데."

"폐쇄된 옛 활터입니다. 12년 전에도 티 나지 않는 곳이었어요."

리더는 점점 형체를 드러내며 가까워지는 인파를 흘끗거리다가 말했다.

"둘씩 갈라진다. 수색은 한 명씩 붙어. 만약 거기서 표적을 발견 못 하면 2동 성당 근처로 돌아올 수 있어? 위치 알아?"

"네."

"좋아. 표적 외의 인물과 접촉 피하고, 만약 2동으로 왔는데 내가 보이지 않으면 근처 다른 고지대를 뒤져. 이동해."

그들은 서로를 등지고 달렸다.

몸을 숨길 장소가 멀리 있었기에 그녀는 꽤 오래 뛰어야 했다. 턱을 치고 올라오는 호흡을 견디는 것보다 더 어려운 건 옆을 돌아보지 않는 것이었다. 그곳에 사람이 있었다. '사람들'이 있었다. 도시에 들어와서 본 것 중 그녀에게 가장 충격을 준 건 도로 위의 구렁이도, 포탄처럼 날아다니는 건물도, 하늘 위에 멈춘 파편들도 아닌, 수백 명은 족히 되는 인간의 존재였다.

서형우는 분명 이 도시에 사람이 없다고 말했다. 그를 떠올리다 그녀는 다른 것을 기억해냈다. 그는 표적이 '사람들'을 살인자로 만든다고 말했다.

★

목표지점에 도달해 그녀는 일행과 거리를 벌려 걸었다. 이동속도는 느려지고 걸음 폭은 넓어졌다. 한때 민둥산에 가까웠던 곳이 이젠 제법 나무가 자라서 관리받지 못한 거친 공원처럼 보였다.

산은 고요했다. 아래쪽에서 온갖 것들이 부딪치며 만들어내는 타격음은 더 과격해졌지만, 사람들의 고함은 거의 들리지 않았다. 평지에서 한참 떨어진 곳까지 들려오는 낙하 소리가 머리카락을 쭈뼛서게 했다.

낙엽이 꽤 쌓여서 걸음을 디딜 때마다 소리가 났다. 두 사람은 결국 각자 소리가 나지 않을 만한 공간을 찾으러 더 멀리 떨어졌다. 그녀는 살짝 젖은 흙을 골라 밟으며 수색을 이어갔다.

슬슬 포기하고 그만 2동으로 건너가려는 때쯤, 그녀는 떡갈나무로 보긴 어려운 검은 무언가를 발견하고 멈춰 섰다. 그녀는 얼른 주위를 둘러보며 일행을 찾았다. 그도 그녀를 찾고 있었는지 둘은 금방 눈을 마주쳤다. 그가 있는 곳에선 그것의 정체가 분명히 보였는지, 그는 표적을 확정 짓는 수신호를 했다.

일행은 자신이 처리하겠다는 눈짓을 하고 조용히 목장갑을 꼈다. 그녀는 리더를 호출할 수단이 없는 데다 적어도 살인에 있어 더 나은 활약을 할 자신이 없었기에 그의 의견에 수긍했다.

그녀는 조심스럽게 표적이 더 잘 보일 곳으로 다가가 몸을 숨겼다. 그리고 그가 표적을 깔끔하게 처리하길 기다렸다.

그는 칼과 구리선을 챙겨 쥐고 표적에게 달려들었다. 거칠고 민첩한 움직임이 수풀을 뒤흔들었다. 뒤를 보이고 서 있던 표적은 이파리 흔들리는 소리에 움찔해 고개를 돌렸다.

사진으로 보았던 것보다 훨씬 생기가 없는 얼굴이었다. 곧 죽을지도 모르는 남자를 바라보며 그녀는 고작 그런 값싼 감상만 들었다.

일행은 칼을 든 팔을 힘껏 휘둘렀지만, 표적의 얼굴 가까이서 손을 멈췄다. 그의 팔은 잠시 뒤 다시 앞으로 나아갔지만 오로지 팔뿐이었다.

칼은 움직이지 않고 허공에 고정돼 있었다.

움직이지 않는 칼을 쥐고 억지로 손을 내뻗느라 그의 손바닥과 손목엔 깊은 자상이 났다. 그가 오른손을 감싸며 팔을 뒤로 물리는 사이 표적은 공중에 멈춘 칼을 잡았다. 일행은 상처에도 아랑곳하지 않고 달려들었다. 표적은 그의 거대한 덩치를 간신히 피하다가 칼을 놓치고 뒤로 넘어졌다.

일행은 그대로 표적에게 달려들어 목을 조르려 했다. 그러나 칼은 이번엔 좀 더 낮은 허공에 멈췄고, 미처 보지 못하고 앞으로 돌진한 그의 배꼽 근처에 쑤셔 박혔다.

재빨리 일어선 표적은 무릎 꿇은 그에게 다가가 배에서 칼을 뽑아냈다. 고통에 젖은 욕설이 터져 나왔다. 표적은 한쪽 발로 그의 배를 밟아 움직임을 막고 칼을 치켜들었다.

그 칼이 이번에야말로 그의 숨통을 끊으리라는 건 불 보듯 뻔했다. 그녀는 표적의 팔을 향해 총을 조준했다. 짧은 떨림 끝에 냉정을 되찾고 그녀는 완벽한 자세로 발포했다.

그것이 절대 완벽하지 않았음은 그녀가 눈을 깜빡이기도 전에 분명해졌다.

공중에 멈췄던 칼처럼, 총알은 표적에게 닿지 못하고 멈춰 섰다.

표적은 공중에 떠 있는 총알을 흘끔 보고 망설임 없이 일행의 목에 칼을 박았다. 그는 피가래 끓는 소리를 내며 팔을 버둥거렸다. 그녀는 등 뒤에 흐르는 차디찬 땀을 무시하며 다시 발포했다. 표적은 아예 몸을 돌리기까지 했지만 역시나 총알은 닿지 못하고 공중에 멈췄다.

표적은 칼자루를 발로 눌러 칼날을 일행의 목 반대편으로 관통시키고 그 몸을 차 옆으로 굴렸다. 활엽수 무성한 언덕 아래로 일행이 굴러떨어질 때 그녀는 마지막으로 한 번 더 발포하고 수풀 사이로 뛰쳐나갔다. 세 번째로 발사된 총알마저 너무나 간단하게 공중에 멈췄고, 그녀는 허리춤에 매단 칼집에서 단도를 꺼내 들어 자신이 쏜 총알들 사이로 돌진했다.

조금 전 훨씬 건장한 남자가 시도하고도 소용없었던 방법이지만, 그녀는 칼을 빼 드는 것 외의 다른 수가 떠오르지 않았다. 표적이 목에 칼이 꽂힌 일행을 처리하느라 등 돌리고 있는 순간이 그녀가 가진 마지막 기회였다.

그녀는 표적의 등을 향해 단도를 내질렀다. 그러나 결과는 같았다.

단도를 거머쥔 그녀의 손이 도중에 뚝 멎었다. 표적이 고개를 돌려 무심한 관찰의 눈빛을 보내는 것을 본 그녀는 온 힘을 다해 칼을 움직이려 했으나 역시 실패했다.

잠시 멎었던 소음이 아래쪽에서 다시 울렸다. 땅을 흔드는 충격이 꽤 컸다. 표적의 고개가 수풀 쪽을 향했다. 거대한 건물 잔해들이 나무를 뭉개며 그들에게 날아들었다. 그녀는 칼을 떨어뜨리고 웅크렸지만, 수많은 파편은 그 이상의 영향을 미치지 못하고 도중에 멈춘 채 떠 있을 뿐이었다. 다른 일행들과 갈라서기 전에 드넓은 땅 한 구석에서 훔쳐봤던 먼 곳의 풍경과 같았다.

"도망 안 가?" 표적은 그녀가 놓친 칼을 들고 말했다. "도망가줘."
측면에 떠 있던 잔해들이 다시 부서졌다. "도망쳐." 그녀의 작지만 분명한 중얼거림을 들은 표적은 멀거니 밑을 쳐다보다 칼을 내렸다. 부서진 조각들은 역시나 일제히 멈춰 섰지만 단 하나의 파편은 예외였다.

표적은 시멘트 덩어리에 뒷머리를 맞고 기절한 그녀에게 다가가 칼집을 찾아내 단도를 넣었다. 얼마 지나지 않아 한 남자가 다가왔다. 그는 눈 앞의 상황을 확인하고 멀찍이서 기다리는 동료에게 안전을 보고했다. "형! 여준이 여기 있는 거 맞아요!"

표적은 그에게 여자에 관해 물었지만, 그가 알 리 없었다. 먼저 간다며 등을 돌리는 그에게 표적이 말했다.

"야, 이찬."

"뭐, 또."

"네가 대신 좀 맡아줘라."

"아이씨, 나더러 죽이라고?"

"이제껏 잘만 해놓고 왜."

"비원 쪽 여자 죽이는 거랑 생판 얼굴 한번 못 봤던 여자 죽이는 거랑 같아? 하긴 허리에 칼 매달고 너 찾아온 거 보면 비원 사람이 겠다만."

"어쨌든 나 대신 맡아줘. 죽여달라는 거 아니야."

"죽이지 않으면, 뭐 오붓하게 앉아 차 한잔 하자고 하리?"

"…뭐 좀 물어볼 게 있어."

"생포해서 고문하는 거야 말리진 않겠는데 너랑 내가 안 죽여도 다른 사람들이 가만 안 놔둘걸?"

"그럴 리가. 네가 버티고 있는데 감히 누가 손을 대겠냐."

"말은 잘하시지, 아주. 데리고 어디로 가? 아예 퇴각해버려도 돼? 이거 내가 농땡이 피우는 게 아니라 네가 시켜서 그러는 거다?"

"그래. 이제 막바지라서 좀 있으면 끝날 것 같다며. 다른 데 다시 자리잡아서 내가 정리할게."

"나야 고맙지. 수고해라. 아, 그런데 얘 어떡할까? 다리 부러트려 놓아?"

"…아니야. 됐어. 그냥 나랑 대홍 형 둘 다 도착하기 전에 정신 차리지만 않게 해둬."

"오냐."

남자가 여자를 업고 떠나자 그는 공중에 떠 있는 파편들을 바닥에 내려놓았다. 그는 서둘러 걸음을 옮겼다. 아래쪽에서 고전하고 있는 동료들이 잔해에 맞아 다치지 않도록 많은 것들을 공중에 멈춰줘야 했다. 그들의 상황을 지켜볼 수 있는 높은 곳이 필요했다.

*

3차 정여준 암살 작전에서 살아 돌아온 이는 한 명이었다.

서형우는 회사의 도움 없이 스스로 세운 심문소에서 생존 요원의 임무 보고를 받았다. 수색 요원 두 명 사망, 암살 요원 두 명 사망, 리더 사망, 다섯 모두 시신 확인 후 처리 완료. 도중에 급히 합류시킨 윤서리 전 수사관은 시신을 발견하지 못했으나 살해된 다른 한 명의 요원과 동행했으니 사망했을 확률이 매우 높으며, 시신은 잔해에 깔렸으리라 추정된다는 내용이었다.

그 말은 서형우를 당황케 했다. 정여준이 죽지 않은 건 그렇다 쳐도 윤서리의 경우는 뜻밖이었다. 소요의 한가운데서 가장 먼저 죽으리라고 생각했기 때문이다.

그러나 그의 머릿속에서 윤서리라는 이름은 금방 지워졌다. 쉽게 투입된 인력은 현장에서 쉽게 소실되기 마련이었다. 윤 수사관은 분명 죽었다. 시신 따윈 언젠가 바람 아래 드러나 새와 쥐가 처리할 것이다. 이제 그는 작은 들짐승들이 대신 처리해주지 못할 과제에 매달려야 했다.

보고를 끝낸 요원은 차세욱과 함께 녹음실을 나섰다. 서형우는 맞은편 별실에서 나왔고, 요원을 향해 이제 그만 돌아가보라는 듯 손을 내저었다.

요원은 꾸벅 인사했다. 허리를 펴 고개를 들었을 때 그는 뒷목에 닿은 딱딱한 금속의 감촉을 느꼈다. 셋 모두에게 익숙한 소음이 터져 나왔고 요원은 놀랄 틈도 없이 바닥에 흘러내렸다.

"다음엔 세연이 시켜. 더럽게 진짜." 차세욱이 총을 갈무리하며 말했다.

"어차피 시체 처리는 남 불러다 시킬 거면서 뭘 그래."

시체는 지나치게 신선한 나머지 불쾌한 냄새조차 풍기지 못했다. 서형우는 안타까움에 혀를 찼다. 누구든 정여준의 도깨비짓을 목격한 이상 곱게 살려 세상에 풀어놓을 수는 없었다. 살고 싶다면 아예 그곳에 들어가지 말거나, 영영 그 안에서 나오지 말아야 했다.

미리 언질을 준 적은 없지만.

*

가장 기분 나쁘게 각성하는 방법은 꿈을 꾸는 것이다. 윤서리가 기억하는 꿈은 몇 년째 단 하나밖에 없었다. 깊은 어둠 속의 무력한 사투. 목소리조차 낼 수 없는 진득한 어둠을 헤매고 헤매다 간신히 잠에서 깨면 늘 몸 구석구석 안 아픈 곳이 없었다.

그녀는 똑같은 꿈속에서 버둥대다 눈을 떴다. 두통과 근육통에 신음하며 기억을 더듬었지만 표적을 눈 앞에 두었던 것만 생각났다.

어깨에 닿은 바닥은 차가웠고 주위는 정돈돼 있었으나 끊임없이 웅성대는 소리가 났다. 그녀는 눈살을 찌푸리고 천천히 주위를 둘러보았다. 먼지 많은 바닥, 온통 새하얀 벽, 높은 천장. 넓은 공간에 약한 빛이 은은하게 퍼져 있었고 바닥은 매끈했다. 벽엔 사각형의 얕은 자국이 많았다. 한때 전시관으로 쓴 곳인 듯했다.

그곳에 수백의 사람들이 각기 무리를 지어 앉아 있었다. 누군가는 단지 수다를 떠는 듯했고 누군가는 끼니를 때우고 있는 듯 보였다. 한 사람 한 사람이 자세히 보이지는 않았지만 다들 피곤에 지친 것처럼 축축 늘어져 있었다.

그리고 그녀는 손발이 묶인 채 맨바닥에 누워 있었다. 낑낑거리며 상체를 위로 틀자 바로 앞에 등을 보이고 앉아 있는 사람이 눈에 들어왔다.

낯익은 옷, 뒤통수, 등. 표적이었다.

"야, 비원 년 눈 떴다!"

우렁찬 외침이 터지자 오밀조밀 모여 각자 할 일을 하던 사람들의 얼굴이 파도치듯 홱홱 돌아섰다. 백여 쌍의 눈알이 그녀를 향해 우르르 내리꽂혔다.

등을 돌리고 앉아 있던 표적도 고개를 틀어 그녀를 보았다. 심드렁한 듯, 무언가를 포기한 듯 복잡한 표정이었고 그녀의 마지막 기억보다 더 지쳐 보였다.

하지만 훨씬 사람다웠다. 입가가 느슨히 풀리고 뺨에 훈기마저 도는 걸 보니 마치 전혀 다른 사람을 표적으로 오인한 것만 같았다.

그러나 아무리 인상이 달라졌어도 그는 명랑한 분위기를 내뿜지는 못했다. 그것이 불길할 정도로 새카만 눈동자 때문인지, 그녀만큼이나 창백한 혈색 때문인지, 차디찬 기운이 느껴지는 뒷모습 때문인지, 단순히 나쁜 첫인상 때문인지는 알 길이 없었지만, 사람을 죽인 경험이 있는 인간이라면 누구나 이 정도의 눅눅함은 배어 있을 터였다.

표적은 사람들과 그녀의 접촉을 막는 문지기처럼 앉아 그녀를 흘끗흘끗 살폈다. 그 눈빛에선 자신을 죽이려 들었던 상대를 향한 분노가 느껴지지 않았지만 그렇다고 유쾌해 보이지도 않았다. 그녀는 그 차분한 얼굴을 보면서 고민했다. 도망칠까, 관찰할까.

갑자기 얇고 가는 무언가가 화살처럼 날아들었다. 표적의 귀 옆을 간신히 비켜나간 그 물체는 그녀의 눈동자 바로 앞에서 멈춰 섰다. 포크였다.

"이러면 안 되지." 표적이 말했다. "이건 또 뭐니. 나정이 거야? 난 달라고 한 적 없는데."

"삼촌한테 안 맞힐 자신 있었어요. 삼촌이 멈추지만 않았어도 저 여자 눈에 바로 명중했을 거예요." 식사하던 무리 중에 끼어 있던 한 아이가 말했다.

"정말? 사람 눈알 터트린 포크 씻어서 그걸로 내일 아침밥 먹을 거야?"

아이는 툴툴거리며 표적에게 다가왔다. 공중에 멈춰 있던 포크가 바닥으로 힘없이 떨어졌고, 표적은 그것을 집어 아이에게 건네주었다. 포크는 손잡이 끝부분이 망치에 깨진 것처럼 까맣게 부서져 있었다.

아이가 자리로 돌아가자 무리 사이에서 웅성거리는 소리가 커지고, 초조한 속삭임과 신경질적인 투덜거림 사이로 고성이 불쑥불쑥 솟았다. 죽여, 당장 죽여….

흥분한 사람들이 목소리만 높일 뿐 그녀에게 달려들지 않는 것은 그 앞을 그녀의 표적인 정여준이 가로막고 있기 때문이기도 했지만, 무리의 가장 앞쪽에 허리를 빳빳이 펴고 팔짱을 낀 채 버티고 있는 다른 남자 때문이기도 했다. 사람들은 그 남자, 이찬이 언제쯤 자신들처럼 목소리를 높일지 눈치를 보고 있었다.

"이 사람한테 물어보고 싶은 게 있어서 데려왔어요." 정여준이 앉은 채 사람들에게 말했다. "내가 걱정하고 있는 답을 이 사람이 말할 가능성이 있어요. 정말 그럴 경우, 난 그걸 여러분이 동시에 들어줬으면 해요. 이 사람이 나한테 편하게 말할 수 있도록 도와주겠어요?"

"무슨 답을 걱정하는 건데? 그냥 네가 말해. 저 여자가 뭐라고 얘기하든 우리한텐 네 의견이 더 중요해." 무리 중 누군가가 말했다.

"미안하지만 그걸 제 입으로 먼저 말할 용기가 없네요."

조용히 듣던 이찬이 씩 웃더니 말했다.

"에이, 꼴값 떨긴." 이찬은 윤서리를 노려보고 턱을 치켜들었다. "무슨 바람이 불어서 살려서 끌고 왔나 했더니. 네가 먼저 말 못 할 걸 그 여자가 어떻게 말해주겠어? 뭐 때문인진 모르겠지만 네가 듣고 싶은 말 그 여자 입에서 안 나와. 제때 챙겨 먹고 곱게 자라."

장내는 한순간에 조용해졌다. 성을 냈던 사람들은 기대했던 말이 그의 입에서 나오지 않자 실망한 기색이었다.

"만약 내가 예상한 답이 나오지 않으면 그걸로 됐어." 정여준이 말했다.

"뭘 물어볼 건데." 이찬이 말했다.

"날 왜 죽이려 했냐고."

"그야 비원에서 왔으니까 당연히 그러고 싶었겠지."

"난 다른 걸 예상하고 있어."

"뭘."

"설명했잖아. 내가 먼저 말할 용기는 없어."

"오늘 이상하게 구네. 아까 힘들었냐? 평소보다 어려울 게 없었는데."

정여준은 대꾸 없이 윤서리에게로 고개를 돌렸다. 이찬이 움찔 놀라 그들에게 다가오며 말했다.

"야, 하다못해 딴 데 데려다놓고 물어보지 그러냐."

"사람들이 같이 들어줬으면 좋겠다니까."

"내가 같이 가면 되잖아. 그 여자 무슨 말을 할지 어떻게 알고. 여기 어르신도 있고 애도 있는데."

"괜찮아."

"괜찮긴 쥐뿔이, 너…."

"말해봐요." 정여준이 윤서리에게 말했다. "어디서 왔나요?"

"당신들 왜 여기 있어?" 그녀가 말했다.

정여준은 아무 말도 못 했고, 거친 욕설 따위를 예상했던 사람들도 의외의 대답에 눈을 빛냈다.

그러나 그녀의 눈엔 그들이 단순히 호기심 넘치는 순진무구한 사람들로 보이지 않았다. 그들은 요리하다 만 풀떼기가 묻어 있는 식칼이며 묵직한 사기그릇을 꼬나쥐고 뻣뻣이 긴장한 군중이었다. 당장에라도 그녀를 향해 그것들을 던질 준비가 되어 있는.

이대로 도망쳐버릴까 싶었지만, 그녀는 세 치 혀를 놀려보기로 했다. 그녀는 조금 전 했던 질문을 반복했다.

"여긴 출입 금지구역이야. 이렇게 많은 사람이 어떻게 여기 있지?"

정여준은 어이없어하며 말했다. "당신도 여기 있잖아요. 그러는 당신은 여기에 왜 왔는데요?"

"사람을 찾으러 왔어." 진실에 거짓을 섞어야 할 시간이었다. "…정확히는 유골을."

"누구 거요."

"어쩌면 싱크홀 아래가 아닌 다른 데에 있을지도 모를 내 가족."

가족을 팔아먹은 효과는 있었다. 사람들 사이에서 앓는 듯한 탄성이 터졌다. 정여준이 더듬거리며 말했다.

"여기서…, 예전에 여기서 살았나요?"

그녀는 대답하지 않았다. 그가 재차 물었다.

"당신은 누군가요?"

"너는 누구야?"

"난 당신이 죽이려 했던 사람이에요. 내가 누군지도 모르고 죽이려고 했나요?"

그녀는 하마터면 고개를 끄덕일 뻔했다. 하지만 그녀는 가장 진실다운 거짓으로 본심을 가리는 데에 성공했다.

"네가 사람을 죽이려고 했으니까."

"……."

"칼 들고 너한테 덤볐다가 네 손에 죽은 그 남자 말이야. 발뺌하지는 않겠지."

사람들이 일제히 분통을 터뜨리며 고함치고 삿대질을 했다. 몇몇은 씩씩거리며 그녀에게 다가가려 했다. 정여준은 손을 들어 사람들을 말리고 다시 그녀에게 말했다.

"당신도 무기를 갖고 있었잖아요."

"다른 사람한테서 뺏었어."

"누구한테요?"

"출입 통제소를 지키는 군인한테서."

"…굉장한 일을 했네요."

"안 그랬다면 여기 들어오지도 못했을 거잖아. 안 그래?"

그는 대답하지 않았다. 혼란스럽게 자신을 위아래로 훑는 그를 보고 그녀는 두려움을 떨치고 말했다.

"묻는 대로 말해줬으니 이제 나한테 대답해. 당신들 누구야. 이 사람들 전부 출입 통제소 직원이고 여기까지 산책이라도 나왔다고 말할 거야?"

"본인 상황을 생각하세요. 날 습격해서 지금 묶여 있다고요. 질문할 처지가 못 될 텐데요."

"그러는 저 사람들은 여기 있을 처지가 못 될 텐데. 바깥에선 이곳에 아무도 없다고 들었는데."

"바깥이요? 정말 비원에서 왔나요?"

"비원? 내가 생각하는 그 비원? 못된 짓으로 돈 벌어먹고 뇌물 처발라서 감방 안 가는 놈들 모인 거기?"

그는 뚫린 곳 없는 미로에 선 것처럼 그녀를 보았다. 마찬가지로 얼이 빠진 이찬이 말했다.

"이게 네가 예상한 답이야? 너 스스로 말하기 두려웠던?"

정여준은 대답하지 못했다. 이찬은 헛웃음을 치다가 바닥에서 불편하게 몸을 틀고 있는 여자의 시선을 눈치챘다. 그녀는 그를 매섭게 쏘아보며 뻐끔뻐끔 입을 달싹이고 있었다.

이찬은 당황해서 이마를 구기고 얼마간 입을 닫은 채 침묵을 지켰다. 그는 그녀를 응시하다가 팔짱을 풀고 건들건들 걸어 나오며 말했다.

"그러니까 뭐냐, 정리하면, 비원이 정확히 어떤 덴지도 모르는 바깥 인간이, 십몇 년 전 유골 찾으려고 총까지 훔쳐 여기 왔는데, 여준이 네가 사람 죽이는 거 보고 그거 막으려다 끌려온 거라 이거지."

윤서리는 가만히 있는데 애꿎은 정여준이 대신 고개를 끄덕였다. 이찬은 덥수룩한 머리를 벅벅 긁으며 말했다.

"그 말이 진짜일까?"

그 질문이 떨어지길 기다렸던 사람들이 소리 높여 아우성쳤다. 그는 그들을 들쑤시듯 깐족거리며 말했다.

"거짓말일까? 그런데 만약 진짜면 어쩌지? 하지만 정말 거짓말이면 어쩌지?" 그는 뒤로 홱 돌아 크게 외쳤다. "어쩌긴 뭘 어쩌겠어, 여러분! 둘 다 소용없어! 거짓말이면 거짓말이니까 꽝이고, 진짜면 이건 뭐 꽝이라는 말로는 부족하지." 그는 다시 윤서리를 향해 돌아서서 눈썹을 늘어트렸다. "미안해, 착할지도 모를 언니야. 여준이가 하는 거 봤지? 아까 그쪽 다치지 않게 하려고 포크 멈춰줬던 거 말이야. 뭐, 그거 좀 봤다고 이러는 건 아니야. 우리가 무슨 돈 받아야 공연 보여주는 광대들도 아니고. 다만 난 말이지. 여준이를 살인자라고 생각하는 일반인이 우리를 이해할 거라고 생각하지 않아."

짐승이 억지로 뼈를 깨물어 부수는 듯한 불쾌한 소음이 들렸다. 구석의 벽이 쩍 갈라지고, 순식간에 벽 일부가 안쪽에서 충격을 받은 것처럼 앞으로 튀어나왔다. 벽 덩어리는 윤서리가 있는 쪽을 향해 포탄처럼 날아들었다. 그녀는 밧줄에 매여 꼼짝도 안 하는 팔다리를 움츠렸지만 어디로든 피할 수 있는 것처럼 눈을 부릅뜨고 있었다.

그녀를 뭉개버릴 듯 날아오던 벽 조각은 그녀에게 닿지 못했다. 도중에 산산조각이 나며 사방으로 흩어졌기 때문이다.

주먹만 한 돌덩이 수십 개로 변한 파편은 일제히 공중에 멈췄다가 중력에 복종해 아래로 떨어졌다.

"누구야?" 이찬은 사람들을 향해 뒤돌아 말했다. "멈춘 건 여준이일 거고, 부순 건 누구야?"

"너잖아. 혼자서 그런 식으로 처형하려고 하면 어떡해." 여준이 말했다.

"아니, 맨 처음에 벽 부숴서 날려버린 건 나 맞고. 그다음 말이야. 다시 부순 건 누구야?"

아무도 입을 열지 않았다. 이찬은 말씨를 누그러트리고 말했다.

"아, 타박하려고 이러는 거 아니고요. 저 여자 죽이는 거에 이렇게 확실하게 행동으로 반대하는 거 보니 적어도 지금의 여준이보단 더 유익한 토론을 할 수 있을 거 같아서 그래요. 뭐라고 안 그럴게, 진짜. 누구예요? 누가 그랬어요?"

여전히 아무도 입을 열지 않았다. 이를 딱딱대던 소리도 멈추고 흥분한 사람들의 씩씩대던 숨소리도 사라졌다.

이찬은 그들을 둘러보다가 천천히 뒤돌아 윤서리를 보았다.

그는 웃음기 배인 어투로 말했다.

"너 '파쇄자'구나?"

찬물을 끼얹은 듯한 침묵은 사람들이 그의 말을 이해하기 직전까지만 유지됐다. 아슬아슬한 침묵이 단번에 깨지고, 이제껏 언성 높이는 일 없이 조용히 상황을 관망하던 사람들까지 마구 외쳐대기 시작했다. "내가 뭐랬어, 저 여자 비원이라고!" "죽여버려!" "뻔뻔한 자식!" "비켜봐, 찬아!" "비원에서 온 주제에 여준이더러 사람 죽였다고 훈수를 뒀어!" "비원인 게 당연한데 왜 아직 살려뒀어!"

정여준은 그들의 울분 섞인 고함을 들으며 고민에 빠진 듯했지만 이찬은 그 모든 말이 멀리서 들려오는 소음인 양 무시하고 윤서리만 보며 빙글거렸다. 그는 그녀에게 가까이 다가가 쪼그려 앉고 말했다.

"그런데 비원에 이런 파쇄자가 있었나?"

소란스러운 와중에도 그가 중얼거린 말은 사람들의 고막에 착실히 달라붙었다.

"내가 날린 벽을 부숴버렸잖아. 비원에서 그 정도 하는 건 우리가 다 알고 있는 그 한 놈뿐이거든. 이거 비원 놈들이랑 머리채 잡을 때 계속 만났어야 할 실력자 아닌가? 여준이처럼 뒤에 숨는 걸 좋아했대도 그간 얼굴 본 사람이 한 명도 없을 순 없어. 어떻게 생각해?"

그는 이미 답을 알고 있다는 듯 눈을 접어가며 웃었다. 그는 쪼그린 채 고개를 쭉 내려 서리에게 물었다.

"왜 먼저 공격 안 했어?"

그녀는 아무 말도 못 하고 눈 앞의 남자를 바라보기만 했다.

"이만큼 재주가 좋은 건 이 안에 몇 없어. 비원에서 온 사람이면 그 정도는 당연히 알 거야. 그런데 왜 먼저 우릴 공격하지 않았어? 혼자라 당해내지 못할 거라고 생각했어? 하지만 거짓말 지어내면서 시간 끌다가 우리한테 죽는 것보단 차라리 먼저 때려버리는 게 안전하지 않아? 정말로, 정말로 비원 사람이라면 말이야. 정신 차리자마자 그 밧줄 터트리고 이 건물 천장부터 부숴버렸을 텐데 왜 안 그랬어?"

"나는…."

"아, 밧줄은 못 부숴? 그건 그쪽 범위 안에 없나?" 그는 그녀의 말을 자르고 재빨리 말했다. "만약 내가 그 밧줄 부숴주면, 그땐 우릴 공격할 거야?"

그녀의 팔다리를 죄고 있는 밧줄이 한순간에 풀어졌다. 아무도 손을 대지 않았지만 충격에 한 귀퉁이가 터지며 끊어진 밧줄은 그녀의 몸에서 힘없이 떨어졌다.

사람들은 허둥대며 다가와 그녀를 빙 둘러싸거나 두려워하며 멀찍이 떨어졌다. 그녀는 꼼짝 않고 어정쩡한 자세로 이찬을 보고만 있었다. 찬은 빙긋 웃으며 말했다.

"왜 공격 안 해? 이제 도망칠 수 있잖아?"

"이건 내가….'

"여준일 죽이려고 했던 것처럼 나한테도 해봐. 비원에서 왔으면 당연히 그렇게 할 거잖아?"

"난….'

"날 이길 자신이 없다면 다른 사람을 죽이면 그만이야. 시도도 하지 않고 당할 만큼 비원의 인간이 무기력한가? 이제 와서 살인을 주저할 만큼 감성적인가? 구경하고 있는 여러분, 대답해봐요. 아무 짓도 안 하고 가만히 있는 이 여자 눈 똑바로 보면서. 이 여자가 정말 비원 사람 같아요?"

다들 쉽사리 긍정도 부정도 하지 못하고 주저할 때 그는 결론을 내버렸다.

"나는 밧줄을 풀어줬어요. 그리고 우리 중 아무도 다치지 않았고. 이 여자가 자기 능력을 쓴 건 내가 벽을 날려버렸을 때뿐이고. 우리가 굳이 의심을 더 해야 할까? 이 여자는 안전해요. 해코지는 안 할 치라고."

"파쇄자인데 여기 사람도 비원 사람도 아니라니, 어떻게 그럴 수 있겠어?" 무리 중 한 사람이 말했다.

"그러게요. 어떻게 그럴 수 있었을까. 뭐, 비원한테 들키지만 않앉으면 어찌어찌 살 순 있었겠지만… 지금껏 아무 말도 아무 행동도 하지 않고 숨어 살았다니. 어떻게 성공했을까. 나도 좀 그래보게 도와주지." 그는 연극배우나 지을 과장된 미소를 입에 걸고 서리에게 말했다. "난 그쪽이 비원 사람이라곤 생각 안 해. 만약 내 생각이 가소로우면 이제라도 정체를 밝혀봐. 넌 비원에서 왔어?"

"…아니." 그녀는 적당히 말을 받았다.

"아까 여준이한테 한 말이 정말 사실이야?"

"그래."

"빌딩 동강 난 게 하늘을 돌아다니는 거, 여기 와서 처음 봤구나?"

그녀는 침묵했다. 그 묵묵부답이 전혀 거슬리지 않는지 찬은 마냥 감탄해 말했다.

"어디에도 소속되지 않은 생존자가 아직도 바깥에 있었을 줄이야."

긴장과 고요가 흐트러지고 다시 웅성거림이 시작됐지만 이번엔 그 안에 적의가 덜했다. 찬이 여준의 기색을 살피며 말했다.

"원래라면 지금 내가 한 말들 다 네가 먼저 해야 했을 텐데, 너 오늘 진짜 얌전하네. 네 말대로, 이 여자가 하는 말, 우리 모두 같이 들어야 할 가치가 있었어. 너 설마 이걸 예상했던 건 아니지? 비원이 아닌 생존자가 바깥에 있단 거."

"…그래. 아니야. 내 예상 밖이야." 여준이 말했다.

사람들은 진지하게 의견을 나눴다.

"비원이 아닌데 우리 같은 사람이면, 그럼 환영해야 하는 거 아니야?"

"비원 사람이 아니긴 하지만 그렇다고 우리 쪽 사람이란 법은 없잖아?"

"비원이 과연 이 일을 영영 모를까?"

마지막 말에 사람들은 일제히 입을 다물었다. 정적을 만든 장본인이 이어 말했다.

"바깥세상 휘젓고 다닌 파쇄자가 여기 있는 걸 알면, 비원이 우릴 밟을 같잖은 구실이 하나 더 생기는 거야. 안됐지만 당장 쫓아내자. 얘야, 미안하다. 바깥에 돌아가면 지금까지 그랬던 것처럼 조용히 숨죽이고 살아라. 널 위해서야."

"이 여자가 여기 있든 말든 비원이 우릴 밟는 건 변하지 않아요." 곧바로 다른 이가 말했다. "어떻게 여기 사람들 얼굴 다 본 인간을 다시 바깥에 돌려보낸다는 거죠? 안 돼요. 또 무슨 일이 일어날 줄 알고. 여기서 처치해요. 어차피 바깥에 나가봤자 저 여자도 언젠가 비원한테 죽을 거예요."

동조하는 목소리, 새로운 의견을 내는 목소리, 동정하는 목소리, 내일의 안위를 걱정하는 목소리, 다른 이들의 의견을 묻는 목소리가 한데 섞여 갈수록 시끄러워지기만 했다.

논의가 평행선을 달려 결론이 나지 않자 이찬이 말했다.

"여준아, 너 이 사람 여기 데려온 이유가 뭐냐? 물어보고 싶은 게 있다는 목적 말고, 이유 말이야."

여준은 잠시 고민하다 말했다.

"내가 멈춘 파편들이 2차 폭발하는 걸 보고 나더러 도망치라고 말했어."

찬은 빙긋 웃었다. "우리가 발 벗고 누굴 도와줄 처지는 아니지만, 그래도 이런 사람한텐 좀 상냥하게 대해줍시다, 예?"

"찬아, 우린 우리 사람을 가장 우선해서 지켜야 해." 그와 가장 가까이 있던 남자가 말했다.

"대홍 형 말마따나 우리를 가장 안전하게 지키는 방향으로 생각해보죠. 한 가지 먼저 지적할게요. 우린 아까까지만 해도 비원이랑 싸웠고, 다행히 오늘은 사망자가 안 나왔지만 언제 또 누가 죽을지 아무도 모르죠. 당연히 한 사람의 전력이 소중한 상황이에요. 그런데 이 여자는 꽤 수완 좋은 파쇄자고요." 찬은 젊은 무리를 향해 눈짓했다. "봐, 굴러들어온 이방인을 좀 더 생산적으로 써먹을 수 있겠단 생각은 안 들어? 전방에 파쇄자가 한 명 더 느는 게 얼마나 든든한지 다들 알잖아?"

사람들은 어려운 문제를 계산하듯 입술을 움찔거렸다. 말을 아끼던 여준이 말했다.

"우리한테 진심으로 동조하지 않는 사람을 억지로 포로처럼 전방에 세워두면, 이분은 물론이고 우리 모두 위험해질 수 있어."

"그 말은 우리한테 진심으로 동조한다면 전방에 세워도 괜찮다는 뜻이야?"

여준은 복잡한 눈으로 서리를 보았다. 찬은 자리에서 일어나며 말했다.

"제안 하나 할게. 비원 놈들 다 돌아간 거 확인되면, 나 어차피 심부름도 있겠다 조만간 나가야 하니까, 그때 이 여자 데리고 다녀올게. 나가서 우리에 관해 설명하고, 비원에 관해서도 설명하고, 우리가 싸우는 방식과 목적에 대해서도 말해줄 거야. 그렇게 다 밝힌 다음 이 언니가 원하는 대로 해주겠어. 우리랑 함께하고 싶다고 하면 여기로 다시 데려오고, 싸울 생각 없다고 하면 그냥 바깥에 두고 나만 돌아오면 돼. 그 경우 그걸로 끝이야. 비원 눈에 찍혀 죽든 예전처럼 평범하게 살든 그건 이 여자 능력에 달렸겠지."

"바깥에서 비원이 따라붙을 수도 있고 주변에 듣는 귀도 있을 텐데 왜 위험하게 나가서 설명해? 여기서 설득하는 게 낫지 않아?"

여준이 말했다.

"둔탱아, 여기 꼴이 지금 같이 살자고 꼬실 정도로 매력 있어 보이냐. 몇 년 이러고 살다 보니 주거지 보는 눈이 낮다 못해 아주 사라지셨어요. 여기선 안 돼. 편하고 익숙한 세상에서 설득할 거야. 이 혼란스러운 곳을 벗어나 바깥에 나갔는데도 다시 여기로 돌아올 마음을 먹어야만 난 정말로 우리 편이라고 믿을 수 있겠어. 그편이 나중에 우릴 배신하고 비원 쪽으로 돌아서는 걸 막을 수도 있고."

모두가 침묵에 잠겼다. "어떻게 생각해?" 이찬이 재촉했다. 갑자기 줄줄 읊어진 제안에 사람들은 잠시 갈등하더니, 찬성하는 이가 하나둘 나오자 점차 긍정적인 반응이 다수를 이루었다. 찬은 여준에게 의견을 묻듯 고개를 기울였다. 여준은 애당초 강하게 반대할 생각이 없었는지 힘없이 웃어주었다.

윤서리는 경계를 풀지 않고 조심히 몸을 일으켜 앉았다. 이찬이 허리를 굽혀 그녀에게 눈을 맞추고 말했다.

"방금 결정된 것처럼, 우리에 대해선 바깥에서 말해줄게. 객관적인 판단을 위해 여기서는 많은 말을 하지 않을 거야. 우리도 여기서 너무 많은 걸 물어보진 않을게. 바깥에 나갈 때까지 일단 조용히 있어 보자. 불편한 곳이니까 뭐 적당히 불편하게 쉬어, 응? 잘하면 내일 바로 나갈 수도 있어."

그녀는 고개를 끄덕였다. 반항도 항변도 하지 않았다. 적어도 이 순간은 침묵이 자신을 가장 안전하게 지켜줄 최선의 방패라고 생각했기에.

나는 '파쇄자'가 아니라고 고백하는 건 정직하긴 해도 어리석은 처세일 것이다.

*

 사람들은 의심과 낯가림 때문에 윤서리에게 가까이 다가서지 못했다. 하지만 그녀는 그들 사이에 호기심이 끓는 것을 느낄 수 있었다. 말을 많이 나누지 말자던 이찬의 제안 때문에 차마 귀찮게 굴지 못하는 눈치였다.

 마치 자신과 대화할 기회를 사전에 차단한 것처럼 보여 그녀는 이찬이 하는 양을 꺼림칙하게 여겼다. 그는 소동이 진정된 이후 한 번도 그녀에게 눈길을 주지 않았다. 하품을 쩍쩍 해대며 어슬렁거리는 게 꽤 한가해 보였지만 그가 발길을 멈추는 곳엔 늘 부상자가 있었다. 새로 난 상처를 처치하거나 옛 부상을 돌보는 이들을 찾아가 일일이 상태를 확인하는 모양이었다. 심드렁한 표정으로 나돌아다니면서도 그는 거들 일을 끊임없이 찾았다.

 어쩌면 중요한 건 그가 아닐지도 모른다. 그녀는 그에게서 시선을 거두었다. 묘한 상황을 만든 건 그였지만 이곳에 있는 사람들 모두 기묘하긴 마찬가지였다. 그녀는 아무 일도 없었다는 듯 잠자리를 준비하는 사람들이 당혹스러웠다. 유령도시에 들어왔으니 유령을 본 것이라고 누군가 얘기한다면 그녀는 덥석 믿어줄 것이다.

 "저 친구가 아니었으면 어쩔 생각이었어요?"

 갑자기 들려온 목소리에 깜짝 놀라 그녀는 뒤를 돌아보았다. 정여준이 서 있었다. 그는 이찬이 있는 쪽을 바라보며 말했다.

 "제가 찬이라고 불렀던 저 사람 말이에요. 저 친구가 당신이 파쇄자인 걸 눈치 못 챘으면 어쩔 생각이었죠? 비원 소속이 아닌 걸 입증하지 못했으면?"

 그녀는 할 말이 없어서 우물대기만 했다. 그는 그것을 대화를 거

부하는 것으로 오해했는지 조심히 옆으로 다가와 쪼그려 앉았다. 그는 멍하니 사람들을 쳐다보다가 중얼거렸다.

"그쪽 정체가 내가 예상했던 대로였다면 찬이가 당신을 죽이게 내버려뒀을 거예요."

"……."

"그 외의 모든 경우는 제가 죽일 생각이었고요."

"그런데 왜 죽이지 않았어?"

"경우의 수에 이런 건 들어 있지 않았으니까요. 나머지 생존자는 전부 비원에 있는 줄로만 알았으니까."

그녀는 마른침을 삼켰다. 그는 고개를 낮춰 그녀를 보았다. 어두운 눈동자들이 마주쳤다. 그의 눈은 여전히 지쳐 보였지만 처음으로 따스한 기운이 맴돌았다.

"미안해요."

그가 말했다. 그녀는 무슨 말을 하느냐는 듯 눈을 치켜떴다.

"끝까지 그쪽을 죽일 생각만 하고 있었네요. 사과하기도 민망하죠."

"여기 있는 모든 사람이 날 죽이려고 했는데 새삼스럽게 뭘 당신만 그래."

"그래서 더 사과해야죠. 저 사람들이 뭘 어떻게 하든 결국은 내 책임이 될 테니까요."

"당신이 뭐라고 책임을 져? 여긴 어느 나라도 책임지지 않는 곳이야. 그런 데서 뭘 한다는 거야? 버려진 도시에서 사람들 모아 땅따먹기라도 해?"

그는 어색하게 미소 지으며 위를 보았다. 한참 동안 그녀의 질문을 무시하다가 결국 그는 느릿느릿 손장난 치며 말을 돌렸다.

"지금은 어때요. 제가 사람을 죽여서 절 죽이려 한 거라고 아까 그랬잖아요. 어떻게 생각해요. 절 죽일 거예요? 여기 다른 사람들 없이 저랑 단둘이 있으면?"

"다시 만났는데 그때도 사람 죽이고 있으면, 아마도."

그녀는 그의 눈길을 피했다. 자신에게 적의를 보이지 않는 표적을 대하기 거북했다.

그는 한숨 쉬듯 가볍게 말했다.

"이름이 어떻게 돼요?" 그러더니 저 혼자 흠칫 놀라 목을 뒤로 뺐다. "아… 아니에요. 미안합니다. 저는 물론이고 여기 있는 사람 중 당신 얼굴 본 사람은 한 사람도 없는 거예요. 그렇게 되도록 할 테니까 걱정하지 마세요. 그쪽도 여기 나가서 바깥에 가면 제 이름이고 찬이 이름이고 한 번도 들은 적 없는 겁니다. 꼭 그렇게 해주세요."

전혀 그럴 생각이 없었기에 그녀는 거짓으로라도 고개를 끄덕여 주지 않았다. 그는 그녀의 머리카락에 엉겨 붙은 피와 먼지를 보더니 눈을 내리깔았다.

"머리 다치게 해서 미안해요. 거칠지 않게 기절시키는 방법을 몰라서."

이 남자 입에서 미안하다는 소리만 대체 몇 번째 듣는 건가 싶어서 그녀는 저도 모르게 받아쳤다.

"나도 아까 총 쏴서 미안하게 됐어."

그는 단호하게 고개를 저었다. "누구한테 사과받을 자격이 못 됩니다. 사과하지 마세요."

엉뚱한 사람인지 이상한 사람인지 감이 잡히지 않아 그녀는 그에게서 엉거주춤 물러났다. 꾸물거리는 그녀를 눈치채고 이찬이 그들을 돌아봤다. 그들이 함께 있는 걸 보고 이찬은 멀리서 성큼성큼 걸어왔다.

"뭐냐?" 그가 여준에게 말했다. "둘이 무슨 말 했어?"

여준은 싱긋 웃었다. "내가 사과할 게 좀 많아야지."

그 따뜻한 미소에 그녀는 입가가 뻣뻣해졌다. 홀로 있을 때 그렇게나 메말라 보였던 인간과 눈 앞의 이 인간이 동일 인물이라는 게 믿기지 않았다.

"잘하는 짓이다, 아주." 찬은 혀를 쯧쯧 찼다. "명색이 대장 노릇 하는 놈이 외부인한테 잘못했다고 곡을 하고 앉았냐?"

여준이 말없이 다시 눈을 접어가며 웃자 찬은 서리에게로 시선을 옮겼다. 잔뜩 쭈그려 앉아 있는 그녀를 보고 찬이 말했다.

"거 왜 아직도 밧줄에 묶인 것처럼 앉아 있어? 내가 불편하게 쉬라고 하긴 했지만 팔려 온 병아리처럼 굴라고는 안 했다고. 그러고 있으면 엄청 나쁜 인간 된 기분이니까 좀 더 편한 척 연기해주지 않을래? 안 그러면 우리 대장놈이 내일 아침엔 불편하게 재워서 미안하다고 무릎 꿇을지도 몰라." 그는 키득거리더니 여준에게 말했다. "바깥 정찰은 다 끝내고 시시덕거리는 거냐?"

"확인 끝냈어. 네가 더 망보지 않아도 될 것 같으니까 보초는 물리고 모두 쉬게 하자."

"잘 생각했어. 또 망보게 시키면 한 대 칠 생각이었는데. 안 때릴 테니까 거기서 꿈지럭대지 말고 이리 와."

그의 손짓에 여준은 사뿐히 일어나 걸어갔다. 그는 여준을 앞서 보내 사람들 무리에 섞이게 하고 조용히 서리를 돌아봤다. 그는 한동안 눈싸움하듯 그녀를 쳐다보다가 침낭 하나를 가져와 툭 던져주었다.

그 뒤로 이찬은 그녀에게 다가오지 않았다. 그것은 여준도 마찬가지였다. 그녀는 자신을 주시하면서도 가까이 다가오지 않는 백여 쌍의 눈이 하나둘 감기는 걸 뜬눈으로 지켜보다가 피곤에 지쳐 잠들었다.

*

"야."

정여준은 목소리가 들려온 방향을 향해 고개를 돌렸다. 자던 중 놀라 깬 기색이 전혀 없는 자연스러운 반응이었다. 이찬은 혀를 차고 말했다.

"안 자고 뭐 하냐?"

"너는 왜 잘 자다가 깼어. 다시 자."

"네가 거기서 눈 부라리고 있으니까 내 예민하신 신경이 심기 불편하셨나 보지. 빨리 처자."

"곧 잘 거야."

이찬은 누운 채 바닥에 팔을 괴었다. 여기저기서 긁어온 솜이불이며 침낭을 잔뜩 깔았지만 가을 새벽과 대리석 바닥이 가져다준 한기는 완벽히 막지 못했다. 그 불편하고 낯선 환경에서 윤서리조차 깊게 잠들어 있었다. 긴장과 피로의 수마에 쓰러진 사람들은 다시 벽이 부서지지 않는 이상 깨어나지 않을 것 같았다.

오로지 여준만이 어둠 속에서 휴식을 취하지 못하고 벌건 눈을 비비고 있었다. 그 시선이 종종 윤서리를 향했기에 찬은 그가 그녀를 감시하는 건지 잠시 생각했지만, 곧 아니란 걸 깨달았다. 눈빛에 경계심이나 무자비함이 없었기 때문이다.

"야." 찬이 속삭였다. "너 괜찮냐?"

"왜?"

"제일 피곤할 놈이 그러고 있으니까 맘이 쓰이지 안 쓰이겠냐?"

"괜찮아. 걱정하지 마."

"나는 걱정 안 하고 싶은데 네가 그러고 주접을 들고 있잖아요."

여준은 어깨만 으쓱했다. 찬은 짜증을 내며 말했다.

"거 정말…, 덕분에 잠 다 깼으니 뭔 일인지 말이나 해라. 언젠 내가 안 듣고 넘어가거나, 네가 할 말 안 하고 배겼냐? 어차피 말하게 될 거 그냥 지금 말해."

"……." 여준은 잠든 사람들을 천천히 눈에 담았다. "찬아."

"엉."

"너 처음으로 사람 죽였을 때 기억하냐?"

"야, 이… 그딴 거 생각하니까 당연히 잠이 안 오지, 멍충아."

"기억해?"

"기억은 하는데 그게 정말 내가 죽인 건지는 글쎄다…. 다른 사람이 한 건데 내가 했다고 착각한 걸 수도 있고, 내가 한 게 맞을 수도 있고. 어쨌든 죽이겠단 생각은 했으니까 그때가 처음이겠지."

"쉬웠어?"

"응?"

"죽여야겠다는 생각이 쉽게 들었어?"

"그걸 쉽다고 해야 하려나. 쉽게 생각했는지는 모르겠고 빠르게 생각은 했어. 안 그럼 내가 죽잖아."

"그렇지? 자기가 죽을 것 같거나 상대방이 정말 죽여 마땅한 놈이란 생각 없이는 보통 누구 죽이려는 시도 잘 못 하지 않아? 살인 경험 없는 사람은 더더욱."

"뭐 그러겠지."

"그런데 저 사람, 나한테 총을 세 번 쐈어." 여준은 눈짓으로 윤서리를 가리켰다. "아무리 나 때문에 충격에 빠졌대도 일반인이 그럴 수 있나? 사람 상대로는 조준도 제대로 못 해야 보통인데."

"뭘 또 깊게 생각하고 그러냐. 태어나길 겁 없게 태어났나 보지. 아까 말 한마디 안 더듬고 또박또박 대답하던 거 생각해봐라."

"비원 사람이 아니니까 누굴 죽인 경험 같은 건 없을 거야. 칼 들고 달리던 자세도 전형적인 초보였어. 아까도 말했지만, 살인에 익숙하지 않은 사람이 누굴 죽이려면 자기가 죽을 것 같거나 아니면…."

"……."

"네가 봐도 나 사람 죽일 때 그렇게 추해 보이냐?"

"살인할 때 성스러워 보이는 인간이 있긴 하냐?" 찬은 힘없이 베개에 코를 박았다. 오랫동안 세탁하지 않은 천에서 퀴퀴한 땀내가 올라왔다. "왜 궁상떨고 앉았나 싶었더니 겨우 그런 거로 고민하고 있었냐."

"그냥. 바깥사람 만난 거 오랜만이니까."

"저 여자한테 물어보고 싶다던 게 그거였어?"

"아니, 아니… 여러 가지로."

"상관은 없는데 복잡한 생각은 지워라. 어쩌면 우리랑 같은 배 탈지도 모를 사람이잖아. 저 여자가 비원 놈들 죽이는 걸 네가 도와줄 날이 올 수도 있다고."

"정말 저 사람이 여기 들어오겠다고 할 것 같아? 바깥사람이었는데, 굳이 전쟁터로 오겠다고?"

"글쎄다. 네 말마따나 총을 세 발이나 망설임 없이 쐈으니 어지간한 인간은 아니지 않겠어? 너도 잠깐이나마 바깥에 나갔다가 여기로 다시 돌아왔잖아. 그런 사람이 한 명 더 나타나도 이상할 건 없지."

여준은 대답 없이 담요를 턱까지 끌어올렸다.

하지만 그들은 결국 잠든 지 얼마 안 돼 일어나야 했다. 싸움이 끝난 다음 날 아침은 적의 잠복 여부를 알아내야 하기 때문이었다. 정여준과 이찬, 대홍이라 불렸던 남자, 그리고 장년 남성 둘이 바깥에 나갔다가 30분 뒤에 돌아왔고, 다섯 명의 남자를 더 데리고 다시 나갔다가 약 2시간 만에 건물로 돌아왔다.

정찰조가 돌아오기 전과 후, 사람들의 행동 중 달라진 건 그저 바깥에 마음 놓고 나가느냐 아니냐의 차이뿐이었다. 그들은 기상하자마자 쉬지 않고 각자의 일상 직무를 수행했다. 침구를 정리해 작은 짐을 꾸리고, 수선이 필요한 물건들을 한데 모으고, 챙겨둔 가공식품과 영양제를 부족함 없이 나눠 먹고, 조달이 필요한 생활필수품 목록을 정리해 도시 내부에서 구할 수 있는 것과 없는 것을 나누었다. 조금이라도 토론이 필요할 때는 반드시 지도를 펼쳤다. 정찰조가 밖으로 나가도 좋다고 허락한 뒤엔 같은 물건이 필요한 사람들끼리 서로 모여 길을 떠났다. 그들이 찾는 건 대개 도시 안의 빈 상점이나 주택가에서 발견할 수 있을 법한 식기, 가방, 필기구, 옷가지, 봉투, 거울 등 소비 기간이 긴 물건이었다.

서리는 그 모든 사소하고 바쁜 모습을 한가로이 구경했다. 죽여버리라는 험악한 말이 오갔던 어제가 허무하게 느껴질 정도로 사람들은 그녀에게 별다른 신경을 쓰지 않았다. 그녀가 비원에서 오지 않았다는 사실만으로 경계가 누그러진 듯했다. 대부분은 그녀를 바깥에 나가 다신 돌아오지 않을 사람인 양 대했고, 몇몇은 조금 뒤 자신들과 가족이 될 것처럼 굴었다.

후자에 해당하는 사람 중에 나정이 있었다. 그녀의 눈을 향해 포크를 날렸던 여자아이였다. 나정은 그녀에게 아침 식사를 가져다주고 좌불안석하며 어정거리다가 뜬금없이 말했다. "저도 파쇄자예요."

'그렇구나, 나는 아니야.'라고 대꾸할 수 없어 그녀는 어색하게 고개를 끄덕였다. 어물거리던 아이가 덧붙여 말했다.

"저는 김나정이에요."

서리는 아이가 자기를 소개하고 싶어 한다는 걸 눈치챘다. 자신의 이름까지 말해주고 싶은 마음은 들지 않아서 그녀는 "그래, 안녕."이라고만 인사했다. 안절부절못하던 나정의 얼굴이 한결 편해졌다.

"어젠 미안했어요. 포크요. 여준 삼촌이 막아줘서 다행이었지만 만약 삼촌이 멈춰주지 않았다면 언닌 나 때문에 다쳤겠죠. 언니가 싫어서 그랬던 게 아니에요. 비원이 싫어서 그랬어요. 언니가 비원이 아니래서 놀랐어요. 난 비원이 아닌 사람한테 한 번도 그런 식으로 힘을 쓴 적이 없어요. 언니가 비원이 아닌 줄 알았다면 절대 안 그랬을 거예요."

"괜찮아. 안 다쳤잖아. 다쳤더라도 난 아마 괜찮았을 거야."

"고마워요."

"그런데 비원이 왜 그렇게 싫어?"

아이는 곧바로 부루퉁해졌다. "자기를 죽이려는 사람을 좋아하는 인간은 없잖아요."

"비원이 널 죽이려고 해?"

"비원은 누구든 죽이려고 해요."

"왜?"

"그러게 말이에요."

그녀는 그 이상 아이에게 비원에 관해 묻지 않았다.

이찬의 말을 의식했는지 나정은 줄곧 자신과 관련된 이야기만 늘어놓았다. 스스로 말해준 정보에 의하면 나정은 17세 전후인 듯했는데 정확하지 않았다. 12년 전 싱크홀이 발생했을 때 어린 그녀가 기억하고 있던 제 나이가 불확실했기 때문이다.

"그나저나 언니가 '파쇄자'라서 다행이에요. 강한 여자 파쇄자는 죄다 비원에 있는 것 같아요. 여기 있는 이모들은 거의 '정지자'나 '복원자'거든요. 근데 언니라고 불러도 괜찮아요? 어른들은 나더러 이모나 삼촌으로만 부르래요. 언니한테도 이모라고 불러야 돼요? 언닌 어떤 게 좋아요? 여기 다시 올 거죠? 여기서 같이 살면 언니가 시키는 대로 부를게요. 언니 같은 파쇄자가 있으면 찬이 삼촌이 못 싸우게 돼도 안심할 수 있을 텐데."

"야야, 내가 왜 못 싸우게 돼."

갑자기 나타난 이찬이 불쑥 말했다. 말을 쏟아대는 아이에게 아무 대꾸도 못 했던 서리는 몰래 안도했다.

찬은 건들거리며 말했다. "나는 상처 하나 없이 건강하게 오래오래 살 거야. 여기에 파쇄자가 나만 남아도 비원 따윈 다 발라먹을 수 있으니까 걱정 마서요."

나정은 키득 웃으며 도망쳤다. 사람들에게 달려가 자연스럽게 섞이는 아이를 눈으로 좇던 서리는 그제야 아침밥을 건드렸다.

찬은 그녀를 지그시 내려다보다 휙 돌아서서 사람들에게 말했다. "쇼핑카트 왔슴다. 물건 주문들 하십셔."

각자 메모지를 쥔 사람들이 그의 곁으로 우르르 몰려들었다. 바깥에 다녀올 그에게 물건을 부탁하기 위해서였다. 사람들이 부탁하는 물건은 유령도시에서 구하기 어려운 것들, 혹은 10년 넘는 세월 동안 도시 구석구석을 뒤져 소비하느라 거의 바닥을 드러낸 생필품이 대부분이었다. 이찬은 손에 쥔 종이 쪼가리를 하나둘 넘기다가 "아메리카노 누가 적었어? 옆 동네 백화점에 아직도 널린 게 커피 믹스야!" 따위의 말을 중얼거렸다.

사람들이 흩어진 후 서리는 이찬에게 물었다. "밖으로 나갈 수 있는데 왜 다들 여기 모여 사는 거야?"

그는 물품 목록에 선을 직직 그으며 말했다. "밖에 나갈 용기가 있는 사람이 기껏해야 나 정도인 거지. 이제껏 바깥세상 들락거린 게 나랑 여준이 포함해서 다섯 명밖에 없어."

"출입 통제소를 뚫고 가는 게 힘들어서?"

"아니, 바깥에서 비원한테 잡혀 죽지 않고 도망쳐 다닐 자신이 없어서." 그는 짧은 여행을 앞둔 사람처럼 채비했다. "곧 출발할 거야. 이번 외출은 나랑 그쪽 말곤 동행자 없어. 아, 참고로 나 밖에서 비원한테 쫓기면 다 버리고 혼자 도망칠 수도 있으니까, 언니 목숨은 언니가 알아서 챙겨, 응?"

그는 웃으며 걸어갔다. 옷을 갈아입은 여준이 맞은편에서 그녀에게 다가왔다. 그는 찬을 가리키며 말했다.

"비꼬려는 건 아니고, 저놈은 죽이려 하지 마세요. 나쁜 놈은 아닌데 인내심이 별로라서…. 어제처럼 팔다리만 묶는 거로 안 끝낼 수 있어요."

"분위기 보니 지금은 장 보러 가는 큰형인 것 같은데, 내가 손댈 이유가 어딨겠어."

"그래요, 혹시나 싶어서 말한 거예요. 이쪽으로 오세요. 나갈 거예요."

"나랑 저 사람만 나간다던데, 당신도 같이 나가?"

"아니요. 전 여기 머물러요. 하지만 통제소 지나갈 땐 제가 가까이 있어야 하니까요."

그녀는 대충 수긍하는 척했다. 그를 대하기 어색해서 대화를 더 늘리고 싶지 않았다.

전날 정여준은 그녀를 심문하는 내내 끝까지 존칭을 포기하지 않았다. 그것을 심문이라고 표현해야 할지도 윤서리는 알 수 없었다. 명백히 서로를 죽이려 한 첫 만남으로부터 몇 시간 지나지 않아 일어난 일인데도 말이다. 그의 깍듯한 존칭은 여전히 어제와 다를 바 없었고 그녀는 그 예의 바른 모습에 숨이 막혔다. 그녀는 표적의 인상이 변하길 원한 적이 없었다. 어두침침한 유령 같은 사람, 그것이 그녀가 기대했던 표적의 모습이었다. 그러나 포로에게 조곤조곤 질문하는 그의 모습은 서형우가 묘사한 것만큼 괴물 같지는 않았다. 행복해 보이지는 않았지만, 적어도 그는 칼을 쥐었을 때만큼 환멸에 차 있지도 않았다.

그녀는 신뢰하지 않는 사람에게 건네는 호의에 대해서 생각해보았다. 아마도 나정에게 식사 거리를 더 주면서 낯선 여자에게 가보라며 등을 떠밀었을 그의 배려에 대해. 그러면서도 빼앗은 칼을 그 주인에게 돌려주지 않는 경계심에 대해.

*

이찬은 물건을 부탁한 사람들이 여기저기서 고맙다고 외치는 말에 호쾌하게 고개를 끄덕이며 건물을 나섰다. 하루 만에 햇빛을 본 서리는 자신이 끌려왔던 곳이 제법 큰 예술회관인 것을 알았다.

그녀는 저도 모르게 하늘 위를 경계하며 이찬을 따라갔지만, 하늘은 그녀의 기억을 조롱하기라도 하듯 깨끗하고 평온했다. 날아다니는 건 아파트가 아닌 참새 떼고, 둥둥 떠 있는 건 건물 파편이 아닌 구름인, 지극히 상식적이고 아름다운 하늘이었다.
　그들은 건물 뒤편에 제멋대로 주차된 검은 승합차 앞에 멈춰 섰다. 차를 훔쳐 갈 사람이 아무도 없었기에 문은 무방비하게 열려 있었다. 근처엔 앞유리가 휑하니 사라진 낡은 트럭이 한 대 있었는데, 여준과 찬은 승합차의 기름을 옮겨 임시 노즐로 트럭에 주유했다. 아직 다른 일대의 주유소를 뒤지지 않아 정유가 남아 있는 곳을 못 찾아서 이렇다고 이찬이 설명했지만 사실 그녀는 거기까지 생각이 미치지도 못했다. 핵폐기장으로조차 사용하지 않는 땅에 차를 타고 들어왔다가 다시 차를 타고 나간다는 게 믿기지 않을 따름이었다.
　"잘 부탁해, 대장아."
　찬은 그렇게 말하며 여준의 어깨를 툭툭 치고 승합차에 탔다. 여준은 다 부서져 가는 트럭에 올라타며 말했다.
　"너도 조심히 다녀와."
　그녀는 이찬의 옆 좌석에 앉아 차창 너머로 스쳐 지나가는 풍경을 빛바랜 필름 바라보듯 감상했다. 스카이라인이 사라진 구역을 달릴 때는 절로 한기가 돌았다. 멀찍이 싱크홀이 보인 탓이었다. 그것은 시야를 가로막는 장애물만 없다면 어느 곳에서든 윤곽을 볼 수 있을 만큼 거대했다. 12년 내내 빗물과 바람이 날라다준 토사물로도 그 무시무시한 아가리를 메우기엔 역부족인 모양이었다.
　여준은 그들의 뒤에 붙어 비슷한 속도를 유지하며 달렸다. 싱크홀의 가시거리를 벗어나면서 그녀는 조금씩 조바심이 났다. 그녀는 운전대를 잡은 이찬과 멀리 보이는 붉은 통제소를 번갈아 보며 말했다.
　"바깥 도로와 연결된 모든 곳엔 출입 통제소가 있어."
　"어, 알아."

"통행증은 갖고 있는 거야?"

"이 세상에 여기 들락거릴 수 있는 통행증이 존재하기는 해? 그냥 뚫고 갈 거야."

"저기 서 있는 사람들은 경비원이 아니라 군인이야."

"어어, 안다니까. 어린 애새끼들 저딴 데에 세워놓고 고생은 또 참 정성스럽게도 시켜요. 오래 살지도 못할 애들을."

"그 고생하는 애들이 널 쏠 수도 있다니까?"

"쏠 수도 있는 게 아니라 쏠 거야. 그게 쟤네 일인데 뭐. 그리고 나도 안다니까. 다 알잖아. 그렇게 새삼 가르칠 필요 없어."

무엇이 새삼이라는 건지 그녀는 이해하지 못했지만, 그는 이해시켜줄 생각이 없는 듯했다. 그저 능글맞게 웃으며 백미러에 비친 여준을 보고 이렇게 말할 뿐이었다.

"차 타기 전에 내가 쟤한테 말했잖아. 잘 부탁한다고. 그게 무슨 의미겠어?"

그는 통제소가 가까워지자 속도를 높였다. 통제소에서 두 사람이 급히 나와 우측과 좌측에 한 명씩 자리를 잡았다. 군인 둘의 손에 들린 자동소총을 보고 그가 웃었다.

"쟤네도 저거 쏴봤자 우리가 안 맞을 거 알아. 그냥 계속 쏘다 보면 언젠간 한 발 우연히 맞겠거니, 안 쏘면 위에서 귀찮게 구니까 형식상 쏘고 보는 거야."

그는 법이 아직 그를 포기하지 않았다면 충분히 과속딱지를 받을 수 있을 속도로 통제소를 뚫고 지나갔다. 양쪽에서 발포하는 소리가 먹먹하게 귀를 울렸다가 쏜살같이 뒤로 멀어졌.

그도 그녀도, 심지어 약해빠진 차 유리도 상처 하나 입지 않았다. 그녀는 차창 밖으로 고개를 내밀어 뒤를 보았다.

두 사람이 탄 자동차에 닿기도 전에 멈춘 총알들이 둥그렇게 터널 모양을 이루고 있었다. 멀어져가는 차를 향해 총탄 몇 발이 더 발포됐지만, 여준은 그것들도 깔끔하게 멈췄다. 군인들이 총을 거두는 걸 확인하고 여준은 멈춰놓은 총알을 땅에 떨어트렸다. 이찬은 밖으로 손을 내밀어 흔들었다. 그것을 여준이 보았는지 보지 못했는지 그녀는 알 길이 없었으나 그는 자신이 할 일을 끝냈다고 여겼는지 차를 돌려 다시 도시로 들어갔다.

그녀는 출발 전에 정여준이 '내가 가까이 있어야 한다.'고 말했던 것을 기억했다. 누군가 이런 식으로 도시를 나갈 때마다 그는 통제소의 총탄을 멈추며 그들을 엄호해온 모양이었다.

여준이 탄 트럭과 통제소가 까만 점처럼 작아졌다. 도시와 바깥 세상의 경계를 알리는 출입금지 표지판을 보고 그녀는 정신이 번쩍 들었다. 이제껏 별다른 생각 없이 지나쳤던 표지판 내용에 그녀는 뒤통수를 두들겨 맞는 듯했다.

탄식이 절로 나왔다. 눈치채지 못했었다. 밖으로 나올 사람이 없다면 진입금지나 접근금지 표지판을 세웠을망정 출입금지라고는 표현하지 않았으리란 것을. 누군가가 저 도시에 들어가는 것뿐만 아니라, 도시에서 누군가가 나오는 걸 두려워하는 사람들이 바깥 어딘가에 있다는 것을.

그녀는 출입금지 표지판이 아지랑이처럼 일렁이는 걸 느끼며 괴롭게 눈을 감았다. 한참을 달리며 윤서리도 이찬도 아무 말이 없었다. 그녀에겐 그 침묵이 그답지 않게 느껴졌다. 그가 곧잘 떠들며 총알을 멈춘 여준에 대해 이야기보따리를 풀 줄 알았기 때문이다.

구역을 완전히 벗어나니 도로에 차가 하나둘 나타나기 시작했다. 그제야 그가 말했다.

"어디예요?"

"응?"

"어디냐고요."

"예?"

어투는 여전히 껄렁거렸지만 갑작스럽게 조신해진 그의 말투에 적응하지 못한 그녀가 몸을 뒤로 뺐다. 그는 한쪽 눈썹을 꺾으며 말했다.

"안전가옥 위치 바뀐 거 알려주려고 나 찾아온 거 아니에요? 주소 어떻게 되는데요."

"뭐…?"

"뭐야, 바뀐 거 없어요? 그럼 마지막에 내가 받은 주소로 가면 돼요? 위치 바뀐 것도 아니면 대체 뭐 땜에 오셨대."

그녀는 저도 모르게 허리춤에 손을 댔다. 당연히도 그곳엔 무기가 없었다. 이찬은 그녀가 자신을 무섭도록 노려보는 걸 뒤늦게 알아채고 고개를 갸웃했다. 몇 번 눈을 굴리더니 그는 그녀를 똑바로 바라보며 말했다.

"서 팀장이 보내서 온 거 아니었어요?"

3 ──────────── 싱크섹션

장식 없는 무채색의 심문실에서 세 사람은 서로를 노려보며 이를 갈았다. 정확히는 두 사람이 한 사람을 노려보고 한 사람은 입만 쩝쩝 다시는 것에 가까웠다. 이찬은 20여 분이 넘도록 제게서 눈을 떼지 않는 서형우와 차세연의 험악한 얼굴을 향해 가래침을 뱉고 싶었다.

반 시간 전, 이찬이 안전가옥을 찾아오자 서형우는 날짜를 제대로 맞췄구나 하는 평범한 생각밖에 들지 않았다. 그러나 뒤따라오는 여자의 얼굴을 봤을 때는 달랐다. 그는 설마 자신이 죽은 이의 환영을 볼 정도로 그녀에게 웃기지도 않는 죄책감을 가진 건지 고민해야 했다.

다행히 서형우는 서형우였고, 다행이지 않게도 윤서리는 아직 이 세상 사람이었다.

그는 재빨리 청소 신호를 보냈다. 윤서리에게 보고를 듣는 사이 차세연이든 차세욱이든 그녀를 처리하게 할 생각이었다.

그러나 그녀는 들어와서 보고하라는 말에 따르지 않고 문 앞에서 걸음을 멈췄다. 벽 너머를 꿰뚫어 보기라도 하듯 서형우의 옆을 주시하던 그녀는 이찬의 옆에 비스듬히 숨어 서서 말했다.

"아무래도 저는 여기서 끝인 것 같은데, 발악은 하게 해주십시오. 지난번에 절 들이셨던 안전가옥 정보가 내일이 되기도 전에 새 나가길 원하지 않는다면 절 쉽게 버리지 않는 게 나을 겁니다."

서형우는 정적으로 그녀의 뺨을 후려치듯 매섭게 침묵하다 말했다.

"고작 너 하나 때문에 한때 썼던 안가가 문제 될 정도로 난 얼간이가 아니야."

"저도 얼간이로 보지 마셨어야죠. 그날 옥상에서 헤어진 후 제게 시간을 주지 말아야 했습니다. 제가 정말 아무 짓도 안 하고 가만히 있었을까요? 아니면, 서 팀장님 부하들 눈에만 그렇게 보였던 걸까요? 그날 카페에서 팀장님을 기다리던 건 정말 저뿐이었을까요? 제 옆에 앉은 팀장님 얼굴을 본 게 저밖에 없었을까요? 미행을 심은 건 팀장님뿐일까요, 아닐까요? 안가의 주인이 바뀐 걸 아는 사람이 부동산업자 말고 아무도 없을까요? 제가 죽으면 확실하게 퍼지게 될 정보는 이 중 무엇일까요?"

"…설령 그 정보가 다 까져도 내가 조금이라도 곤란할 것 같으면 이러고 가만히 있을 것 같아? 고작 그런 게 누구 손에 들어간들 무슨 문제겠어."

"글쎄요, 누구 손에 들어갈까요. 비원이든 팀장님의 정 없는 회사든. 그것까진 제가 알 바 아닌지라."

서형우는 머리 굴리는 티를 내지 않으려 애쓰며 고민에 빠졌지만, 곧바로 아무렇지도 않은 척 말했다.

"안됐네. 난 하룻강아지한테 협박당할 정도로 순진한 인간이 아니야."

"안됐네요. 그럼 전 여기서 끝이군요."

전혀 죽음을 각오한 얼굴이 아닌 그녀를 두고 그는 한참을 망설이다 차세연과 차세욱을 불러냈다. 그는 감시역인 차세욱과 함께 윤서리를 지하에 격리했다. 암살 작전 이후 그들에게 일어난 일을 이찬에게서 듣고 서형우는 조개처럼 입을 닫았다. 이찬은 질려 죽겠다는 표정을 가감 없이 드러내며 다리를 꼬았다.

서형우는 오랜 침묵을 깨고 이찬에게 말했다.

"죽으라고 보낸 놈을 뭐 하러 곱게 살려서 여기까지 데려와."

"아, 거 그럼 진즉 말해줄 것이지. 죽을 애라고 얼굴에 쓰여 있는 것도 아닌데 내가 무슨 수로 알겠어요?"

"우리가 언제 그런 방식으로 거기에 사람 보낸 적 있어?"

"아니 그런 식으로 안 보낼 거라고도 얘기 안 하셨잖아."

"뭐 때문에 보호할 생각을 했어. 딱 보면 알잖아, 암살자로 안 보였냐?"

"그래요. 나도 그런 줄은 알았는데, 이 여자가 여준이랑 대화하다가 나랑 눈이 딱 맞았는데 이게 날 노려보더니 팀장 씨 그쪽 이름을 벙긋거리잖아요. 그런데 내가 어째요? 귀찮지만 살려놔야죠."

"걔는 네가 첩자인 거 알긴커녕 정여준 이름 석 자도 모르고 갔어."

"아, 그건 너무했네요. 거 사람을 아무리 물로 봐도 너무 호구 취급하는 거 아뇨? 근데 그러면 그 여자 어떻게 나한테 그런 신호를 보냈지?"

"얼마나 첩자 짓을 의식하고 살았으면 누가 입만 벙긋해도 내 이름인 줄 착각했겠어."

"착각이라니 너무하시네. 이 짓 하루 이틀 하는 것도 아니고 설마 그만한 구분도 못 했겠어요?"

도넛에 아이스크림을 발라 먹으며 둘의 대화를 듣던 차세연이 말했다.

"그러니까 뭐야, 암살만 돕고 빠져야 하는 애가 살아 돌아왔는데 아직은 죽이기 껄끄러운 거잖아. 정여준이랑 최주상 목격한 애를 세상에 풀어놓기도 싫고."

"그리고 거기서 일어난 일도 다 봤지. 됐어, 그냥 죽이고 뒤처리는 어떻게든 해보면 돼."

"뭐 하러 그래? 회사가 언제 우릴 끊을지 어떻게 알고."

"그럼 어쩌겠어. 윤서리 저게 이 프로젝트를 끊어내는 것보단 백배 나아."

"심어." 차세연은 한입 가득 아이스크림을 퍼 넣고 우물거렸다. "당신이 제일 잘하는 일이잖아?"

서형우는 입을 뒤틀었다. "걜 심으라고? 오랜 동료도 첩자로 보낼 땐 의심부터 하고 보는데, 상사 속이고 단독행동하고 이젠 나한테 협박까지 하는 놈을 그 중요한 곳에 심으라고?"

"당신도 협박해, 그럼. 어차피 두더지 심는 거야 회유 아니면 협박인데. 옆에 이찬도 붙어 있겠다 수상한 행동거지 보이면 바로 없앨 수 있는데 뭐가 문제야? 낯선 괴물들이랑 어울려 적응하는 데에만 혼이 빠질 텐데 뭐 달리 일 벌일 정신이나 있겠어? 어차피 비원이랑 싸울 때 앞에 세우기만 하면 그때야말로 정말 죽을걸."

"잠깐, 그럼 내가 그 여자까지 감시해야 돼요?" 이찬이 불만스럽게 소리쳤다.

"그 여자 살리려고 네가 거짓말하느라 반쯤은 이미 산성 놈들한테 인정받은 거나 다를 거 없잖아." 차세연이 말했다. "이왕 심어진 김에 활용하지 그래. 상대가 반격하지 않으면 첩보전은 머릿수로도 이길 수 있다는 게 당신 지론 아니었어?"

"하긴 그러네요. 틀린 말은 아니죠. 꼭 믿는 사람을 보낼 필요는 없잖아요." 이찬은 싱글싱글 웃었다. "서 팀장님이 어디 날 신뢰해서 첩자로 만들었겠어요?"

서형우는 탁자에 시선을 박고 보이지 않는 판을 읽어내려는 듯 눈을 부라렸다. 그는 결국 얼마 지나지 않아 지하에 있는 윤서리와 차세욱을 불러냈다.

윤서리는 서형우를 마주 보고 앉았다. 차세욱과 이찬이 그녀에게서 비스듬히 떨어진 곳에 앉았고, 차세연은 차세욱의 옆에서 여전히 도넛과 아이스크림을 먹었다.

"…거기서 일반상식과 부합하지 않는 광경을 분명 봤겠지." 서형우가 말했다.

윤서리는 대답하지 않고 자기 할 말만 했다. "분명 그곳에 사람이 없다고 말씀하지 않으셨습니까?"

"그랬지. 사람은 거기 없다고."

"마을 몇 개 꾸릴 만큼 사람이 우글거리던데요."

"넌 그게 사람으로 보여? 건물 날리고 부수고 공중에 멈추는 놈들이?"

"……." 윤서리는 경직된 표정으로 이찬을 흘끔거렸다. "12년이나 버려진 도시에 전기도 수도도 멀쩡히 돌아가더군요."

도넛을 공들여 반으로 가르던 차세연이 고개를 들고 말했다.

"이쁜아, 그 정도 관리도 안 해주면 다른 지역까지 난리나. 지상에서 가스 터지고 불나는 건 거기 변종들이 알아서 진정시키겠지만, 지하는 우리가 손봐야 할 거 아니야?"

"거기서 그 광경을 보고 오래 산 사람은 없어." 서형우가 말했다.

"앞으로 얼마나 더 살 수 있을진 너한테 달렸어. 돌려 말하지 않을 거야. 난 거기에 널 꽂을 생각이다. 여기서 날 피해 다니느니 차라리 멀리서 내 눈을 대신하는 게 안전하겠지. 만약 제 역할을 하면 공로는 인정받을 거야. 수락할 생각 드나? 솔직히 말해 이제 너한테 선택의 여지는 없지만."

"자세히 설명해주십시오. 그 도시 대체 어떻게 된 겁니까."

암살자로 보낼 때는 막무가내로 등을 떠밀었지만, 두더지로 심을 땐 정보 없이 보낼 수 없었다. 그는 손에 꽁꽁 틀어쥔 채 절대 풀지 않았던 이야기를 내보일 각오를 다졌다. 불쾌하고 자존심 상했다.

"…어떤 발명에 대해 먼저 들을 필요가 있어."

"아니야! 그건 발견이야." 차세연이 항의했다.

서형우는 관심 없다는 듯 턱짓했다. 차세연은 깨끗이 비운 도넛 봉투를 구겨 던지고 롤케이크 포장을 뜯기 시작했다. 그리고 빵을 우물거리며 느릿느릿 말했다.

"15년 전에 떨어진 컨딩 운석 기억하지?"

윤서리는 고개를 저었다. "너무 오래전 일입니다."

"고작 15년인데 뭘 그렇게 옛날 취급해. 그때면 충분히 교복 입었을 나이잖아. 세상에서 가장 유명한 운석이었는데, 한 번쯤은 들어봤을걸? 타이완 남동부 컨딩에 떨어졌어. 운석은 특별할 게 없었지만, 표면에 붙은 미지의 물질 때문에 말들이 많았으니까. 불타지 않는 암흑물질이라고 떠들어댄 놈들도 있었잖아. 그게 마법의 보따리라도 되어줄 줄 알고 헛된 희망을 품은 사람도 많았고. 정말 기억 안 나?

하긴, 야단법석이 그리 오래가진 않았지. 그건 너무 안정적인 물질이었어. 지나치게. 정말 지나치게 안정적이었지. 외부 자극에 아무 반응이 없었으니까. 처음엔 절대 손상되지 않는 무적의 소재가 탄생했다며 환호를 받았지만, 그것도 얼마 안 갔어. 그 물질은 접착력마저 없었거든. 결합은커녕 변형도 안 됐어.

흥미롭지만 매력은 없는 소식이었지. 단일 분자 상태로만 존재할 수 있는 물질이라니. 책에만 기술되고 현실 세계에선 이용할 수 없는 신소재에 누가 열광하겠어. 외우주가 우리한테 실험실에서만 갖고 놀 수 있는 장난감을 던져준 것 같았지.

결국, 등장만 요란했던 그 물질은 금방 화제성을 잃었어. 호들갑 떨면서 컨딩 운석을 홍보했던 타이완 정부의 애물단지로 전락했지. 그대로 박물관으로 직행하려나 싶었는데 어떤 연구소가 뜻밖의 값을 치르고 사 갔어. 세욱이랑 내가 몸담았던 팀이 받아온 거야.

우리 연구과제는 인공중력이었는데, 소장이 그 물질에 홀려버렸거든. 물질의 치명적인 단점에 매료된 거지. 절대 결합하지 못하는 성질 말이야. 그 물질을 둘러싼 보이지 않는 다른 물질이 있는 게 아닌 이상, 물질이 자기 주변 공간에 영향을 주고 있다고 소장은 생각했어. 어쩌면 거대질량, 고중력이 아니더라도 공간을 휘게 할 수 있을지도 모른다고 말이야.

우린 그 가설을 진지하게 받아들이지 않았지만 동참했어. 어차피 금방 접게 되겠거니 생각했으니까. 그리고 실제로 그렇게 됐어. 이론 없이 가설만 가지고 보이지 않는 세상에 뛰어들어선 안 됐던 거야.

미지의 미시공간을 상상하는 데에 더는 시간을 버리고 싶지 않았어. 우린 첫 단계로 돌아가서 한계치까지 분자 간 거리를 좁혔어. 도무지 그게 왜 뭉치지 않는지 이해가 안 갔어. 물질을 쪼개거나 압축하려면야 큰 에너지가 들겠지만 우린 딱히 그걸 압축하려 한 게 아니었거든. 붙여서 한데 더하려고 했을 뿐이야. 그런데 접촉하는 게 뭐 그리 어려운지 기를 쓰고 떨어져 있더라고.

남은 흥미까지 잃는 데는 오랜 시간이 걸리지 않았어. 활용례를 알 수 없는 신물질은 투자자들에게 환영받지 못할 테고 중력을 연구하는 데에 도움 될 것 같지도 않았지. 더는 그걸 모시고 있을 이유가 없었지만, 그렇다고 비싼 돈 주고 사 온 걸 휴지로 싸서 버릴 수도 없는 노릇이었어. 남은 예산을 놀게 놔둘 수도 없었고 뭐라도 해야 했어. 다시 스포트라이트를 받는 건 무리여도, 적어도 어떤 팀이 어느 목적으로든 이걸 소유하고 있단 걸 보여줘야 했지.

우린 그냥 이전에 맡았던 연구로 돌아가고 분자를 접촉시키는 실험은 용역에 맡겨 계속 진행하게 했어. 당시 한국에 있던 우리 언니가 세욱이랑 나한테 용역 일을 넘겨받았는데, 추가 실험 결과를 독점 공유한다는 조건으로 국정원에 보험과 보안을 보장받았더라고. 단물 다 빠진 신물질에 뭘 기대하고 투자한 걸까? 그런데 막상 그런 기대라도 받으니 뒤늦게 솔깃해서 우리도 한국으로 왔어. 아무 성과 못 내는 소장 밑에 계속 있으니 아무 성과 안 내도 괜찮을 것 같은 용역일이나 하면서 좀 쉬자고….

연구실을 그 산성 근처에 지은 데에 특별한 이유가 있던 것도 아니야. 서울이랑 너무 멀지 않으면서 조용한 장소를 고르다 보니 낙점됐을 뿐이야. 무인지대를 물색할 생각은 없었어. 이 실험이 그토록 위험하게 끝날 거라곤 아무도 생각하지 않았으니까. 그도 그럴게 그 물질은 세상에서 가장 안정적이고 답답한 물질이었는걸."

덤덤히 이야기하는 차세연은 내내 빵을 입에 욱여넣고 있었다. 차세욱은 더는 관심 없는 옛날이야기에 지친 듯 졸린 눈을 끔뻑이며 게으르게 의자에 늘어졌다.

"어쩌면 단지 시간문제였던 걸지도 몰라. 용역 없이 계속 매달렸다면 본팀에서 성공했을지도. 물질은 결국 붙었어. 그랬을 거라고 생각해. 그것보다 뚜렷한 용의자는 없으니까. 난 당시 그 자리에 없어서 확신은 못 하지만, 결합은 아니고 기껏해야 접촉이었을 거야." 차세연은 엄지로 차세욱을 가리켰다. "얘는 그게 아주 작은 규모의 중력 붕괴였다고 믿어. 산은 가라앉은 게 아니라 빨려든 거라고."

윤서리는 차세연이 손짓으로 가리키는 방향을 보지 않았다. "사람이 아주 많이 죽었습니다."

차세연은 짐짓 놀란 표정을 지으며 말했다. "왜 그런 눈으로 보니? 그건 사고였어. 아무도 그 낯가림 심한 물질이 그 정도로 발광하길 원하진 않았다고."

다시 입을 열려는 윤서리를 막으며 서형우가 말했다.

"알다시피 싱크홀 발생 후 안전을 위해 도시는 폐쇄됐어. 매장된 사람들은 생존 가능성이 없으니 구조대를 보내지 않았지만, 발표된 것처럼 정말 아무도 거기에 들어가지 않은 건 아니야. 누군가는 정리도 하고 관리를 해야 하니까."

이찬이 갑자기 탁자 위에 아무렇게나 굴러다니는 펜을 집어 한 손으로 마구 돌리기 시작했다. 자세히 보니 펜과 손이 따로 놀고 있었다. 펜의 한쪽 끝이 가루처럼 부서져 내리며 타들어 갔다.

"…그 귀신 구멍 밑바닥을 한 번쯤 상상해본 적 있겠지." 서형우는 이찬의 신경질적인 손놀이를 무시하고 말했다. "세상의 끝과 연결된 것 같은 구멍이라고, 그때 거기 있었던 대원이 그랬었지. 밑바닥까지 도착하려면 얼마나 걸릴까? 수평선이니 지평선이니 하는 말이 이놈의 싱크홀에 어울리게 될 줄은 몰랐어. 한쪽 끝에 서면 반대쪽 끝이 보이질 않았지. 보고 있기만 해도 죽을 것 같다고 징징대는 것들이 한둘이 아니었어.

그걸 두고 전쟁 준비의 증거라고 떠들던 놈들은 그 도시에 들어오지 않아봐서 그래. 한 번이라도 그걸 맨눈으로 보면 그런 소리는 감히 못 나와. 그건 인간이 어찌해서 낼 수 있는 결과가 아니야. 그때 그 도시에서 돌아다녔던 놈들은 전부 철수 명령만 기다리고 있었어. 할 수 있는 일이 아무것도 없었으니까.

그런데 사흘째에 싱크홀 부근에서 자꾸 소음이 들렸지. 처음엔 무시했어. 크기가 하도 커서 그 안에서 바람 휘몰아치는 소리가 항상 요란했으니까. 하지만 소음이 갈수록 커졌고, 진동까지 느껴져서 바깥은 패닉이었어. 다들 여진 때문에 두 번째 싱크홀이 생겨날 거라고 생각했지. 긴급대피 명령이 떨어질 줄 알았는데 우리 회사 요원들이랑 부대 애들을 붙여서 발을 묶어놓더라고. 웃기는 조합이지. 사단장은 국정원 차장보 말을 들을 리 없고 차장보는 사단장 말을 들을 리 없는데. 뭘 하는 것도 아니면서 말싸움에 시간을 버리느라 도망가지도 못하고 멀뚱멀뚱 자리만 지키고, 그러는 사이 소음은 점점 싱크홀 위로 올라왔지. 부서지는 소리, 찢어지는 소리가.

진동보다 사람들을 더 무섭게 만든 게 어떤 소리였냐면 있지⋯ 우는 소리였어."

방 안의 다섯 명은 침묵 속에서 각자 서로 다른 종류의 환청을 들었다.

"울면서 고함지르는 소리가 선명해졌지. 다가가야 할까? 과연 누가 결단을 내릴 수 있었겠어?" 서형우는 잠시 말을 멈춘 뒤 입을 열었다. "그 아래에서 사람들이 기어 올라오는 걸 보고, 누가 자기 눈을 믿었겠어?"

과자 포장지를 뜯는 소리가 짧은 정적을 깨트렸다. 그는 차세연이 부스럭대며 간식을 먹는 소리를 무시하고 말했다.

"그래, 아무리 봐도 인간 같아 보이는 것들이 싱크홀에서 올라온 거야. 흙덩이, 나무 기둥, 쇳조각, 심지어 시체를 밟고. 별별 것들이 나선 형태의 계단으로 공중에 둥둥 떠 있었지. 지면 높이까지 쭉 이어진 나선계단을 밟고, 흙이며 피에 젖은 놈들이 꾸역꾸역 올라오는데, 그게 어디 산 것으로 보였겠어?

다들 떨면서 방어했는데, 무기들이 전부 부서졌어. 발포된 총탄은 공중에 멈춰버리고. 넌 이미 비슷한 풍경을 봤겠지."

윤서리는 대답하지 않았다. 서형우는 오래 갖고 다닌 듯한 낡은 사진 두 장을 손가락 끝으로 튕겼다. 남자와 여자의 사진이 팔랑거리며 떨어졌다.

"남자는 최주상. 그때 앞서서 많은 걸 작살내면서 사람들을 도시 밖으로 빼돌렸어. 여자는 이경선. 우리 무기를 죄 멈춰서 무력화한 다른 주역이야. 그놈들은 사물은 부수거나 멈출 수 있었지만 사람은 그러질 못해서, 결국 부대와 육탄전을 벌이게 됐는데 그것도 얼마 안 갔어. 최주상이 부순 건물에 부대 절반이 압사하는 바람에. 최주상이랑 이경선만 그랬다면 상황이 나았겠지. 하지만 싱크홀에서 올라온 나머지도 괴팍한 요술을 부려대더만.

놈들은 부대를 전멸시키고 바깥으로 나가 도시 난민 사이에 섞였는데, 그때 빠져나온 수는 어림짐작해 6백 명 내외로 추산돼. 최주상과 이경선이 당시 일심동체로 군 건 그 6백 명 때문이라는 증언이 많이 남아 있어.

그땐 그 둘 사이에 공통된 의견이 있었거든. 당장 자신들의 생존 사실과 정체 모를 초능력을 알리기엔 시기상조라는 생각을 공유한 거지. 상대의 노출이 곧 자신의 노출로 이어질 테니까 집단의 누구도 예외가 아니어야 했고."

"그것만큼은 현명했다고 생각해." 차세연이 말했다. "그때 최주상이랑 이경선이 그놈들 데리고 잠수하지 않았으면 일부라도 살아남았겠어?"

"…생존자가 초능력을 갖고 있다고 굳이 찾아내 없앨 필요가 있었겠습니까?" 윤서리가 말했다.

"넌 건물 부수고 총알 멈추는 유령이 너랑 같은 땅에서 활개 치고 다니는 걸 가만 놔둘 수 있겠어?" 서형우가 말했다. "살상 능력 갖추고 땅에서 기어 나온 좀비들을?"

"…붕괴하기 전엔 그렇게나 안정적이었다는 물질이 왜 뜬금없이 좀비를 만들어낸답니까?"

"아직도 그거 때문에 세욱이랑 싸우는데." 차세연이 말했다. "난 그 물질의 성질이 사람한테 옮아갔다고 생각해. 절대 결합하지 않으려 했던 힘, 자기한테서 밀어내고, 가까이 붙으려들면 돌려보내고, 선을 넘어 거리를 좁히지 않도록 정지시켰던, 어떤 의지에 가까운 에너지가. 바이러스도 지능은 없지만 특정 조건에서 단체의 의지를 따라 행동하는 것처럼 보이는 경우가 있는 걸 생각해봐. 그런 성질을 가두던 물질이 붕괴했는데 자연 소멸을 하지 않았다면 다른 껍질이 필요하지 않았겠어? 무생물의 몰지성적 반응체계가 생물을 숙주로 삼으면서 얻게 된 고차원의 의지… 난 싱크홀의 변종들이 그 힘을 비자발적으로 증폭시켜서 지금까지 자기 의지에 따라 쓸 수 있게 됐다고 생각해."

"넌 싱크홀을 빠져나온 변종들의 극적인 변화에 지나치게 사로잡혀서 그 원인도 극적이길 바라는 거야." 차세욱이 말했다. "차라리 예전에 소장이 말했던 가정이 훨씬 그럴듯해. 그 물질은 어떻게든 고중력이 아닌 채로 공간을 휘게 하는 힘을 가졌던 거지. 변종들의 능력 역시 주변 공간 일부를 기울이는 식으로 발현하는 거야. 그게 우리 눈에는 부서지고 되돌아가고 멈추는 것처럼 보일 뿐이고. 공간을 한정된 조건 하에서 변화시키는 데에 지나지 않아."

"너야말로 소장이 했던 말에 갇히는 바람에 더 넓은 데까지 생각이 뻗어나가질 못하는 거야. 왜 아무것과도 결합하지 않았던 그 물질이 사람들한테 자기 성질을 전이시키고 결합해서 변종으로 만들었는데?"

"됐다. 10년이 넘도록 답 안 나오기는 매한가지인데. 원인을 따지면 어느 것이든 사고실험에 지나지 않아. 증명되는 결과는 결국 하나야." 그는 처음으로 윤서리와 눈을 마주쳤다. "그 변종들은 무언가를 멈추거나, 돌려보내거나, 밀어내는 힘을 가지고 있단 것."

"그래, 다들 셋 중 하나의 능력만 가졌지." 차세연은 먹던 초콜릿을 삼등분해 탁자에 올려놓았다. "그중에서도 멈추는 힘을 가진 애들을 자기네끼리 편의상 '정지자'라고 부르는 모양이야. 그놈들은 움직이는 걸 멈출 순 있지만 대신 뭔가가 이미 움직이고 있지 않으면 힘을 못 써. 예를 들면 아까 말한 이경선 같은 경우."

"그리고 제 암살 표적 같은 경우요." 윤서리가 끼어들었다.

"그래. 걔도 정지자야." 차세연은 늘어놓은 세 초콜릿 중 하나를 집어먹었다. "그리고 강한 힘으로 밀어내서 터트리거나 부수는 애들을 '파쇄자'라고 불러서 구분하고 있어. 최주상 같은 부류야. 네 옆에 있는 요 녀석도 그렇고."

이찬은 눈길을 무시하고 방 안 구석진 곳을 응시하고 있었다.

"난 파쇄자가 인간 폭탄이라고 생각하지는 않아. 아마 원하는 곳에 원하는 방향으로 힘을 가할 수 있는 것뿐이겠지. 그걸로 건물 하나를 통째로 날려버릴 수 있을 정도인 건 지금은 최주상 정도야."

차세연은 두 번째 초콜릿을 집어 먹었다.

"그리고 마지막 남은 부류가 '복원자', 되돌리는 놈들이야. 한 방향으로 움직인 걸 이전 방향으로 끌어오는 힘을 갖고 있어. 나중에 누가 뭘 날려 보냈는데 그대로 돌아와도 별로 놀라지 마."

그녀는 마지막 남은 초콜릿을 집어 먹고 주섬주섬 젤리 포장지를 뜯었다.

"이상하지만 힘은 균등하게 나뉘지 않은 모양이야. 파쇄자나 정지자, 복원자끼리라도 수준 차는 있어. 각자 다룰 수 있는 게 있고 없는 게 있어 뵈더라. 우리 귀여운 못난이의 경우는 못 부수는 게…."

"만져지지 않는 거요."

이찬이 말했다. 설명이 시작된 이후 아무와도 눈을 마주치지 않던 그가 윤서리에게로 고개를 돌렸다.

"불이나 냄새 같은 걸 퍼트리진 못해요. 만져지더라도 손으로 단단히 붙잡지 못하는 건 못 건드려요. 물을 가른다거나, 뭐 그런 거. 아마 최주상은 할 수 있을 거예요. 그 자식이 못 부수는 게 대체 뭔지 아직도 모르겠지만. 아, 모든 생존자가 그런 것처럼 아무리 최주상이라도 살아 있는 거 건드리는 건 능력 밖이에요."

"그 최주상과 견주는 게 이경선이었지." 서형우가 말했다. "초기에 그놈들이 변종들을 한데 모아 조용한 생존을 도모한 건 맞지만, 둘의 의견이 완전히 같은 건 아니었어. 이경선은 자기들이 지금은 숨어 살더라도 언젠간 외부에 드러나야 하고, 그 순간은 필수 불가결하게 찾아오게 된다고 생각했다지. 그때를 위해 안전을 확보할 준비를 해야 한다고 주장했고. 최주상의 경우는 달랐다고 해. 존재가 외부에 드러나는 순간 집단 전체가 몰살당한다고 생각했어. 능력의 실체를 주장하면 미친놈 취급을 받을 거고, 능력을 증명하면 위험 분자로 몰릴 거고. 아주 빠르고 효과적으로 사냥당할 거라고."

"…서 팀장님은 어느 쪽으로 생각하십니까?"

"나? 나한테 묻는 거야?" 그는 히죽 웃었다. "당연히 최주상이 옳지. 그놈이 두려워한 사냥꾼 중 하나가 난데."

그는 탁자 위로 몸을 기울였다.

"고작 빌딩 몇 개 무너지고 총알 막고, 이런 것만 생각하는 건 아니겠지? 그 좀비들이 빨아먹은 것의 정체가 무엇이든, 잠재력이 얼마나 되는지는 가장 나쁜 결과가 나야만 알 수 있을 거야. 최주상이 폭파할 수 있는 범위의 한계를 시험하려 드는 놈들이 생기겠지. 가장 많은 무기를 효과적으로 무력화하는 정지자를 영입하기 위해 쟁탈전이 일어나겠지. 발사된 핵을 발사국에 도로 내리꽂을 수 있는 복원자를 찾으려 들겠지. 그놈들이 도시를 돌아다니는 것만이 문제가 아니야. 그놈들 중 한 명이라도 이 나라를 벗어나는 걸 상상해봐. 살아 있는 무기가 사고 팔리는 과정도 없이 땅에서 땅으로 옮겨 다닐 거라고. 세상이 그 꼬락서니가 되는 걸 내버려둬야 쓰겠어? 누군가 막지 않으면 언젠간 아무도 막지 못하게 되겠지. 지금껏 평화가 유지된 건 날 포함한 몇 안 되는 사냥꾼들 덕이야."

"……."

"최주상도 그렇게 생각했던 거지. 아니면 그렇게 행동했을 리가 없어. 나랑 그놈의 다른 점은, 난 그 좀비들이 사라져야 한다고 생각하고, 그놈은 일부라도 살아남길 원한다는 거야. 그 남자는 누구도 제 눈을 벗어나는 걸 허락하지 않았어. 가족에게 생존 사실을 알리려 하거나 언론에 접촉을 시도하면 전부 그놈한테 제거당했어.

그때부터 최주상과 이경선이 갈라서기 시작했댔나. 최주상에게 동조하고 그놈 힘에 보호받으려는 변종들과, 이경선에게 동조하는 변종끼리 파가 나뉘면서. 결국 이경선 측이 이경선의 지시만 수용하겠다고 했을 때, 최주상은 받아들였어. 바깥세상에 나가려는 놈을 전부 죽이는 것으로 말이야."

차세욱이 휘파람을 불었다. 서형우는 말을 이었다.

"그게 그놈들의 첫 싸움이야. 양측 모두 타격을 입었지만 더 내몰린 건 이경선 측이었지. 살기 위해 최주상에게로 돌아선 이경선 측 변종들도 적지 않았어. 한바탕 싸움이 끝나고 이경선 측은 최주상을 피해 바깥으로 도망쳤는데, 생각해봐. 그거야말로 최주상이 걱정한 최악의 수순이잖아. 놈들이 제 눈을 벗어나 바깥을 싸돌아다니는 거. 다른 놈들을 죽인 의미가 없어지는 거. 그러니 한 명도 놓치지 않게 혈안이 되지. 이경선 측은 아무리 숨어다녀도 자꾸만 덜미가 잡히니, 쫓기다 쫓기다 결국 한 장소에 몸을 숨겼어. 그곳만큼은 최주상이 건드리지 않았거든."

"…그곳." 윤서리가 중얼거렸다.

"그래, 그곳. 싱크홀이 발생하고 아무도 다가가지 않는 그 도시. 자기들이 도망쳐 나왔던 곳으로 다시 들어간 거지." 그는 손사래 쳤다. "그렇게 정리되기 전에 외부에 들키면 어쩌나 하고 얼마나 긴장을 탔는지 참. 내가 그 자식들 경호원도 아니고…. 하여튼 최주상은 남은 무리를 데리고 밝은 데로 나갈 수도 없는 노릇이니 범죄조직으로 먹고살게 했어. 밑바닥 아랫것들은 간부들의 초능력을 모르는 일반인으로 채우고. 그 조직이 바로 비원, 네가 1년 동안 뒤를 봐주며 감시했던 그놈들이다."

그는 사진을 골라 윤서리에게 보냈다. 왜소하지만 카리스마가 풍기는 중년의 여자가 찍혀 있었다.

"김현이. 비원의 이인자로 생각하면 된다. 정지자야."

남자 사진이 한 장 더 날아왔다.

"우주 라땅. 최주상 손에 처리될 수도 있었지만 네 덕에 아직도 비원 삼인자지. 복원자다. 인도네시아 출신인데 최주상의 가장 충직한 왼손이야.

비원이 위장조직을 차린 걸 우리가 알았을 때, 최주상도 이미 누군가 자신들을 건드릴 거라고 확신하고 있었어. 만약 바로 진압 작전이 가동됐다면 비원은 이경선 측 꼴이 났을지도 모르지.

회사는 비원을 나한테 일임했어. 그때 난 좌천되어 경찰로 위장 중이었으니까, 내가 비원을 맡으면 회사랑 비원의 관계를 얼버무리기 편할 거라고 판단했겠지. 최주상은 나한테 당하기 전에 먼저 나서서 이렇게 요구했어. 우릴 건드리지 마라. 대신 여길 나가려 하거나 정보를 흘리려는 놈은 내 선에서 처리하겠다. 이경선 측도 우리가 관리하겠다. 그놈들이 그 도시에서 나오지 못하게 하고, 만약 바깥으로 나오는 놈이 있으면 청소하겠다. 우리를 처리하는 건 우리여야 한다. 먼저 건드리지만 않으면 난 세상이 우리 존재를 끝까지 모르게 할 자신이 있다. 괜한 소동 일으키지 말고 조용히 끝내자."

그는 눈 앞에 최주상이 있는 것처럼 고개를 끄덕였다.

"나쁠 것 없었지. 이경선 측을 알아서 관리해주겠다니 더 좋았어. 이경선 측은 소독되지 않은 칼로 성급하게 잘라낸 암 덩어리야. 언젠가 최주상 손으로 다시 제대로 끝을 내 처리해야 할 그쪽 찌꺼기니까, 받아들일 만한 요구지. 비원을 감시하는 정도로 적당히 끝내도 될 것 같았어.

이경선 측은 지도자의 이름을 써서 그쪽을 '경선산성'이라고 부르는데, 비원에게서 자유로워지고 바깥에 나가겠다는 목적은 아직도 변함없어. 비원의 목적은 경선산성을 완전히 제거하는 한이 있더라도 살아남는 것이고. 그리고 우리 목적은….”

서형우는 말을 고쳤다.

"네 목적은… 비원과 경선산성이 자기들 싸움에 공멸하게 하는 것. 회복기 없이 제 몸집을 깎도록 소모전을 지속시키는 것. 마지막에 비원이 남든 경선산성이 남든 그건 상관없어. 비원 혹은 산성이 쉽게 처치될 정도로 약해진 채 홀로 남는 게 중요한 거야.

도시 안에서 서로 계속 싸우게 만들어. 내 두더지들은 틈을 알려주고, 우리는 더 큰 균열을 만든다. 두 집단이 자주 충돌할수록 좋아. 나중에 처리할 머릿수가 하나라도 더 줄게 해. 그게 내 요원들이 하는 일이고, 윤서리, 네가 하게 될 일이다.”

그는 윤서리의 냉랭한 얼굴을 쳐다보았다. 어떤 각오도 읽어내기 어려운 얼굴을.

떠올려보니 그녀는 언제나 이런 차갑고 날이 선 눈으로 그를 노려보고 있었다. 만약 서형우가 부하의 시선에 민감한 상사였다면 절대 간과하지 못했을 무례한 눈빛이었다. 그러나 그의 기억을 지배한 건 그녀의 무례한 시선이 아닌 무례한 배신이었다. 그는 그녀가 산성에 투입된 후 또 배신할 경우를 계산해보았다. 그렇게 된다면 경선산성은 내부에 첩자가 있음을 알게 된다.

그게 끝이다. 이왕이면 두더지의 존재는 들키지 않는 게 좋지만 작전은 별다른 타격을 받지 않을 것이다. 분노한 산성 사람들은 외부인인 그녀를 처형할 것이고, 잠시 내부의 동료를 의심하겠지만, 주된 적은 어디까지나 비원으로 둘 것이었다. 언제 터질까 조마조마해하며 감시해야 하는 비원과는 다르게 경선산성은 빈 도시에 갇힌 편리한 작업표본이다. 그들의 돌발행동엔 제약이 있다.

윤 전 수사관의 배신은 더는 걸림돌이 되지 못한다.

서형우는 그녀에게 물었다.

"도시에서 표적을 봤지? 기억하나?"

"예."

"정여준. 현재 경선산성의 수장이야. 비원과의 싸움에서 이경선이 사망하고 그 녀석이 이경선 대신 4년째 사람들을 이끌고 있어. 그놈도 이경선과 마찬가지로 정지자고. 그는 이찬을 눈짓했다. "산성의 이인자는 네 옆에 있어."

"그런 표현은 비원 놈들이나 쓰는 거라 싫은데." 이찬이 말했다.

서형우는 그 말을 무시했다. "산성 사람 중 일부는 정여준보다 이 녀석을 더 따를 수도 있어. 이경선이 수장이던 시절부터 곁에 있었으니까. 하지만 둘 사이에 알력이 있는 건 아니니 크게 신경 쓸 건 없어. 대충 분위기 파악하는 데에만 참고해."

"산성 사람인데 여기서 일하는 건가요?" 윤서리가 말했다.

"옙." 이찬이 말했다.

"어쩌다 첩자가 된 거죠?"

"그쪽이랑 똑같아요. 생존이랑 돈을 위해." 그는 어깨를 으쓱였다.

서형우가 말했다. "아까 들어보니 이 녀석이 산성 사람들한테 널 파쇄자라고 속였다던데."

"미안하게 됐어요. 그거 말곤 그쪽을 살려서 데리고 나올 방법이 생각 안 났네요." 이찬이 윤서리에게 말했다. "눈치챘겠지만 그때 벽 부숴서 날린 것도 나고 그쪽한테 닿기 전에 다시 부순 것도 나예요. 어쨌든 내 덕에 멀쩡히 여기 와 있으니까 좋게 좋게 생각하십시다.

"윤서리 넌 그대로 파쇄자로 가장해."

"거짓말하느라 고생스럽겠지만 내가 더 고생스러울 테니 이해 좀 하십시다? 내가 한 일을 그쪽이 한 것처럼 끼 떨 테니까, 적당히 말 맞추면서 눈치 잘 보면 돼요. 만약 내가 없는데 누가 그쪽더러 뭘 부숴달라고 하면… 그러게요. 어쩌지? 그럴 일이 없길 바라야겠네."

"너희 둘 임무가 겹칠 거야. 그래도 보고는 따로 받을 테니 놓치는 것 없이 관찰하고 내 앞에서 그대로 말하면 돼." 서형우가 말했다. "머무는 장소를 어디로 옮겼는지를 주로 보고하게 될 거다. 최주상이 산성 사람들 거주 구역을 파괴하면 그때마다 거점을 옮기니까. 정보 새는 거 의심받지 않게 너희가 바깥에 들락거리는 순서는 알아서 적당히 조절하고."

서형우는 의심이 가시지 않은 눈으로 윤서리를 보았다. 한때 이찬에게 일렀던 말을 상기하며 그는 그녀에게도 그 말을 그대로 전했다.

"이건 일방적인 임무야. 경선산성이랑 첩보 경쟁할 필요가 없어. 상대가 방첩 작전을 벌이지 않으니까. 의심하고 경계하되 조바심은 내지 마. 어차피 한정적인 시간 싸움이야. 장기판에서 제짝끼리 싸우다 마지막 패가 판에 덜렁 남는 거만 지켜보면 돼. 산성의 일원으로서 비원이랑 싸워 비원을 갉아먹되, 산성을 지나치게 보호하지는 마. 우리에게 최악의 상황은 비원과 산성 중 한쪽이 비대해지는 것, 최고의 상황은 양측 모두 비슷한 속도로 쇠락하는 거야. 그리고 너에게 있어 최고의 상황은 살아남는 것, 최악의 상황은 배신하는 거다. 무슨 뜻인지 알 거라고 믿는다. 살아서 첫 번째 보고를 하러 오길 기대하지."

윤서리는 대답하지도 고개를 끄덕이지도 않았다. 그는 그 반응에 이젠 새삼스럽지도 않다는 양 굴었고 차세연과 차세욱은 요것 좀

보라는 듯 싱글거렸다.

 윤서리는 이찬을 남겨두고 먼저 자리를 떠야 했다. 차세연은 오렌지 껍질을 깎으며 졸졸 따라왔다. 건물을 나와서도 차세연은 계속 그녀의 뒤쪽에 서 있었다. 이찬이 나올 때까지 감시할 요량인 듯했다.

 그때 아무런 전조도 경고도 없이 그녀의 뒤통수에 칼이 날아들었다. 왼쪽으로 잽싸게 비켜선 그녀의 코끝에 상쾌한 과일 향이 맴돌았다. 오렌지를 깎는 데에 쓰인 작은 과도는 허공을 긋다가 땡그랑 소리를 내며 떨어졌다.

 그녀는 침착하게 차세연을 돌아봤다. 차세연은 말끔하게 깎인 오렌지를 씹어 먹으며 말했다.

 "뒤통수에 눈이 달린 모양이네."

 "…문제가 되나요?"

 "아니. 뒤에 눈 달린 것 정도야 뭐. 그럴 수도 있지."

 "만약 뒤에 눈이 없었으면 방금 눈 대신 칼이 달릴 수도 있었는데요. 무슨 생각이시죠."

 "장난으로 그런 거 아니니까 너무 뻣뻣하게 굴지 마. 네가 저쪽에서 보낸 두더지인지 보려던 거야." 어느새 오렌지를 다 삼킨 그녀는 손가락까지 쪽쪽 빨았다. "변종인지 아닌지 확인도 안 하다니 역시 서 팀장은 이제 한물갔어. 자기가 모든 걸 꿰고 있다고 생각하니까 신중할 필요를 못 느끼는 거겠지."

 "동료한테 평가가 박하시네요."

 "다 본인이 자초한 일인걸. 예외를 상정하지 않고 확신하는 사람치고 끝까지 살아남는 놈 못 봤어. 그런 사람한테 잡히다니, 너도 앞날이 창창했을 텐데 참 안됐다. 무슨 일이라도 생기면 그땐 잘 부탁해. 서로 적당히 이용해 먹자고. 사람 일 어떻게 될지 모르잖아?"

윤서리는 차세연의 말을 흘려들으며 바닥에 떨어진 과도를 흘겨보았다.

"저걸 던진 게 시험의 전부인가요? 차라리 서 팀장님께 받았던 면접이 이보단 덜 조잡한 것 같은데요."

"이찬 뒤통수에 던졌으면 걔가 너처럼 몸 움직여서 피했을 것 같아? 초능력을 10년 넘게 쓰고 지냈으니 그 애들한텐 이제 자기 능력이 신체 일부와 같아. 걔들은 무조건 반사적으로 초능력으로 반응해."

"예외를 상정하지 않고 확신하는 사람치고 끝까지 살아남는 놈 못 봤다고 방금 누가 말했더랬죠."

차세연은 눈을 가늘게 좁히고 한껏 불만스럽게 윤서리를 노려봤다. 어색한 눈 맞춤이 오래가기 전에 이찬이 나타났다. 차세연은 당장 무엇이든 먹고 싶어 견딜 수 없다는 듯 입을 쩝쩝 다시며 안으로 들어갔다. 두더지 둘에겐 인사는커녕 손짓 하나 없었다.

건물과 멀리 떨어진 곳에 주차한 차를 향해 걸어가며 이찬은 쉴 새 없이 주변을 흘끔거렸다. 차 안에 들어오고 나서야 그는 눈을 평범하게 깜빡일 수 있었다.

그가 키득거리며 말했다.

"거짓말이었죠?"

"네?"

"아까, 안전가옥 보안으로 서 팀장 협박한 거요. 그거 거짓말이죠? 쥐뿔도 없는데 입만 놀렸던 거 아니에요?"

그녀가 반박하려 하자 그는 고개를 설레설레 저었다.

"솔직히 티 났어요. 반쯤 포기하고 있던 게. 만약 그쪽 얼굴을 차세연이나 차세욱이 정면에서 보고 있었으면 그 인간들 분명 눈치챘을걸요. 서 팀장이 그걸 모르던 게 오히려 의외던데요. 어지간히도 회사에 자기 움직임 읽힐까 봐 걱정됐나 보죠. 뭐 나야 아무래도 좋았어요. 그 인간 당황하는 거 보는 구경값으로 입 다물 만했죠."

"고마워요. 여러 번 도움 받네요."

"나 말고 누가 돕겠어요? 준비된 도피로도 없지, 안가 위치는 수시로 바뀌지, 그런 주제에 변경 사항을 알려주는 방식도 제멋대로지, 예비 연락책도 안 붙여주지, 중간 접선지도 없지, 그냥 막무가내로 현장 공작원으로 꽂아버린 게 다잖아요. 이거 어디 가서 첩자 짓한다고 말할 수나 있겠어요? 솔직히 서 팀장한테 티는 안 냈지만 당황 많이 했죠?"

"난 내가 원해서 이 일에 자진한 게 아니에요. 반쯤은 내가 자초한 결과긴 하지만, 거의 떠밀린 거나 다름없어요. 도움을 주든 대놓고 방치하든 내 자세는 아마 달라지지 않을 거예요. 내가 나가고 서 팀장이 뭐라고 하던가요? 이탈할 조짐이 보이면 죽이라고 했나요?"

"어어어…, 네."

"의심되면 날 죽일 건가요?"

"걱정 마요." 그는 긴장이 풀린 얼굴로 미소 지었다. "그땐 별 고통 없을 거예요. 죽는지도 모르게 해줄 수 있어요."

농담인지 아닌지 분간할 수 없어 그녀는 성의 없는 미소로만 답했다.

자동차는 서형우의 섹션과 비원 모두에게서 도망치는 듯 급히 내달렸다. 고속도로에 진입할 낌새가 보이지 않자 그녀가 말했다.

"산성으로 돌아가는 거 아니었어요?"

"아, 잊었어요? 식구들한테 받은 쇼핑목록이 있잖아요. 심부름하러 가야죠. 밖에 나와 놓고 빈손으로 들어가면 비원한테 졌을 때보다 더 야유받아요. 그쪽도 서 팀장한테 보고하러 나올 때 한두 사람한테라도 심부름거리 받아두는 게 좋을 거예요."

그는 마켓 근처에 주차했다. 그 평범하고 일상적인 장소에 당황한 그녀를 보고 그는 다시 웃었다.

"나랑 같이 있는 거 비원한테 안 들키길 기도나 하세요. 산성에서 내가 한 말 기억해요? 밖에서 비원한테 쫓기면 나 그쪽 버리고 혼자 도망칠 거니까 알아서 목숨 챙기라고 했던 거. 그거 진심이니까 너무 나만 믿지 마세요? 산성 안에서라면 모를까, 여기선 아무리 나라도 내 코가 석 자예요."

"알아요. 나도 그 정도로 염치없진 않아요. 대신 나도 비원한테 쫓기면 나 혼자 이거 운전해서 도망칠 거니까 너무 원망하진 마요."

"아…, 알았어요. 나와요. 아니, 나오시래도. 심부름 같이 해요. 쇼핑 끝나기 전까진 차 탈 생각 요만큼도 말아요."

*

비원과 마주치는 불행한 일은 일어나지 않았다. 이찬은 콧노래를 흥얼거리며 경선산성으로 향했다. 더는 아무도 다가오지 않는 빈 도로에 진입하고 서서히 출입 통제소가 가까워지자 그녀는 정여준이 곁에 없어도 괜찮냐고 물었다.

"상관없어요. 저놈들이 신나게 쏴댈 때는 안에서 바깥으로 나갈 때뿐이에요. 통제소는 평범한 사람은 못 들어가고 우리는 못 나가게 하는 곳이니까. 저기 갇혀 살아야 하는 놈이 제 발로 들어가겠다는데 굳이 시끄럽게 막을 필요는 없잖아요. 그냥 이 차에 타고 있는 게 우리라는 것만 알려주면 알아서 보내줘요."

그는 통제소 바깥에 세워진 길쭉한 저지대를 부쉈다. 노란색 저지대는 산산이 흩어져 민들레 꽃잎처럼 바닥에 떨어졌고, 그는 낄낄대며 경계선을 넘었다. 그의 말대로 통제원은 모습을 드러내지 않았다.

"저놈의 누런 막대기 내가 허구한 날 부숴 먹어서 자꾸 새 걸로 교체하는 바람에 아주 그냥 항상 반짝반짝 빛이 납니다."

먼 곳에 싱크홀이 보이기 시작하자 그는 목소리를 낮추고 말했다.

"아, 그리고 이 안에서는 좀 가볍게 대할 테니까 그쪽도 나한테 어제처럼 막 대해요. 갑자기 깍듯하게 굴거나 어색하게 친한 척하지 말고."

거점에 무사히 도착한 그는 사람들 앞에서 그녀에게 어깨동무하며 말했다. "어제 여러분이 죽이려고 했던 이 언니께 박수! 우리랑 여기서 함께하기로 했어요. 다들 죄책감을 갖고 잘들 지내봅시다?"

사람들은 처음엔 그녀가 다시 돌아왔다는 사실을 믿지 못했다. 윤서리는 아무도 욕망하지 않을 터전에 자리 잡기 위해 그곳을 빠져나가길 원하는 사람들에게 술수의 말을 해야 했다.

"밖에서 비원이 무슨 짓을 하고 있는지 알게 된 이상 저도 예전처럼 안전하게 살 수 있을 것 같지 않습니다. 저는 이경선 님을 모르지만, 그분의 생각에 공감합니다. 여기서 저 자신을 지키고 여러분과 함께 싸우겠습니다."

그 말까지 듣고 나서야 사람들은 그녀의 합류를 현실이자 선물로 받아들였다.

그녀는 2백 명에 가까운 사람들의 인사를 차례로 받으며 묘한 기운을 느꼈다. 반가워하는 환영사는 진심 같았지만 그들에겐 한마디로 설명할 수 없는 조바심이 있었다. 낯을 가리며 어색하게 눈인사하는 사람들까지 다 만난 후에야 그녀는 그 조바심의 정체를 알 수 있었다. '이 사람이 너무 빨리 죽지 말았으면 좋겠는데.' 차마 말로 전하지 못하고 깨지기 쉬운 희망을 대하듯 안달복달하는 분위기의 정체는 바로 그런 속마음이었다.

정여준은 조용히 손을 내밀었다. 그녀는 맞잡은 손을 통해 긴장을 들키진 않을까 두려워하며 악수했다. 그는 산성에 돌아온 그녀의 선택에 반색하지 않았다. 외려 당혹스러운 듯했다.

그를 밀쳐내며 나정이 살갑게 다가와 인사했다.

"난 언니가 다시 돌아올 줄 알고 있었어요."

그랬을 것이다. 이유는 전혀 달랐지만, 서형우도 그녀가 그럴 것임을 알고 있었을 것이다.

*

보고녹취 / 윤서리 - 폐기001

틈도 없이 비원과 긴장 상태를 유지하는 조직이라고 보기에 경선산성의 주력 전투원 비중은 조금 기형적으로 보입니다. 정여준이나 이찬이 전투원 취급을 해주는 몇 무리를 제외한 대부분은 제 눈에 실질적으로 도움이 될 만해 보이지 않습니다. 물론 저보다야 낫겠지만요.

폐쇄된 곳에서 10년이 넘도록 함께 지내서인지 서로를 전우로 여기기보다는 일상생활의 동반자로 여기는 경향이 큽니다. 사람들은 필요할 때 자신의 능력으로 비원 조직원을 죽여야 한다는 걸 알고 있지만, 그보다는 초능력을 활용해 빨래하거나 다림질하거나 놀이를 즐기는 데에 더 골몰합니다.

산성을 나가면 살해당할 테니 안에 숨어 있는 거겠지만, 만약 비원이 오랫동안 산성에 들어오지도 공격하지도 않는다면 이 사람들은 언제까지 기다렸다가 바깥으로 나갈 생각을 하게 될지 잘 모르겠습니다.

정여준이요? 별일 없었습니다. 조용하고, 사색적이고, 애써 튀려는 기색이 없습니다. 있는 듯 없는 듯 녹아드는 유형의 리더인 것 같습니다.

제가 일원이 된 직후 말인가요? 그때도 딱히 요란한 행동은 안 했습니다. 그냥 악수하면서 적당히 몇 마디 해준 게 답니다.

집단의 책임자가 인사치레로 할 만한 말이긴 한데….

"저는 산성 사람들을 지키는 방패입니다. 여기 들어오신 이상 제 책임은 윤서리 씨를 죽지 않게 보호하는 거예요. 윤서리 씨의 책임은 제 팔 안쪽에서 죽지 않는 겁니다. 부디 저보다 먼저 죽지 마세요."

이러던데요.

4 ──────────────────────── 비원

 최주상이라는 이름이 비원의 법률이기 때문에 가능했던 수많은 효율적인 일 처리는 말로 다 할 수 없다. 그러나 그는 자신의 이름이 모든 일원에게 완벽한 울타리가 되지 못하리라는 것 정도는 알고 있었다. 그러나 그 증거를 직접 대면하는 건 유쾌한 일이 못 됐다.
 그는 의자에 앉았다. 의자는 아직 살아 있었다. 폐가 난도질당한 의자는 피를 덩어리째로 뱉으며 몸을 떨었다. 최주상의 의자가 되기 전의 남자는 탁월하진 못해도 그럭저럭 재주 있는 복원자였다. 숨이 끊어진 채 주변에 널려 있는 다섯 명의 옛 의자 중 세 명도 복원자였고 나머지 둘은 정지자였다. 파쇄자 한 명을 몰아붙이기 나쁘지 않은 조합이었을 것이다. 그게 최주상만 아니었다면.
 그는 허리를 기울여 의자의 얼굴을 보았다.
 "너 그 뭐냐, 이름이 뭐였더라…."
 의자는 목소리를 내지 못했다. 최주상은 나긋나긋 말했다.

"왜 멋대로 나한테 이름 잊히고 그래. 응? 섭섭하게. 뭐, 이름 잊어버리게 한 것 정도야 괜찮아. 이름은 기억 못 해도 같이 살 수는 있잖아. 너 말이지, 나랑 12년이나 살았잖아? 그런데 왜 더 안 살고 그래? 너 12년 더 살게 하려고 12년 전에 죽은 애들은 뭐가 되는데. 걔들 알아? 걔들 이름은 기억해주고 12년 산 거야?" 그는 옆에 늘 어선 수백 명의 사람들을 돌아보았다. "너희들 애 이름 아니? 애 이름 알아야지. 애가 죽어서 우리가 12년 더 살 텐데."

사람들은 미동도 없었다. 주름이 자글자글한 노인부터 혈기 왕성한 젊은이까지 남녀노소 모두 같은 자세로 서서 숨소리도 내보이지 않았다.

최주상의 의자가 된 시신들은 오랜만에 나온 탈주자들이었다. 비원을 벗어나려는 도망자들은 간부 자리를 차지하려는 하극상 시도자들보다 더 잔인하게 처형당했다. 최주상은 늘 직접 사형집행을 맡았고, 비원의 모든 일원은 마지막 사형수의 숨이 끊기기 전까지 자리를 뜰 수 없었다.

제 손으로 일원을 잘라낼 때의 그는 평소보다 더 부드럽고 온화했다. 우아하게 행동할수록 그의 능력은 더 날카로워졌다. 간혹 도주와 하극상이 동시에 일어날 때도 있었는데 그럴 때마다 그는 매우 슬퍼하며 이렇게 말하곤 했다. "이경선을 뛰어넘을 생각이 없으면 시도하지 마. 너희는 그 도시에 다시 들어가 살 용기조차 없잖아."

그는 정면의 조직원들을 마주해 얼굴을 빳빳이 들고 의자들을 향해 눈을 흘기며 말했다.

"12년이야, 12년이라고…. 12년이나 이렇게 살았어. 10년 넘도록 제복 입은 애들한테 비비면서 사니까 비굴해 보여? 생각보다 약해 보였어? 이경선은 이겨도 경찰은 못 이겨서 굽실댄 것 같아? 그래,

그렇게 보여야지. 그놈들이 그렇게 착각하도록 10년을 바쳤는데 당연히 그래야지. 그래도 말이야…, 멋모르는 놈들은 그렇게 착각해도 너희가 그래야겠어? 우리가 누구를 견디면서 어디에서 매복하고 어느 때를 기다려야 하는지 그게 그렇게 판단이 안 돼?"
 의자가 마지막 고통을 호소하듯 격렬하게 기침했다. 최주상은 머리카락을 쓸어 올리고 말했다.
 "지금이야 서로 겉으론 점잔빼지만, 그래, 나중엔 바깥의 그놈들도 비원을 버리겠지. 설마 그걸 모르겠냐고. 응? 말해봐. 설마 그걸 모르겠어? 그것도 모르고 경선산성이랑 이런 짓을 하고 있겠어? 언젠간 우리도 버려질 테니까, 그때가 오기 전에 누가 건드릴 수 없을 정도로 강해져야 할 거 아니야. 이런…, 이런 식의, 팔다리 안 맞는 오합지졸들 말고 말이야. 응? 적어도 그전까진 머리 숙이고, 없는 사람처럼 약한 척 살아야 할 거 아니야? 이보다 더 확실하게 살아남을 방법이 있어? 그럴 방법이 있어서 여길 나가려고 했던 거 아니야? 살 자신이 있으니까 너희끼리 움직인 거 아니냐고. 그런데 왜 이러고 있어? 살려고 했으면 살아야 할 거 아냐, 그런데 왜 나 같은 거한테 잡혀서 이러고 있어? 고작 이 정도로 바깥에서 살 수 있을 것 같았어?"
 그는 의자에서 일어났다. 의자는 몸을 둥그렇게 말고 머리를 바닥에 비볐다. 최주상은 쭈그려 앉아 의자에게 입을 가까이 가져다 댔다.
 "비원이 답답한 조직이라 답답하게 살고 있는 것 같아? 아니, 답답해야만 살 수 있는 거야. 적과 친구들의 심장을 모두 답답해 터져 버리게 만들 수 있어야 살아남을 수 있는 거라고, 호섭아."
 조용히 속삭인 목소리는 넓은 공간에 흘러들어 수백의 귓바퀴에 생생히 들어왔다. 그는 남자의 폐 이곳저곳에 바늘처럼 꽂아 넣었던 유리 조각을 터트렸고, 폐포가 바스러지는 고통에 몸부림치던 남자는 결국 마지막 숨을 들이쉬지 못하고 호흡을 멈췄다.

침묵이 너무나 완벽하여, 핏방울에 땀방울이 섞여 드는 소리마저 들릴 것만 같았다.

최주상은 핏물로 손을 소독하는 것처럼 손바닥을 비벼댔다.

"우주야."

부름에 반응해서 한 남자가 앞으로 나왔다.

"먹이 줄 날짜 얼마나 남았니?" 최주상이 말했다.

"다음 주 중에 해결하시면 됩니다." 우주 라땅이 말했다.

조직 구성원을 일부 떼어 경찰에게 먹이로 주기로 약속한 정기 상납일이 코앞이었다. 그건 싱크섹션과 초기에 합의한 규칙이고 서형우에게 바치는 뇌물이자, 섹션과 비원의 연결고리를 반투명하고 애매하게 만들어주는 장치의 일부였다.

더불어 제거하고 싶은 골칫거리를 내부에 불신감 키울 일 없이 처리하는 좋은 방법이기도 했다. 피 묻히지 않고 남의 손을 빌려 집안 청소를 하는 셈이니 최주상은 그 일을 퍽 기꺼워했다. 그렇게 가벼이 던져버리는 먹이는 어디까지나 밑바닥 잔챙이 몫으로 남겨두고, 싱크홀을 함께 벗어난 생존자들은 그 안에 속하지 않게만 관리하면 되었다.

"이번엔 누구 차례라고 했지?" 최주상이 말했다.

"…호섭이 쪽… 애들입니다." 라땅이 말했다.

"…걔넨 다음번으로 미루고 저번 포에스 빌딩 때 빠져나온 애들로 적당히 때워."

라땅은 알겠다고 대답하고 자리를 떴다.

그늘진 곳에서 관망만 하던 김현이가 다가왔다. 전동휠체어 바퀴가 매끈한 바닥 위를 깨끗하게 굴렀다. 다리를 덮은 담요는 명치 높이까지 겹겹이 쌓여 있었다. 그녀는 처형당한 시신들을 보며 최주상에게 말했다.

"바로 죽이지 말고 산성에 투입해서 한 번 더 써먹어도 괜찮지 않았어? 자네 뭐든 깔끔하게 처리하는 건 좋지만 득 볼 일도 칼같이 쳐내서 걱정이야."

"몸뚱어리에 종양 매달고 일하는 게 득은 무슨 득이야."

"섹션에서 또 새 장소 알려주면, 이번에도 갈 건가?"

"산성에? 왜, 가면 안 될 이유라도 있어?"

"서형우가 꽂은 애들 청소한 지 얼마 지나지도 않았는데 시키는 대로 계속 산성만 왔다 갔다 하면 속없어 보이잖아. 보는 눈도 많은데."

"그 눈 어차피 전부 내 눈이나 마찬가지야." 최주상은 손을 저어 사람들을 내보냈다. "우리가 산성에 가는 건 가야 해서 가는 거지 서형우가 의도해서가 아니야. 당신도 알잖아."

"애들만 보내. 예전엔 그랬잖아. 몇 년째 계속 뒤에 애들 달고서 앞장서니까 하는 말이지."

"정여준만 아니었어도 나도 그런 귀찮은 짓은 안 했어."

"정여준이 이경선이랑 다를 게 뭐야. 그래도 이경선은 항상 선두라도 지켰지, 그 남자는 그러지도 않는 겁쟁이인데."

"그 겁쟁이 하나 못 잡아서 쩔쩔매는 사람이 할 말은 못 될 텐데. 남은 파쇄자들 싹 다 데려가도 나만큼 해낼 수 있겠어?"

"그거야 모르지. 자네가 한 번도 기회를 안 줬잖아."

그는 눈을 내리깔아 그녀를 보더니 말했다. "그래, 서형우 그 자식한테서 정보 받으면 원하는 대로 데려가서 털고 와봐. 오늘 우리 쪽에서 여섯 명 죽었으니까 거기서도 여섯 명 정도 지워주고 오면 되겠네."

"자네가 먼저 이쪽 애들 죽여놓고 산성에서 목숨 덜어 저울추 맞추려는 버릇 좀 고쳐."

"이게 내 버릇이라고? 누구 때문에 배운 건데."

"남한테 책임 전가하는 버릇도 고치고."

최주상은 입술을 비스듬히 올려 웃고 출구를 향해 걸어가 철문을 열었다. 김현이는 휠체어를 돌려 승강기로 향했다. 찌그러진 폐가 내뿜은 핏물이 바퀴에 묻어나 자국을 냈다. 죽은 이의 피는 두 줄의 기다란 평행선을 그리며 휠체어를 쫓아갔다.

5 ———————————————— 경선산성

보고녹취 / 윤서리 - 폐기004

생활용품을 종류별로 정리하고 있습니다. 낮에 쓰는 물건과 밤에 쓰는 물건으로요.

짐을 옮기려는 모양인데 당장 주거지를 바꿀 예정은 없습니다. 생활은 여전히 같은 곳에서 하고 있습니다.

*

버려진 지하철역의 빈 공간이 대리석 건물보다 따뜻해졌다. 비가 내린 날은 확연히 더욱 그랬다. 가을이 깊어지고 있었고 바람은 제법 겨울 흉내를 내기 시작했다.

경선산성의 따뜻하고 쾌적한 지하 굴엔 야생 고양이와 들개가 판을 쳤다. 들짐승이 똬리를 틀지 않은 곳은 물곰팡이 냄새가 진동하고 토끼만 한 쥐가 우글거렸다. 사람이 겨우내 머리를 누이고 잠잘 수 있을 지하 공간은 그리 많지 않았다.

하지만 그건 12년 전부터 존재했던 건축물로만 한정할 경우였다. 도시의 지하에는 서너 명이 만든 아늑한 공간이 얼기설기 얽혀 있었다. 파쇄자들이 뚫어놓은 땅굴이었다. 그것까지 합하면 산성 식구들이 겨울을 날 공간은 충분했다. 몇 년에 걸쳐 부지런히 땅굴 수를 늘려놓은 결과이기도 했고, 인구가 줄었다는 증거이기도 했다.

사람들은 겨울나기를 위해 침구며 옷가지를 그곳들 지하로 옮겼다. 더는 겨울을 함께 날 수 없는 친구들을 저마다의 방식으로 애도하면서.

유령도시를 먹거리 풍족한 휴양지로 묘사하면 거짓이겠지만, 그렇다고 배고파 굶주릴 정도는 아니었다. 싱크홀에서 멀리 떨어진 곳엔 사람 여럿을 먹일 수 있을 만한 큰 동물도 돌아다녔고 채소도 여기저기 잘 났다. 한겨울에도 그들은 마냥 아끼며 살지 않았다. 얼마든지 차를 타고 나가 식재료를 잔뜩 사 올 수 있었기 때문이다. 윤서리는 대체 매년 겨울 수백 명을 먹일 돈이 어디서 나오느냐고 물었다. 사람들은 하나같이 정여준을 가리켰다.

"다 함께 몇 년 버틸 현금이 있으니 걱정하지 말라는 말을 한 적이 있는데, 환심 사려는 줄만 알았지 이 정도일 줄은 우리도 그땐 몰랐지."

경선산성 복원자들 사이에서 마음의 기둥 노릇을 하는 조대홍은 그렇게 말했다.

조대홍은 열 살도 채 안 된 나이에 탈북해 수도권 곳곳을 전전했다고 했다. 이질감을 느낄 구석이 없었기에 그가 말을 꺼내기 전에 먼저 눈치챈 사람이 없었다. 그는 국경에서 친부모를 잃고 싱크홀에서 양부모를 잃었다. 꼬맹이 달음박질로 고향을 떠난 이야기는 덤덤히 말해도 싱크홀에 관해 그는 입도 뻥긋하지 않았다.

비단 대홍뿐만이 아니었다. 산성의 그 누구도 자진해 싱크홀과 관련된 화제를 꺼내려 들지 않았다. 생필품을 찾아 도시를 뒤질 때도 수색지역은 늘 그 구멍과 멀리 떨어진 곳이 되었다.

사람들은 새 식구 서리 몫의 일거리를 줄여주는 데에 열심이었는데, 그녀가 이찬보다도 자주 바깥심부름을 다녀오기 때문이었다. 아직 비원 무서운 줄을 몰라서 저렇게 간 큰 짓을 할 수 있는 거라며 혀를 차면서도 그들은 싱글벙글했다. 그 웃음꽃 핀 얼굴이 주는 죄책감의 무게가 버거워서 그녀는 더 자주 바깥을 들락거렸다. 섹션에 보고를 하러 가는 날보다 순수하게 심부름을 위해 외출하는 날이 더 많아지기 시작했다.

그 외의 시간을 하릴없이 보내던 그녀가 무료함을 못 참고 자진해 어울린 무리는 사냥조였다.

"서리 언니, 혹시 살아 있는 거 부술 수 있어요?"

사냥에 나서며 나정이 물었다. 서리는 고개를 내저었다. 나정은 당연한 답을 들었다는 듯 말했다.

"하긴 우리도 그래요. 살아 있는 걸 조종할 수 있는 사람은 산성에도 비원에도 없더라고요. 비원 쪽 파쇄자가 언니 팔다리 터트릴까 걱정할 필요는 없을 거예요. 주위에 아무것도 없고 맨몸으로 서 있는 게 가장 안전한 환경일걸요. 아, 대신 뿌리 뽑힌 나무나 죽은 동물은 조종할 수도 있으니까 그건 조심해요. 어쨌든 아깝네요. 언니가 엄청난 예외라서 살아 있는 것도 건들 수 있었으면 사냥할 때 더 편했을 텐데."

"그럼 어떤 방식으로 사냥하는데? 평범하게 덫 놔서 잡을 거면 굳이 파쇄자를 데려갈 필요가 있어?"

"언니는 아직 자기 능력 이용해서 뭐 죽여본 적이 없겠구나. 특별할 거 없어요. 비원하고 싸울 때랑 똑같아요." 나정이 답했다.

함께 있던 이찬은 아주 간단히 시범을 보였다. 나뭇가지에 앉은 새를 향해 작은 자갈을 날린 것이다. 어린애의 돌팔매에 비교할 수 없이 험악하게 날아간 자갈은 돌의 모습을 뒤집어쓴 총알이 되어 새를 꿰뚫었다.

그는 보란 듯 당당히 어깨를 폈고, 반찬거리도 못 될 작은 새를 쓸모없이 죽였다며 나정에게 갖은 비난을 받았다.

찬은 자신이 짐승을 잡을 때마다 세 번에 한 번꼴로 서리가 죽인 것이라고 둘러댔다. 짐의 무게를 줄이기 위해 그들은 그 자리서 고기를 손질했다. 파쇄자들이 털과 가죽을 잘게 찢어 날려버리고, 과한 힘에 고기까지 산산조각이 나지 않도록 정지자들이 힘을 덧댔다.

그중엔 서리가 처음 산성에 들어와 끌려왔을 때 무리의 앞줄에서 보았던 노인 홍정윤도 있었다. 비원의 김현이와 대등한 실력으로 추앙받는 그녀의 가장 큰 즐거움은 다름 아닌 고기 해체였다. 그녀는 그 이유에 대해 이렇게 말했다.

"비원 파쇄자가 밀어붙이는 힘이랑은 느낌이 달라. 얘들이 짐승 가죽 터트릴 때 쓰는 힘에선 그 뭐냐… 맛있겠다, 빨리 먹고 싶다, 그런 두근거림이 느껴진단 말이지. 그런 힘을 막을 때는 나도 기분이 좋아. 살의를 담은 힘을 막을 때랑은 다르게."

해체를 끝낸 후 이찬은 날고기를 손수 옮기지 않고 능력으로 날려버리려 한 탓에 또 한 번 핀잔을 들었다. 그리고 이 모든 체계적인 살림과 가벼운 승강이는 그들이 사냥을 떠날 때마다 반복되는 다반사였다.

12년 전의 그날에 멈춘 듯 보이는 도시에도 여지없이 시간은 흘렀다. 윤서리와 이찬은 날짜를 달리하며 때때로 서형우에게 들렀고, 차세연과 차세욱의 의례적인 질문에 답했고, 산성에 돌아와 일상적인 노동에 힘을 보탰다.

흘러간 나날을 보여주듯 윤서리의 앞머리가 길어져 속눈썹 아래까지 내려왔다. 산성 사람들은 기쁘게 자신들의 미용사를 소개했다. 키가 작고 볼살이 통통한 여자가 자랑스럽게 서리의 앞에 섰다. 경선산성의 공인 미용사는 전용 가위를 갖고 있지 않았다. 여자는 날붙이 하나 없이 그녀의 앞머리를 툭 끊어냈다.

미용사는 웃으며 말했다.

"털은 죽은 세포니까요. 면도날로 면도하는 사람 여기서 못 봤죠? 체모를 건드릴 수 있는 파쇄자가 깎아주니까 그런 거예요." 그녀는 서리에게 투박한 거울을 들려줬다. "맘에 안 들면 눈치 보지 말고 얼마든지 말해요. 복원자들이 원래대로 되돌려놓을 거니까. 그러면 몇 번이고 다시 자르면 되고."

그녀는 단순히 그 광경을 구경하고 싶어서 그래달라고 부탁했다. 뒤에 서 있던 대홍이 바닥에 떨어진 머리카락을 능력으로 들어 올렸고, 머리카락은 잘리기 직전의 위치로 되돌아갔다. 그녀의 이마는 다시 앞머리로 덮였다.

그녀는 저도 모르게 웃었다. 무뚝뚝한 새 가족이 웃는 모습을 보고 즐거워진 미용사는 대담하게 그녀의 머리카락을 단발로 잘랐다. 가위로 쳐낸 것처럼 깔끔하게 끊어진 머리카락은 다시 공중으로 솟아 제자리에 붙었다. 대홍이 본래대로 돌려놓은 것이다.

미용사와 조대홍의 대결이 이어졌다. 서리는 제 머리카락이 표현 가능한 거의 모든 모양새로 변신하는 것을 기꺼이 구경했다. 사람들은 이미 익숙한, 그러나 볼 때마다 즐거운 공연을 관람하는 것처럼 시선을 모았다.

"진짜 재밌는 건 이런 거 말고 따로 있지." 대홍이 말했다. "정윤 할매, 이리 좀 와보소. 오랜만에 씨름 좀 합시다."

홍정윤은 귀찮은 척하며 바닥에 엉덩이를 질질 끌고 앞으로 나섰다. 그녀는 웃으며 서리에게 말했다.

"아가. 만약 잘린 머리카락을 대홍이는 되돌리고, 동시에 나는 멈추려고 하면 어떻게 될 것 같나? 머리카락이 원래대로 붙을 것 같나, 그대로 멈춰 있을 것 같나?"

"그러게요. 둘 중 능력이 더 강한 사람의 의지대로?"

"보자, 대홍이 야랑 나랑 누가 더 강한지 거기서 봐봐라."

그들은 눈짓에 맞춰 동시에 머리카락에 힘을 가했다. 머리카락은 중력에 거슬러 올라가 절단면에 완벽히 붙었다. 그러나 바닥엔 잘린 머리카락이 여전히 그대로 남아 있었다.

윤서리는 신기해하는 표정을 감추지 못하고 말했다.

"뭐예요, 머리카락이 분열이라도 한 건가요?"

"그러게요. 분열일까요, 복제일까요?"

정여준이 말했다. 사람들 사이에 섞여 조용히 구경하다가 처음으로 꺼낸 말이었다.

"지금까지 여러 번 봤는데 확실한 답을 못 내리겠어요. 잘리기 직전의 위치로 돌아가려는 머리카락과 그 자리에 그대로 멈춰 있으려는 머리카락이 둘 다 존재하는 걸까요."

"저게 2대 두목 요 녀석의 의견이고," 찬이 말했다. "이경선 님의 의견은 이거였어. 우리 능력이 생명력을 갖고 있다고."

"어쩌다 그렇게까지 비약했는데?" 서리가 말했다.

"생명은 스스로 복제하는 시스템이라고들 하니까." 그는 마술 트릭을 설명하는 것처럼 손을 펼쳤다. "이경선 님은 우리가 조종할 수 있는 것들 종류가 각자 다르긴 해도 살아 있는 것만큼은 아무도 조종할 수 없는 이유가 거기 있지 않을까 하셨어. 생명이 사물을 조종할 순 있어도 생명이 생명을 조종할 순 없다 이거지."

그녀는 앞머리 끝을 매만지며 땅에 떨어진 머리카락을 주시했다.

"그러고 보니 어쩌면 서리 씨도 미용사 노릇을 할 수도 있겠네요."

여준이 말했다. 그는 그녀가 그 말에 얼마나 긴장했는지도 모른 채 잔잔히 웃었다.

"어때요, 시도해볼래요? 솜씨 좋잖아요. 저도 머리 다듬을 때가 됐는데, 제 머리카락 좀 잘라주지 않을래요?"

여기저기서 부추기는 소리가 터져 나왔다. 여준은 장난감을 기대하는 소년처럼 순진하게 눈을 반짝였다. 그 한 치의 의심 없는 순수한 기대가 그녀를 숨 막히게 했다.

"미안. 대장님 이발은 그냥 미용사님한테 맡겨야겠네. 내 능력은 아무래도 머리카락은 못 건드리나 봐."

그는 그 대답을 전혀 이상하게 생각하지 않고 납득했다.

미용사는 복제된 것처럼 보이는 머리카락을 바닥에서 쓸어냈다. 그것을 보고 있던 찬이 고개를 갸웃하더니 말했다.

"그러고 보니 능력 옮겨가는 걸 생각하면 이경선 님 의견이 설득력 있지 않나? 생존본능이라도 갖고 있는 것 같잖아, 다른 사람 찾아가는 게."

"능력이 옮겨간다고?" 서리가 물었다.

찬은 그녀의 얼빠진 얼굴을 보고, 섹션에서 아무도 그 사실을 얘기해주지 않은 것을 깨달았다. 서형우가 얼마나 그녀의 생존을 바라지 않는지 알 수 있었지만, 그는 두말하지 않았다.

"머리카락은 원래 제 능력으로 다룰 수 있는 범위 안에 없었어요." 미용사가 말했다. "처음엔 합금만 부술 수 있었죠. 체모를 조종할 수 있는 파쇄자의 능력이 나중에 옮겨와서 이렇게 된 거고."

서리의 눈이 사람들 사이사이를 헤매다 여준이 있는 곳에서 멈췄다. 여준이 말했다.

"파쇄자가 죽으면 가장 가까이 있는 파쇄자에게, 정지자는 정지자에게, 복원자는 복원자에게 능력이 옮겨가요. 만약 시야 닿는 곳에 아무도 없으면 전이되지 않지만요. 예를 들어 지금 여기서 찬이가 죽으면, 가장 가까이 있는 나정이가 찬이 능력을 갖게 되겠죠. 그는 쓸쓸히 웃었다. "처음부터 특출했던 이경선 님이나 최주상 같은 사람도 있지만 대부분은 남의 능력을 이어받아 유능해진 사람이 많죠. 조종 가능한 사물이 많다는 건 그 사람 근처에서 죽은 동질 능력자가 그만큼 많았다는 걸 뜻하기도 해요. 이제 와서 숨길 게 뭐 있겠어요. 산성과 비원이 10년 넘도록 싸우는 근본적인 이유는 각자 생각하는 자유의 형태가 다르기 때문이지만, 과연 정말 그것 때문에 비원이 그렇게까지 집요하게 굴었을까요. 난 그렇겐 생각 못 하겠어요. 아마 우리 능력을 먹고 더 강해지려는 거겠죠. 어쩌면 이경선 님이나 최주상 같은 사람이 없었더라도 우리는 어떤 식으로든 갈라져서 서로 죽이지 못해 안달일 수도 있었겠다 싶어요."

그는 침울했지만 목소리만큼은 맑았다. 애통을 삭이는 데에 익숙해진 사람이 보일 수 있는 차분함이었다.

찬이 나정에게 어깨동무하며 서리에게 말했다.

"말인즉슨 우리 언니는 비원이랑 싸울 때 가능한 한 파쇄자를 죽이고, 웬만해선 파쇄자한테는 죽지 않는 편이 좋다 이거지."

'물론 넌 파쇄자가 아니니 내 빈말을 귀담아들을 필요가 없지만.'
그녀는 그의 얼굴에서 그 말을 읽어내기 쉬웠다.

*

보고녹취 / 윤서리 - 폐기011

예. 그날 이찬은 거주지 바깥에 있습니다. 기름 남은 주유소를 찾으러요. 새벽에 나가 늦은 시간까지 안 돌아올 수도 있다고 미리 말해두더군요.

그런데 그걸 알고 계신 거면 이찬이 이미 팀장님께 말씀드린 거 아닙니까? 제가 다시 확인해드려봤자 유용한 정보가 될 것 같진 않은데요.

아, 네… 아닙니다.

저보단 이찬이 훨씬 신뢰받고 있다고 생각했는데, 이제 보니 딱히 그렇지도 않은 모양이군요. 이찬이 문제입니까, 서 팀장님께 문제가 있는 겁니까?

아닙니다.

실언이었습니다.

*

가을이 마지막 문턱을 넘기고 겨울의 문을 두드릴 때쯤 이변이 찾아왔다. 그러나 그것은 윤서리에게만 이변이었을 뿐, 그녀를 제외한 산성 사람들에겐 단지 귀찮고 부담스러운 일상이었다. 비원의 급습은 그들에게 있어 언제 내려도 이상하지 않은 소나기 같은 현상이었다.

우르릉거리는 진동과 함께 그녀는 이유 없는 메스꺼움을 느꼈다. 곧바로 하늘이 무너지는 소리가 났다. 그녀는 깜짝 놀라 일어섰고, 천장에 무지막지한 구멍을 내며 고철 덩어리가 비집고 내려와 건물을 무너트리는 모습을 보았다.

순간 거대한 연필처럼 보였던 그것은 굴착기였다.

"최주상!"

굴착기를 날렸으리라 추정되는 사람의 이름이 여기저기서 터져 나왔다. 무자비하게 내던져진 굴착기는 건물을 꼭대기서부터 사선으로 짓뭉개고 한 층 한 층 통과해 사람들의 머리 위까지 다다랐다. 기둥이 무너져 지진이라도 난 것처럼 땅이 흔들렸고 수십 명을 가뿐하게 묻어버릴 건물 잔해가 폭포처럼 쏟아졌다.

구석에서 한가로이 마늘을 다듬고 있던 정여준은 고개를 슬쩍 들어 상황을 살폈다. 거칠게 조각난 시멘트 알갱이가 그의 콧잔등에 닿기 전에 사뿐히 멈췄다. 추락하던 굴착기도 반 이상 내려앉은 건물도, 그의 눈동자가 한 번 구르는 사이 일제히 멈춰 섰다.

그는 부서진 잔해에 다친 이가 없는지 확인하려 주위를 둘러보았다. 무사한 이들은 재빨리 일어나 서로 간격을 벌렸다. 상대방의 시야를 가리지 않기 위해서였다. 조대홍은 여준이 멈춰놓은 굴착기에 힘을 가했고, 복원자의 의지에 반응해 굴착기는 날아왔던 방향을 거꾸로 돌아가 멀리 사라졌다.

갑자기 그들의 등 뒤로 빛이 비쳐 들었다. 건물 벽에 금이 가며 순식간에 불꽃 터지듯 바스러졌다. 중형 차량이 측면을 뚫고 날아들었다가 여준의 등 뒤에 깔끔하게 정지했다. 그는 자신이 멈춘 차를 향해 뒤돌아왔다. 차 뒤로 또 다른 차가 날아들었고, 이어서 날아든 차가 그 차 뒤를 박고 또 날아든 차가 그 뒤를 박기를 반복했다.

그는 계속해서 맨 앞에 있는 차를 지렛대 삼아 한쪽에 힘을 더했다. 죽 늘어선 채 멈춰 있던 자동차들은 그가 힘을 풀자 건물 바깥으로 미끄러져 내려갔다.

"최주상이 아니야." 그가 말했다. "고작 굴착기 하나에 세 사람 힘이 덕지덕지 매달렸어."

시멘트와 철골을 노련하게 다루는 복원자들이 주위를 달리며 부서진 건물을 보수했다. 공중에 멈춰 있던 건물 조각이 천장 위로 되돌아가고 외벽에 달라붙었다. 구멍 난 건물 안쪽을 비추던 햇빛이 점점 가늘어졌다.

"최주상이 없어." 그는 중얼거렸다가 사람들을 향해 소리쳤다. "이번에 복원자들은 파쇄자가 아니라 정지자 주변에 붙습니다. 이 장소는 버립니다! 정리된 후엔 약속된 집합 장소에 모입니다!"

건물 측면이 재차 부서졌다. 그는 햇빛을 가리듯 손을 쳐들었다. 잔해를 깨끗하게 멈추고 그가 다시 외쳤다.

"정윤 어르신!"

홍정윤이 양팔을 들어 위아래로 크게 휘적였다.

"싸울 수 없는 사람은 어르신께 맡깁니다! 어르신, 다 끝나기 전엔 약속 장소에 가지 마세요. 정지자 한 명 붙여드릴까요?"

"날 도와줄 정지자라면, 뭐, 여준이 네가 와야 할 텐데?" 그녀가 빙긋 웃었다.

여준은 불안한 표정으로 노인을 보냈다. 한 무리가 정윤을 따라 건물을 빠져나가는 걸 보며 여준이 말했다.

"나정이 너도 어서 따라 나가."

"왜요, 파쇄자는 선방이잖아요."

"내가 언제 널 선방에 세웠어? 얼른 정윤 할머니 따라가."

"찬이 삼촌이 없잖아요."

여준은 입술에 바늘을 찔린 듯 말을 멈췄다.

"찬이 삼촌이 언제 돌아올 줄 알고 파쇄자 한 명을 놀려요? 가뜩이나 몇 명 있지도 않은데 아껴서 공격은 어떻게 하려고요. 여준 삼촌이랑 대홍이 삼촌이 사람들을 지켜줄 순 있겠지만 비원을 산성 밖으로 쫓아내는 건 결국 파쇄자들 일이잖아요."

설득할 말을 잃은 입술이 망설이며 열리는 사이 천장이 다시 무너졌다. 여준은 얼른 낙하를 멈추고 나정에게 말했다.

"그러면 선방 말고 후방 어른들 사이에 끼어 있어. 내가 다 보고 있는 거 알지? 어른들보다 앞으로 가면 사냥도 안 보내줄 거야, 진짜로."

"예예, 그럼요, 그럼요."

"정말로!"

"알았어요, 삼촌이야말로 당황하지 말고 잘해요. 난 알아서 내 몫 할 테니까. 가요, 언니."

나정이 서리의 팔을 붙잡았다. 그녀는 당황해 바로 대답하지 못했다. 이찬이 곁에 없어서 적당한 눈속임을 못해 괜한 의심만 살까 걱정됐다. 자신의 모습을 가려줄 만큼 현장이 충분히 혼란스러울지 그녀는 짐작할 수 없었다.

"서리 씨는 거기 안 서. 어른들 따라가, 나정아."

여준이 말했다. 나정은 좋아하는 물건을 빼앗긴 것처럼 그를 향해 눈으로 호소했다. 여준이 서리를 향해 손짓했다.

"절 따라오세요. 찬이가 있는 쪽으로 안내할게요. 비원이 금방 나간다면야 좋겠지만, 장기전으로 들어가면 찬이가 있어야 해요. 서리 씨는 찬이한테 여기 상황 전해주세요."

나정은 바로 납득하고 그들에게 손을 흔들며 출입문으로 달려갔다. 위층에 있던 문이 천장 아래로 떨어지며 출입문을 가렸지만 아이는 앞을 막아선 잔해를 산산조각 내고 건물을 빠져나갔다.

"나가세요, 여길 버립니다!" 여준은 대홍과 함께 무리의 마지막 열을 지키며 소리쳤다. "식량은 챙기지 마세요! 다치지 말고 죽지 마세요! 절 찾을 일이 생기면 땅에 신호를 새기세요!"

천둥 같은 소리가 점점 세졌고 여준이 빈틈없이 잔해의 추락을 막는 사이 사람들은 질서정연하게 자기 길을 나섰다. 건물은 대홍이 본래의 모습으로 돌려놓는 족족 우르르 무너졌고 여준이 다시 잡아 멈추길 끝없이 반복했다.

남은 이들이 모두 탈출하고 안에 사람이 없는 걸 확인하자 그는 더는 건물을 붙잡아두지 않았다. 10년이고 20년이고 보금자리 역할을 충분히 해낼 것만 같았던 견고한 건물은 공사판의 재처럼 폭삭 주저앉았다.

대홍은 여준의 어깨를 도닥였다. "조심해라. 다녀올게."

그는 앞쪽 내리막길로 달려갔고 서리와 여준은 뒤편 언덕으로 향했다. 잡동사니가 대홍을 향해 날아들었다가 사방으로 튕겨 나갔다.

대홍이 합류하자 사람들은 세 갈래로 나뉘어 반은 몸을 숨기고 반은 정면의 공격물에 대응했다. 익숙하면서도 낯선 비원의 면면이 하나둘 튀어나오자 증오와 흥분에 찬 고함이 산성 사람들에게서 터져 나왔다.

열차가 지나가는 듯한 함성이 휑한 공터를 휩쓸고 이내 주변의 모든 것들이 망가지기 시작했다. 뿌리박힌 식물과 곤충과 새를 제외한 땅 위의 온갖 것들이 거친 지휘자의 명령대로 움직였다. 한쪽에서 부순 것을 다른 한쪽이 멈추고, 이쪽에서 멈춘 것을 저쪽에서 날려버리고, 저편에서 이편으로 되돌려 보낸 것을 맞은편으로 다시 부숴 보내버리는 일이 반복됐다.

파쇄자를 이기는 복원자, 복원자를 이기는 정지자, 정지자를 이기는 파쇄자가 한데 굴러 난장을 이루며 팽팽한 힘겨루기가 분초를 다투며 이어졌다. 10년을 넘게 이어진 이 싸움은 어느 한쪽이 무릎 꿇을 때까지 멈추지 않을 패기로 넘쳤지만, 정작 그 소리 높은 각오를 들어주며 결과를 기대하는 눈망울이 없었다. 걱정해주는 입이 없었다. 도움을 주려는 손길도 없었다. 공격하는 자는 있으나 중재하는 자가 없고, 응전하는 자는 있으나 응원하는 자가 없었다. 그것은 싸움박질이라기엔 불필요하게 화려했고, 접전이라기엔 지나치게 고독했다.

그 목숨을 건 연극을 뒤로하고 서리와 여준은 계속 달렸다.

"멈추세요."

원한다면 무엇이든 멈출 수 있는 정지자가 굳이 입을 사용해 정지를 명했고, 그녀는 자리에 굳어 섰다. 깨진 유리가 귓불 바로 아래쪽 목을 향한 채 공중에 멈춰 있었다.

사방에서 유리가 날아들었다. 무너진 건물에서 날아온 유리 조각은 파도치듯 다가왔다가 급속 냉동이라도 당한 것처럼 굳었다.

그들이 향하던 언덕에서 두 사람이 나타나 달려왔다. 정여준은 가까이 있는 유리 파편을 잡고 몸을 숙여 유리 밭을 빠져나갔다.

"최주상도 이런 식으로 대놓고 위험하게 정면에 나타나진 않아."

그는 눈 앞의 남자가 들고 있는 둔기를 허공에 고정시키고 유리 끝으로 남자의 목을 그었다. 다른 이는 그를 지나쳐 윤서리를 향해 달렸다. 그녀는 공중에 멈춘 유리를 집으려 했지만 유리는 움직이지 않았다. 그녀가 상대의 둔기를 빼앗기 위해 자세를 잡는 사이 여준이 피 묻은 유리를 내던져 남자의 등에 창처럼 박았다. 남자가 비틀거리자 그는 두 번째 유리를 던지고 가까이 다가와 결국 숨통을 완전히 끊어버리고 말했다.

"미안해요."

그건 죽은 남자가 아닌 서리에게 한 말이었다. 그녀는 대답 없이 그를 따라 달렸다. 아래에서 산성 사람들을 뚫고 그들을 쫓아오는 대담한 비원 조직원은 없었다.

수풀을 지나 언덕을 또 한 번 오르자 아래의 움직임이 한눈에 들어왔다. 여준은 애를 먹고 있는 왼쪽을 주시하며 정지자들을 도왔다. 더 나은 시야를 확보하기 위해 뒷걸음질 치는 그와 함께 움직이던 서리가 주저하다 말했다.

"난 이찬 찾으러 가면 되는 거지?"

그새 언덕 아래의 상황에 정신을 빼앗겼던 여준이 깜짝 놀라 고개를 돌렸다. 그녀의 존재를 잠시 잊은 모양이었다. 그녀는 엄지로 뒤편을 가리켰다.

"이찬이 필요하댔잖아. 그 사람이 주유소 찾아 떠나기 전에 지도에 표시해둔 곳들 기억하고 있어. 가장 가까운 데부터 찾아가면 돼? 짐작 가는 곳 있으면 말해줘. 거기부터 가볼게."

"찬이를 찾아달라고 따라오게 한 게 아니에요."

그녀는 긴장하여 그를 보았다. 그는 더 높은 곳으로 이동하며 아래를 살폈다. 안개처럼 부풀어 오른 흙먼지가 사람들을 가리고 있었다.

"서리 씨, 여기서 빠지세요."

두더지인 걸 들켰나 싶어 그녀는 맞받아칠 거짓말을 궁리했다.

"왜?"

"서리 씨는 아직 비원에 얼굴 안 알려졌잖아요."

각오한 말이 아니었던지라 그녀는 멍해졌다. 여준은 어정쩡하게 서서 허리를 이리저리 굽혀 아래를 보며 시야를 조정했다.

"우리랑 같이 싸우는 모습 들키면 바깥에서 비원한테서 도망치고 살기 쉽지 않아요."

"난 바깥이 아니라 여기서 살고 있는데?"

"하지만 바깥에서 다시 살 기회가 있잖아요." 그는 그녀를 돌아보았다. "우린 그럴 수 없어요. 서리 씨만 그럴 수 있죠. 서리 씨는 찬이 말을 듣고 여기 돌아왔어요. 비원이랑 우리가 싸우는 걸 실제로 보고 결정한 게 아니고요. 지난번에 보니 파쇄자한테 죽으면 능력까지 뺏기는 것조차 제대로 몰랐던 것 같던데, 미안해요. 찬이 그놈이 좋은 애긴 한데 가끔 행동이 가벼워서 그럴 뿐이에요. 절대 나쁜 의도로 설득하진 않았을 거예요. 아마 비원이 아닌 파쇄자를 발견해서 기분이 좋았나 봐요. 찬이한테 무슨 말을 듣고 설득당했는진 모르겠지만 전 서리 씨가 좀 더 신중하게 생각했으면 좋겠어요."

땅이 흔들렸다. 어느 쪽이 부수거나 돌려보냈는지 분간이 되지 않는 돌무더기가 산성 측에 활 세례처럼 날아들었다. 여준은 눈을 가늘게 뜨고 그것들을 거대한 핀셋으로 하나하나 붙잡듯 멈춰 세웠다. 그가 땅에 내려놓은 돌덩이들 위로 다시 너저분한 공격이 오갔다.

"서리 씨 여기로 돌아왔을 때, 자기 자신과 우리를 위해 싸우겠다고 말했었죠. 저도 그렇긴 하지만 정확히는 아니에요. 사람들한테 말은 못 하지만 전 경선산성의 승리를 위해서가 아니라 한 사람이라도 더 자유로워지길 바라서 싸우고 있어요. 저한테 잡혀 오기 전의 서리 씨처럼 되게 하려는 게 제 목적인 거예요. 그런 주제에 서리 씨를 제 쪽에 끌어들이는 건 앞뒤가 안 맞죠. 혼자서 예전처럼 얼마든지 지낼 수 있는데 우리처럼 살 필요는 없어요. 같은 생존자라는 이유로 이 짐을 떠넘기고 싶지 않아요. 제가 싸우는 걸 직접 봤으니 다시 결정하세요. 부담스럽거나 꺼림칙하면 이 틈에 몰래 도망가게 도와줄게요."

"왜?"

"방금 말했잖아요. 멀쩡하게 살던 사람을 우리 좋자고 여기 묶어놓으면 이러고 싸우는 의미가…."

"아니, 왜 다른 사람들 몰래 이러느냐고. 결정은 네가 해도 의견은 언제나 다 같이 나누지 않았어? 이거 네 독단이지? 이유야 알겠는데 그래도 이건 네 사람들을 속이는 거 아니야?"

여준은 숨을 삼켰다.

"내 생각해주는 건 고마운데, 오랫동안 같이 살았던 사람들한테 거짓말해도 괜찮겠어?"

"…내가 속인 걸 알면 슬퍼하겠죠. 배신자라고 화내면서 용서하지 않을 수도 있어요. 하지만 한 번 거짓말할 때마다 한 사람이 더 살 수 있다면 난 매일 거짓말을 하며 살아도 괜찮아요."

그는 그녀의 무장하지 않은 허리춤을 흘끔거렸다. 그가 던진 유리에 맞아 죽은 남자의 피가 튀어 있었다.

"이건 그때 서리 씨를 기절시켜서 우리 쪽으로 끌고 온 데 대한 최소한의 사과이자 도리예요. 원한다면 여기서 도망가게 해주고 싶어요."

"…내가 산성의 일원이 돼주길 바라는 마음은 없어? 비원에 맞서면서 자부심 정도는 갖고 있을 거 아니야."

"네. 하지만 그건 제 자부심이지 남한테 권하고 싶은 자부심은 아니에요. 우리는 우리를 방어할 뿐이고, 비원이 미움받을 짓을 하는 건 맞지만…, 그렇다고 우리가 사람을 죽이며 살고 있다는 사실이 지워지진 않아요. 그걸 잊을 정도로 눈멀지는 않았어요."

전혀 다른 이의 눈빛을 보는 것만 같아서 그녀는 당황스러웠다. 서형우가 건넨 사진 속 정여준에게 결핍되어 있던 모든 인간다운 것들이 지금은 선명하게 보였다. 산성에 들어오고 나서도 보지 못했던 반짝임이 얼굴을 빛내고 있었다. 그는 처음으로 자신의 말과 행동에 확신 있어 보였다.

깨지고 갈라지는 소리가 아래에서 올라왔다. 신경을 불쾌하게 긁는 고음이 그치고 묵직한 폭발음이 났다. 빛무리가 생기고 어두운 연기가 솟았다. 한쪽으로 불길이 번지고 여기저기 불똥이 튀었.

불꽃이 나무를 집어삼키고 작은 산불이 일었다. 여준은 발치로 다가오는 불길을 멈추었다. 공중에 이리저리 튀던 불꽃이 나방 모양을 이룬 채 팔락임을 멈췄다. 수풀을 태우려던 불은 눈꽃처럼 나뭇가지 위에 얌전하게 올라타 있었고 바닥을 내달리며 일렁이던 불길은 서툰 조각품처럼 투박하게 굳었다.

"보세요. 이게 여기 사는 사람들에게 일어나는 일이에요."

그는 타오름을 멈춘 불 사이를 스치며 걸었다.

"만약 여기서 비원 사람을 마주치면, 난 내가 멈춘 불을 집어다 그 사람 입속에 넣고 능력을 풀 거예요. 다시 움직이기 시작한 불길은 그 사람 목과 폐를 태우겠죠. 여기는 그런 사람이 지휘하는 곳이에요. 눈으로 봤으니, 직접 생각해서 결정하세요. 이런 데에서 도망치는 걸로 죄책감 가질 필요 없어요."

서리는 정지한 불 안에 들어가 섰다.

"난 네 옆에 있어도 괜찮아. 너 같은 사람이 돼도 괜찮아."

"애써 거짓말하지 않아도 돼요."

"그래. 거짓말이야. 앞으로도 계속 거짓말하면서 여기 있을게."

속뜻을 알 리 없는 여준은 의심이나 불쾌함 없이 걱정스러운 마음만으로 눈썹을 구겼다.

"한 번 거짓말할 때마다 한 명이 더 살 수 있으면 매일이라도 거짓말하면서 살겠다고 아까 그랬었지? 너만 그런 거 아니야. 나도 그래."

비록 서형우가 시작한 위선과 거짓이지만 그녀는 그것을 입에 담지 않았다.

"죽고 싶어서 여기 온 거 아니야. 나도 누가 됐든 살려보려고 왔어. 사람 살리는 데에 내가 방해되면 그때 내쫓아."

여준은 대꾸하지 못했다. 그녀는 그에게서 등을 돌리고 말했다.

"이찬 데려올게. 금방 찾을 자신 있어. 신경 쓰지 말고 저쪽에 집중해."

그녀는 대답을 기다리지 않고 달렸다. 이찬이 있을 만한 곳 중 가장 가까운 장소는 도보로 최소 1시간 반은 걸릴 거리였다. 비원과 마주치지 않도록 우회하는 경로가 그녀의 머릿속에 그려졌다.

정여준과 마찬가지로 자기 무리로부터 떨어진 곳에 자리잡아 상황을 지켜보던 김현이는 뜬금없는 장소로 달려가는 여자를 발견하고 미간을 좁혔다. 김현이는 고개를 갸웃하고 주위를 둘러보았다. 가까운 곳엔 사람이 없었다. 라땅은 격전지의 한가운데에 서 있었고 다른 비원 조직원들도 그녀에게서 멀리 떨어져 있었다. 그녀는 눈을 비비고 휠체어를 굴렸다. 여자는 금방 시야에서 사라졌다.

땅을 긁으며 날아오는 나무토막을 공중에 멈추고 그녀는 여자가 등졌던 방향을 살폈다. 나무와 송신탑 때문에 다른 것들이 보이지 않았다. 그녀는 저 어딘가에 정여준이 숨어 있음을 알았지만 섣불리 누군가를 보낼 수 없었다. 보내봤자 살해당하거나 꼬리를 말고 도망치게 될 터였다. 정여준이 이미 다른 장소로 이동했을 가능성도 컸다.

싸움은 그럭저럭 팽팽했지만 최주상 없이 오래 버틸 수 있을 것 같지 않았다. 그녀는 파쇄자 셋을 불러 자리를 떴다. 적어도 섹션에서 받아먹은 정보는 활용하고 물러나야 최주상의 얼굴을 당당하게 쳐다볼 수 있을 것이다.

윤서리는 정여준을 뒤로하고, 그리고 자각은 못 했지만 김현이의 시선을 뒤로하고 이찬을 찾아 도시를 가로질렀다. 발바닥을 타고 울리는 진동이 약해지고 사람들의 함성은 차단됐다. 그녀는 도시에 홀로 남은 듯한 기분이 들었다. 수십만 명이 살던 도시 한 귀퉁이에서 고작 수백 명이 일으키는 소요는 거대한 고요 속에 쉽게 묻혔.

더는 아무 소리도 들리지 않아 대체 비원이 이겼는지 산성이 이겼는지, 싸움이 끝나긴 한 건지, 여전히 싸우고 있는지 감도 잡지 못할 때쯤 그녀는 홀로 느긋하게 움직이는 한 남자를 발견했다.

이찬이 바닷속 해초처럼 팔다리를 흐느적거리며 작은 주유소 마당을 배회하고 있었다.

다급히 뛰어오는 그녀를 발견하고 그는 손을 흔들며 방긋거렸다.

"아니 무슨 산책을 그렇게 격렬하게 하셔?"

그녀는 헐떡이며 말했다. "나랑, 빨리 돌아가."

"뭐야." 그는 메마른 화단에 엉덩이를 걸쳤다.

"너 없는…, 사이에 비원이… 들어와서, 지금 같이들 있어."

아무 말도 들려오지 않아서 그녀는 호흡을 가다듬기도 전에 머리를 들었다. 그는 삐뚜름한 자세로 앉은 채 꼼짝도 하지 않았다.

그는 이상한 불량품을 보는 것처럼 그녀를 황당하게 쳐다봤다.

그녀는 억지로 눌러놨던 현실감각이 손끝에서부터 살아 돌아오는 걸 느꼈다.

이찬은 눈을 양옆으로 굴리더니 속삭였다.

"알아요."

정여준이 멈췄던 불덩어리가 배 속으로 들어오는 듯한 기분에, 그녀는 얼굴을 일그러트리지 않기 위해 이를 악물었다.

그렇다. 당연히 알고 있을 터였다. 산성 사람들이 머무는 장소를 비원에 알려주기 위해 섹션에 정보를 흘린 게 다름 아닌 그들이었으니.

그녀는 그가 두더지라는 사실을 망각했던 자신에게 코웃음 쳤다. 상황은 처음부터 이찬이 빠졌을 때 싸움이 일어나 경선산성을 불리하게 만들도록 짜여 있었다. 그녀는 무엇을 바라고 그를 찾아 뛰었던 건지 자문하기조차 두려웠다.

어쩌면 이 순간만 그의 정체를 잊었던 게 아니라 도시에 있는 내내 그가 산성의 사람이라고 착각한 건지도 몰랐다. 그만큼 그의 연기는 완벽했다. 사람들의 앞에서 보인 다정함과 친근함이 완벽한 만큼 배신도 완벽했다. 그녀는 그 이중적인 행동에 불쾌함을 느끼기 이전에, 과연 제 행동이 한순간이라도 완벽한 적이 있었는가 되돌아보았다.

그녀는 헐레벌떡 뛰어온 저를 보는 그의 시선을 받아내기가 버거웠다. '왜 그래, 왜 여기 편인 것처럼 굴어요?' 그 말이 그의 눈에 새겨져 있었다.

'이런 데에서 도망치는 데에 죄책감 가질 필요 없어요.' 여준의 말이 혓바늘처럼 입안에 고였다. 죄책감을 가지는 가장 쉬운 방법은 오히려 끝까지 도망치지 않는 것이었다.

*

보고녹취 / 윤서리 - 녹취 중

예전에 실언했던 건 일단 실언이긴 하지만, 신뢰라는 말이 나와서 말인데 제가 정여준과 최주상의 신뢰도에 대해 보고한 적이 있었나요?

경선산성 사람들이 정여준에게 주는 신뢰는 반반입니다. 머리로는 따르는데 마음으로는 여전히 이경선을 추억하는 사람이 적지 않아요. 말씀하신 것처럼 정여준보다 이찬을 더 믿고 따르는 사람들도 있고요.

정여준이 경선산성 사람들을 대하는 신뢰는 전적입니다. 하지만 따지자면 신뢰가 아니라 의존처럼 보일 때도 있어서 말이죠… 산성 사람들이 믿을 만해서 믿는 게 아니라 믿고 싶어서 믿는 것처럼 느껴지거든요. 객관적으로 보자면 산성에서 가장 믿음직한 건 아무리 생각해도 정여준인데, 정작 그 사람은 자기 자신을 믿기 싫어서 대신 산성 사람들을 믿는 것 같다는 인상이 지워지지가 않아요.

비원의 경우 양상이 반대입니다. 자의로 남아 있는 조직원들은 최주상을 전적으로 신뢰하죠. 이 사람보다 강하고 카리스마 있는 사람은 없다는 확고한 믿음이 10년 넘도록 깨지질 않았잖아요. 하지만 최주상은 다릅니다. 그 누구도 믿지 않아요. 비원을 존속시킨 그의 12년 인생에 과연 신뢰라는 가치가 조금이라도 있었을까요. 적어도 싱크홀이 생기기 전의 최주상은 평범한 인간이었을지라도, 비원의 중심에 앉은 최주상은 자기 자신을 제외하곤 한 명밖에 신뢰하지 않았습니다.

갑자기 최주상 얘기를 하니 당황스러우시겠죠. 하지만 들을 가치가 있을 겁니다. 아무리 팀장님이 비원을 오랫동안 지켜보셨다곤 해도 비원과 함께하지는 않았지 않습니까.

이 말이 우습나요? 웃으세요. 웃으시든 우시든 저야 상관없습니다. 하지만 들으셔야 해요. 긴 보고가 되겠지만 팀장님은 거기 앉아서 계속 제 얘길 들으셔야 해요.

절 믿으세요. 시간은 아주 많습니다. 팀장님은 모르고 제가 알고 있는 최주상에 관한 이야기도 아주 많다는 걸 믿으셔야 합니다. 적어도 이번만큼은 팀장님이 절 신뢰하셔야 할 차례예요.

아니요. 아니요, 정여준에 대해선 그만 물으세요. 이제껏 그쪽 소식은 질리도록 듣지 않으셨습니까. 그 사람 얘기는 다시 하게 되겠지만 지금은 아닙니다. 아직은 정여준이 등장할 순간이 아니에요. 믿고 들어보세요.

최주상입니다. 최주상 이야기를 해야 해요.

지금 저와 팀장님 사이에 최주상보다 중요한 이야기가 없다니까요.

최주상 인생에서 가장 행복하고 끔찍했던 순간으로 돌아갑시다. 딸아이 '자의퇴원각서'에 서명하던 그때요.

최주상의 딸은 완치가 어려운 병을 앓고 있었어요. 치료가 불가능한 병은 아니었지만 계속 침대에 눕혀둘 수가 없었죠. 현대 의학은 애를 구할 수 있었지만, 최주상의 통장은 그럴 수 없었거든요. 그 어떤 극단적인 선택조차 아이 치료비를 끝까지 책임지는 돌파구가 되지 못할 거란 걸 깨닫고 최주상은 결국 딸을 퇴원시켰어요.

왜 그냥 가만히 들어보질 않으시는 거죠? 끝까지 들으면 지금 그렇게 궁금하신 걸 어차피 다 알게 될 텐데.

어쨌든 딸을 데리고 병원을 나오는데, 천국이자 지옥이었죠. 애가 얼마 못 버티고 세상 뜰 건 불 보듯 뻔했지만 애 몸에서 환자복 벗기고 밖에 데리고 나온 게 너무 오랜만이었거든요. 아니, 사실상 처음이었죠. 애는 그때 열세 살이었고…, 그 애 인생에선 입원실, 화장실, 접수실, 주사실, 검사실이 가장 넓은 세상이었어요.

아이가 죽기 전에 예쁜 거 맛있는 거라도 잔뜩 경험하게 해주고 싶었지만 최주상은 그러질 못했죠. 그땐 정말 바닥까지 다 털린 상거지였고, 돈이 좀 있었어도 아마 별다른 걸 해주진 못했을 거예요. 예쁜 것, 좋은 것, 맛있는 것을 주고 싶어도 어떻게 주겠어요. 뭐가 예쁘고 뭐가 좋은질 모르는데. 좋은 델 데려가고 싶어도 어디가 좋은질 몰라서 도무지 멀리 가질 못했어요. 아이 손을 잡고 신난 마음에 무작정 길을 떠났는데, 아는 데가 없으니까 이곳저곳 헤매고 맴돌아도 애 입원했던 병원 있는 길목으로 돌아오는 거예요. 병원 간판 보고 너무 충격을 받아서, 애는 잠깐 의료기구 가게에 밀어 넣어 놓고 한참 동안 골목에 주저앉아 울었죠.

완전히 낯선 먼 곳을 알아볼 자신이 없었던 최주상은 월세방 근처에 붙은 산을 타기 시작했어요. 교통비 들지 않는 곳으론 거기가 유일했겠죠. 애는 등산할 체력이 안 되니 훌쩍 큰 열세 살 아이를 업고 정상까지 올라가 평평한 산성을 걸었어요. 혼이 쏙 빠지게 힘들었지만 아이 눈엔 그 산이 환상처럼 예뻤을 테니까, 그 예쁘다 예쁘다 하는 소릴 들으려고 매일같이 산을 탔죠.

거기가 어딘지 당연히 짐작하시겠죠. 문제의 그날도 최주상은 애를 업고 산성을 걸었어요. 최주상도 설마 자기 딸을 죽이는 사형대가 병마가 아닌 싱크홀일 줄은 상상도 못 했겠죠. 하지만 달리 최주상뿐이겠나요. 함께 죽은 수만 명도 그런 마지막을 상상하지 못하기론 똑같았겠죠.

생각해보세요. 애 업다 숨차 죽어도 좋다고 생각했던 아빠가 딸 애를 업은 채로 산이랑 같이 통째로 땅속에 꺼지는 거예요. 상상력은 빈약하고 공감력도 바닥이시지만 열심히 떠올려보세요, 그 풍경을. 어떨 것 같나요?

어떨 것 같긴요. 전혀 아무렇지도 않아요. 어떻다고 묘사할 수도 없어요. 그냥 어둡고, 밑도 끝도 없는 허공에, 무슨 상황인지 알 수도 없고, 아무것도 보이지 않지만 소음은 또 어마어마해서 골이 터져버릴 것 같죠. 팔다리를 허우적대도 닿는 데 없을 때의 근원적인 공포와, 시간이 지나도 어둠과 추락이 끝나지 않고 갈수록 사방에서 비명이, 2만 명의 비명이⋯ 2만 명의 비명 들어봤어요? 그냥 비명 말고, 한 장소에 갇혀 동일한 죽음의 공포를 겪고 있는 2만, 3만의 생의 마지막 비명이요. 중력 때문에 추락하는 것 같지가 않아요. 그 비명에 끌어당겨져서 추락하는 기분이 들죠.

기절이라도 하고 싶은데 추락이 금방 끝나지 않는 거예요. 공포가 너무 크니까 당장 최주상도 아무 생각도 안 들었는데, 이게 계속 살아 있으니까 머리가 다른 방향의 본능을 찾아가더란 거죠. 딸 말이에요. 애를 업고 있었는데 등에 애가 없으니까, 아이를 찾아서 고함에 고함을 지르고 발버둥쳤죠.

찾을 방도가 있나요. 그 고함은 2만, 3만의 비명 중 하나일 뿐이었고 최주상의 허우적거리는 팔다리는 거대한 구멍의 일부조차 할퀴지 못했을 텐데.

밑바닥에 착지했을 때, 그래요, 착지라고 느낄 만큼 안전하고 자연스럽게 추락을 멈췄을 때, 비명을 지르는 사람은 없었어요. 죽었거나, 최주상처럼 숨을 죽인 채 어둠 속을 헤매고 있었으니까.

최주상은 암흑을 더듬으면서 애 이름을 부르며 헤맸어요. 자기가 밟고 다니는 질척질척한 게 단순한 진흙이 아니란 건 나중에 깨달았죠. 살덩이 곤죽 된 걸, 뼈 마디마디 산산조각이 난 걸, 내장이 다 퍼진 걸, 동물이고 사람이고 할 것 없이 액체로 변한 것들이 흙에 뒤엉켜서 꼴이 말이 아니었지만 다행인 건 그 지옥 같았을 풍경이 어둠에 가려져서 안 보였다는 거죠.

적어도 그때는.

그런 식으로 죽지 않고 최주상처럼 살아남은 사람들은, 그래요, 당신들이 말하는 이른바 '변종'들이에요. 아마 바닥에 닿기 전에 그 능력이 숙주를 지켰겠죠.

돌아온 생존자가 고작 6백 명 언저리였던 걸 기억하시죠. 그 말도 안 되게 엄청났던 침강지의 둘레도 함께 떠올려보세요.

평탄치도 않은 넓은 바다에서 어둠을 더듬으며 겨우 몇백의 생존자를 찾아다녔던 거예요. 고독과 공포를 견디지 못해서 살아나오지 못한 사람은 몇 명이나 될까요? 어쨌든 최주상은 이겨냈죠.

최주상이 강해서였을까요. 그럴 수도 있겠지만, 딸을 찾아야 했거든요. 애를 아직 못 찾았으니까. 애를 다시 못 업었는데 어떻게 혀를 물어요.

최주상이 처음으로 만난 생존자는 딸애보다 몇 살 더 많은 여자애였어요. 어린 여자애 우는 목소리가 들리니까 무조건 자기 딸인 줄 알고 아우성치며 달려갔는데, 그 바람에 그 애는 경기하다시피 무서워했죠. 알고 보니 자기 딸은 아니었지만 그래도 최주상은 그 애 손을 놓지 않고 걸었어요. 그러지 않고 어떻게 버티겠어요.

여자애 이름은 신가영이었어요. 최주상은 가영이한테 끊임없이 자기 딸애 얘길 하면서 걸었는데, 아마 자기 나름대로 미치지 않기 위한 방어책이었겠죠.

아주 오래 헤매고 목소리 따라, 발소리 따라 하나둘 생존자가 모여 서로 손을 더듬게 됐어요. 그 사이의 긴긴 시간들, 아무것도 보이지 않는 그 긴 시간들, 최주상에게 있어선 아직도 애를 못 찾았다는 걸 알려줄 뿐인 무익한 시간들…, 그 누구에게든 지옥이 아니었겠나요. 생존자를 만나고 또 한 명 만나고, 처음엔 기뻤지만 갈수록 지치기만 하고 별로 반갑지도 않았어요. 산 사람이 곧 희망으로 보이지 않았으니까요.

즉사한 사람들을 부러워하는 이가 늘었죠. 지금 잠깐 살아봤자 피고름 냄새로 절은 지하에서 서서히 죽어갈 테니까.

그렇게 최주상이 만난 생존자 중에 이경선이 있었어요. 당시엔 서로가 최주상이고 이경선이고 하는 문제는 전혀 중요하지 않았지만요. 중요한 건 따로 있었죠. 최주상이 불을 만들어냈거든요. 애를 찾으려면 빛이 필요하니까 필사적으로 빛을 갈구하다가 처음으로 자기 의지로 능력을 쓴 거죠. 마찰열을 이용해 폭발시켜서 공중에 불꽃을 만들어냈는데, 그땐 본인이 그런 건 줄 모르고 그냥 주변에서 어떤 작용이 일어났다고 생각했죠. 최주상 외의 다른 사람들도요.

문제는 빛을 통해 본 싱크홀 내부가 너무 끔찍했다는 거예요.

자기들이 밟고 있는 것들이 끔찍했고, 그걸 밟고 있는 자기들이 끔찍했고. 얼마나 희망 없고 잔인한 무덤에 생매장당했는지 자각이 오니까 하나둘 정신을 놓았죠. 최주상은 불을 더 만들지 않았고 계속 딸을 찾는 목소리만 높였어요. 가영이 손을 목숨처럼 붙들고서요.

6백여 명으로 줄어들기 전에, 온전히 처음에 생존해 있었던 사람은 얼마나 됐을까요. 생을 포기하지 않고, 미쳐서 죽지 않고, 질식하지 않고, 탈수해 죽지 않았다면 얼마나 더 많이 살아 돌아올 수 있었을까요.

공황에 빠진 사람들이 거칠게 굴기 시작한 그 순간이 지옥의 새 입구인 동시에 탈출의 첫 희망을 만들어냈어요. 사람들이 하나둘 자기 능력을 사용하기 시작했거든요. 모든 사람이 그걸 금방 현실로 받아들인 건 아니고 정확히 무슨 일이 일어나고 있는지 아는 사람도 없었지만, 눈 앞에 일어나는 현상은 분명 똑똑히 관찰되고 있었어요. 와중에도 침착한 사람들은 기이한 무언가가 자신들을 덮쳤다는 걸 받아들이기 시작했죠.

조종 가능한 것들이 많을수록 그 옆에서 죽은 동질 능력자가 많다는 뜻이다…, 이거요. 서 팀장님이 저한테 알려주지 않았던 그 사실 말이에요. 산성 사람들은 이경선이나 최주상이 처음부터 탁월했던 사람이라고 생각하는데, 글쎄요. 전 아마 밑바닥에서 두 사람이 다른 사람들 능력을 빨아먹었기 때문에 그런 월등한 능력을 가졌다고 생각해요. 어느 정도는 운이겠죠. 그 둘은 누굴 죽일 생각도 없었고, 그저 싸움이 난투극으로 발전했을 때 그 난장에서 살아남았을 뿐이니까.

그 지옥에서 최주상과 이경선이 깨달은 건 이거예요. 자신들 능력이 생각보다 더 굉장하고 무섭다는 것. 강제로 멈추지 않으면 사람들은 상대의 낯선 힘에 놀라 공포에 질려 끝없이 죽고 죽일 거라는 것. 그리고 어쩌면 탈출할 수 있을지도 모르겠다는 것. 비록 정말로 거기서 나오기 전엔 거기가 정확히 어떤 곳인지도 몰랐지만요.

싸움을 멈추게 하는 데엔 이경선의 능력이 유용했고 싸움이 다시 일어나지 않게 막는 데엔 최주상의 능력이 잘 먹혀들었어요. 두 사람이 주축이 되어 아직 접촉하지 못한 생존자까지 한곳에 모으기 시작했죠. 최주상이 높은 곳에 불을 만들어냈고, 이경선은 그것을 조명 삼아 고정해놨어요. 그걸 성공해내자 탈출 방법이 떠올랐죠.

공중에 무엇이든지 일단 띄운다. 그리고 그걸 멈춘다. 그것들을 나선 모양의 계단으로 만들어서 조금씩 조금씩 위로, 땅 위에 닿을 때까지 계속 쌓아 올린다.

자신들이 있는 곳이 지하가 맞고 위가 막힘없이 뻥 뚫려 있다는 확신이 없었지만 다른 선택지가 없었어요. 두 사람은 망설이지 않았고 다른 파쇄자와 정지자, 그러니까 그땐 아직 그런 용어가 없었지만 대충 자신들과 비슷한 능력을 가진 사람들을 설득하기 시작했어요. 결과적으로 나선계단을 만드는 데 가장 큰 공헌을 한 건 최주상과 이경선이지만, 다른 사람들의 도움도 격하돼선 안 되겠죠.

불빛을 보고 생존자들이 더 찾아왔고, 최주상은 틈틈이 딸을 찾아다녔어요. 이경선은 미처 다 찾지 못했을지도 모를 생존자를 찾으려고 곳곳에 불을 멈춰놓았고요.

그, 밑바닥만큼이나 지옥 같았던 구멍의 깊이를… 그 깊이를 이겨내고 계단을 올리고 멈추고 올리고 멈췄던 그 사람들은, 그때만큼은 낯선 초능력과 상관없이 초인적이었어요. 계단을 만들다 체력이 고갈돼서 올라가지도 못하고 죽을지도 모른다고 진심으로 생각하기도 했죠. 하지만 기어코 하늘이 보이기 시작하는데 못 하겠다고 주저앉는 사람은 그리 많지 않았어요. 하늘 면적이 조금씩 넓어지는 걸 보며 어서 이 바다 없는 우물에서 벗어나고 싶어 했죠.

최주상은 나선계단을 반 이상 쌓아 올렸을 때 딸을 찾는 걸 포기했어요. 자기가 던져 올린 나무통의 나뭇가지에 딸애 운동화를 신은 발목이 꽂혀 있었거든요. 아까 말했던 2만 명이 지르는 비명 있죠. 그 소리가 최주상 한 명한테서 나왔어요.

안타깝지만 사람들은 그것 때문에 계단을 쌓아 올리는 일에 지장이 갈 것을 제일 두려워했어요. 하지만 다행히 최주상은 정신을 놓지 않았죠. 가영이 손을 잡고 있었거든요.

정확히 언제부터였는지는 최주상 자신도 모르겠지만, 아마 딸을 찾지 못할지도 모른다는 불안감이 들기 시작했을 때부터 그 사람은 신가영을 딸 대역으로 생각했을 거예요. 만약 그때의 최주상에게 신가영조차 없었다면 과연 무엇을 생존의 이유로 삼았을까 싶어요. 사다리 같은 나선계단을 완성해가며 위로 올라갈 때도, 분명 살아남아야겠다는 마음보단 가영이를 살리겠다는 집념이 훨씬 더 컸을 테죠.

그때 최주상은 손으로는 가영이를 잡고 있었고 등으로는 어떤 여자를 업고 있었어요. 다리를 쓰지 못하는 생존자가 한 명 있었는데 계단을 올라가게 하려면 그 수밖에 없었거든요. 지금의 김현이죠. 차후 본인 심복이 될 여자를 업고 올라가면서도 최주상은 몇 번이나 그 사람이 자기 등에 있는 걸 잊었어요.

최주상이랑 이경선 뒤를 따라 올라오는 사람들은 다들 탈진 직전이었어요. 실제로 올라오던 도중에 숨이 끊어진 사람들도 있었고요. 그 경우엔 뒤에 따라오던 사람이 시신을 아래로 떨어뜨려야 했어요. 시체를 밟고 올라가고 싶지 않다면요. 물론 어쩔 수 없이 밟고 가야 할 때도 있었죠. 최주상이 올려다놓은 물건에 시체가 섞여 있을 경우요.

눈물로 올라갔죠. 울고 소리 지르면서 전부 밟고 갔어요. 지금 흘리는 눈물 한 방울 때문에 탈진해서 죽을지도 모른다고 이경선이 나무랐지만 결국 사람들 눈물을 완전히 멈추는 데 성공하진 못했죠. 세상에서 가장 깊은 무덤에서 올라가고 있는데, 어떻게 곡을 하지 않고 기어갈 수 있겠어요.

가끔 하늘에 계신 신을 부르짖는 사람들도 있었어요. 그 상황에서 찾기 알맞은 신 같긴 했죠. 그쪽 신한텐 죽은 이들을 다시 살리는 힘이 있는 것 같으니까요.

하지만 그 약하고 어린 신도가 간과한 건, 2천 년 전 예수가 무덤 밖으로 나올 땐 아무도 없었지만…, 그 사람들이 나갈 땐 총 든 인간들이 열을 지어 대기하고 있었다는 거죠.

햇빛에 적응하기도 전에 사람들은 총알과 싸워야 했어요. 밑바닥이나 위나 크게 다를 게 없었죠.

지상으로 돌아온 최주상이 가장 먼저 날려버린 건 딸애가 입원했던 병원이었어요.

*

윤서리와 이찬이 돌아왔을 때 이미 비원은 도시를 벗어난 후였다. 도시는 고요에 잠겨 있었다. 흙먼지 사이로 탄내가 섞여 들었다. 버려진 공간에 머물 이유가 없어 그들은 약속된 집합 장소로 이동했다. 그곳에 사람은 그리 많지 않았다. 대부분 다른 주거지로 옮겨가 상처를 치료하고 휴식을 취하고 있다고 했다.

나정이 안내해준 새 장소에선 여준이 사람들을 한데 모아 명부를 정리하고 있었다. 그의 시야가 닿지 않았던 곳에서 사망한 열일곱 명의 시신이 담요 아래에 있었다.

새벽에 시신을 묻고 사람들은 약속 장소로 오지 않은 홍정윤을 찾으러 나섰다. 그녀와 함께 자리를 피한 50명 남짓의 사람들도 돌아오지 않았지만 어디에 있을지 짐작은 되었다. 여준은 정윤이 사람들과 겨울나기용 지하대피소에 몸을 숨긴 채 아직도 나오지 않았으리라 생각했다.

그의 예상은 반은 맞고 반은 틀렸다. 그들이 땅굴 속으로 숨은 건 사실이지만 자의로 나오지 않은 건 아니었다.

사람들은 무너져 내려 푹 꺼진 땅굴을 보며 입을 열지 못했다.

주변에 낙석은 없었다. 인위적으로 땅굴을 부숴버린 힘을 곧바로 인지한 사람들은 울분을 터트리며 비원을 저주하기 시작했다.

지하 공간을 뭉갠 토사물에 출구를 내도록 이찬이 조심스레 땅 밑을 흔들며 새 길을 내자 사람들의 머리가 비죽비죽 보였다. 흙을 다룰 수 있는 이들은 좁은 공간에 몸을 구긴 채 살아 있었지만 그렇지 못한 이들은 이미 사망한 뒤였다.

생존자를 거두고 이찬이 토사의 받침부를 무너트리자 힘을 받은 흙덩이가 친구들의 몸 위로 우르르 무너져 내렸다. 따뜻한 겨울을 바라며 만들었던 땅굴은 이제 서른 명 넘는 식구를 묻은 공동무덤이 되었다. 홍정윤은 자신이 이끄는 대로 따라왔다가 파묻혀 죽은 젊은이들의 이름을 부르며 몸을 떨었다.

서리는 새 땅굴의 위치를 서형우에게 보고하지 않았다. 그리고 그녀가 산성에 돌아온 이후 바깥으로 나갔다 돌아온 사람은 이찬밖에 없었다. 그녀는 찬을 보았다. 그는 무덤으로 변한 땅굴 앞에서 고개를 숙이고 있었다. 그것이 죄책감과 싸우는 묵념인지 성공을 안도하는 의식인지 그녀는 알 수 없었다.

여준은 정윤의 흐느낌이 들리지 않을 만큼 멀찍이 떨어져 있었다. 마음 상한 고독을 존중해주기 위해 아무도 그를 부르지 않았다.

서리는 한참 후 그가 자신을 쳐다보는 걸 알고서야 조심히 다가갔다.

그가 마른세수를 하며 말했다.

"찬이 찾으러 가는 척하고 도시 밖으로 나갔어도 아무도 서리 씨를 원망 안 했을 거예요. 비원한테 죽은 줄 알고 다들 시신을 찾아다녔겠죠…."

"내가 여기 있는 게 그렇게 맘에 안 들어?" 그녀는 애써 농담조로 말했다.

"서리 씨도 저 사람들처럼 죽을까 봐 무서운 거예요."

"그 시간에 다른 사람들 걱정이나 해. 난 웬만해선 안 죽을 거야."

그는 한숨을 쉬었다. "어떻게 그렇게 바로 결정할 수 있어요?"

"뭐가?"

"비원이 지척에 있고 내가 도망갈 기회까지 줬는데 어떻게 망설이지도 않고 당연하게 여길 선택할 수가 있어요? 의리 때문이에요? 박애심인가요? 파쇄자라는 자존심 때문에? 뭐가 됐든 이해할 수가 없어요. 저는 절대 그럴 수 없었을 거예요. 인간 대 인간으로서는 존경하지만 이건…."

"나는… 네가 생각하는 그런 대단한 사람이 아니야." 그녀는 서형우가 다리를 절뚝이며 다가오는 환영에서 고개를 돌렸다.

"면목이 없어요. 남의 식구 죽이는 모습 다음엔 내 식구 죽어 나간 모습을 보여주네요."

"네가 없었으면 더 많이 죽었겠지."

그는 희미하게 웃었다. "찬이랑 똑같은 말로 위로해주네요."

그 말에 마음이 더 불편해져서 그녀는 화제를 돌렸다. "그만 말놔도 돼. 그쪽만 계속 예의 차리니까 나도 괜히 미안해지잖아."

"정 불편하면 그렇게 할게요. 하지만 전 이게 편해요. 그냥, 이렇게 말곤 달리 누굴 어떻게 존중할지 잘 몰라서 그래요. 전 아직도 산성 사람들을 어떻게 대해야 하는지 감을 못 잡나 봐요."

그녀 역시 그랬다. 몇 주 동안 함께 식사하고 같은 곳에 웅크려 잠들었던 이들의 무덤 앞에서 어떻게 행동해야 할지 감이 오지 않았다. 그녀는 홍정윤처럼 눈물을 흘리지도, 이찬처럼 고개를 숙이지도, 정여준처럼 자책하지도 않은 채 불순물처럼 주변을 떠돌고 있었다.

비석 없는 무덤 앞에 꽃 한 송이나마 바치려고 주위를 살폈지만 그녀는 꽃봉오리를 찾을 수 없었다. 가을의 끄트머리는 저 멀리 사라져 있었고 싱싱한 꽃잎은 내년을 기약한 채 모습을 감춘 뒤였다. 색 바래고 부스러진 낙엽만 바람 따라 굴러다닐 뿐, 죽은 이를 위로할 흰 들꽃은 어디에도 없었다.

생명이 발아를 거부하는 계절이 시작되었다.

*

김현이는 싱크홀에 떨어져서 하반신 마비가 온 게 아니에요. 그 전부터 하체를 움직일 수 없었죠. 엄마 때리는 아빠를 막아서다가 맞아 넘어졌는데, 그때 잘못 다친 게 원인이 됐어요.

부모가 간신히 이혼하고, 직장을 잃은 김현이를 대신해 어머니가 매일같이 일했죠. 어느 날 평소처럼 평범하게 식사하고 있는데 엄마가 일에서 돌아오더니 다 큰 딸 밥 먹는 모습을 보고 우두커니 서서 뚝뚝 울더라는 거예요.

'현이야, 엄마가 이담에 하루 일 뺄게. 그때 같이 밖에 놀러 갈래?'

김현이는 엄마가 그렇게 말하는 걸 듣고 그제야 알았다고 해요. 3년 가까이 자기가 현관문 밖에 나가 햇볕을 쬔 적이 없다는 걸요. 마찬가지로 3년 가까이 단 하루도, 엄마가 일을 쉰 날이 없다는 것도요.

둘은 장애인 콜택시를 불러서 산성 근처 도로까지 올라갔고, 북문 위로 평탄한 길을 천천히 지났어요. 몇 년 전부터 바깥의 도로도 자동차도 산도 나무도 저절로 사라진 줄 알았는데, 그대로 있는 걸 보고 김현이는 굉장히 놀랐죠.

그리고 산이 주저앉았고요.

나중에 김현이는 최주상 앞에서 이렇게 말했어요.

'추락할 때 난 너무 무서워서 소리도 지르지 못했어. 이 나이에 울면서 엄마를 부를 용기조차 내지 못했지. 현이야, 하고 소리치는 엄마 목소리가 들렸던 것도 같은데, 글쎄, 그게 엄마 목소리가 무너졌던 소린지 산이 무너졌던 소린지 아직도 잘 모르겠다.

왜 하필 그날이었을까. 평소처럼 일하러 나갔으면 적어도 엄마는 죽지 않았을 거야. 왜, 고작 나한테 햇볕을 쬐게 해주고 싶었던 그 하루가 엄마한텐 영원한 어둠이 돼야 했을까. 구덩이에 묻혀 죽어야 할 사람은 엄마가 아니야. 차라리 그 새끼가 생매장당해 죽어야지. 그리고 아마, 거기서 살아 올라와야 할 사람도 내가 아니야. 내가 아니어야 했어.'

김현이가 최주상의 사상적 도플갱어인 건 그럴법해요. 아주 사소한 것 하나하나에 대가를 치르며 삶을 배웠는걸요. 김현이는 자기한테 생긴 특이한 능력이 날개가 되어줄 거라고 생각하지 않았어요. 그저 두 번째 휠체어가 될 뿐이란 걸 알았죠.

최주상과 김현이만 두고 보자면 꼭 이렇게 기구하게 산 사람들만 안 좋은 일을 당하나 싶죠. 하지만 싱크홀 밖으로 나온 사람은 6백 명이 좀 넘거든요. 전체 사망자 수에 비하면 말도 안 되게 적지만 6백은 결코 적은 머릿수가 아니에요. 최주상이랑 김현이 같은 사람도 있고, 이경선처럼 단단하고 강인한 사람도 있고, 다른 사람들의 고생에 빌붙어 살아나온 사람도 있고, 왜 하필 저런 사람이 살아왔나 싶은 생각이 들도록 비열한 놈들도 있고, 이렇다 할 특징 없는 보통 사람도 있고. 각양각색이죠.

최주상은 절대 그걸 잊지 않았어요. 제각기 다른 모습을 가진 수백의 사람들을요. 그 사람은 왜 생존자들이 안전하게 살 수 없다고 생각했을까요. 정말 최주상이 서 팀장님이랑 사고회로가 비슷해서? 그러느니 전 차라리 최주상이랑 정여준이 비슷하다고 말하겠어요.

최주상이 죽는 한이 있더라도 잊지 않기로 한 건 싱크홀 밑바닥이에요. 뭐 하나 제대로 보이지 않는 어둠 속에서, 사람들은 제 앞에 있는 게 누구인지 신경 쓰지도 않고 자기 초능력에 벌벌 떨며 살인을 해댔어요. 최주상은 차후 비원의 조직원이 될 자기 사람들에게 몇 번이고 이 말을 반복했죠. '바뀐 건 장소일 뿐 사람이 아니다. 바닥에서 위로 올라왔지만 그 아래 있던 사람들과 여기 있는 사람들은 동일한 인간들이다. 만약 우리에게 다시 어둠이 찾아오고 우리 능력을 감당하기 어려운 순간이 온다면 우리는 반드시 그 지옥을 재현할 것이다.'

최주상은 이 믿음에 흔들림이 없었어요. 이경선은 완전히 반대였죠. '우리는 그 모든 일에도 불구하고 지옥에서 성공적으로 빠져나온 사람들이다. 그것도 혼자서 살고자 하는 욕구를 누르고 다른 이를 도와 함께 살아 돌아왔다.'라고요.

바닥을 기억하려는 사람과 바닥을 이겨냈다고 생각하려는 사람의 차이죠.

이 둘의 비극은 두 사람의 생각이 달랐다는 데에 있지 않아요. 거기서 그쳤다면 어느 누가 다른 한쪽을 척지는 일은 일어나지 않았겠죠. 비극의 원인은 두 사람이 절대 포기하지 않았던 어떤 공통된 생각 하나 때문이에요.

'세상 사람들도 나처럼 생각할 것이다.'

이경선과 최주상뿐 아니더라도 많은 비극이 이 생각 때문에 일어나죠. 안 그런가요, 서 팀장님.

최주상의 생각대로라면 세상은 생존자들을 폭력성 내재도가 한없이 높은 예비범죄자 취급을 할 거예요. 이경선의 생각대로라면 사회는 생존자들을 역경을 이겨낸 영웅으로 맞아들이겠죠.

어느 쪽이 옳을까요? 둘 중 한쪽의 손만 들어주고 싶지 않다면 최주상이나 이경선한테만 딱 붙어 지낼 필요가 없죠. 하지만 그 시도가 어떻게 끝났는지 팀장님은 알고 계시죠. 정체가 드러나는 건 곧 공동체의 죽음이라고 생각한 최주상이 그런 사람들을 전부 쓸어버린 거예요.

최주상 혹은 이경선 둘 중 하나에 붙지 않으면 생존할 수 없는 환경이 만들어졌고, 그게 지금의 비원과 경선산성을 낳았습니다. 비원이 섹션에 자발적으로 이용당하는 것도 잡음 없이 조용히 결정됐어요. 어디에 붙더라도 언젠간 버려질 거라는 걸 최주상은 진작 알았겠죠. 그때를 대비해 산성 사람들한테서 능력을 빼앗아서라도 힘을 키워야겠다는 생각을 언제부터 했을지는 알 수 없지만요.

그리고 이 모든 일들, 모든 소음과 난장에서 유리된 채 대체 최주상이 무슨 생각으로 비원을 만들었는지, 이경선이란 사람이 어쩌다 생존자들을 이끌고 그 도시로 다시 들어갔는지, 비원과 경찰, 국정원, 경선산성 사이에 어떤 도형이 만들어지고 있는지, 비원의 암적 행동도 경선산성의 존재도 전혀 모르는 생존자가 한 명 있었어요.

최주상이 죽은 딸 대신 붙잡고 올라온 그 신가영이라는 아이죠.

*

앞뒤 양옆 벽에서 쉴 새 없이 시멘트 가루가 떨어졌다. 방 한가운데 앉은 최주상은 두텁고 어두운 모래시계에 갇힌 장식물 같았다. 벽에 글자와 문양들이 빼곡히 새겨졌다가 표면이 떨어져 나가면서 깨끗한 도화지처럼 변하고, 다시 정체 모를 문양들이 뱀처럼 새겨졌다. 깊은 생각에 잠길 때마다 반복되는 그의 버릇이었다. 조각끌로 파내는 것처럼 섬세하고 얇게 벽을 부수면서, 감각을 가장 예민한 상태로 유지하는 것이었다.

그는 김현이가 전한 말을 생각하고 있었다. 한 가지를 제외하곤 예상에서 크게 벗어나지 않은 보고였다. 비원과 산성의 피해가 평형상태에 다다랐을 때 싸움은 멈췄다. 그의 식구들은 사망자 수가 무익한 지점에 이르기 전에 철수를 마쳤다.

늘 반복해온 패턴이었다. 몇 명 죽는 것 정도는 예상 범위 안에 있었고 감수할 수 있다. 산성 측에 능력을 뺏긴 것만 아니라면 한 식구의 죽음은 다른 식구를 더 강하게 만들어주는 유산을 남긴다. 희생이란 꼭 나쁜 것만이 아니었고 그를 불안하게 만들지 않았다.

다만 생각지도 못했던 어떤 소식 때문에 그는 평정을 잃고 건물 안의 여기저기를 쏘다녔다. 밤을 꼬박 새운 그는 제풀에 지쳐 방 안에 틀어박혀 제 머릿속으로 파고들었다. 사방의 벽이 사각사각 긁히는 소리가 문밖까지 흘러 나갔다. 춤추듯 조각되는 벽엔 괴상한 문양들이 끊임없이 나타났다.

"내 눈으로 확인하러 갈 거야."

최주상이 혼잣말했다. 대답을 바라고 한 말이 아니었지만, 그의 곁에 숨죽이고 서 있던 라땅은 몇 시간 만에 들은 그의 목소리를 반기며 말했다.

"함께 가겠습니다. 언제까지 준비해놓을까요."

"당장."

라땅은 당황했다. "거점을 완전히 부수고 왔는데요. 지금쯤 이미 장소를 옮기지 않았을까요?"

"그랬겠지, 쥐새끼 같은 놈들."

"바뀐 위치가 어딘지 아직 듣지 못했는데 바로 가시겠다고요?"

"서형우 그 자식 연락이 언제 올 줄 알고. 그딴 정보 기다릴 필요 없어. 가서 싹 뒤지면 돼."

"눈 밝은 애들로 모아오겠습니다."

"아냐, 됐어. 아무한테도 말하지 마. 자네랑 김 이사 말곤 안 데려 갈 거야. 아니, 그냥 오지 마. 나 혼자 다녀오겠어."

"예?" 라땅은 되지도 않는 소릴 들었다는 기색을 숨기지 않으며 그의 앞으로 나와 섰다. "어떻게 혼자서 거길 다 뒤지고 온다는 겁니까?"

"하면 하는 거지. 입단속 잘해라. 괜히 서형우 귀에 들어가지 않게."

"왜 그러시는지는 알겠는데 아무리 그래도 저는 데려가세요. 복원자 한 명 없이 갔다가 무슨 일을 당하시려고."

"자네는 그럼 파쇄자 한 명만 믿고 거길 들어갔다가 무슨 꼴을 당할지 어떻게 알고."

"김 이사님도 분명 따라가겠다고 하실걸요? 그분 말릴 자신 있으세요?"

"그 인간은 다리만 안 불편했어도 본인이 먼저 산성 뒤지고 왔을 거야."

그는 능력을 멈추고 자리에서 일어났다. 벽은 미완성된 문양을 남기고 마지막 시멘트 가루를 바닥에 툭툭 흘려보냈다.

라땅은 최주상을 따라 방을 나왔다. 문밖엔 김현이 휠체어에 앉아 쓰디쓴 냄새가 풍기는 진한 커피를 홀짝이고 있었다.

★

　가영이가 다니던 학교는 싱크홀 범위 안쪽에 있었어요. 자연히 학교째로 추락했죠. 신가영은 이경선과 최주상처럼 다시 태어나고, 생존자들이 듣고 만지고 밟은 것들을 모두 함께 경험했어요.
　최주상이 피 묻은 교복을 입고 있는 가영이를 보고 무슨 생각을 했을지 알 것도 같죠. 딸애가 열세 살이었으니, 몸 건강하고 죽지 않았다면 바로 다음 해에 교복을 입을 수 있었을 텐데 말이에요.
　신가영은 최주상에게 완벽한 격리와 보호를 받았어요. 도시를 빠져나올 땐 다들 오물을 뒤집어쓴 빈사 직전의 인간들이라 서로 얼굴 쳐다볼 틈도 없었고, 밖에서 모여 살 땐 이미 그 애를 최주상이 따로 숨긴 뒤여서 아무도 가영이의 얼굴을 몰랐죠. 가장 가까웠던 전우인 이경선을 지독하게 뿌리 뽑아 쫓아낸 사람인데 얼마나 철저했겠습니까.
　목적은 오직 하나. 깨끗하게 없는 사람으로 만들기. 실종자. 사회적 유령. 기록에서 지워진 사람. 목격자도 없는 사람.
　마음만 먹으면 원하는 장소에 원하는 모습으로 재등장할 수 있는 사람.
　최주상이 원한 건 그거였어요. 믿고 싶지 않겠지만⋯ 비원은 최주상이 오로지 신가영을 안전하게 지켜서 몰래 세상에 내놓기 위해 유지한 조직이라 해도 과언이 아니에요.
　대체 그걸 뭐라고 불러야 할까요. 가족애라고 하기엔 번민이 너무 컸고, 동지애라고 하기엔 헌신이 지나쳤습니다.
　죽은 딸을 가슴에 묻고 들인 양녀일 수도 있겠는데, 보통의 보호자는 아이를 그렇게 벌벌 떨며 대하지 않죠. 애 앞에서 숨 한번 편하게 쉬지 못하고, 금이야 옥이야 손 안의 깃털처럼 대했지만 그렇다고 감히 제멋대로 조종하려는 생각도 못 했어요. 만약 가영이가 거칠고 모나게 굴었다면 아마 그 사람은 어쩌지도 못했을 거예요.

정작 가영이는 몇 년간 심술이나 짜증은커녕 어떤 요구도 맘 편히 표현하지 않았지만요. 최주상이 조심히 내려놓은 곳에 얌전히 있기만 하고요. 어떻게 봐도 후유증이니 최주상으로선 죽을 맛이었겠죠.

최주상은 한계를 인정하고 가영이라는 비밀을 공유할 다른 보호자를 들였어요. 입도 행동도 무겁고 절대 비원을 배신하지 않을 수족을요. 처음엔 김현이였죠. 김현이는 가영이의 존재가 최주상의 얼마 안 남은 제정신을 붙들고 있는 마지막 보루라는 걸 이해한 듯했어요. 그 사람은 최주상을 위해서가 아니라 비원을 지키기 위해 신가영을 보호했다고 봐야 해요.

다음으로 그 좁은 성역에 투입된 라땅은 김현이와는 반대로, 비원보다는 최주상에게 충성하는 부류였죠. 최주상은 그를 자기 사람으로 받아들인 때부터 그 사람을 한국식 이름으로만 부르길 고집했어요. 어머니 이름을 물려받은 성, 모국 인도네시아에서 가져온 몇 안 되는 그 사람만의 소유물, '라땅' 대신. 최주상이 우주야 우주야 하고 부르는 걸 라땅이 좋아했는지 싫어했는지는 아무도 알지 못했죠.

라땅은 비원을 택한 걸 후회한 적은 없지만, 한국에 온 건 자주 후회했어요. 악덕 업주 밑에서 일하면서 고생만 했거든요. 아무리 오랜 시간이 흐르고 여러 시도를 해도 달라지는 게 없었어요. 싱크홀에 떨어진 게 끔찍했을 뿐이지 초능력이 생긴 건 그가 겪은 최악의 상황이 아니었어요. 이경선의 설득에 잠시도 마음이 흔들리지 않은 건 라땅밖에 없지 않을까요. 사람들과 이야기를 나누고 상황을 이해시킨다니, 대체 누가 자기 이야기를 들어주고 자기를 이해해준다는 말인지요.

최주상의 리더십은 라땅에겐 충분한 보호로 보였어요. 뜻에 거스르지만 않으면 폭압을 겪지 않았으니까요. 거스르지만 않으면, 거스르지만 않으면 놀랍게도…, 최주상은 라땅이 한국에 와서 만난 상사 중 가장 신사적이고 교양 있어 보이는 인간이었던 거죠. 충직하다는 이유로 중간관리자로서 편하게 일할 수 있었고, 신가영의 존재를 아는 심복 자리를 차지하기까지 했고요. '최주상의 사람'이라는 명패는 그가 낯선 땅에 와서 얻은 것 중 가장 귀하고 만족스러운 것이었어요. 분명 그런 걸 바라고 길을 떠나온 게 아니었을 텐데, 처음엔 더 크고 빛나는 걸 꿈꾸었을 텐데도.

초기에 라땅은 가영이를 최주상의 친딸로 착각했지만 김현이 덕에 차츰 상황을 이해했어요. 나중엔 그 둘이 비원의 수뇌부이기 때문에 신가영의 존재를 알고 있는 건지, 신가영의 존재를 알기 때문에 수뇌부인 건지 본인들도 헷갈리기 시작했죠. 그만큼 최주상이 그 애에게 유난인 걸 아니까요.

가영이를 대하는 최주상의 자세를 김현이는 '소심한 광신도의 섬김'으로 보았고, 라땅은 '한'으로 봤어요. 그 냉정한 관찰과 호의적인 연민이 둘 다 반영돼야 비로소 정확한 진단이 나와요. 최주상의 집착은 한 맺힌 섬김 그 외엔 아무것도 아니었어요. 자기 딸로 여기고는 싶은데 죽은 진짜 딸한테 미안하니까 그렇게는 못 하고, 하지만 볼 때마다 딸애가 생각나니까 딸 외의 다른 상징으로는 보지 않은 거죠.

유리 상자 안에서 안전하게 성장한 가영이를 보고 안심한 건지,

아니면 최주상 본인이 성장한 건지, 어느 날 최주상이 가영이에게 굉장히 조심스럽게 일을 제안했어요. 당시 경찰이 비원에 전단 뿌리듯 첩자를 꽂던 때였는데, 누구도 비원 소속인지 모르는 가영이를 경찰에 첩자로 보내고 싶다고 말했죠. 검은 경찰이 돼서, 우리 안에 숨어들어온 첩자를 골라내달라고요. 만약 위험해지거나 도움이 필요하면 얼마든지 나한테 돌아오라고 두 번 세 번 당부해가면서.

신가영은 대부 같은 사람이 부탁한 일이니 웬만해선 들어주고 싶다는 생각에 수락했어요. 냉철히 생각해보면 정말 어이없는 일이죠. 그 최주상이, 가영이 손톱 하나 비뚤게 부서져도 전전긍긍해 신경이 곤두서는 그 인간이, 아무리 일을 맡기기에 적임자래도 그 애한테 그런 일을 시킬 리가 없으니까요.

의중을 파악한 건 김현이밖에 없었어요. 최주상은 비원이 더는 가영이를 완벽하게 보호할 가림막이 돼줄 수 없다고 판단한 거죠. 그걸 알았는데도 김현이가 최주상에게 비원의 미래에 대해 따지지 않은 건 비원이 영원히 최주상의 손에만 있어야 한다고 생각하지 않았기 때문이에요. 김현이가 최주상을 따르는 건 아직은 최주상만큼 비원을 공고히 지켜줄 사람이 달리 없다고 판단해서거든요. 만약 더는 그럴 능력이 없어 보이면 자기가 최주상의 자리를 차지할 생각이었죠. 그걸 최주상한테 숨기지도 않았어요. 김현이의 그 솔직한 공포를 최주상은 맘에 들어 했죠. 우두머리가 몰락하는 건 개의치 않아도 비원이 무너지는 건 두려워하는 그 신경질적인 공포를요.

어쨌든, 김현이의 생각이 맞았어요. 최주상이 가영이를 검은 경찰로 만들려고 한 건 단순히 이용하기 위해서가 아니라, 비원에 계속 남으면 위험하겠다고 판단했기 때문이에요. 가영이를 자유롭게 살 수 있게 하려는 바람을 현실화할 준비를 하기 시작한 거죠. 비원이 필요할 땐 언제든 돌아올 수 있도록. 그러나 비원이 위험해지면 원래부터 경찰이었던 척 살 수 있도록. 경찰직을 버리고 평범한 민간인으로도 지낼 수 있는 기회와 환경을 마련해줄 생각이었던 거예요.

모순되고 이기적인 꿈이죠. 평범하게 살고 싶어서 비원을 나가려 했던 생존자는 전부 공개 처형하면서, 딸처럼 보살핀 애 하나만 그렇게 쏙 빼줄 생각을 하다니.

하지만 당시의 가영이는 그런 내막은 전혀 모른 채 경찰이 될 준비를 했어요. 잠입 이후 비원과 관련된 자료를 빼낼 공부도 해놓고요.

그렇게 신가영은 윤서리라는 이름으로 신분을 바꿔 경찰청에 입사했습니다.

듣는 도중 감을 잡으셨을 텐데 지금까지 잘 참으셨네요. 이대로 계속 얌전히 앉아 계셨으면 해요. 제 뒤에 있는 차세욱 씨한테 괜한 신호를 보내지도 말았으면 좋겠고요. 얘기가 여기서 끊겨봤자 누구한테 이득이겠습니까.

쏴봤자 소용도 없고요.

6   당신이 감내한 이야기

그때 서리는 나정과 함께 말린 채소를 고르고 있었고, 찬은 여준과 함께 도시를 돌며 거점으로 삼을 만한 건물을 찾고 있었다. 죽을 뻔했다는 공포를 잊고 이미 떠나간 이들을 뒤로하는 데엔 일상의 노동만큼 좋은 것이 없었다.

학교와 병원들은 이미 몇 년 전에 한 번씩 거점으로 삼았다가 모두 비원에 공격받아 남아 있는 곳이 없었다. 두 무리로 갈라진 사람들은 옛 시청과 바로 옆의 5층 건물에 짐을 옮기고 모자란 필수품을 구하기 위해 주변을 돌았다.

임시거처가 맘에 든 이는 아무도 없었다. 근처에 싱크홀이 있기 때문이었다. 하늘을 향해 입을 쩍 벌린 검은 지옥을 쳐다보기 싫어서 사람들은 누가 강제하지 않았는데도 하나같이 고개를 한쪽으로만 돌리고 있었다.

겨울의 낮은 해가 꼭대기에 다다랐을 때, 별안간 머리 위가 아닌 발치에서 바람이 불어왔다.

"어디서 북소리 나는 거 같지 않아요?"

이상을 처음으로 느낀 건 나정이었다. 넓적한 것으로 두꺼운 판때기를 치는 듯한 소리가 모깃소리처럼 작게 울렸다. 여기저기 흩어져 있던 사람들은 일부만 그 소리를 인지했다. 소리 울리는 주기가 점점 짧아지기 시작했다.

"찬이가 사냥이라도 하나?"

대홍이 말했다. 많은 사람이 그와 같이 생각했다. 사냥에 열중한 찬은 가끔 이와 비슷한 폭음을 내며 돌아다녔기 때문이다.

그들이 머릿속에서 찬의 이름을 지우고 비원을 떠올린 건 멀리 가느다랗게 피어오른 연기를 본 순간이었다.

"에이 설마. 어제 왔는데 오늘 또 왔겠어요? 지금까지 쟤네가 이틀 연속으로 쳐들어온 적 한 번도 없어요, 언니."

눈망울에 불안이 대롱대롱 매달려 있는데도 나정은 서리에게 어깨를 쭉 펴 보이며 말했다. 소리는 점점 커지고 익숙한 진동이 도시를 울렸다.

순간 사람들의 시선이 자석에 이끌리듯 한곳에 모였다.

손가락 크기로 보이는 고층빌딩 두 채가 저 멀리 공중에 떠 있었다.

잠시 떠 있던 빌딩이 서서히, 그러다 갑자기 가속해 밑으로 떨어지는 걸 보고 사람들은 그 빌딩이 바닥에서부터 폭발해 위로 치솟아 올랐단 사실을 깨달았다. 또 다른 당연한 사실 하나는 덤이었다. 찬이 빌딩을 폭발해 동물을 사냥하는 일 따윈 없었다.

우왕좌왕하는 몸짓이 여기저기서 서로를 치댔다. 멀리 있는 동료에게 비상사태를 알리는 고함이 다급하게 입에서 입으로 전달됐다. 사람을 한데 모으기 위해 복원자들이 주변 물건을 흔들어댔다.

하늘 위로 떠올랐다가 아래로 떨어지는 건물이 늘어났다. 도시 변두리에서 싱크홀 중앙을 향해 다가오는 누군가가 건물을 집어 공기놀이를 하는 것처럼 보였다. 그 무식할 정도로 압도적인 파괴를 보고 기함한 복원자가 턱을 벌리고 말했다.

"미친 거 아니야? 도시 전체를 다 뒤집을 생각인가?"

어쩌면 정말 그럴지도 모른다고 서리는 생각했다. 그녀는 나정을 데리고 사람이 가장 많이 모여 있는 곳으로 뛰었다. 정윤이 사람들을 열두 명씩 짝지어주고 있었다.

"할머님." 서리는 정윤에게 나정을 떠넘겼다. "저거 최주상이죠." 몇 개째인지 모를 건물이 튀어 오르는 모습을 가리키며 그녀가 말했다.

생애 마지막으로 가장 끔찍한 명작을 감상하듯 넋 놓고 있던 한 파쇄자가 말했다.

"최주상 아니면 저런 괴물 같은 짓 하고 싶어도 못 하지."

서리는 발을 구르며 말했다. "빌딩 떨어진 저기로 가요."

사람들은 무슨 헛소리를 하느냐는 반응을 하며 그녀를 돌아보았다.

"무리 지어서 임기응변으로 방어하면서 시간 끌 생각이시잖아요. 여기는 안 되니까 장소부터 옮기실 거고요. 그러지 말고 최주상이 빌딩 부숴놓은 곳으로 가요."

"멀리서 보니까 실감이 안 나나 본데, 그 빌딩들 아래로 떨어질 때 근처에 있었으면 여기 있는 사람들 볼 것도 없이 전부 죽었어."

"아까 이미 떨어졌잖아요. 지금 거기는 이미 폐허예요. 공격이 계속 이동하고 있으니까 이 근처로 금방 올 거예요. 한번 공격한 곳에 다시 돌아갈 생각은 웬만해선 안 하겠죠. 폭파할 건물 찾아 계속 움직이는 모양이니까. 멀리 빙 돌아서 거기로 향해보세요. 막상 도착하면 눈에 잘 띄어서 위험할지도 모르지만 그래도 도망가는 도중엔 쉽게 안 걸릴 거예요. 이 근처에 어정쩡하게 흩어져 있다가 하나씩 잡아먹히는 것보다는 나아요."

정윤과 대홍은 남아 있는 사람들의 수를 가늠하며 갈등했다. 솟아오르는 건물들이 점점 크게 보이자 정윤은 계산을 멈추었다. 그녀는 서리의 팔을 끌어당기며 말했다.

"얘, 넌 이쪽에 붙어라. 다른 사람들이 안 보여도 되돌아오지 말고 계속 뛰어. 정지자들 사이에 숨어서 이동하고."

"다들 먼저 가세요. 저는 정여준 불러올게요."

"무슨 소리예요, 언니." 나정이 말했다.

"정여준이랑 이찬이 어딨는지 알아." 거짓말이었다. "여기 걔들이 있었으면 이렇게 급하게 도망갈 것도 없잖아. 얼른 가서 방향 잡아줄게."

"그 애들 있는 장소만 대홍이한테 알려주고 넌 빨리 사람들이랑 같이 도망가." 정윤이 말했다. "그리고 굳이 누가 알려주러 가지 않아도 여준인 이미 상황 알아채고 적당한 데로 자리 옮겼을 거야."

"대홍 씨는 복원자잖아요. 최주상을 감당하긴 어렵겠지만 지금 저 공격이 가까이 다가왔을 때 조금이라도 막아낼 수 있는 건 정지자랑 복원자지 제가 아니에요. 전 잠깐 여기서 이탈해도 구멍이 안 느껴질 거예요. 어서 먼저 가세요. 걱정하지 마세요. 제 쪽으로는 사람들 보내지 마시고요. 눈에 띄어서 좋을 거 없잖아요."

그녀는 정윤이 말리기 전에 얼른 뒤돌아 뛰었다. 소리 높여 그녀를 부르는 나정의 목소리가 사람들의 움직임 속에 묻혔다. 그들은 각자 다른 방향으로 이동했다. 그 분주함을 눈치채기라도 했는지 땅을 울리는 진동이 거칠어져만 갔다.

그녀는 싱크홀을 오른쪽 사선에 두고 전혀 엉뚱한 방향으로 달렸다. 산성 사람들과도 멀어져야 했고 정여준이나 이찬과도 만나지 말아야 했다.

적어도 경선산성에서 처음으로 최주상과 마주칠 때만큼은 곁에 아무도 없어야만 했다.

최주상이 자신을 윤서리가 아닌 신가영으로 대하는 모습을 들킬 수는 없었다.

*

고작 비원 주제에 감히 누구한테 첩자 심을 생각을 하겠냐고, 심어봤자 얼마 안 가 들킬 거라고 하셨죠. 그래요, 아예 근거 없는 허세는 아니더군요. 제가 팀장님을 인간 이하로 보더라도 멍청이로는 보지 말아야 했어요.

옛 직장에서 허송세월하진 않으셨나 봐요. 제가 지금 시도하고 있는 일 다음으로 팀장님 속이는 게 제일 힘들었어요.

최주상이 조작해준 신분은 그럴듯했지만 그건 어디까지나 비원 솜씨였어요. 뒷세계에서만 가면 쓴 채 돌아다니면서 한구석에 박혀 지내는 사람들끼리 힘써봤자 얼마나 대단하겠어요. 윤서리라는 신분은 평범한 공무원 눈을 속일 정도는 됐지만, 서형우 눈을 속일 정도로 완벽하진 않았다는 거죠.

제가 경찰청에서 잠깐이라도 버텼던 건 팀장님이 저한테 관심이 없었기 때문이에요. 저는 첩자라는 자각도 별로 없는 맹한 초년생이었고, 비원도 최주상도 첩보전 따위엔 경험이 없는 신출내기였죠. 전 평범한 업무에 적당히 대응하면서 최주상이 부탁한 일을 해결하려고 최선을 다했어요. 그러면 안 되는데 말이죠. 눈에 띄지 말고 인내심을 가져야 한다는 최주상과의 약속이 머릿속에서 금방 휘발

되더라고요.

튀는 신입한테 팀장님이 관심 가지기까지 대충 1년 걸리더군요. 제가 손대는 정보가 심상찮았던 걸 눈치챈 건지도 모르죠. 가뜩이나 젊은 수사관이 하는 짓도 수상한데, 까보니 산성 근처에서 살았던 전적까지 나왔으니 오죽했겠어요. 최주상이 만들어준 위장 신분엔 그런 정보가 없었는데 말이에요.

제가 비원이 보낸 두더지인 걸 알고 팀장님이 얼마나 길길이 뛰었는지 팀장님 본인도 모르시겠죠.

감히 이러리라곤 생각도 못 했던 벌레 같은 놈들이 주제도 모르고 자길 속여 먹으려 든 데에 견딜 수 없어 했어요.

팀장님이 최주상을 상대로 자신감 넘쳤던 건 이해할 수 있지만, 왜 비원을 그 정도로 먼지 취급했는지는 아직도 잘 모르겠네요. 첩보에 성공할 순 없어도 시도는 할 수 있는 거 아닌가요? 먼저 첩보전을 시작한 건 비원이 아니에요. 비원과 산성 사이에 섹션이 간섭하길 바랐던 것도 최주상이 아니고요. 언제 죽을지 모르는 공포에 익숙해지면 쥐도 한 번쯤은 고양이한테 덤빌 법도 하지 않나요? 물론 쥐가 들러붙으면 기분이야 더럽겠죠. 하지만 아무리 그래도 그렇지 쥐한테 물렸다고 그렇게까지 화내는 고양이가 어딨어요?

제 본래 소속을 알아내고, 당신은 서형우 팀장이 아니라 싱크섹션의 지휘자로서 날 데려갔어요. 끌려가는지도 몰랐죠, 팀장님한테 정체를 들킨 줄도 몰랐으니까요. 팀장님이 같은 청에서 근무하고 있는지도 몰랐고.

섹션의 부지에서 서 팀장님 얼굴을 보고서야 이번 작전은 실패했단 걸 알았죠.

전 그래도 이마에 총알 한 방 맞거나, 운 좋으면 송치될 거라고 생각했어요. 최주상이랑 섹션이 비원을 외부에 드러내길 원치 않았던 이유를 그땐 몰랐으니까요.

그리고 저는 팀장님이 고작 절 갖고 최주상에 대해 캐물을 거라고도 생각 못 했죠. 얼마나 순진해요? 두더지로 일하다가 잡히면 곱게는 못 죽을 거란 각오를 해야 했는데, 설마 최주상이 저한테 그런 일을 시키지는 않았을 거라고 확신했나 봐요.

어쨌든 팀장님은 막 다뤄도 될 비원의 떨거지를 손에 넣었으니 절 신나게 털어댔죠. 최주상이 흘려주지 않는 비원의 내부정보부터 시작해서, 경선산성에 품은 의심도 비원에 돌렸어요. 물론 저는 묻는 말의 반도 채 알아듣지 못했어요. 최주상이 그간 저한테 알려준 게 도통 있어야 말이죠. 목숨이 위험한 상황인 건 알겠는데 이 인간이 대체 나한테 뭐라고 지껄이는 건가 일단 들어보기나 하자 싶어서 악을 쓰고 참았는데,

이야.

당신 정말 잔인하던데요.

그때만큼은 옆에 있던 차세연도 뭘 못 먹었을 정도였다니까요. 전 다리가 갈려서 무릎뼈로 기어야 했을 때 이제 그냥 도망치자고 맘먹었어요. 정보 때문에 버티는 건 미련한 짓이란 걸 깨달았죠. 더 있다간 양쪽 팔도 뜯겨나가고 배 속에 부지깽이가 들어올 것 같았으니까요.

왜 그런 눈으로 봐요?

아, 물론 지금은 팔다리 멀쩡하죠. 하지만 한번 다리가 뜯겨나갔다고 영영 다리 없이 살라는 법은 없잖아요.

어차피 그 일이 이번에 일어난 일도 아닌데.

이거 왜 이래요. 정여준이랑 최주상 능력엔 의심도 하지 않으면

서 제 말은 헛소리로 들려요?

 아니, 그 전 이야기로 돌아갑시다. 사실 최주상 얘기부터 시작해서 계속 주절댔던 건 이 한마디를 하고 싶어서 그런 거예요. 꼭 말하고 싶었어요. 혼자 속에 담아두려니 화에 질식할 것 같아서.

 내가 지금껏 당신한테 몇 번이나 죽었는지 알아?

*

 여준이 이상을 감지한 건 나정보다 느렸고 대홍보다는 조금 빨랐다. 묘하게 신경을 긁는 낮은 소리의 정체를 찾아 찬이 주변을 두리번거릴 때 여준은 찌푸린 얼굴로 하늘을 보고 있었다.

 "야, 괜히 찜찜한데 그냥 돌아갈까?"

 "찬아, 너 여기 살면서 헬리콥터 얼마나 봤어?"

 "자주는 아니어도 가끔 날아가긴 하지. 왜?"

 "그럼 헬기가 여기서 저공 비행하는 것도 봤냐?"

 찬은 그가 보고 있는 건너편 하늘을 부리나케 쳐다봤다. 고층빌딩 높이에 뜬 헬기가 고도를 유지한 채 넓은 원을 그리며 이동하고 있었다.

 "여긴 엔진 망가진 비행기도 함부로 추락하면 안 되는 곳이잖아, 아니야?"

 찬은 그 말에 답하지 않고 신발 끈을 고쳐 묶었다. 꺾어 신은 운동화 뒤축을 정리하는 사이 기분 나쁜 광경이 펼쳐졌다. 토스터에서 식빵이 튀어 오르듯 건물이 솟아올랐다.

 "가자." 여준이 말했다.

 그들이 허겁지겁 임시거점으로 달려갈 때, 헬기 조종석에 앉은 라땅은 연신 뒤를 흘끗거리며 최주상을 살폈다. 주상은 헬기 문을 열어젖히고 두 다리를 바깥에 내민 채 입구에 걸터앉아 있었다. 그가 문가를 잡고 바깥으로 허리를 크게 숙일 때마다 라땅은 오금이 저려 다리를 떨었다.

뒷자리에 앉은 김현이가 말했다.

"라땅. 내 얼굴 때리는 바람 좀 바깥으로 돌려보내 줄래? 저기 계속 문 열고 앉아 있는 사장 놈 때문에 죽겠어."

"제가 바람 못 건드리는 거 불평하시는 거죠. 그나저나 사장님, 정말 위험해 보이는데 이제 그만 안쪽으로 들어오지 그러세요. 문 닫고도 충분히 하실 만하잖아요."

"나 대신 산성 놈들 찾아줄 거 아니면 놔둬." 최주상이 대꾸했다.

라땅은 김현이에게로 말을 돌렸다. "그냥 이사님 근처 바람만 멈추는 건 어떠세요."

"내가 할 수 있으면 부탁할 필요도 없이 알아서 멈춰버렸지." 김현이가 투덜거렸다.

"정여준은 멈출 수 있으려나요."

"그럴걸. 걔 사람 같지 않게 된 지 좀 됐어." 최주상이 중얼거렸다.

빌딩이 다시 튀어 올랐다. 헬기와 평행하게 닿도록 솟아오른 건물 옥상을 보며 김현이가 말했다.

"자네는 사람 같지 않게 된 지 너무 오래됐고."

건물 셋을 차례로 더 뒤집었지만 바깥으로 나오거나 다른 곳으로 도망치는 사람은 보이지 않았다. 혀를 차는 최주상에게 라땅이 말했다.

"무너진 건물 중 하나에 모여 있던 거 아닐까요? 그럼 한꺼번에 깔렸을 텐데요."

"전부 한 장소에 있었으면 거기 있는 정여준이 그걸 가만히 뒀을

리가 없지."

최주상은 충혈된 눈을 부릅뜨며 아래를 살폈다. 계속해서 건물만 망가지고 사람의 움직임은 보이지 않자 김현이가 망설이며 말했다.

"몇 번이고 말했지만, 가영이랑 비슷해 보이는 여자를 봤다는 거지 가영이를 봤다는 게 아니야. 그게 정말 가영이가 아니면 자네 지금 헛짓하고 있다는 건 알지?"

"헛짓은 아니지. 산성 인구는 줄여주고 가는 거잖아. 그리고 가영이가 아니라고 확신했으면 당신이 나한테 보고를 했겠어?"

"아니다 싶으면 바로 철수한다고 약속해. 걱정돼서 따라오긴 했지만, 아직 정여준이 살아 있는데 고작 이 셋이서 일을 벌일 생각은 없어."

"가영이가 여기 없는 것만 확인하면 나도 이딴 데 오래 머무를 생각 없어."

목을 잔뜩 구부리고 아래만 내려다보며 말하던 최주상이 한쪽 눈썹을 들어 올렸다. 가까이 있는 3층 건물에 비스듬한 방향으로 충격이 가해지며 폭발음과 함께 건물이 날아갔다. 위로 솟아오르지 않고 갑자기 앞으로 지나가는 건물에 부딪히지 않기 위해 라땅의 손이 바빠졌다.

건물은 요란한 소리를 내며 싱크홀 근처에 떨어졌다.

"저기다."

헬기는 그가 가리킨 곳을 향해 날아갔다.

내던져진 건물을 피하지도 멈추지도 못했던 사람들은 비명도 지르지 못했다. 즉사한 이들은 평온을 맞았지만 몸의 일부만 깔린 이들은 친구들을 찾으며 울부짖었다. 복원자들이 달려와 건물 잔해를 들어 올렸지만 고통은 정여준조차 멈춰주지 못하는 생의 증거였고,

부상자들은 짓눌린 반신을 보고 눈을 가리며 자신을 편안하게 해줄 파쇄자를 찾았다.

프로펠러 소리가 들려오자 멀리 도망치지 못한 몇몇 무리는 저도 모르게 걸음을 멈추고 하늘을 올려다봤다. 멀쩡히 날던 헬기가 갑자기 아래로 곤두박질치기 시작했다. 나정은 그 헬기도 건물과 마찬가지로 최주상이 날린 도구 중 하나인 줄로만 알았다.

그러나 바닥을 향해 추락하던 헬기는 땅에 닿기 직전에 우뚝 멈췄다. 지면 위에 바짝 떠 있는 헬기를 보고 사람들은 근처에 여준이 와 있는 줄 알고 안도했으나 곧 생각을 고쳐야 했다. 나정은 유리창 너머로 김현이의 얼굴을 보고 다리가 굳었다. 공중에 헬기를 주차해놓은 장본인은 이 상황이 피곤하고 언짢아 보이기만 했다.

열린 문에 기대선 최주상을 보고 사람들은 사색이 되어 뛰었고, 더러는 각오를 다지고 경계하며 뒷걸음질했다. 최주상은 주변을 둘러보며 걸었고 다른 두 명도 헬기를 버리고 밖으로 나왔다.

가영이 보이지 않았다. 주상은 주머니에 손을 찔러 넣고 원을 그리며 한 바퀴 돌았다. 가영의 도주 방향을 가늠하려 했을 뿐인 그 행위는 안타깝게도 정여준에 맞서 대항하던 자세와 너무나 닮아 있었다. 그가 공격할 거라고 착각한 파쇄자들이 먼저 선수를 치며 건물 잔해를 그에게로 보냈다. 산성의 동료들을 깔아뭉갠 시멘트 덩어리와 철골이 날아들었으나 라땅은 가볍게 그것들을 반대 방향으로 돌려보냈다.

가영을 찾으려 눈에 불을 켠 최주상은 그 잔해들을 무심하게 조각내 부숴 사방으로 날려버렸다. 수류탄처럼 터진 파편이 사람들의 몸속을 파고들어 박혔다. 나정은 아직 여준이 이곳을 보지 못하고 있음을 뼈와 근육을 통해 느꼈다. 통증으로 바로 해석되지 못하는 생경한 떨림을 느끼며 아이는 몸을 웅크렸다. 무사히 공격을 막아낸 사람들이 부상자 곁으로 다가왔다. 가까이 있던 복원자가 다급히 나정을 둘러업었지만 아이는 자신을 업어준 사람까지 이 자리에서 곧바로 최주상에게 죽을 거라고 생각했다.

하지만 호흡은 계속 이어졌다. 정지자의 방어에 기대어 사람들은 부상자를 업고 악을 쓰며 도망쳤다. 나정은 힘이 들어가지 않는 고개를 억지로 돌려 최주상을 보았다. 그는 자기가 반시체로 만든 이들에겐 관심이 없어 보였다. 사람들은 그가 엉뚱한 곳을 쳐다보고 있는 틈을 타 자리를 벗어났다.

최주상은 뿔뿔이 흩어지는 산성 사람들을 뒤로하고 징글징글한 풍경을 바라보았다. 속을 게워내고 싶게 만드는 어마무시한 구덩이가 그의 눈 앞에 있었다.

그는 마음을 가라앉히고 도시가 불러일으키는 기억을 더듬었다. 밑바닥에서 올라오는 데에 성공한 아이가 그의 손을 이끌고 가장 먼저 달려갔던 방향이 떠오르자 그는 그곳으로 몸을 돌렸다.

폭발의 힘에 기대 빠르게 이동하며 그는 오래 지나지 않아 익숙한 뒷모습을 발견했다. 그녀가 도망치며 본능적으로 택한 곳은 12년 전 도시를 탈출할 때 이용한 길과 똑같았다. 그는 아이의 사고회로를 읽은 게 뿌듯하면서도, 이 빌어먹을 경로를 가영이도 심지어 자신도 기억하고 있다는 사실이 역겨웠다.

그는 그녀를 따라잡자마자 떨면서 그녀를 불러 세웠다.

"가영아."

그 이루 말할 수 없는 조심스러운 목소리에 그녀는 저도 모르게 안심하고 자기혐오에 빠졌다. 그가 자신을 함부로 대하지 못할 것을 확인하고 심정적 우위에 서버린 것이다.

그는 무릎을 반쯤 굽히고 말했다. "하필이면 왜 여기 있어?"

그녀는 답 없이 한쪽 발을 뒤로 물렸다. 그는 자신을 쳐다보는 그녀의 눈에서 지나치게 많은 것을 읽어낼 수 있어 괴로웠다. 진실을 숨긴 폭군을 향한 실망과 분노를 마주하자 그는 온몸이 쪼그라드는 것만 같았다. 그러나 억울함이 부끄러움을 이겨버렸다. 십수 년을 쏟아부은 잔인한 노력의 대가는 신가영의 안전으로 보답받아야만 했다. 그는 그녀를 세상에서 가장 황량하고 위험한 곳에서 살게 하려고 비원에서 떠나보낸 게 아니었다.

"돌아가자, 차라리 나랑 다시…."

그는 떨리는 손을 뻗으며 그녀에게 주춤주춤 다가섰다.

그때 갑작스러운 굉음과 함께 날아든 철골이 그녀에게 닿기 전에 멈췄고 최주상에게 다가드는 파편만 멈추지 않았다. 주상은 가장 경계하던 이가 드디어 가까이 왔음을 알았다. 그는 철골 덩어리를 바깥쪽으로 부수며 안개처럼 퍼트리고 그녀에게서 떨어졌다. 라땅이 필요했다.

그러나 라땅이 그를 찾아오기 전에 정여준과 이찬이 뛰어들어 두 사람 사이에 섰다.

여준이 뒤를 흘끔거리며 말했다. "괜찮아요? 괜찮아 보이네요. 늦어서 미안해요. 왜 혼자예요? 다른 사람들은 어딨어요?"

그녀는 놀라 진정되지 않았다. 최주상이 한 말을 그가 듣지 못했는지 확신이 서지 않았다. 그가 진실을 알았는지 당장 확인하고 싶었다.

그러나 그녀가 그를 떠보기도 전에, 그들의 모습을 목격한 사람들이 걸음을 돌려 달려오기 시작했다. 부상자를 업지 않아 운신이 자유로운 이들이 도망을 멈추고 모여들었다. 여준이 곁에 있으니

승산이 있다고 판단한 것이다. 어찌 된 영문인지 세 명밖에 오지 않은 비원의 눈엣가시를 운 좋게 처치할 수 있길 기대하면서.
 주변에 남은 건물들이 지붕부터 머릿돌까지 해체되었고 최주상에게 쏟아지는 공격이 거세졌다. 최주상이 홀로 해낼 수 있는 방어는 자신에게 공격물이 다가오기 전에 모든 걸 가능한 한 잘게 부숴 버리는 것이었다. 정신없이 제 몸을 지키면서도 산성 사람들을 공격하는 그를 보며 여준은 혀를 빼물었다.
 사방에 작은 파편이 날아다니고 멈춰지길 반복했다. 여준은 식구들에게 날아드는 물체를 멈추며 경계 깊게 최주상을 살폈지만, 그가 결코 서리를 공격하지 않는 것을 끝내 눈치채지 못했다.

 ✳

 지상으로 올라가는 사람들을 이끄는 선두에 이경선이, 이경선 앞에 최주상이, 최주상 등엔 김현이가, 그 앞엔 신가영이 있었어요. 정지자도 파쇄자도 아니라서 나선계단을 만드는 데에 별 도움 될 것도 없었던 여자애가 가장 앞에서 계단을 올라갔죠. 이유는 단 하나, 그 애가 1초라도 더 빨리 바깥 공기를 마시길 최주상이 원했으니까.
 그 사람 바람대로 그렇게 됐어요. 나는 그곳을 가장 먼저 탈출한 생존잡니다.
 그리고 너한테 가장 먼저 죽은 희생자고.
 내 무엇을 보고 그렇게 두려웠어요? 피 묻은 교복을 입은 여자애가 땅 위로 돌아왔을 뿐인데 뭐가 그렇게 무서워서 조준사격을 할 정도로 냉정해져야 했냐고요.
 솔직하게 말해봐. 내가 만만해 보였던 거잖아.

이미 죽은 거나 다름없으니까 다시 죽여도 괜찮은 사람으로 보였던 거지?

그 아래서 거대한 괴물이라도 나타났다면 부대 뒤에 숨어서 지시만 내렸겠지만, 허기에 질린 어린 여자애 정도는 쉽게 이길 수 있다고 확신했으니까 그랬던 거 아니야.

지옥 바닥에서 기어 올라온 모습에 놀라서 그랬다고 변명하지 마. 넌 내가 두려워서 죽인 게 아니라 날 두려워하지 않았기 때문에 죽인 거야.

명령을 받아서 어쩔 수 없이 그랬다고도 감히 말하지 마. 넌 명령받은 것 이상으로 구체적인 명령을 내린 사람이기도 하니까.

그런 짓을 한 적 없다고 억울해할 필요도 없어. 지금의 네 머리통엔 그런 기억이 없어도 내 머릿속엔 생생하게 있거든. 네가 열 번이고 백 번이고 날 조준했던 그 무덤덤한 얼굴이.

최주상이었다면 총을 부숴버렸을 테고 이경선이었다면 공중에 총알을 멈췄겠지만, 난 파쇄자도 정지자도 아니니까 그러지 못했어. 그렇다고 내가 얌전히 죽어줘야 했을까?

산성의 생존자는 모두 이전과 달라졌어. 거기에 예외는 없어. 이미 알고 있잖아. 각자 조종할 수 있는 대상은 가지각색이어도 반드시 파쇄자나 정지자나 복원자 셋 중 하나엔 속할 수밖에 없다고.

관대해져 봐. 이렇게나 다양한 것들을 되돌리는 복원자가 존재하는데, 시간을 다루는 녀석이 존재해도 이상할 것 없잖아? 생물을 제외한 모든 것은 우리에게 조종될 가능성이 있다고.

우리가 바깥세상에 노출되면 결코 안전하지 못할 거라는 최주상의 생각, 그거 적어도 나한테는 맞는 말일 거야. 제멋대로 시간을 돌릴 수 있는 사람을 누가 가만히 놔두겠어.

자기 손바닥도 안 보이는 어두운 공동에서 반무의식적 살육이 몇 시간 내내 이어졌는데도 최주상이 멀쩡히 살아남은 게 우연일까? 최주상 옆에 있는 어린애를 끌어안고 어떻게든 주위 공격에서 지켜주려 했던 이경선이 끝까지 죽지 않았던 것도 우연일까? 아니, 두 사람이 내 옆에 있었던 건 우연이겠지만, 그 둘이 죽을 때마다 시간을 돌려서 안전한 장소로 유도했던 신가영이 없었다면, 당신이 그렇게나 증오하는 비원도 경선산성도 아마 존재하지 않았어.

당신한테 처음으로 죽었을 때, 그러니까 숨이 끊어지기 직전에, 내가 시간을 돌려버린 건 그 순간이었을 텐데…, 무슨 일이 일어났는지도 모른 채 악을 질러댔는데 누가 나한테 허겁지겁 달려오더라.

어둠 속의 최주상이었어. 밑바닥으로 다시 돌아온 거지. 그 사람 입장에선 거기서 헤매다가 날 처음으로 발견한 거지만, 나는 그 지옥 같은 사흘을 다시 똑같이 반복해야 했다고.

계단을 쌓아 올리다가 딸아이 발목 부서진 조각을 발견한 그 사람이 또 울부짖는 걸 보면서 내가 무슨 일을 해야 했을까. 이대로 올라가봤자 난 같은 꼴을 당할 것 같은데. 그 사람은 친딸 대신 건져 올린 두 번째 딸을 눈 앞에서 잃을 거고, 어쩌면 본인도 날 따라 죽게 될 거야.

나뿐만 아니라 뒤를 따라 올라오던 수백 명의 목숨도 달려 있었어. 그때 처음으로 그 사람한테 나에 대해 얘기했지. 내가 보았던 바깥 풍경들, 내가 겪은 일들.

최주상은 이미 미쳐 있었고, 그래서 이성을 더 잃지 않았어.

그 사람은 나보다 먼저 밖으로 고개를 내밀었고, 당신이 날린 총탄, 당신과 당신 위의 누군가에게 허가받은 모든 공격에 맞서 싸웠어.

사실 그때 투지에 불탔던 사람은 거의 없었다고 봐야 맞겠지. 너

나 할 것 없이 탈진 상태였는데 어떻게 무장한 사람들과 정면으로 붙겠어. 나는 무사했지만 빠져나오자마자 그대로 밑에 다시 떨어지는 사람들이 훨씬 많았어.

말도 안 돼. 그 누구도 지옥에 두 번이나 떨어지기 위해 태어나지 않았어.

않아야 했는데.

그때마다 난 돌아갔지. 빠져나오기 직전의 순간으로 가서, 한 사람이라도 더 살아 나가려면 어떻게 공격해야 하고 어떤 동선으로 움직여야 하는지 최주상에게 전했어.

한 사람이 더 살고, 다시 돌아가 또 시도하고, 다섯 사람이 더 살고, 돌아가고, 열 사람이 더 살고, 스무 명이 살고, 또 돌아가고, 오십이 더 살고, 다시 가고, 백여 명이 더 살고, 2백, 3백.

그렇게 모든 생존자가 성공하기까지 걸린 시간이 최소 나흘이야. 무슨 뜻인지 알겠어?

내 시간 속에서 당신은 최소 나흘 내내 사람을 죽였다고.

최주상이 뱉은 가래침만도 못한 새끼야.

*

깜빡깜빡 점멸하는 정신을 붙들며 나정은 멀리 보이는 믿음직스러운 풍경에 웃음을 머금었다. 어른들이 도망치길 멈추고 다시 뭉쳐 섰다. 어쩌면 그들이 오랫동안 바라 마지않았던 일이 오늘 일어날지도 모르겠다고 아이는 생각했다.

쫓기지 않고, 갇히지 않고, 언제 피하고 어떻게 죽일까를 궁리하지 않고, 매번 거처를 옮겨 다니는 생활에서 벗어난 삶이란 어떤 것인지 상상이 되지 않았다. 그러나 상상하려 애쓰는 것은 즐거웠다.

나정은 자신들을 도시에 가둬놓은 것이 비단 비원만이 아니라는 걸 몰랐지만, 그랬기에 아이는 희망찬 바깥세상을 상상하는 것이 어른들보다 쉬웠다.

잠들기 전에 그 풍경을 조금이라도 더 오래 보려 했던 나정이 눈꺼풀 깜빡임을 멈췄다. 이찬의 뒤로 라땅이 다가서고 있었다. 아무도 눈치채지 못한 듯했다. 다들 최주상에게 정신이 팔려 있었다.

"내려주세…."

나정은 온몸을 비틀며 버둥대다 바닥에 떨어졌고, 다시 자신을 안아 들어 업으려는 손길을 거부하며 앞으로 기었다. 라땅은 이제 찬의 지척에 있었다. 맨손으로도 목을 꺾을 수 있는 거리에 가까워지고 있었다.

부상자를 옮기는 어른들의 입을 빌려 소리를 전하기엔 너무 늦었다.

찬에게 알리려면. 저 상황을 눈치채게 하려면. 눈 깜짝할 사이에 이 정보를 전달하려면.

아주 효과적이고 폭력적인 어떤 발상이, 죽어가는 아이에게 대단히 매력적으로 느껴졌다.

나정은 자신의 몸 곳곳에 박힌 파편들에 힘을 가해 한쪽 방향으로 내보냈다. 살가죽을 뚫고 나온 조각도 있었지만 뼈에 단단히 박힌 물질은 그 안에서 요동치며 앞으로 날아갔다. 그것들은 나정의 몸을 그대로 안고 공중을 가로질렀다. 아이는 자신이 허공 여기저기에 멈춰 있는 갖가지 것들을 몸으로 긁으며 지나가는 줄도 몰랐다.

부서진 건물 잔해가 빼곡히 오가는 곳에 그녀가 갑자기 날아든 걸 알아챈 사람은 거의 없었다. 아이가 이찬을 넘어 라땅에게로 떨어지려 할 때 그 두 사람만이 깜짝 놀라 멈칫했을 뿐이었다.

그 순간 라땅이 한 행동은 본능이자 습관이었다. 10년이 넘는 세월 동안 그가 최주상의 곁에서 한 일은 자신을 향해 날아오는 모든 것을 본래의 방향으로 날려버려 원래대로 되돌려놓는 것이었다.

그는 미처 침착하게 살피기도 전에 나정을, 정확히는 그녀의 몸속에 있던 파편을 반대 방향으로 날려 보냈다.

하지만 아이가 이찬을 위기에서 구한 것 이외에도 달라진 게 있었다. 그녀가 날아드는 동안에도 공중엔 수없이 많은 물체가 위치를 바꿔가며 멈추고 부서지고 박제되고 터졌다는 점이다.

나정의 몸은 직전까지는 그곳에 없었던 장애물에 부딪혀 몇 번이고 방향을 바꿨다. 결국 사람들이 와글와글 모여든 곳에서 벗어나서야 그녀는 한 지점을 향해 곧게 날아가게 됐다. 여기저기에 가로막혀 운동 방향이 바뀐 신체는 첫 출발지로 돌아가지 못했다. 상처 입은 몸은 훌쩍 날아가 한 장소에 떨어졌다.

싱크홀 안으로.

라땅은 입을 막고 앞으로 뛰어나갔다. 아이가 눈 깜짝할 사이에 공중을 날아가는 걸 황당하게 쳐다보던 이들이 경악하여 조각상처럼 굳었다. 충격 때문에 멈춘 사고가 서서히 제 기능을 다하기 시작하자 목격자들이 비명을 지르기 시작했다. 여준은 뒤늦게 깜짝 놀라 주위를 둘러봤다가 상황을 전해 듣고 얼이 빠졌다.

한동안 아무도 움직이지 않았다. 최주상조차 공격을 멈추고 아이가 날아간 방향을 바라봤지만, 누구도 무방비하게 서 있는 그에게 달려들 생각을 하지 못했다.

"…저기에 다시 빠졌어."

누군가가 속삭인 말에, 그 자리에 선 모든 이의 머릿속에 인생 최악의 순간이 재생됐다.

비원의 아이든 산성의 아이든 중요하지 않았다. '그날' 함께 지옥에서 올라왔던 아이가 다시 그 끔찍한 곳으로 떨어졌다.

몇몇은 헛구역질했고 몇몇은 주저앉아 일어서지 못했다. 나머지는 각자가 지키고 서 있던 장소를 벗어나 달려 나가며 시커먼 구덩이를 향해 소리 질렀다.

"나정아, 올라와!"

"빨리 올라와, 나정아!"

비원과 산성이 상대편의 생명을 노리며 독하게 싸우면서도 절대 하지 않았던 것이 두 가지. 상대를 구덩이로 유도해서 그 안에 빠트리는 것, 그리고 새로운 구덩이를 만드는 것. 그것만큼은 누가 먼저 말을 꺼내 금지하지 않았음에도 모두가 암묵적으로 자제해온 일이었다. 여준의 방해만 없다면 도시 전체를 까뒤집을 수 있는 최주상도 땅을 무너트려 싱크홀을 만들지는 않았다. 어떤 파쇄자도 상대의 발 아래를 폭파하는 방식으로 공격하지 않았다. 그것이 생존자들이 공통 트라우마에 대처하는 최소한의 인류였다.

그 눈가림 막이 처음으로 벗겨진 지금, 산성 사람들은 허탈과 공포와 상실이 섞인 촘촘한 감정에 압도되었다. 슬픔이 분노를 대신하고 분노가 슬픔을 대신했다. 시선이 하나둘 최주상을 향하고, 라땅을 향하고, 멀리 있는 김현이를 향했다.

최주상은 굳어버린 몸을 힘겹게 움직여 윤서리를 보았다. 자신을 보는 그녀의 눈을 보고 그는 최선을 다해 도망쳐 산성을 나가야 한다는 결론을 받아들였다. 설령 도망가지 않는다 해도 서리는, 가영은 이제 자신을 따라오지 않을 것이다.

비원으로 복귀하기로 그가 결정한 것과 산성의 파쇄자들이 그에게 공격을 퍼부은 것은 거의 동시였다. 라땅은 아직도 진정되지 못한 눈동자를 애써 최주상에게 맞춘 채 기계적으로 공격을 되받아쳤다.

돌려보내진 파편들이 홍정윤에게로 달려들었지만 정윤은 그것을 바라보지 않았다. 멈출 수 있는 물질이었지만 멈출 생각이 없어 보였다. 넋 놓고 시커먼 아가리를 바라볼 뿐이었다. 그녀가 그곳의 밑바닥에서부터 품에 안고 올라온 아이가 그녀를 부르는 것 같았다.

"할머님!"

서리는 정윤에게 달려들어 함께 바닥에 고꾸라졌다. 그들을 맞추지 못한 파편은 그 뒤에 있던 찬에게로 날아들었다. 정윤이 멈춰줄 거라고 생각해 아무 조치도 취하지 않았던 그는 욕설을 뱉으며 급히 몸을 숙였다.

서리는 정윤을 일으켰다. "할머님, 정신 차리세요!" 그녀는 허리를 틀어 소리쳤다. "정여준!" 그 역시 정윤과 마찬가지로 나정의 보이지 않는 모습만 좇고 있었다. 그녀는 여준보다 가까이 있는 정윤의 어깨를 잡아 흔들었다.

"할머님! 할머님 도와주세요."

울먹이는 목소리를 듣고 정윤은 화들짝 놀라 그녀의 어깨너머를 보았다. 최주상이 길을 트기 위해 날려 보낸 것들이 속수무책으로 산성 사람들에게 쏟아지고 있었다.

정윤은 급히 일어나 앞으로 나섰고 사람들은 나정의 이름을 부르며 달려가거나 몸을 피했다. 몇몇은 여전히 최주상과 라땅에게 가까이 가기 위해 무모한 시도를 계속했다.

이찬은 길을 내려가 김현이를 찾아냈다. 그녀는 도주 경로에서 최주상을 기다리며 합류를 준비하고 있었다. 제게 달려오는 이찬을 보며 그녀는 그가 주변에 널린 사물을 날릴 것이라 예상하고 그것들을 멈출 생각을 했지만, 그는 가볍게 휠체어만을 부수었다. 폭발에서 휠체어의 절반만 보존한 그녀는 한쪽으로 기울어 나동그라졌다.

능력을 이용해 죽이려 들면 상대 능력에 제지당하니, 가장 확실하게 숨통을 끊는 방법이란 도구와 능력에 의지하지 않는 원시적 살인. 12년 동안 비원과 경선산성이 서로에게 가르쳐준 기초기술이었다. 이찬은 날카롭게 부서진 휠체어 기둥을 잡아들어 찌르는 어리석은 행동을 하지 않았다. 도구로 사람을 찌르는 대신 사람으로 도구를 찌르는 것이 산성 안에서의 상식이었다. 그는 버둥대는 김현이를 들어 올려 부서진 휠체어 기둥에 내리꽂았다. 끝마무리를 위해 목을 조르려던 그는 뒤집힌 눈을 보고 손을 거두었다.

그는 어지러운 하늘 위를 올려다보았다. 파괴가 멈추지 않는 이유를 쉬이 알 수 있었다. 피에 젖은 머리카락을 늘어트린 채 쓰러져 움직이지 않는 정윤이 보였다. 뒤늦게 정신을 차린 여준이 비틀거리며 일어나 주변을 수습하기 시작했다. 김현이를 포기하고 산성을 벗어나는 최주상과 라땅의 뒷모습을 지켜보던 이찬은 결국 고개를 숙였다.

죽은 이는 땅을 뜬 지 오래고 다친 이는 삶을 견디지 못해 앞선 자를 뒤따랐다. 살아남은 자는 유령처럼 걸었고 그렇게나 부정했던 검은 구덩이에 빠진 어린 가족은 위로 올라올 기미를 보이지 않았다.

원하지 않았지만, 이것이 그가 연출할 수 있는 가장 폐허에 근접한 광경이었다.

*

과거로 돌아가도 내 기억은 온전한 게 가장 다행이지. 정보가 축적되니까. 당신한테 정체를 들킬 때마다, 이번엔 뭐 때문에 걸렸는지,

위조 신분의 어느 부분이 문제인지, 무슨 짓을 하면 위험해지는지 하나씩 알게 되거든.

하지만 거짓말이 먹혀들었을 때 당신이 나더러 일을 같이 하자고 제안할 줄은 맹세코 예상 못 했어. 비원과 관련된 일을 맡기길래 꼼짝없이 들킨 줄로만 알았지. 무슨 일로 눈치챘는지 알아내려고 일단은 버텼는데, 아무래도 당신은 모른 채 날 쓴 것 같더라고.

살해당했을 때만큼 기분 더럽더라. 무슨 수를 써봐도 당신한테 들키거나 같이 일하는 상황 둘 중 하나를 피할 수 없었어. 그래도 최주상이 부탁한 일을 해내기엔 그보다 좋은 환경이 없지. 비원을 조종하는 경찰이라곤 청에 당신밖에 없었고, 정보줄도 전부 당신이 쥐고 있었으니까.

난 어디까지나 당신이 꽂은 첩자가 누구인지 최주상에게 알려주기 위해 들어온 거야. 그 명단만 알아내면 됐어. 내 도움으로 당신이 보낸 인사들은 전부 숙청됐겠지. 그래, 당신이 언젠가 말했던 대로, 그리고 내가 인정했던 대로, 난 그렇게 사람을 죽이는 걸 도왔어.

손대는 정보가 깊어질 때마다 계속 걸렸어. 내가 할 소린 아니지만 당신 진짜 끈질기더라. 익숙해지면 상황을 모면하기 쉬워질 줄 알았는데.

당신한테 꼬박꼬박 존댓말 하며 정중하게 대하는 것보다 더 힘든 건 당신 얼굴을 쳐다보는 거였어. 침 뱉고 싶은 걸 참는 게 그렇게 고역일 줄은 몰랐지.

그리고 그다음으로 힘들었던 건 비원의 민낯을 본 거야.

내가 비원을 위해 당신네 요원의 목숨까지 희생시켰던 이유는 하나야. 거기에 최주상과 김현이와 라땅이 있었으니까. 지켜주고 지킴

받았던 가족들의 거처를 공권력의 폭력으로부터 막아주겠다는 정의감에 취해 있었지.

하지만 바깥에서 지켜본 비원이 그럴 가치가 있어 보였는지는, 그래.

내가 지키려 했던 집이 결코 서로를 지켜주는 곳이 아니라는 걸 깨달았을 때, 최주상이 따뜻하고 진실한 사람이 아니라는 걸 알았을 때, 난 내 안의 규칙을 깨고 시간을 돌렸어. 그전까진 정말 필요할 때가 아니면 과거로 돌아가지 않았거든. 한번 되돌리면 내가 쌓아 올린 행동들도 주변 사람들의 기억도 전부 무용지물이 되니까. 하지만 그걸 감수할 만큼 배신감이 컸어.

뭘 위해 계단을 쌓아 올렸냐고 최주상에게 따졌지.

그때 그 사람은 날 찾아와 경찰청 잠입을 부탁하려고 막 입을 떼기 직전이었어. 그 사람 입장에선 날 경찰로 만들지도 않았는데, 이미 경찰이 되어 볼 꼴 못 볼 꼴 다 보고 돌아온 내가 비난을 퍼붓는 걸 듣게 됐던 거야. 어제까지만 해도 얌전하고 세상 물정 몰랐던 신가영이, 한순간에 모든 걸 알아내고 실망한 윤서리로 바뀌어 있는 거지.

그 사람은 변명하지도 용서를 구하지도 않았어. 난 머리에서 열이 빠져나간 후에야 그 이유를 알았어. 그 사람은 처음부터 내가 저를 용서하지 못하게 만들도록 경찰에 보낸 거야. 자기에게 실망해서 비원을 버려 완전히 떠나게 하려고.

그 정도로 나만 곱게 남겨두려고 나머지 생존자들을 파리 목숨 취급해 이용하다니.

오기가 들었어. 오기 부리는 것만큼은 자신 있었지. 나는 골백번 시간을 돌려가면서 생존자를 한 명도 포기하지 않고 도시 밖으로 끄집어낸 복원자야. 적어도 거기엔 자부심이 있다고. 신물 토해내는 고통을 감수하면서 살린 그 사람들을 내 손으로 밟아 뭉갤 순 없어. 비원이 운명적으로 같은 길을 걸으란 법도 없어. 그렇게 끝을 맞이할 이유도 없고.

심판은 죽은 사람이 아니라 산 사람한테 받는 거야. 난 최주상만 올려다보며 사는 사람들이 자기도 모르게 동반 자살하는 꼴을 두고 볼 수 없었어.

결국은 실상을 알고도 경찰청에 다시 들어갔어. 뭐라도 바꿀 수 있다고 생각했거든. 자신들을 다른 방향으로 이끌려고 바깥세상에서 애쓰는 윤서리라는 존재를 비원은 알지 못하게. 그런 식으로 시작하면 돼. 어차피 최주상은 날 건들지 않을 테니까. 내가 위험에 처하지 않는 이상 그 사람은 내가 하는 일에 제동을 걸지 않을 거야. 그 사람의 약점이 나인 이상 얼마든지 이용해야지.

비원이 적어도 어린애를 죽이진 않았으면 했어. 비원의 우두머리를 미치게 한 원인이 바로 아이의 죽음이었으니까. 비원과 전혀 상관없는 민간인도 건들지 않았으면 했어. 바라는 것들이 점점 늘어나기 시작했지. 여자를 건들지 말았으면 했고, 빈민층을, 지체장애인을, 부모 잘못 만난 이유로 인생 망친 사람들을, 팔려 온 사람들을, 아픈 사람들을, 간절한 사람들을, 이성적으로 생각하지 못하는 사람들을 이용해 피골을 빨아먹지 않았으면 했어. 이런 짓만은 하지 말았으면 좋겠다는 신호를 대놓고 보내면서 손발을 하나둘 조종하기 시작했지. 아마 그 사람은 그 모든 작업에서 내 손길을 느꼈을 거야. 안 그랬으면 그렇게 고분고분 따라줬을 리가 없지.

그리고 결국 당신한테 들켰어. 웬일인지 바로 죽이지 않더라. 다시 처음부터 시작할지 갈등했지만 그대로 계속 있었던 건 공기관의 그늘에서 조금 더 비원을 지켜보고 싶었기 때문이야.

하지만 당신이 라땅을 떼어낼 준비를 하고 있다는 걸 알았을 땐 더 이상 그늘에 숨을 수가 없었어.

최주상의 목적은 날 비원에서 쥐도 새도 모르게 탈출시키는 거였겠지만 난 아니야. 비원을 바꾸고 싶기도 했지만, 첫 목적은 분명 첩자들의 홍수를 끊어내는 거였어. 그런데 내가 넘긴 명단 속 그들이, 실은 그저 라땅의 입지를 흔드는 데에 이용된 제물일 뿐이란 걸… 내가 아니어도 어차피 당신이 떠민 대로 라땅과 운명을 같이 하게 될 걸 알았을 땐 정말이지….

그래. 나도 그 사람들도 여전히 싱크홀에 살고 있었던 거야.

공권력과 비원의 힘겨루기 싸움 따위는 내 허상이었고, 결국은 죽는 경찰과 죽는 조직원만 남는다는 걸 그때 알았어. 내가 해온 일이 결국 라땅의 목을 죄고, 모든 생존자의 목이 떨어져야만 끝날 걸 깨달았다고.

최주상이 바랐던 것처럼 비원을 버려야 했을까?

서형우 당신 옆에 남아, 나 홀로 일반인인 척 자신을 속이면서?

아니. 다시 그때로 돌아간다 해도, 난 몇 번이라도 같은 길을 달려가 라땅을 살릴 거야.

차에서 내렸을 때 우산을 쳐들고 날 한없이 보던 최주상의 눈빛을 기억하고 있어. 그 사람은 영민해. 나에 대해선 특히나. 내 표정에서 제발 돌아가라는 고함을 읽어내지도 못하는 사람이었으면 지금껏 같이 살아남지도 못했어.

라땅을 죽이지 않고 비원으로 돌아가는 최주상과 김현이를, 그 억수 같은 비를 뚫고 나한테 달려오는 당신의 도깨비 같은 몸짓을, 포에스 빌딩 운운하는 내 교활한 목소리를 난 정말이지 너무나 선명하게 기억해.

 당신이 날 암살단에 끼워 넣었을 때 겉으로 순응하는 척했던 건 바로 그 기억에서 자유로워지고 싶어서였던 걸지도 몰라. 일종의 자학적인 놀이로. 임무에 성공하고 돌아와도 당신이 날 정말 보호해줄 거라곤 털끝만큼도 안 믿었어. 그 도시에 순순히 들어간 건 당신이 나한테 들려준 독배의 정체가 대체 뭔지 구경이나 하자는 심산이었어.

 뭐, 괜찮아. 다행인지 불행인지 그 도시에서 목적이 생겼으니까.

 그곳의 정체를 알아야 했어. 정여준, 이찬, 김나정… 그 수백 명이 거기서 왜 그러고 있는지 들어야 했어. 이찬을 따라 다시 당신을 찾아가고, 당신 뒤에 대기하고 있던 차세연한테 공격받아서 또 그 전으로 되돌아가면서까지, 도대체가 최주상이 나한테 뭘 숨기고 있던 건지 다 알고 싶었어.

 차라리 몰랐으면 살기 쉬웠을까?

 어영부영 경선산성에 투입되면서도, 내가 비원 출신인 걸 들키는 순간 섹션에서든 산성에서든 처절하게 내쳐질 걸 알고 있으면서도, 아침마다 한 가지 생각밖엔 들지 않았어.

 이번 싱크홀에선 어떻게 올라가야 하나 하고.

*

 깊고 깊은 어둠 속에서 홀로 헤매고 싸우다 깨어나는 악몽은 몇 번을 반복해 꿔도 언제나 똑같았다. 윤서리가 잠에서 깨어난 뒤에도 기억하는 유일한 꿈이었다. 기다리면 최주상이 자신을 찾을 것이고, 기어코 사람들과 함께 빛을 보게 될 줄을 알고 있지만 두려움에서 벗어나지 못하는 기분 나쁜 꿈.

그녀는 12년 만에 그 꿈이 아닌 다른 꿈을 꾸었다. 반복되는 악몽 대신 본 것은 나정의 얼굴이었다. 구더기가 들끓는 시쳇더미 위에 떨어진 상처투성이 여자아이가 비명을 질러댔다. 필사적으로 허우적대는 손을 잡아주는 이는 아무도 없었다.

울부짖는 아이를 보며 고통스러워하다가 그녀는 몸서리치며 깨어났다.

잠든 곳은 길바닥이었다.

그녀는 몸을 으슬으슬 떨며 일어났다. 구겨진 채 잠든 걸 탓하는 듯 근육이 비명을 질러댔다. 숨을 내쉬자 입김이 포슬포슬 올라왔다.

새벽이었다. 도시 전체가 암흑에 뒤덮여 마치 무덤 속에서 잠들었다 깨어난 것만 같았다. 올려다본 밤하늘은 12년 전보다 더 깊었고 별이 밝았다.

한 치 앞도 안 보여야 하는 유령도시의 밤인데도 그녀는 주변에 침낭을 끌어안고 웅크려 잠든 사람들을 볼 수 있었다. 달이 밝은 덕이 아니었다. 정여준이 띄워놓은 불꽃 때문이었다.

지평선 너머로 해가 넘어갔을 때, 불을 조종하지 못하는 이찬을 대신해 다른 파쇄자가 불을 날렸고, 여준은 싱크홀 끄트머리를 빙 두르도록 불꽃을 멈춰서 원형 활주로처럼 만들어놓았다. 밤이 되어도 구덩이의 가장자리는 그가 매달아놓은 등불로 어슴푸레 빛났다. 그것은 여전히 흔들림 없이 제자리에서 빛나고 있었다.

부상당한 사람 중 살아남은 이는 얼마 없었다. 최주상과 라땅이 산성을 나간 후 사람들은 시신을 묻고 몸을 씻었다. 이틀을 내리 무덤만 판 사람들의 얼굴엔 혈기가 없었다. 서리가 산성에 들어올 때 2백 가까이 되었던 인구는 97명으로 줄었다. 머릿수를 세려는 사람이 없었기에 그녀가 직접 세어야 했다.

차가운 공기에 기침하며 그녀는 여준이 있는 곳으로 걸어갔다. 바로 앞에 깎아지른 절벽이 있었다. 그는 불안할 정도로 구덩이에 가까이 앉아 구멍 안쪽을 바라보고 있었다. 그의 무릎에 고개를 불편하게 들이박고 이찬이 잠들어 있었다.

여준은 사람들이 자리를 정리할 때부터 내내 먹지도 눈을 붙이지도 않았다. 수행하듯 한곳에 앉아 아래만 내려다볼 뿐이었다.

37시간째였다. 나정은 올라오지 않았다.

찬은 처음에 밑으로 내려가려던 여준을 막느라 기진맥진했다. 기어이 다이빙이라도 할 것 같은 기세에 찬은 결국 능력까지 동원해 그를 멈추려 했지만 여준은 가볍게 막아냈고, 사람들은 처음으로 서로에게 능력을 쓴 두 사람에게 놀라 펄쩍 뛰었다.

머리끝까지 화가 치민 찬은 여준에게 기어이 주먹을 날렸다.

"미련한 자식아, 나정이 구하려고 너 내려가고 너 구하려고 나 내려가고 나 구하려고 대홍 형이 내려가는 꼴을 봐야 정신 차리겠냐?"

주먹에도 아랑곳하지 않았던 여준의 고집은 그 말을 듣고서야 한풀 꺾였다.

그는 기다리다 보면 언젠간 나정이 위로 올라올 거라 생각하기라도 하는 것처럼 구덩이에 붙들려 있었다. 같은 걸 바라 마지않으면서도 정말로 그 가능성을 믿는 이는 없었다. 여준도 아이의 생환을 마음 깊이 믿지는 않을 터였다. 믿었다면 종이배를 떠나보낸 강물 보듯 아래쪽을 바라보지는 않을 것이었다.

잠기운을 떨쳐내고 힘없이 다가오는 서리를 알아챈 여준이 말했다.

"떨어지기 전에 이미 죽었겠죠? 그래야 하는데."

망부석 같은 자세와는 달리 제법 현실적인 말이었다. 그녀는 구덩이와 불꽃을 조용히 바라보다가 말을 돌렸다.

"내일은 여기 뜨자. 여기가 보이지 않는 곳으로 멀리 이동해버리자. 잘 자고 기운 차려서 새 거점을 정해줘."

"애 한 명 건져내지도 못하는데 제가 무슨 낯으로 여기서 책임자 행세를 하겠어요." 그는 자괴감에 찌든 얼굴을 손바닥으로 숨겼다. "미안해요. 이런 말을 하려던 게 아니었는데." 그는 해가 뜰 때까지 얼굴에서 손을 떼지 못했다.

그는 동튼 후 잠에서 깨어난 사람들을 한 명 한 명 지켜보았다. 함께 바깥에서 새우잠을 잤던 사람들, 무너지지 않은 건물에 들어가 쪽잠을 자고 나온 사람들, 밤새 주변을 맴돌다 돌아온 사람들을 올려다보며 그는 말없이 앉아 있었다. 잠에서 깨어난 찬은 그를 보고 얼굴을 찌푸리며 서리를 향해 입을 뻐끔거렸다. '얘 뭐야?' 그녀는 고개만 가로저었다.

여준은 여느 때처럼 차분히 말했다.

"이젠 몸을 돌리지 않아도 어렵지 않게 여러분 모두 한눈에 들어오네요."

살아남은 사람들은 서로를 바라보았다. 말소리가 잦아들고 너도 나도 그의 앞에 모여들어 우두커니 섰다. 무리 중엔 가장 어렸던 사람이 없고, 가장 나이 들었던 사람도 없고, 아주 조금 약했을 뿐인 사람들과 아주 조금 민첩하지 못했던 사람들도 더는 없었다. 절반으로 줄어든 친구들을 올려다보며 여준이 조곤조곤 말했다.

"제가 이경선 님의 뒤를 이을 때… 비원에 이길 수 있게 해주겠다고 약속하지는 않았어요. 생각해보니 지도자로서 전 아무것도 약속하질 않았네요. 오히려 여러분한테 요구하기만 했지요. 여기서 포기하지 말아달라고요. 여러분을 여기까지 버티게 해준 건 비원을 향한 복수심이겠죠. 제가 있기 때문이 아니라, 이경선 님을 잃었기 때문에 여러분은 비원을 눈앞에 두고도 도망치지 않았어요…. 그게 아쉽거나 서운하다는 건 아니에요. 그건 그냥 있는 그대로의 사실이죠. 솔직히 제가 아닌 찬이가 여러분을 이끌었다면 더 좋았을 거라고 생각해요. 그때 찬이가 좀 더 마음을 굳게 먹었다면… 아마 여러분은 비원에 못지않은 좋은 파쇄자 수장을 가질 수 있었겠죠."

그 좋은 파쇄자는 지금 서형우의 허수아비 두더지라는 말이 혀뿌리까지 치고 올라왔지만, 서리는 그 말을 목 너머로 삼켰다.

"여러분은 비원의 괴멸을 원했어요. 비원도 아마 우리의 괴멸을 바랐을 거예요. 하지만 전 어떻게 하면 비원에 이길 수 있는지를 고민하지 않았어요. 죄송해요. 최선을 다해 여러분을 지키려고 했지만, 비원을 완전히 부숴버리길 원한 적은 없어요.

그게 문제였는지도 모르죠. 그래서 제가 지금 이렇게 힘 빠진 모습으로 여기 앉아 있는 건지도 몰라요. 전 우리가 비원에게서 자유로워지길 원하긴 했지만, 딱 그만큼… 비원 역시 자발적인 속박에서 자유로워지길 바랐어요.

어쩌면 여러분보다 비원이 더 저한테 배신감을 느낄지도 모르겠네요. 이런 생각을 하면서도 표정 하나 안 바꾸고 비원 사람들을 죽이고 다녔으니까요."

그는 비난을 기다리듯 잠시 말을 멈추었다. 입을 여는 사람은 없었다. 무거운 눈빛과 침묵을 깊게 받아 들이쉬고 그가 다시 말했다.

"죽지 말고 죽게 하지 말아야 한다는 생각을 했어요. 하지만 비원에 당장 이기지 않으면 끝장이라는 생각은 하지 않았어요. 그리고 지금, 우리 식구의 반 이상을 잃고 이렇게 남은 여러분을 바라보면서… 저는 이제야 뒤늦게 어떻게든 이겨야겠다는 생각을 하고 있는데, 그 생각을 하는 저는 처음부터 지금까지 이렇게나 모자라고 배은망덕한 사람이고… 여러분은… 강하고 현명하고, 믿음직스럽지만, 너무나 적네요….”

그는 감정을 거둔 얼굴에 입술만 끌어당겨 웃었다.

"이길 수 있을까요?"

사람들이 모두 증발해 이제야말로 완벽히 유령도시가 된 것처럼 외롭고 얼어붙은 침묵만 맴돌았다. 그는 사람들을 쳐다봤고 사람들은 그를 쳐다봤지만 그 시선에 교감이라고 할 만한 것은 없었다.

"나도 12년 전에 비슷한 질문을 한 적 있어."

서리가 말했다. 수십 쌍의 눈과 귀가 절로 몰렸다.

"살 수 있을까요? 그렇게 물었어. 저기 저 안에서, 내 옆에 있던 어떤 남자한테." 그 남자가 최주상이라고는 말할 수 없었다. "어떻게 됐을 거 같아? 12년 전의 그 질문에 넌 뭐라고 대답할 거야?"

그녀는 살아 있음을 과시하듯 턱을 치켜들었다.

"이길 수 있겠냐고? 좋은 질문이야. 일단 열심히 이겨보고, 12년 뒤에 대답해보자."

그녀의 뒤에 서 있던 여자가 울음을 터트렸다. 여자를 달래며 대홍이 말했다.

"포기하지 말라고 먼저 말했던 건 여준이 너였잖아. 포기할 기회는 경선 누님을 잃었던 그때가 마지막이었어. 너도 예외가 아니야. 먼저 포기하지 마."

"부탁해. 우릴 두고 떠나지 말아줘." 끄트머리에 서 있던 남자가 울먹이며 말했다.

"제가요? 저는…, 떠나지 않아요. 여기에 이렇게 있잖아요."

"떠날 생각을 하는 표정이잖아. 제발 우릴 놓지 마. 우린 네가 필요해."

여준은 나정이 구덩이로 떨어진 걸 알았을 때만큼이나 멍한 표정으로 턱을 벌렸다. 그는 말하는 법을 잊은 사람처럼 입술을 벙긋거리다가 더듬대며 말했다.

"고마워요. 저도…, 저도 여러분이 필요해요."

찬은 허리를 구부정하게 굽히고 하품을 하며 걸어 나왔다. 그는 여준을 발로 툭툭 치며 말했다.

"난 대홍 형이랑 남쪽 돌면서 괜찮은 건물 찾을게. 넌 일단 좀 자라. 강제로 잠들기 싫으면."

*

은어가 하나 있었어. 지렁이라고.

최주상이 자주 썼던 말이야. 당신이 꽂은 첩자들 있지, 그 두더지들을 그렇게 불렀어.

두더지는 그래도 동물 취급받는 짐승이거든. 앞도 잘 못 보고 맹목적으로 땅만 파고 아래로 아래로 숨어들긴 하지만, 그래도 팔다리 붙어 있고 털 달린 생물이야. 하지만 지렁이는 그러질 못하잖아. 분명 땅에 숨통 틔워주고 길도 만들어주는 도움 되는 존재긴 한데, 꿈틀대며 추하게 기어 다니다가 비 오는 날 바깥에 나오면 가차 없이 구둣발에 밟혀 죽지. 당신이 보낸 요원들이 그 꼴이었어. 시키는 대로 들어와 벌레처럼 구멍 뚫고 살다가, 정체가 드러나면 지렁이처럼 뭉개져 죽었어.

나보다는 역시 그 사람이 당신을 더 잘 파악하고 있었던 거지. 당신이 당신네 애들을 소모품 취급하는 걸 알았던 거야.

동료가 위험해져도 도와주지 않는 것까진 이해해. 공작원은 그런 법이라고 그렇게나 우기니 믿어주지 뭐. 하지만 적진에 보낸 요원들이 들켜서 죽으면 다음 요원들은 신중하게 교육해 보내든가, 수를 줄이든가, 뭐라도 조처를 해야지. 하지만 당신은 안 그랬어. 열 명이 죽으면 열 명을 새로 보냈고 세 명이 들킬 것 같으면 다른 세 명을 시켜서 그 사람들을 죽이게 했지. 가판대에 상품이 사라지면 물건을 채워 넣는 것처럼 기계적으로.

당신 눈에 그 사람들, 인간으로 보이지 않았던 거지, 두더지 같은 짐승으로도 안 보였던 거지?

최주상은 그 사람들을 조롱과 연민의 마음을 담아 지렁이라고 불렀어. '너 지금 인간 아닌데, 왜 인간인 것처럼 여기 기어 다니고 있어?' 이러면서.

그땐 최주상도 몰랐겠지. 나도 당신의 지렁이가 될 거라곤.

그래 알아, 처음부터 알았어. 내가 도중에 뒤통수를 치지 않았더라도 당신은 내가 없어지든 말든 전혀 아까워하지 않았겠지. 어째서 사지에 집어넣어도 죽지 않고 돌아오는지 답답하게 생각했을 거야. 다른 지렁이는 이쯤 되면 죽던데 왜 이렇게 끈질길까, 내 손으로 직접 눌러 죽이기는 징그럽고 더러운데. 이 정도 감정이지 않았을까?

난 어차피 부속품이겠지. 있으면 좋지만 없어도 그만인 예비 나사. 내가 없어도 충분히 이찬한테 상황을 보고받을 수 있을 테니까. 나는 단지 만약의 경우를 대비한 이찬의 대체재일 테고.

가끔 생각해. 만약 이찬도 대체재라면, 누굴 대신하기 위한 지렁이일까 하고.

설마 차세연이랑 차세욱 그 인간들, 자기들은 지렁이가 아닐 거라고 착각하는 건 아니겠지?

＊

 겨울나기 준비를 복구하는 데에 한 달 가까이 걸렸다. 이르게 찾아온 추위 때문에 첫눈도 급하게 산성을 찾아왔다. 진눈깨비와 칼바람이 도시를 한바탕 휩쓸고 지나가자 시체 냄새가 조금은 덜해졌다.
 비원이 공격하지 않아도 그들은 일주일 단위로 거처를 옮겼다. 예비 거점이 열 개 이상 마련되자 사람들은 한결 시름을 놓았다. 일상은 이전보다 덜 소란스러워 외로움이 들어찰 공간이 넓어졌지만 결국은 나름의 평온이 자리를 잡았다.
 섹션 보고를 위해 윤서리는 이찬과 함께 도시를 나왔다. 산성 밖에서 마주치는 게 껄끄러워 매번 교대로 다녀오곤 했지만, 이번엔 같은 차를 타고 이동했다. 그녀는 혹 그가 자신의 정체를 눈치챘을까 의심했고, 그는 그녀가 최근의 제 행동을 서형우에게 너무 자세히 말할까 경계했기 때문이다.
 "연기 잘하시던데요." 도시를 벗어나 달리며 그가 말했다. "옆에 있는 남자한테 살 수 있겠냐고 물었다고…. 뭐 결과적으론 여준이 그놈 기운 돋워주는 말이었으니까 상관은 없다고 생각하는데, 진짜로는 어때요? 그 밑이 어땠을 거라고 상상해서 그렇게 말했던 거예요?"
 그는 싱글거리며 물었지만 그녀는 그 눈 안에 일렁이는 분노 섞인 질시를 볼 수 있었다. 그곳에 떨어지지도 않은 네가 그 안을 조금이라도 알기나 하고 입을 놀렸냐는 비아냥이 목소리에 묻어났다.
 "칭찬 고마워요." 그녀가 말했다. "어색하게 들리지 않았다니 다행이네요."
 접선지에 도착하자 이찬은 비원을 대하는 것처럼 날이 섰다. 자리에 앉자마자 그는 대뜸 말했다.

"그 자식들 대체 왜 온 겁니까?"

서형우는 무슨 말을 하냐는 듯 눈썹을 삐죽 올렸다. 이찬은 빠르게 말을 이었다.

"그 세 명만 떨렁 관광하듯 우리 쪽에 온 적 이제껏 없었잖아요. 왜 보내셨어? 미리 말해주지도 않고."

"난들 알겠냐."

서형우는 손톱 거스러미를 뜯으며 말했다. 이찬은 이를 갈았다.

"야아아, 이거 열심히 일하다 온 사람 놀려먹지 좀 맙시다. 여기서 뱉는 게 있으면 그쪽도 알아서 뱉어줘야지."

"뱉기나 제대로 뱉고 말하지 그래? 조대홍 자연스럽게 지워버리라고 지시한 지가 언젠데 아직도 살아 있고, 엉뚱하게 팔순 노인 홍정윤만 죽었더라?"

"그 사람들 죽이는 게 비원 맘이지 내 맘입니까? 내 멋대로 죽일 수 있을 거면 뭐, 진즉에 나더러 정여준 죽여버리라고 난리 치셨겠지."

"어쨌든 진짜 몰라. 이러나저러나 비원 소식 전해주는 건 내 연락책들인데 이번에 움직인 건 간부 세 명이라며. 확실하게 말하는데 그 셋 중엔 내 두더지 없다. 걔들이 무슨 생각으로 자기들끼리 거기에 갔는지 어떻게 알아. 내가 보낸 거 아니야."

"아니 그럼 이유는 됐고, 그 자식들 오고 있다고 언질이라도 주시든가. 고작 그것도 알려주지 못할 거면 뭐 하러 산성에 그렇게 두더질 꽂아놨어요? 첩자가 망할 내 양말보다도 많으면서!"

"내가 그걸 왜 알려줘야 하는데?"

이찬은 입을 벌리고 서형우를 노려봤다. 눈에 실핏줄이 돋았다.

"비원 동태 알려주는 건 이쪽 호의야. 내가 언제 반드시 그러겠다고 너랑 계약이라도 했었나, 아닐 텐데? 어차피 네가 할 일은 적당히 싸움판 키우고 꼬박꼬박 보고하는 거야. 뭘 알려주든 안 알려주든 그놈들이랑 만나서 하는 짓은 다를 거 없는데 뭐가 그렇게 불만이야?"

"현장에 내가 없는 건 상관없지만, 정여준까지 멀리 떨어져 있었다고요. 이번에 죽은 사람 수가 지난 4년 동안 죽은 수보다 많은 거 알아요?"

"그래? 알겠어. 그게 왜."

이찬의 말문이 다시 막혔다.

"그게 뭐. 네가 항상 하는 일이잖아. 걔들 죽게 내버려두고 넌 살아남는 거. 너 안 죽었으면 그걸로 됐지. 안 그래도 정여준 때문에 4년 내내 산성 쪽 머릿수 조절하기 어려워서 짜증 났는데 잘됐네. 아, 혹시 이번에 죽을 뻔했냐? 그래서 그래? 그건 미안하게 됐다."

탁자에 가려진 이찬의 주먹이 달달 떨렸다. 서리는 이것이 서형우가 그를 길들여온 방식일 것이라 짐작했다.

차세연은 군고구마를 껍질도 까지 않고 급히 베어 먹고 있었다. 그녀는 고구마를 잔뜩 입에 물고 우물거리며 이찬에게 말했다.

"정여준 걔는 어때? 최주상 때문에 산성 몸뚱이 반 토막 났는데. 이제 좀 전투적으로 변했어?"

"회까닥해서 산성 뛰쳐나가는 줄 알았네요. 만약 그때 최주상이 다시 왔으면 정말 전멸했을 겁니다."

"흥, 그래? 약해빠졌긴."

"지금은 괜찮아요. 평소랑 비슷하고."

"잘됐네. 당장 산성이 흩어지진 않겠어." 서형우가 말했다.

"그러게 말입니다. 난 또 나도 모르는 사이에 팀장님이 윤서리 씨한테 여준이 정신 차리게 하라고 지령이라도 넣은 줄 알았죠."

"왜요? 그게 어때서요?" 가만히 듣고 있던 그녀가 팔짱을 풀고 말했다.

"그놈 4년 내내 멍청하게 부려 먹혔거든요. 사람들이 악의를 가지고 걜 이용한 건 아니고 개도 뭐… 딴엔 자발적으로 일한 거긴 하지만 이제껏 내내 최주상을 혼자서 막은 거나 다름없어요. 만약 그때 그냥 여준이가 포기해버렸으면 개도 편하고 큰 싸움도 더는 없을 거고, 차라리 그게 좋았을걸요. 저항 없이 산성이 비원에 흡수될 수도 있었을 거예요."

"저항 없이 흡수요? 정여준이 계속 산성에서 싸우다 죽을 위험 없이 말인가요? 그게 그렇게 마음에 안 들면 아예 처음부터 여기 섹션부터 처리하지 그러셨어요. 딴 사람도 아니고 내가 바로 서 팀장님 명령받고 정여준 죽이러 갔던 사람인데. 그리고 맘에도 없는 소리 말아요. 산성이 비원에 먹히는 거 바라지도 않잖아요. 정말 그걸 원했으면 그때 김현이는 왜 죽였어요? 심복 뺏긴 최주상이 산성 사람들 좋다고 데려가 식구로 맞을 것 같아요?"

서형우가 부채질한 이찬의 분노가 그녀에게로 옮겨갔다.

"김현이를 왜 죽였냐고요? 나정이가 거기 떨어진 거 보고도 그런 말이 나와요?"

"눈 가리고 아웅 하는 데에 소질 있으시네요. 나정일 죽인 건 비원이지만 그 자리 깔아준 건 나랑 이찬 씨예요. 비원한테 분노할 자격 있는 사람 목록에 적어도 두더지는 없을 텐데요."

"누가 그걸 몰라요? 그래서 적어도 두더지로서 해야 할 일은 했잖아요. 비원 인간들 죽이려고 거기 들어가 있는 건데 김현이를 죽인 게 문제가 돼요? 비원 놈들 열심히 죽이고 산성 사람들 죽는 건

막지 않는 게 우리 일이에요. 그래 말 나온 김에 물어보죠. 그때 정윤 할머니 죽을 뻔했을 때 왜 방해했어요? 할머니 뒤에 나 서 있던 거 다 보였죠? 그 공격 할머니가 안 맞으면 내가 위험한 거 알고 있지 않았어요? 윤서리 씨 산성 사람들 지키러 거기 간 거 아니지 않아요? 누가 위험하든 건드리지 말아야 하는 거 아니냐고요. 내가 위험할 때 도와주는 정도야 있을 수 있는 일이라지만 이건 좀 심하지 않아요?"

"그때 최주상이 도망가려고 미친 듯이 공격했던 건 안 보였어요? 다 같이 살려면 그 공격 막아야 했잖아요. 당연히 홍정윤이 필요하죠."

"정지자는 어차피 여준이가 있잖아요. 걔만 있어도 무사히 다 막아요."

"나정이 잃은 정여준이 그때 제정신으로 보였어요? 정말로? 정윤 할머니 아니었으면 그때 전부 죽었어요, 나도 이찬 씨도. 왜, 나정이 죽은 건 화나는 일이고 정여준은 웬만해선 안 죽었으면 좋겠고, 홍정윤 죽는 건 괜찮아요? 산성에 있을 땐 누굴 대하든 비슷해 보이던데 사실은 아니었나 봐요? 연기 잘하는 건 내가 아니라 이찬 씨 같은데."

"뱉으면 다 말인 줄 아냐?" 그는 그녀의 멱살을 잡았다가 놀라 손을 떼고 주먹을 움켜쥐었다. "거 자기 살려고 남 속이는 건 피차일반인데 적당히 좀 하지? 내가 산성 속이는 게 맘에 안 들면 거기서 같이 자폭하시든가. 본인이 첩자인 건 들키기 무섭고 내가 첩자 짓 하는 건 꼴 보기 싫냐?"

"배신할 거면 예외 없이 깨끗하게 배신하든가. 산성을 배신하든 섹션을 배신하든 둘 중 하나만 해. 다른 사람들 다 죽어도 마지막에 정여준은 안 죽었으면 하는 거 티 나는 거 알긴 알아? 최주상이 만약 한 사람만 지키려고 나머지 비원 사람들 이용했다고 하면 참 보기 좋겠다, 그렇지? 정여준은 본인이 방패인 줄 아는데 사실은 네가 산성 사람들로 방패막이 만들어서 자길 감싸고 있는 거 알게 되면 어지간히도 고마워하겠다?"

"걔는 방패 없이도 알아서 혼자 살 수 있는 놈이야. 산성을 배신하든 섹션을 배신하든 하나만 하라니 그거 네가 할 말이냐? 넌 그래 아예 섹션을 배신하기로 작정한 거 같은데? 두더지 맞긴 하냐? 너 산성 사람들한테만 유리한 쪽으로 머리 굴리면서 싸고도는 거 알아? 알고 그러는 거지? 서 팀장이 언제 너한테 경선산성 지키라고 했어, 관찰하라고 했지. 여기 최종목표는 산성이고 비원이고 나발이고 죄다 완전 괴멸 아니야? 산성 사람 살리는 대신 비원 쪽이 많이 죽으면 또 몰라, 그것도 아니잖아. 아까 들었죠, 서 팀장님? 난 내 본래 임무 시도하다가 오히려 얘 때문에 죽을 뻔했다고요."

"왜냐면 네 말대로 난 섹션 배신한 거 맞으니까. 잊었어? 내가 여기 앉아 있는 이유가 서 팀장 배신해서 그런 거잖아. 난 섹션도 배신했고 산성도 배신했는데, 둘 다 왔다 갔다 하는 박쥐를 뭐 하러 보호하겠어? 이쯤이면 나 때문에 죽을 뻔한 일 정도는 감당해야 할 새 임무 같은 거지."

"적당히들 하지?" 서형우가 말했다. "비원이랑 한판 붙은 거로는 부족했어? 첩자끼리 싸워서 뭐 어쩌려고."

서리와 찬은 불쾌한 기색을 꾹꾹 눌러 서로를 노려보다가 고개를 돌렸다. 이 불쾌함은 상대방으로 인한 게 아니라 자신에게 느낀 혐오라는 걸 잘 알았기 때문이다. 그들은 서형우가 마련해준 자리에 앉아 있는 자신에게 깊은 실망과 권태를 느꼈다.

서형우는 잠시 펜을 돌리더니 이찬에게 말했다.

"돌아가서, 너희 거점 한 군데로 특정 당하지 않게 좀 흩어져서 숨어 있어."

"…가뜩이나 머릿수도 줄어서 더 뭉쳐 있으려고 할 텐데요."

"그러니까 너한테 말하는 거잖아. 네가 말하면 정여준도 별 의심 없이 동의할 거고 다른 놈들도 생각 없이 따라가겠지."

"흩어져 있는 상태에서 비원이 들어오면 반격하기 어려워서 위험하잖아요."

"비원이 공격하는 일 없을 거야. 공격당하지 않게 하려고 이러는 거다. 너희 지금 사람 너무 부족해. 비원이랑 머릿수 비등해질 때까지 시간 두고 지켜봐야겠어. 한쪽으로 저울이 너무 기운 게 맘에 안 들어. 당분간 비원한테 너희 위치정보 안 줄 거야. 정보 없이 또 멋대로 산성 쳐들어갔는데 한곳에 옹기종기 모여 있으면 말짱 꽝이니까, 가서 서로 멀찍이 떨어져 있게 잘 좀 조정하라고. 재배치 끝내면 나한테 위치 보고하고. 그곳으로 비원 놈들 눈 향하지 않게 막아 줄 테니까."

이찬은 다리를 꼬고 탐탁잖게 고개를 끄덕였다. 서형우가 말을 이었다.

"비원 머릿수 너희만큼 줄인 다음엔 다시 공격하게 보낼 거니까 그땐 한군데로 뭉치고. 나머지는 알아서 잘해라. 조대홍 빨리 죽게 두는 거 잊지 말고."

두 사람이 심문소를 나간 후 서형우는 콧노래를 흥얼거렸다. 차세욱은 자기 앞자리까지 늘어진 군고구마 포장지를 짜증스럽게 구기며 심드렁하게 물었다.

"이번엔 웬일로 산성에 친절하네? 정말 비원한테서 공격 막아줄 거야? 무슨 수로?"

"당연히 아니지. 드디어 기다리던 대청소다. 징글징글한 것들…, 이제야 하게 되네."

"정말? 이제 끝이야?" 차세연이 말했다.

"쥐새끼들 숨어 있는 장소 하나하나 다 가르쳐줄 거야. 이 정도 머릿수면 몰살할 수 있겠지. 12년이나 보존해줬으니 할 만큼 했어." 그는 기분 좋은 두통을 즐기며 고개를 뒤로 젖혔다. "정여준이나 최주상 둘 중 하나는 꼭 뒈져야 할 텐데."

*

그러니까 최주상은 그거잖아? 말이야 집단의 생존을 위해 단 한 명의 개인도 방류하지 않겠다고 꽁꽁 싸매지만, 결국은 우리가 사람답게 살 수 있는 날은 절대 오지 않을 거라고 생각하는 거잖아. 지금 우리가 살아 있는 건 서형우 당신이, 아니 당신 위에 있는 누군가가, 그리고 그 누군가를 만들어내는 무언가가 연명을 허락하고 있기 때문이라고 생각하는 거고. 그것들을 이길 준비를 하려고 경선산성 골수를 빨아먹는다지만 정말 그 사람 믿음대로라면 비원에 희망은 없어. 그렇게 결론 내렸기 때문에 날 어떻게든 내보내려고 그런 무리수를 뒀겠지.

이상하지? 무슨 수를 써도 살아남을 수 없다고 생각하는 사람이 어떻게 그렇게 조직을 완벽하게 결속시켰을까? 보통 그렇게까지 자기 조직을 희망 없이 바라보는 사람이 꼭대기에 있으면 그 집단은 무너지잖아.

그래. 이제 알겠지만 나 때문이야. 그 사람 머릿속에서 생존자들은 이미 희망이 없는데, 나 때문에라도 어떻게든 희망을 연장시켜야 했어.

그 사람이 얼마나 절박하게 절망했는지는 김현이만 알겠지. 절박과 절망은 함께할 수 없는 개념같이 보이겠지만, 시한부가 아닌 건강한 신가영을 가진 최주상한테 그런 건 문제 되지 않거든.

당신 헛짓했어. 비원 무너트리려고 땀 흘릴 필요도 없었어. 내가 완벽히 일반인이 되어 안전해진 걸 확인하면 최주상은 알아서 비원과 함께 붕괴했을 거야. 나만 없으면 그 사람은 더는 절박할 필요가 없거든. 맘 편히 절망만 할 수 있으니까.

하지만 그래야 할까. 다른 사람들도 절망해야 할까?

우리 미래는 정말 최주상이 예견한 대로 끝날까? 이경선이 꿈꿨던 미래는 현실성 없는 백일몽일까?

최주상을 잊어보자. 난 늘 최주상과 신가영을 잊고 싶었어.

대신 우리의 실패한 임무를 기억해보자고.

우리의 암살 표적.

존재하지 않는 감옥에 갇힌 연쇄 살인마.

*

윤서리는 진통제와 항생제를 사 들고 산성으로 돌아갔다. 바깥으로 나올 때 함께였던 것과 달리 이찬은 다른 차를 구해 사라졌다. 구한 방식은 절도였지만 훔친 차가 서형우의 차였기에 그녀는 별다른 말을 하지 않았다. 둘은 서로 인사도 없이 냉랭하게 헤어졌다. 다시 만나면 아무 일 없었던 것처럼 허물없이 대할 것을 막막해하면서.

이찬은 그녀보다 4시간이나 늦게 산성에 도착했다. 도중에 비원에 쫓겨 조금 너덜너덜해져 돌아온 그를 맞이한 건 윤서리와의 어색한 대화가 아닌 찌르는 듯 긴장된 분위기였다.

시발점은 그들이 없는 사이 누군가가 생각 없이 던진 한 질문이었다.

"어떻게 비원은 매번 우리가 사는 건물을 찾아내서 공격하는 거지? 몇 주 전의 그 땅굴 위치는 어떻게 알고 무너트린 거야? 원래 있었던 공간도 아니고 우리가 직접 만든 곳인데 어떻게 거기에 사람들이 숨을 줄 알았던 걸까?"

시간을 죽일 겸 그 주제에 대해 말을 나누던 사람들은 점점 추리에 열을 올렸다. 지나가다 이야기를 듣고 심각한 고민에 빠진 사람은 조대홍이었다.

"비원이랑 연락 나누는 사람이 있는 거면 어떡하지?"

당연히 그럴 리 없다며 농담 취급하는 사람들과 의심의 싹을 틔우는 사람들이 나뉘었다. 12년이나 함께한 식구를 의심해서 어쩌겠냐는 의견이 더 강했지만, 만약 한 명이라도 배신자가 있으면 비원과의 싸움이 무용지물이 될 거라는 두려움이 슬금슬금 사람들을 지배하기 시작했다.

바깥으로 자주 나가는 이들의 이름이 그들의 입에 오르내렸다. 비원에 쫓길 위험을 각오하고 심부름을 도맡아 하던 친구들을 의심할 수 없다는 생각이 마음을 불편하게 했지만 공포가 그 감정을 쓸어버렸다. 다섯 명의 명단이 완성됐다. 그런 도중 서리가 산성에 도착해 여섯 번째 주인공이 될 뻔했지만, 그녀가 산성의 일원이 되기 전에도 비원은 줄곧 거점을 찾아냈다는 지적이 있어 의심을 면했다.

동료의 절반을 잃고 예민해진 사람들은 명단에 올린 다섯 명을 몰아세우기 시작했다. 정말 그중에 첩자가 있을 거라고 확신해 몰아붙인 이는 없었지만, 몇 년째 섹션의 협박을 받아가며 두더지로 활동한 한 명이 결국 긴장을 이기지 못하고 두 손을 들었다.

정말로 첩자를 색출해낼 거라곤 꿈에도 생각지 못했던 그들은 자신들이 먼저 추궁했는데도 그의 고백을 부정했다.

문제는 그가 울고불고 용서를 구하며 한 말이었다.

"내가 원해서 그랬던 게 아니야. 어쩔 수 없었어…. 나쁘게 생각하지 말아줘, 찬이한테 물어보면 알아. 찬이는 이해해줄 거야…."

산성은 발칵 뒤집혔다. 사람들은 뒤늦게 도착한 이찬을 보며 어쩔 줄 몰라 했다. 가장 듬직한 파쇄자이자 유쾌한 오랜 친구를 첩자로 의심해야 한다는 생각이 그들을 슬프고 두렵게 했다. 여준과 서리를 제외한 모든 이들이 그를 보고 뒤로 주춤주춤 물러섰다.

'바보 자식.'

이찬은 표정 관리를 하며 두더지를 쳐다봤다. 섹션에서 딱 한 번 마주친 적 있는 친구였다. 가벼운 추궁에 줄줄 자백할 정도로 물러 보이지는 않았건만 이제 와서 돌이킬 순 없었다. 그는 안타까워하며 말했다.

"그래, 이런 식으로 물고 늘어져서 날 제거하면 비원한테 크리스마스 선물을 주는 셈이겠네. 내가 저번에 비원 이인자를 죽였으니까 산성의 이인자도 죽어야 한다 이거지? 형이 어쩌다 비원한테 넘어갔는지는 모르겠지만, 형… 난 진심으로 형이랑 바깥에 나가서 살게 될 날을 기대했었어."

버림받았다는 충격에 눈이 돌아간 두더지가 벌컥 소리쳤다.

"너는 그러면 안 되지! 나도 나지만 너는 정말 그러면 안 되지! 경선 누님이랑 우리가 널 얼마나 믿었는데! 다들 들어봐, 싸워야 할 건 비원이 아니야! 나랑 찬이를 자기들 좋자고 부려 먹은 건 비원이 아니라…."

떠올릴 수 있는 모든 욕설을 마음속으로 외치면서 이찬은 천장

일부를 부숴 두더지에게 날렸다. 콩알만 한 크기의 시멘트 조각이 그의 능력에 힘입어 두더지의 머리를 관통했다. 사람들은 비명과 고함을 내지르며 그에게서 거리를 벌렸고 복원자들은 마른침을 삼키며 긴장했다. 여준은 자신이 그의 동료 살해를 막지 못했다는 사실에 충격을 받은 듯 보였다.

찬은 털썩 무릎을 꿇고 양팔을 벌렸다.

"처치하십쇼. 12년 내내 사람 죽이고 산 주제에 스스로 갈 용기는 없는 못난 놈이라 미안합니다. 식구들 손에 내 피 묻히게 할 줄만은 몰랐는데."

"뭐해, 찬아. 장난하지 말고 일어나. 빨리 아니라고 설명해." 대홍이 말했다.

"예, 아니에요. 당연하죠. 미쳤다고 비원 놈들이랑 붙어먹어요? 하지만 솔직히 말해봐요. 의심 가잖아요. 이런 상태로 나중에 비원이 다시 들어오면 그땐 어쩌려고요. 나한테 등을 맡기고 날 따라 나란히 뛸 수 있겠어요? 나중 가서 후회하지 말고 지금 정리해요. 짐을 지워서 미안합니다. 절대 맞서서 공격하지 않을 테니까 안심하고 처리하세요. 비원한테 다 같이 죽는 것보단 차라리 그게 나아요."

식구들이 고통스러워하며 술렁이는 것을 들으며 찬은 팔을 올린 채 조용히 고개를 숙였다. 서리는 이대로 그를 버려버릴까 잠시 생각했다가 천천히 앞으로 걸어 나왔다. 그녀를 파쇄자로 믿는 산성 사람들은 놀라 허둥대며 소리 높여 그녀를 말리기 시작했다.

서리는 검지와 엄지를 펴 총을 쏘는 듯한 손짓을 취했다. 검지를 찬의 이마에 가져다 대고 그녀가 말했다.

"의혹을 제기하지 않은 내가 처리해야 하지 않겠어? 네 재주를 탐낸 사람이 널 첩자로 몰아 죽여서 능력을 먹어버리려고 한 걸 수도 있잖아."

"헤헤, 여기 온 지 얼마 안 돼서 모르나 본데, 그런 사람은 여기 없어."

"그럼 다행이고. 어쨌든 네 힘은 내가 가져갈게."

그녀는 표정 하나 바꾸지 않고 그의 이마를 꾹 눌렀다. 그는 그녀의 뻔뻔한 도발에 장단을 맞춰보기로 했다.

"여준이 잘 부탁해. 봄 되면 나 대신 나정이한테 꽃 좀 바쳐주고."

그는 천장에 가볍게 금을 내고 작은 조각을 떼어내 자신이 있는 쪽으로 날렸다.

그 거친 파편은 서리의 손가락 옆에 멈춰 섰다.

"가치 없는 데에 목숨 바치지 마." 여준이 그들에게 다가오자 공중에 멈춘 조각이 찬의 무릎 위로 떨어져 내렸다.

여준은 그것을 집어 들고 잠시 보더니 별 볼 일 없는 걸 괜히 주웠다는 양 아무렇지 않게 뒤로 휙 던져버리며 말했다.

"전 필요하다면 여러분을 위해 죽을 거예요. 하지만 절대 여러분과 함께 죽지는 않을 거예요. 여러분은 내 목을 비원에 바치는 한이 있더라도 살아야 해요. 그게 내가 이곳의 머리인 이유예요. 하지만 그렇다고 여러분이 나 말고 다른 사람 목을 날리는 것도 쉽게 생각하진 말았으면 좋겠어요." 그는 대홍에게 눈을 맞췄다. "12년을 같이 산 친구를 버리고 싶지는 않을 거 아니에요?"

대홍은 얼른 뛰어나와 찬을 일으켰다. 사람들이 웅성대며 다가오자 서리는 그 무리에 섞여 들어 자연스럽게 뒤로 빠졌다가 밖으로 나갔다.

한참 뒤 이찬도 그녀를 따라 건물을 나왔다. 그는 주변에 아무도 없는 것을 확인하고 작게 말했다.

"여준이가 말릴 줄 알고 그런 거지?"

"그 사람은 그런 성격이니까."

"왜 나섰어? 내가 없어지면 파쇄자인 척 흉내낼 수 없으니까 살려준 거야?"

"나중에 비슷한 일이 일어날 때 내가 의심받지 않도록 그랬을 뿐이야. 설마 같은 편끼리 죽이려고 했다고 생각하진 않을 테니까."

찬은 입술을 쭉 내밀었다. "그래, 처음 만났을 때 널 파쇄자로 만들어준 보람은 있네."

"빚을 갚았다고 생각하지는 않을 거야. 어차피 너도 그때 자비심 때문에 날 도왔던 건 아닐 거고."

"예예, 어련하시겠습니까."

그는 뒷목을 벅벅 긁으며 건물 안으로 들어갔다. 그녀는 그의 모습이 완전히 사라지자 자리에 주저앉아 이찬이 자포자기로 사람들에게 그녀의 정체를 폭로할 수도 있었던 순간에 대해 생각했다. 진실이 고해의 시간을 기다리며 그의 혀 위에서 발을 구르고 있었을 순간에 대해.

그녀는 밖을 서성이며 오랫동안 안으로 들어가지 않았다. 먼 땅 위에 별이 촘촘히 떠 있었다. 싱크홀의 테두리를 두르고 있는 불꽃이었다. 여준은 아직도 그 불덩어리를 공중에서 내리지 않았다.

그녀를 뒤로 하고 사람들에게로 돌아간 이찬은 보이지 않는 단단한 가면을 쓰고 말했다.

"우리 한동안은 뭉쳐서 지내지 말고 서로 떨어져서 살아보지 그래요. 거점을 분산시켜요. 만약 저번처럼 비원이 중구난방으로 들쑤시면서 사람들 위치 찾고 있는데 우리가 또 한곳에 몰려 있으면…."

*

 싱크홀에서 사람들을 꺼낸 건 이경선과 최주상이야. 그 사람들이 아니었다면 나선계단은 완성되지 못했어.
 하지만 이제 이경선은 없어. 이 새로운 싱크홀에서 사람들을 끌어올릴 의지가 최주상에겐 없어. 오히려 최주상은 새 싱크홀을 만들어낸 장본인 중 하나로 전락했지.
 이제 누가 두 번째 나선계단을 만들 수 있을까. 누가 남은 사람들을 햇볕 드는 세상으로 등 떠밀 수 있을까.
 난 불꽃을 피워 올리는 사람이 한 사람밖에 보이지 않아.
 이번 싱크홀에서 첫 계단을 올리는 데에 성공할 사람이 있다면, 그건 아마 정여준이야.

*

 최주상은 지도를 펼쳐두고 열 손가락으로 책상을 통통 두드렸다. 두드림은 오래도록 멈추지 않았다.
 지도엔 산성 사람들이 몸을 숨기고 있는 거점들이 적나라하게 표시돼 있었다. 이찬이 서형우에게 보고하고 서형우가 그에게 전해준 정보였다. 백 명이 채 안 되는 인원이 열여덟 곳에 분산돼 생활하고 있었다. 탄식이 나올 정도로 멍청한 배치였다. 정여준이 도시 전체를 굽어보는 신이 아닌 이상, 이 정도라면 비원은 언제든 산성을 쓸어버릴 수 있었다. 산성의 첩자가 순진하지 않고 섹션이 교활하지 않았다면 이런 기회가 그의 손에 들어오진 않았을 것이다.
 산성의 이름 모를 첩자는 정여준이 머무는 곳을 공개하지 않았다. 단순히 서형우에게 보고하지 않기로 고집부린 것인지 그의 위치를 매일 바꾸기로 해서 그런 것인지는 알 수 없었다.

알고 있는 것은 정여준을 향한 최주상 자신의 선명한 적의뿐이었다. '자유롭고 안전하게 살게 하려고 홀로 남겨놨는데 겨우 그런 데에서 그러고 살고 있다니.' 가영을 놔두고 산성을 빠져나올 때 그를 지배한 생각은 그것 하나였다. 비원도 아닌 경선산성을 위해 그녀가 생을 접는 모습을 그는 절대 지켜볼 수 없었다.

김현이를 잃은 건 치명타였지만 산성이 입은 상처만은 못했다. 이번이 마지막이라고 못 박으면 식구들의 사기는 반드시 올라갈 것이다. 기회는 지금이었다. 이번에 살아남는 쪽이 바깥에서의 삶의 방식을 결정할 주역이 될 것이다.

그게 한 명이어야 한다면 신가영이어야 하지만.

*

어쩌다 이렇게 되었을까 싶지? 분해서 미칠 것 같잖아. 나 따위한테 속아서 그러고 무력하게 앉아 내 얘기나 듣고 있는 게.

언제나 당신이 가장 위에 있을 거라는 믿음…, 자기보다 상황을 잘 파악하고 있는 사람은 없다는 그 확고한 믿음. 섹션의 공든 탑이 무너지게 된 건 당신의 그 믿음 때문이야.

조직을, 현재를, 미래를, 전부 당신이 원하는 대로 만들어가고 있다고 생각했겠지. 당신한텐 그들의 행동을 멈추고, 부숴버리고, 바람직한 상황으로 되돌려놓는 능력이 있다고 말이야.

틀렸어. 아니야. 당신은 정지자가 아니야. 파쇄자도 아니고 복원자도 아니야. 당신이 이 허무한 게임에서 질 수밖에 없는 이유는 당신이 그 지옥 같은 거대한 구멍에서 기어 올라온 사람이 아니기 때문이야. 생존자가 아니기 때문이고 당신 눈 앞에 있는 생존자를 알아보지 못했기 때문이야. 초능력자들조차 조종하지 못하는 산 자의 의지를, 당신은 얼마든지 조종할 수 있다고 착각했기 때문이야.

도구로 사람을 찌르거나 사람으로 도구를 찌른다. 이게 벌을 각오하고 죄를 짊어지는 살인이야.

당신은 사람으로 사람을 찌르려고 했잖아.

*

최주상이 비원의 모든 수족을 거느리고 온 날은 탐스러운 눈송이가 내리는 포근한 날이었다.

눈 쌓이는 소박한 풍경을 거친 소리로 처음 뒤흔든 건 조대홍과 함께 있던 파쇄자였다.

봉화였다. 비원의 공격을 받으면 무엇이든 가능한 한 높이 쏴 올리고 공중에 붙잡아놓기로 만약을 대비해 정해둔 신호였다.

각기 다른 장소에서, 정여준은 그 꺼지지 않는 딱딱하고 차가운 봉화를 발견했고 이찬은 자신을 공격하려는 비원 조직원을 발견했다.

찬은 급습에 정말로 놀랐다는 것을, 자신이 관성적으로 서형우 앞에서 부하 흉내를 내다가 저도 모르게 믿어버리고 드디어 크게 속았다는 것을 깨달았다. 힘없이 추락하는 나정을 보았을 때와 같은 분노에 사로잡힌 그는 눈 앞에 날아온 식칼을 다섯 조각으로 부수어 내던져 상대의 갈빗대를 으깨버렸다.

그는 여준에게 가려다 멈칫했다. 12년간 본 적도 없었던 얼굴이 이곳저곳에서 비원과 섞여 있었다.

최주상이 싱크홀 생존자가 아닌 조직원을 산성에 끌고 오는 일은 이때껏 단 한 번도 없었다. 그는 조심스럽게 몸을 숨기며 그들과 반대 방향으로 움직였다. 낯선 얼굴들이 점점 늘어났다. 분산된 산성 식구들을 처치하기 위해 비원도 뿔뿔이 흩어진 모양인데도 낯선 이들은 함께 서두르는 기색이 없었다.

어떤 불쾌한 생각이 그의 머릿속을 벼락같이 가로질렀고 그는 비상 연료가 충전된 차로 달려갔다. 그가 등진 뒤편으로 봉화가 하나 둘 늘어났다. 간신히 도시 외곽에 도착한 그는 12년 전에나 봤던 무장 집단이 진입하는 것을 보고 급히 멈춰 숨었다. 쥐 떼를 박멸하기 위해 여기저기 흩어진 비원이라는 고양이를 쫓을 최후의 사냥개 무리가 기지개를 켜고 있었다.

"서형우… 서형우…."

바로 이 순간만 목 빠지도록 고대했을 인간의 이름을 중얼거리며 그는 손을 떨었다. 비원이 희생을 감수하고 산성 청소를 마쳐갈 때, 만약 정여준이나 최주상 둘 중 하나가 사망해 있다면 저들은 누구도 예외로 두지 않고 이곳을 진정으로 완벽한 유령도시로 만들 것이다.

그는 그들이 신속하게 길을 지나는 모습을 숨죽여 지켜보다가 출입통제소에 평소와 같은 소수의 인원만 남게 되자 그곳을 향해 전속력으로 달렸다. 애증을 나눈 문지기들이 자신을 발견하기 전에 영원히 잠들어 침묵하도록 만들면서.

그때 윤서리는 라땅과 마주쳐 당황하고 있었다.

"가영아, 최 사장님이 나한테…."

그가 입을 열자 그녀는 1시간 전으로 돌아갔다.

정여준을 찾아야 했다. 사람을 모아야 했고 그 사람들을 그가 한눈에 볼 수 있어야 했다. 은신처를 벗어나 급히 달리던 그녀는 철근에 오른쪽 가슴을 뚫려 소리도 못 내고 고꾸라졌다. 비원의 파쇄자가 그녀에게로 다가왔고 몸 안의 철근은 다시 부서졌다. 고통에 몸부림치며 그녀는 5분 전으로 돌아갔다. 멀쩡한 가슴을 붙잡고 그녀는 잔상처럼 남은 통증에 괴로워하며 느리게 쇼크에서 벗어났다. 그리고 같은 일을 또 당하기 전에 다른 장소를 향해 급히 도망쳤다.

비슷한 일이 반복되고 그녀는 그만큼의 죽음을 회피하면서 비원과 마주치지 않을 길로 요리조리 빠져나가 여준을 찾았다.

피를 내준 술래잡기는 결국 성과를 냈다. 저 멀리 언덕을 오르는 여준이 보였다.

그러나 언제나 그랬듯 좋은 일은 나쁜 일과 함께 찾아왔다. 그녀보다 최주상이 먼저 그를 발견한 것이다. 그녀는 그를 향해 성큼성큼 다가가는 최주상과 여전히 등을 돌리고 있는 그를 보고 숨을 삼켰다.

순식간에 그들 주변의 모든 것이 산산이 부서져 날개를 뻗은 괴물처럼 여준에게로 날아들었다.

그녀는 10분 전으로 돌아갔다.

세밀하게 계산한 이동이 아닌 단순히 본능적으로 되돌린 10분이었다. 그녀는 온 힘을 다해 뛰었다. 아직 시야엔 주상도 여준도 없었지만 이대로 가면 그들이 나타날 것을, 이전보다 더 일찍 도착할 것을 그녀는 알았다.

멀리 그들이 보이고 그녀는 주상에게 다다르는 게 더 빠르겠다고 판단해 방향을 틀었다. 여준의 뒷모습에 정신이 팔린 그는 옆에서 달려오는 그녀를 발견하지 못하고 폭발물을 날려버렸다.

그녀는 중요한 진실 없이 생존 기술만 알려주었던 주상의 수업을 기억하고 있었다. 비등한 실력의 두 사람일 경우 정지자는 절대 파쇄자를 제압할 수 없다.

"도망쳐!"

그녀는 그들 사이로 뛰어들었다. 주상의 얼굴이 종말을 본 것처럼 일그러졌다. 그는 자신이 날린 것들이 그녀에게 닿지 않도록 당장 멈추고 싶었지만 그는 정지자가 아니었고, 그저 주위의 것들과 이 세상 전체가 아무런 해도 끼치지 못하는 먼지가 되길 빌면서 집착적으로 더 잘게 부술 뿐이었다.

폭발 잔해는 그녀의 코끝까지 도착해 있었다. 그녀는 좀 더 오래전으로 돌아가야겠다고 생각했다. 어느 방향으로 움직여서 얼마나 더 빨리 이곳에 도착해야 그들이 마주치지 않을지, 아예 한참 전부터 이곳에 와 기다려도 비원을 만나 방해받는 일 없을지, 만약 전날로 돌아가는 수밖에 없다면 어떤 핑계와 거짓말로 산성 사람들을 속여서 이 일을 대비하게 해야 하는지, 현실적이면서도 느긋한 고민을 했다.

시간을 돌리려고 시도하기 직전, 전신을 향해 달려드는 파편을 바라보던 그녀는 그 순간 어이없게도 자신이 깜빡 졸았다고 느꼈다.

그녀는 화들짝 정신을 차렸다. 아무 통증도 없었다. 편안하게 숨이 들이쉬어졌고 심장은 세차게 뛰었으며 고통스럽지 않은 한기가 들었다.

그녀는 폭발물에 찢겨 피투성이가 되어 있지 않았다. 과거로 돌아가 있지도 않았다.

다만 아플 정도의 포옹에 짓눌려 꼼짝도 못 하고 서 있을 뿐이었다.

앞이 제대로 보이지 않고 머리카락이 뺨에 붙어 까슬까슬했다. 그녀가 몸을 비틀자 어깨 위의 팔이 흔들려 옆으로 떨어졌다. 그녀는 고개를 들어 위를 보았다.

눈 앞을 채운 건 최주상도, 봉화가 가득 떠오른 하늘 풍경도 아니었다.

한 번도 보지 못한 평화로운 미소를 짓는 정여준의 얼굴이 그곳에 있었다.

*

왜, 왜. 그게 유일하게 내가 이해하지도 알아내지도 못한 일이야. 왜 정여준이 거기 있었던 걸까. 어디서 어떻게 튀어나와서 날 막은 걸까. 분명 뒤에 있었는데, 어떻게 내 앞에서 그 공격을 다 뒤집어썼을까.

나한테 말해주지 않은 정보가 있을까 봐 차세연을 털어본 적도 있어. 즐거운 일은 아니지만 방법을 몰라서 애먹지는 않았지. 당신한테 겪어가며 속성으로 배웠잖아.

차세연도 차세욱도 맷집은 없더라. 그리고 거기에 답이 있지도 않았어.

어쩜 이렇게 한 군데도 도움이 안 될 수가.

*

산성과 마찬가지로 섹션도 기대치 않은 손님을 맞아야 했다. 서형우는 건물이 흔들리며 벽이 허물어지는 걸 보고 최주상을 떠올렸지만 뚫린 구멍을 통해 뛰어 들어온 사람은 이찬이었다.

살아 돌아오지 못할 사람을 다시 보는 일이 윤서리 외에도 또 생길 줄 몰랐던 그는 의외라는 듯 입술을 모았다. 생각보다 빨리 상황 판단을 마치고 탈출한 모양이었다.

"마지막 싸움엔 내가 없을 거라고 약속했잖아." 이찬이 말했다.

"그랬지. 약속 지켜졌잖아? 너 지금 산성에 있는 거 아니잖나."

이찬은 말이 끝나기 무섭게 의자를 부숴버렸지만 시선을 일찍 눈치챈 서형우는 바닥에 주저앉기 전에 몸을 세웠다. 하지만 급하게 의자에서 일어났다가 지팡이를 놓치고 비틀거렸고, 이찬에게 목을 움켜잡혀 떠밀리자 우당탕 소리를 내며 함께 바닥에 넘어졌다. 그는 귀를 찢는 큰 소리에 바로 이어 비슷한 폭발음을 들었고, 차세연과 차세욱이 울부짖는 통에 그들을 보려고 끙끙대며 몸을 들어 올렸다. 두 사람은 쥐어 올렸던 권총 파편이 박혀 피 흐르는 손을 부여잡고 몸을 피하려 하고 있었다. 산포된 화약 가루가 바닥으로 천천히 내려앉으며 매캐한 냄새를 풍겼다.

이찬이 두 사람에게 집중한 틈을 타 서형우는 그의 얼굴에 주먹을 날렸다. 목을 짓누르던 이찬의 손이 떨어지고 두 사람은 서로의 머리를 붙잡아 벽이며 바닥에 사정없이 부딪혔다.

"그 밑에서 올라온 것도 우리가 알아서 돌아온 거였고 산성에서 12년이나 버틴 것도 우리 힘으로 살아남은 거였어!" 이찬이 소리쳤다. "도와달라고도 안 했잖아! 놔두라고! 그냥 놔두라고! 왜 그것도 못 하겠다는 거야!"

"웃기지 마. 그곳은 비극의 유적지가 돼야지, 신인류의 탄생지로 만들 순 없어."

그는 이찬의 다리를 깔고 올라가 지팡이로 머리를 내리눌렀다. 다른 한 손으로 주머니를 뒤져 라이터를 꺼낸 그는 이찬의 옷과 머리카락에 불을 붙였다. 이찬은 소리를 내지르며 몸을 비틀었지만 불은 그의 의지에 반응하지 않았다.

불이 전신으로 옮아 붙은 걸 확인하고 서형우는 지팡이를 뗐다. 그는 라이터를 내던지고 뒤돌며 말했다.

"그러니까 거기서 왜 올라와. 너희가 괜히 밑에서 올라오니까 힘든 사람이 많아지잖아."

건물이 우는 소리를 내며 크게 흔들렸다. 서형우는 인상을 찌푸리며 이찬을 돌아보았다가 그의 시선을 따라 고개를 들었다. 천장이 무너지고 있었다. 안팎에서 부서진 흔적이 동시에 생기며 곳곳에 폭발이 일고 벽 여기저기에 금이 가기 시작했다.

이찬은 고통을 줄이기 위해 몸을 굴리거나 다른 이들에게 달려들 생각이 없는 듯했다. 반쯤 죽어 바닥에 널브러진 그를 내버려두고 서형우는 바깥으로 피하려 했다. 그러나 감히 한 발짝도 나가는 걸 허락하지 않겠다는 듯 천장이 그에게 무너져 내렸다.

모든 것이 폭발하며 그들의 머리 위로 쏟아졌다.

*

난 최주상이 정여준을 계속 공격할 걸 알았기에 그 사람을 막아섰어. 하지만 내가 그때 끼어들지 않았어도 정여준은 그 공격을 멈출 수 있었을 거야. 그다음은 장담을 할 수 없지만.

그리고 정여준은 아마, 아마도, 내가 거기에 있었기에 자리를 벗어나서 내 앞으로 왔어. 굳이 그러지 않았어도 내가 다쳐 죽을 일은 없지만 정여준이 그걸 알 리가 없지.

한 사람이라도 자기 자리를 지켰다면.

둘 중 한 명이라도 상대방을 좀 더 믿고 자리에서 벗어나지 않았더라면. 그러면 적어도 그런 식으로 끝나지는 않았을 텐데.

*

여준의 피가 서리의 머리카락을 타고 흘러내렸다. 핏방울 위로 눈송이가 내려앉아 녹아들었다.

그가 휘청거리자 그녀는 그와 함께 주저앉았다. 최주상은 그녀를 향해 팔을 뻗은 채 어쩌지도 못하고 서 있었다. 그녀는 주상의 뒤편에서 다가오는 무장한 이들의 행렬을 보았다. 그녀는 주상이 이 자리에서 자신을 살려주지 못할까 걱정하지 않았다. 외려 그가 정말 그것을 성공할까 봐 염려됐다. 저를 제외한 모든 생존자가 기어이 세상을 떠나고 신가영만 홀로 남는 것이 지금 그녀가 상상할 수 있는 가장 무서운 결말이었다.

그녀는 떨며 말했다.

"이건 네가 아니라… 내가 처리할 문제였어. 이건 내가 감당할 일이었어…."

여준은 그 말을 듣고 하고 싶은 말이 많은 듯 입을 뻥긋거리더니, 힘에 부쳤는지 결국 느릿느릿 한마디만 뱉었다.

"무사해서 다행이에요."

그녀는 생명이 사그라지는 그의 모습을 내려다봤다. 방금 들은 말이 그의 유언이 될 것은 자명했다.

그녀는 고개를 들었다.

죽음을 상대로 하는 대화라도 그녀가 하는 말이라면 유언이 되지 않는다.

누구도 멋대로 그녀에게 유언을 할 수 없다.

복원자의 절박한 명령에 따라 시간이 되돌아갔다. 그곳엔 피투성이의 정여준도, 넋을 놓은 최주상도 없었다. 하늘에서 눈이 내리지도 않았고 가쁜 호흡에서 피어나는 흰 입김도 없었다. 무릎 밑으로 바스락대는 낙엽이 느껴질 뿐이었다.

처음 잠입했던 경선산성, 처음 만났던 정여준이 눈 앞에 있었다.

그는 그녀가 가지고 들어왔던 단도를 치켜들었다.

"도망가줘."

생기 없고 암울한 표정의 그가 그렇게 말했다. 그들의 머리 위에 떠 있는, 최주상이 날렸을 육중한 조각에 금이 가기 시작했다.

그녀는 화가 날 정도로 익숙해진 한 문장을 소리 내 말했다.

"도망쳐."

그의 눈이 빼쭉 솟았다. 그녀는 그가 멈추지 않은 파편이 자신의 머리를 내리치길 기다렸다.

받아들일 수 없는 죽음으로부터 그를 건져내야 했다.

*

처음엔 거기서 최주상과 정여준이 마주치지만 않으면 될 거라고 생각했어. 물렀지. 그런 날은 빠르건 늦건 장소가 어디건 찾아오기 마련인데.

모두 시도해봤어. 최주상이 산성에서 날 발견하지 못할 경우. 마지막에 이찬이 당신의 지시를 따르지 않을 경우. 내가 정여준 옆에 계속 붙어 있을 경우. 마지막 만남이 더 빨리 일어날 경우. 더 늦게 일어날 경우. 최주상이 정여준보다 날 먼저 발견할 경우. 정여준이 최주상을 먼저 발견할 경우. 산성의 머릿수가 훨씬 많을 경우.

수백 수천 번을 시도해도 정여준은 어떤 식으로든 죽었어. 최주상이 아닌 다른 이유 때문에라도.

아예 만나지 않으면 어떻게 될까 싶어서 산성에 잠입하지 않았던 적도 있어. 그래, 당신을 배신하지 않았던 윤서리가 있었던 거야. 최주상이 그렇게 바라마지않던 모습으로. 안전한 곳에서 아무것도 하지 않고.

정여준은 소리 소문도 없이 죽었어. 원래보다도 더 일찍. 내 나름대로 산성 측을 유리하게 만들어줬던 순간들이 사라져서 그런 걸까.

최주상을 움직여 너흴 몰살시켜본 적도 있어. 하지만 바로 되돌렸지, 유례없던 최악의 결과가 나왔거든.

하다 하다 너무 힘들어서 그냥 털어놓은 적도 있어. 정여준 너는 최주상을 상대하다가 죽을 거고, 아무리 애를 써도 난 너를 살릴 수가 없다고. 본인이 죽게 될 걸 알려주면 경계하고 조심할 거라 생각했는데 아니더라.

이것 봐. 난 이 해결점 없는 무한한 노동에 지쳤어.

이젠 시간의 흐름을 그대로 걷는 것보다 과거로 거슬러 올라가는 게 더 자연스럽게 느껴져. 이 지겨운 실험을 언제까지 반복해야 할까. 이건 누군가를 살리기 위한 도돌이표가 아니라 죽음을 위한 연주 같아.

당신이랑 똑같은 면접을 몇 번이나 반복하는 것도 지겹고 나정이를 계속 잃는 것도 괴로워. 이 계절에 난 얼마나 오래 매달려 있는 걸까. 여기서 얼마나 살았을까? 나는 내 능력으로 질리도록 긴 시간을 살아가고 있는데, 왜 정여준은 본인 능력으로 본인을 살리는 선택을 안 할까.

그 사람을 몰랐다면 편했겠지. 처음 산성에 갔을 때 단번에 죽이는 데에 성공했으면 이런 고생은 하지 않았을 거야. 그래, 차라리 그때 그 사람을 죽였다면 좋았을 텐데.

어디부터 다시 시작해야 할까. 이제 어느 때로 돌아가면 될까. 난 내가 기억하는 모든 순간으로 다 돌아가본 것 같아. 다시 돌아갈 가치가 있는 순간이 아직 남아 있을까.

남아 있지 않더라도, 새로운 장면을 억지로 만들어내기 위해 나는 또 과거로 도망치게 되겠지.

난 정여준에게 지고 있었던 거야, 당신한테 지지는 않았어. 이 보이지 않는 두 번째 싱크홀에서 올라갈 사람들만큼은 총칼로도, 이간질로도, 계략으로도, 배신으로도 해칠 수 없다는 걸 당신한테 똑똑히 보여줄 거야.

자, 이제 난 다시 허무해질 싸움을 하러 갈 거야. 거기서 우린 또 비참해질 거고, 당신은 잔인할 거고, 최주상은 용서받지 못할 짓을 할 거고, 많은 사람이 죽을 거고 나는 한 명이라도 더 살리려고 발버둥치겠지만 어쩌면 또다시 수포가 될지도 모르지.

이번엔 어떨 것 같아?

내가 해낼 수 있을 것 같아?

진정해. 그러게 날 그 친구한테 보내지 말지 그랬어. 그럼 당신도 이런 얘길 듣게 되지 않았을 거 아냐.

하긴 뭐. 무슨 소용이야. 이제 당신은 기억도 못 할 텐데.

갈 거야. 다시 시작하자. 성공을 빌어줘.

나는 당신의 고통을 빌게.

셋.

둘.

7 여기

윤서리는 그곳에 그저 존재만 하고 있었다.

카운트다운을 끝맺지 못한 그녀는 먼 옛날 장인이 완성해놓고 떠나버린 그림처럼 공간에 장식돼 있었다. 그녀는 색채를 머금은 빛을 모아다 정교하게 반죽해놓은 것처럼, 혹은 캔버스 없이 허공에 촘촘히 덧칠해 그린 입체화처럼 보였다.

앉은 자리에 그대로 굳어 있는 건 서형우도 마찬가지였다. 공기의 진동이 멈췄고, 먼지의 부유가 멈췄고, 역사의 기억이 멈췄다.

얼어붙은 시공간을 바라보며 정여준은 팔짱을 꼈다.

정지자는 잔잔히 일렁이는 눈동자를 한 사람에게 고정했다. 그는 시간을 돌리기 직전인 복원자를 하염없이 보다가 한숨을 쉬며 가까이 다가가 섰다.

멈춘 시간은 지루한 아름다움을 주었다. 세상의 한순간이 그의 의지 때문에 한없이 늘어지는 중이었고, 그는 그것이 매번 경탄스러웠지만 짜릿하지는 않았다.

이 능력은 그가 죽음의 순간과 대면했을 때도 유효했다. 생명이 빠져나가기 직전에 멈춘 그의 시간은 죽음의 문턱 앞에 고정됐고 그 안에서 그는 생의 마지막을 유예할 수 있었다.

거기서 끝나야 했거늘 그가 예상치 못한 건 그녀의 능력이었다. 그녀는 그가 제 시간을 멈춘 것과 동시에 그들 모두의 시간을 과거로 돌려버린 것이다.

그는 그녀의 눈을 가려보도록 손바닥을 뻗어 대보려 했지만 끝내 완전히 닿지 못했다. 정확히 어떤 공간인지도 모르는 고정된 시간에 갇혀 그들의 반복되는 역사를 지켜보는 데에 조금 지치긴 했지만, 그는 아직 괜찮은 것 같다고 생각했다. 만약 멈춘 시간을 본래대로 움직인다면 그는 첫 생의 마지막 순간으로 돌아가 최초의 죽음을 맞이할 것이다. 하지만 그는 그러지 않기로 했다. 수없이 되돌린 시간들을 빼앗기고 충격에 무력해질 그녀를 두고 볼 자신이 없었기 때문이다.

"왜 그렇게까지 이 악물고 뛰어다니는지는 저도 지켜봐서 알겠는데…, 적당히 하다 그냥 보내주세요."

그가 시간을 멈췄던 건 죽는 게 두려워서가 아니었다. 마지막으로 자신이 살린 그녀의 얼굴을 천천히 보고 산성을 한 바퀴 돌고 싶어서였다.

그러나 그녀는 그에게 지나치게 많은 시간을 주었다. 이제는 단념과 포기의 대상이 되더라도 선물처럼 느껴질 것이다.

그는 그녀에게 얼굴을 가져다 대 마주보고 말했다.

"제가 먼저 시간을 멈췄다면 서리 씨는 시간을 돌릴 수 없었을 거고, 서리 씨가 먼저 시간을 돌렸다면 전 시간을 멈출 수 없었겠죠.

우린 동시에 다른 방식으로 운명에 저항하려다 그물에 걸린 거예요."

그를 인식하지 못하는 그녀를 대신해 그는 미소를 지어주었다.

"하지만 시간이 멈추는 동시에 되돌려지는 게 가능할까요? 사람이 죽었는데도 살아 있을 수 있나요? 비가 내리고 있는데 동시에 증발하는 중일 수 있나요? 글쎄요. 하지만 우리는 서리 씨 머리카락이 바닥에 떨어진 채 멈춰 있는 동시에 본래 자리로 돌아가는 걸 본 적이 있죠. 그럼 과연 그때의 그 시간은 어떻게 됐을까요. 서리 씨가 되돌린 동시에 제가 멈춰버린 시간은, 어떤 모양새로 존재를 인정받고 있을까요."

그는 허리를 폈다.

"열심히 고민하고 있을게요. 서리 씨가 시도하는 일이 원하는 대로 성공할 수 있길 바랄게요. 하지만 이번에도 실패하면 그냥 놓아주세요. 저랑 같이 이 퍼즐을 풀어주면 고맙겠어요."

그는 자신의 시간만 멈춘 채로 놔두고 그녀를 놓아주었다.

"하나."

그녀는 마지막 수를 선고한다.

복원자의 의지는 그렇게 다시 시간을 돌리고, 역사는 지워져 과거의 기억으로 향한다.

그는 그녀를 쳐다보느라 내내 등지고 있던 서형우를 향해 몸을 돌렸다.

희미해지고 있는 그의 모습을 바라보는 여준의 표정은 무미건조했다. 서리가 한때 혐오스러울 정도로 생기 없다고 생각했던 바로 그 얼굴이었다.

과거로 사라지는 서형우에게 그는 냉담하게 말했다.

"오랜만에 뵙습니다, 장 과장님."

8   당신이 선택한 이야기

  윤서리가 신가영이라는 이름을 버린 계기가 고정돼 있듯, 서형우가 장태성이라는 이름을 버린 이유 역시 고정돼 있었다.

  그날의 그 장면을 보고 그는 어떤 형태로든 자신의 정체성이 뒤집히리라 예감했다. 장태성이라는 이름으로 죽는 것과 장태성의 이름을 버리는 것 중 하나를 택해야 하리라는 판단도 들었다.

  그건 수백의 유령들이 이경선과 최주상의 뒤를 따라 땅 위로 올라온 날이었다.

  그는 눈을 믿기 힘든 모든 일을 지체 없이 보고하고 부하를 추려 돌아가려는 참이었다. 그런 그에게 회사가 개인 회선으로 내린 지시는 대청소, 모든 목격자를 지우라는 명령이었다. 만약 거부하고 임무에 응하지 않으면 똑같은 명령이 다른 동료에게 내려질 것이었다.

  그가 이행하지 않으면 두 번째로 선택된 누군가가 그를 처리할 것이다. 어쩌면 그가 바로 그 두 번째일지도 몰랐다.

그는 갈등을 마음 저편으로 치워버렸다. 혼자 힘으로 모든 인원을 말살하는 게 가능한지 계산하는 게 먼저였다. 그가 데려온 요원들은 거의 그대로였지만 무장대원들은 반절 이상 죽거나 다쳤다. 이러나저러나 도박에 가까웠다. 회사는 분명 그가 혼자 그들을 상대하다가 덩달아 자멸하길 바라고 있을 터였다.

"서진아." 그는 후배 팀장을 인적 없는 곳으로 불러냈다. "살아남은 네 담당 애들 전부 여기로 불러줘. 새 임무 받았어. 단독이야. 같이 조용히 끝내자."

서진은 곧바로 분대원들을 불러냈다. 질문도 의심도 없이 지시를 따르는 걸 조심성 없다고 탓할 수만은 없었다. 서진은 젊은 시절에 그가 직접 교육하고 5년 동안 짝을 이뤄 현장을 함께 활보하며 사지를 넘은 후배였다. 그저 이번엔 그럴 생각이 없을 뿐이었다.

그는 연락을 마친 서진을 쏘고 옆에 나란히 쓰러졌다. 숨죽이고 기다리고 있자 대원들이 열을 지어 도착했다. 분대장이 보이지 않는 걸 보니 현장에서 사망한 듯했다.

그는 서진의 뒤에 숨어 그들을 사살하기 시작했고, 직전까지 괴상한 기현상과 싸웠던 그들은 쉬이 상황 파악을 하지 못한 채 주변 건물들이 무너지고 있는지만 살피기 급급했다.

그는 널브러진 시신들 사이를 구르며 제 몸에 피를 묻히고, 다른 후배인 형민과 우혁을 호출했다. 달려온 두 사람은 시쳇더미를 보고 놀라 누가 시키기도 전에 각자 연합한 대원들에게 도움을 요청했다.

부상을 당한 척 시체들 사이에 몸을 수그리고 있던 그는 지원병이 도착하기 전에 그들을 쏘았지만 서진을 처리할 때처럼 깔끔하게 끝내지는 못했다. 우혁이 쓰러지자 이변을 눈치챈 형민이 반격을 시도했기 때문이다.

형민이 다급하게 쏜 총탄은 그의 무릎을 뚫었고, 그의 총탄은 형민의 코를 관통해 뒤통수를 깨부쉈다. 그는 오른쪽 무릎을 붙잡고 끙끙댈 틈도 없이 시신을 한데 모으고 무기를 훔쳤다. 체격이 듬직한 형민의 시신을 자신과 가장 가까운 곳에 두고, 십수 명의 시체 뒤에 숨어 그는 떨면서 기다렸다. 눈을 부리부리하게 뜬 채 죽은 형민의 눈동자가 너무나도 맑아서, 반대편 광경을 거울처럼 비춰낼 수 있을 것만 같았다.

그는 후배들의 요청에 응답해 찾아온 대원들을 사살하고 다른 팀장과 분대장들을 불러냈다. 그들은 그가 준비한 죽음의 정류소를 향해 순서를 지켜 방문하듯 차례차례 모여들었다.

명령권을 가진 책임자를 불러내 없애고, 휘하의 아랫것들을 처리한 후 다른 책임자를 불러내는 행위를 그는 반복하고 또 반복했다. 그의 몸을 지켜주는 시쳇더미가 쌓이고 무기도 함께 쌓였다. 도중에 오른 다리에 총상을 한 번 더 입었지만 그는 눈을 돌리지 않았다. 부상을 당하는 것보다 더 피해야 할 일은 다만 주위의 눈동자와 눈을 마주치는 것이었다.

시체인 척 숨어 아군을 점진적으로 처리하기로 한 계획은 생각보다 잘 먹혔다. 능수능란한 대원들이 초자연적 행위를 목격하고 겁을 집어먹은 것을 행운의 발판으로 삼아 그는 마지막 한 명까지 처리하고 살아남았다.

그는 피와 진물이 흐르는 다리를 질질 끌며 도시를 나왔다. 독하게 귀환한 그의 목숨을 회사는 빼앗지 않았지만, '동료들의 사고'를 막지 못한 책임으로 과장직을 내려놓게 했다.

좌천은 타의였지만 자의이기도 했다. 윗선은 자신들이 내린 명령을 물어야 했고 그는 자신의 행위를 숨겨야 했다. 명령한 이와 명령받은 이가 서로를 견제하며 끝없이 감시하는 기이한 꼬리잡기가 그때부터 시작되었다. 누구든 도중에 이 일에서 손을 털고 나가려 한다면 상대에게 목을 물릴 것이었다. 경주가 이미 시작된 이상, 마지막 남은 한 명의 초능력자 좀비를 없앨 때까지 이 작업은 계속되어야 했다.

피를 그림자로 덮고 독박을 받아들인 그는 경찰청으로 자리를 옮기며 전직 직함과 함께 본명도 버렸다. 장태성을 잊기 위해 그가 선택한 건 자신이 가장 먼저 죽인 후배들의 이름 앞 글자를 딴 세 글자였다. 그는 그렇게 비린내 나는 서형우라는 이름을 새 신분증에 새기고 경찰청에서 회사의 지시를 기다렸다.

몇 주 지나 회사가 그에게 소개한 건 두 명의 과학자였다. 둘은 아무도 돌보지 않는 구석진 방에서 신경증 환자처럼 팔다리를 달달 떨며 그를 못 본척하고 있었다.

그는 그들과 이미 면식이 있었다. 비교적 최근에 할당받은 보안 대상이었다. 공들여 관리할 인물이 아니라고 판단했기에 그는 세쌍둥이의 연구소에 자주 들르지 않았었다. 어린 신참들더러 주기적으로 상황 보고만 하게 했을 뿐이다.

그는 두 사람을 위아래로 대충 훑어보았다. 겉모습이 구별되는 걸 보니 자매가 아닌 남매끼리 온 모양이었다. 그는 여자로 보이는 쪽에게 물었다.

"너 차세영이냐, 차세연이냐?"

여자는 목에 건 방문자 명찰을 들어 보였다. 차세연. 디자인에 전혀 공들이지 않은 명찰엔 그렇게 쓰여 있었다.

"나머지 하나는 어딨어?"

둘은 어물거리며 눈치를 보았다. 익숙한 분위기였기에 굳이 듣지 않아도 답을 알 것 같았다. 그는 심드렁하게 추궁했다.

"어딨어."

도무지 입을 열지 않으려는 차세연을 대신해 차세욱이 말했다.

"그것까지 말해야 합니까?"

"그럼 그거 말고 뭐 때문에 나한테 보내졌겠어. 차세영 어딨느냐고."

"이제 없습⋯."

"아니 당연히 그러겠지. 시체 어디에다 묻었어?"

조용히 있던 차세연의 어깨가 움찔했다. 차세욱은 한껏 무심을 가장하고 말했다.

"모릅니다. 저흰 뒤처리에 관련 안 됐어요."

마치 모든 게 남의 의지였다는 투였다. 웃을 생각도 들지 않아서 서형우는 오른 다리만 주물럭댔다.

*

차세영은 싱크홀이 발생했을 때 현장에 있었다고 했다.

불행히도 그녀는 살아남아 탈출해 올라왔다. 그보다 더 불행한 일은 그녀가 생존자로서 최주상을 따라가지 않고 무리를 벗어났다는 것이다.

단 한 명의 생존자도 떠나게 두어선 안 된다는 생각을 최주상이 아직은 미처 하지 못했던 때였다. 다른 사람들 역시 최주상과 이경선의 뒤를 따라 허겁지겁 도망가는 것 외엔 독자 행동을 시도할 엄두조차 못 냈다. 차세영만이 예외였다. 일의 앞뒤를 짐작하고 이해한 유일한 생존자는 아수라장 속에서 자신의 쌍둥이 남매를 먼저 떠올렸다.

"물! 물!"

그녀가 끔찍한 몰골로 그들을 찾아가 가장 먼저 한 말은 그것이었다.

차세연은 오물을 뒤집어쓴 제 언니를 처음엔 알아보지 못했다. 죽은 줄 알았던 자매가 살아 돌아오리라곤 꿈에도 생각하지 않았으니 더욱 그랬다. 혹시 모를 조사를 피하기 위해 최소한의 짐만 챙기고 텅 빈 집에 숨어 망명을 기다리고 있던 두 남매는 문을 박차고 들어온 그녀를 보고 아연실색했다.

그녀는 동생들의 시선에 거리끼지 않고 수도를 콸콸 틀어 한참 동안 물만 마셨다. 그러더니 다짜고짜 냉장고를 열어 얼마 없는 먹을거리를 전부 입에 쑤셔 넣기 시작했다. 어둠과 죽음 속에서 아무것도 먹고 마시지 못했던 위장은 바닥에 떨어진 먼지 뭉치조차 게걸스럽게 원했다.

가만두면 두 동생의 머리카락까지 뜯어먹을 기세였기에 세욱은 급히 먹을거리를 구해왔다. 누이가 음식을 흡입하는 모습을 두 사람은 유리창 너머 실험동물을 구경하듯 지켜봤다.

그녀는 한참을 먹고 울다가 다시 먹고 울길 반복했다. 우레 같은 폭식이 진정되자 세연이 조심스럽게 말했다.

"너 진짜 세영이 맞는 거지? 지금까지 어디 있었던 거야, 우린 너도 그 구멍에 빠진 줄 알았잖아."

"거기 빠졌던 거 맞아."

그녀는 말을 하면서도 삼각김밥을 통째로 입안에 넣었다. 서너 번도 씹지 않고 삼키려다 사레들려 된통 기침하더니 아직 포장도 뜯지 않은 과일 젤리에 눈독을 들이기까지 했다.

세연은 더듬거리며 말했다. "어떻게, 무슨… 어떻게… 구조도 포기했다던데? 거기서 생존자 나왔다는 말은 아무 데서도….”

"그래? 아직 소식이 안 퍼졌나? 아니 그럼, 우리만 이렇게 된 거야? 범위가 지하 내부인 게 맞구나…. 그런데 왜 작용 대상은 한정적인데 결과는 이렇게 불균형하지?"

빠르게 혼잣말하던 그녀는 두 동생에게 손가락을 까딱거렸다. 이쪽으로 와보라는 신호였지만 그들은 다가가지 않았다.

"세욱아, 야." 그녀가 말했다. "나한테 아무거나 던져봐."

"뭐?"

"집히는 거 아무거나 던져봐. 얼굴 앞에서 던지진 말고. 그래. 떨어진 상태에서 던져."

그는 어영부영 움직였다. 이유도 알지 못하고 그는 그녀의 말을 따라 두루마리 휴지를 집어 던졌다.

세영의 근처까지 날아간 휴지는 포물선을 거슬러 올라가 그에게로 되돌아왔다. 자신에게 끌어당겨지듯 날아온 휴지를 그는 붙잡지 못했고, 휴지는 뒤로 떨어져 허무하게 데굴데굴 굴렀다.

넋을 잃은 동생들을 보며 세영은 돌아온 이래 처음으로 웃었다. 그녀는 물을 연거푸 마시고 말했다.

"휴지 움직이는 건 쉽네. 남들은 총알도 움직이고 집도 들었다 놨다 하는데 왜 난 천 쪼가리랑 가죽 같은 것밖에 못 건들지? 신발이랑 옷 잡아끄는 거 말곤 쓸 데가 없잖아…."

그녀는 얼떨떨해하는 동생들을 앉히고 긴 이야기를 하기 시작했다. 며칠간 보고 겪은 끔찍한 일들, 이경선과 최주상, 생존자들이 갖게 된 기이하지만 일관성 있는 능력. 둘은 그 모든 이야기를 들으며 그녀가 미쳐서 망상에 사로잡힌 게 아닌지 생각했다. 두 사람의 얼굴에 의심의 기운이 어릴 때마다 그녀는 새로 얻은 비싼 장난감을 자랑하듯 자기 능력을 내보였다.

잔뜩 부른 배를 두드리며 그녀는 뒤늦게 진저리쳤다. 죽을힘을 다해 그 긴 계단을 올라왔는데 나오자마자 다시 죽도록 달리게 될 줄은 몰랐다는 것이었다.

"야, 나 총질하는 놈들 중에서 장태성도 봤다? 장태성 기억하냐 장태성? 그 왜 국정원에서 우리한테 붙여준 과장. 그 인간도 거기서 군인들 사이에 껴 있던데 어떻게 아는 척을 못 하겠더라 아는 척을."

"…너 살아 있는 거 장태성이 알아?" 세욱이 말했다.

"글쎄? 못 봤을걸? 완전 전쟁통이었는데 내 얼굴 알아볼 틈이 어딨었겠어."

"그럼 아직 아무도 모르는 거야?"

"너희가 알잖아. 아, 어디에 먼저 말해야 주목받기 쉽지? 원래 알던 사람들 말고 여러 군데에 발을 걸쳐놔야 몸값 올리기 좋겠지?"

"그럼 너랑 같이 있던 사람들은? 그 사람들은 어디 있어?"

"어디든 가 있겠지. 내가 알겠냐. 이제 좀 있으면 그 사람들도 슬슬 나오겠지. 한두 사람도 아니었는데. 야, 그러니까 빨리 서둘러, 이거 다른 놈이 먼저 터트린 다음엔 이도 저도 못 써먹어!"

쾅 소리와 함께 그녀는 옆으로 고꾸라졌다. 망가진 의자 다리가 세욱의 손에 들려 있었다. "뭐…." 그녀는 갑작스러운 잠기운과 싸우며 혼미하게 중얼거렸다.

그녀는 억지로 눈을 부릅떴다. 동생이 팔을 치켜드는 것이 흐릿하게 보였다. 그가 다시 제 머리를 찍기 직전 세영은 동생이 입고 있는 셔츠의 위치를 이전 상태로 되돌렸다. 아래로 움직였던 세욱의 팔이 낚싯줄에 당겨지듯 위로 올려졌다.

그가 당황한 사이 그녀는 허겁지겁 일어났다. 문밖으로 도망치려는 그녀의 다리를 붙잡으며 세욱은 요란하게 넘어졌고 세영도 뒤따라 엎어졌다. 그는 비명을 지르며 버둥대는 그녀를 제압하고 가차없이 목을 조르기 시작했다.

"뭐야, 너 지금 뭐 해!" 지켜보던 세연이 겁에 질려 소리쳤다.

"멍청아, 보고만 있지 말고 위에 옷 벗어!"

"뭐?"

"위에 옷 벗으라고, 얘가 조종하지 못하게! 벗고 저거 잡아, 저거! 부서진 거든 뭐든 들고 오라고 빨리!"

차세영은 자신의 목을 조르면서 꽥꽥 소리치는 그를 향해 필사적으로 손을 뻗었다. 그러나 사지를 헤매며 나오느라 지친 팔은 허우적거리며 힘을 잃어가기만 했다.

차세욱이 식식거리며 말했다.

"총질한 거 보고도 감이 안 와? 이유야 몰라도 그 사람들이 너희 살려둘 생각 없는 거잖아… 나중이라고 그게 달라질 거 같아?"

"이… 너, 이…."

"거기서 죽음으로 갚든가 우리처럼 깨끗하게 발 빼고 도망칠 것이지 무슨 이런 게 돼서 돌아오냐 거추장스럽게? 진짜 너만… 너만 여기 안 왔어도… 차세연. 빨리 오라니까. 빨리 쳐."

세욱이 놓쳐 떨어트린 의자 다리를 간신히 쥐고 있던 세연은 화들짝 놀랐다.

"치라고?"

"그래 빨리 쳐."

"누구를? 나더러 세영일 치라는 거야 지금?"

"그럼 나 혼자 다 뒤집어써? 빨리 와서 쳐. 거기 멀뚱멀뚱 서서 말리지도 않는 주제에!"

"그… 그만해! 왜 꼭 죽여야 되는데? 셋이서 빨리 도망치면 되잖아!"

"애가 이 꼴로 여기까지 온 거 설마 아무도 못 봤겠냐? 처리하려다 놓친 걸 우리가 숨겨준 거 알면 그쪽이 너랑 날 내버려두겠어? 애랑 같이 죽기 싫으면 당장 쳐! 내가 잡아줄 수 있는 동안!"

세연은 겨우 자신의 팔뚝 길이밖에 안 되는 나무토막을 치켜든 채 그 뒤에 숨어서 움츠려 떨었다. 세욱이 짜증스럽게 소리쳤다.

"너도 나한테 죽고 싶냐, 차세연!"

세연은 이를 악물고 뚝뚝 끊기는 비명을 질렀다. 그녀는 자신이 악을 쓰기만 했다고 생각했지만 어째서인지 나무토막도 끔찍한 소리를 내었고, 그때마다 언니의 발작 같은 떨림이 조금씩 사그라졌다. 이내 그 몸은 미동도 하지 않게 되었다.

"야, 그만해. 그만하라고."

세욱은 동생을 붙잡고 흉기를 빼앗았다. 그녀는 주춤주춤 물러나 머리를 감싸고 한참 동안 웅크렸다.

둘은 시신을 처리하기 위해 머리를 굴릴 틈도 없었다. 얼마 지나지 않아 초대하지 않은 손님들이 성큼성큼 찾아들어 왔기 때문이다. 비록 오른 다리에 총상을 입은 장태성은 그 자리에 없었지만, 세쌍둥이를 관리했던 다른 요원이 현장을 수습하고 두 사람을 데려가 기나긴 질답의 시간을 가졌다.

바람 빠진 공이 되어 이리저리 옮겨지던 두 남매는 결국 다시 장태성의 손에 떨어졌다. 골칫거리를 한곳에 모아두려는 심산이겠거니 하고 서형우는 생각했다. 그는 자신과 비슷한 신세가 돼버린 두 사람을 한숨 쉬며 바라보았다. 충심 없이 충견 노릇을 하게 될 메스꺼운 동지들을.

그는 반쯤은 자신이 만들어낸 현실에 달리 유감을 갖지 않았다. 하라면 하면 되는 것이다.

"이제 난 너희 뒷구멍 닦아주던 상사가 아니야. 너희도 없는 맘 쥐어짜서 나한테 굽실거릴 필요 없어. 초기 정보원이니까. 나름 연구자 대접도 해줄 수 있고. 대신 그만큼 내 팀에서 한 사람 몫 다할 생각은 해라. 차세영은 잊어. 그 녀석은 생존자도 못 되고 출발점부터 실패한 탈락자야."

그는 그날부로 두 남매와 비슷한 이들을 찾기 시작했다. 영민하고 약간의 눈치는 있지만 너무 약삭빠르지는 않은 아이들. 그는 섹션의 두더지가 될 이들을 창고에 저장해두고 조용히 생존자들을 추격하기 시작했다. 최주상과 이경선이 갈라서고, 비원이 만들어지고, 경선산성이 결집하는 일련의 날들이 쏜살같이 지나갔다.

초기에 그는 이들이 이합집산을 몇 번 더 반복할 것이라 생각했지만 예상외로 지형은 그대로였다. 비원은 효과적으로 내부를 통제했고 경선산성은 언제 밖으로 터져 나와도 이상하지 않은 활화산이었다.

회사는 이때 섹션과 별도로 '방제작업'을 시도했지만 어느 쪽도 전멸시키지 못하고 시작 단계에서 서둘러 철수해야 했다. 비원에도 산성에도 수완 좋은 생존자가 너무 넘쳐나는 탓에 조용한 해결은 불가능하다고 그들은 판단했다. 이후 회사는 무음 청소가 가능해질 시기까지 작전 설계를 서형우에게 일임하기로 했다.

회사의 어설픈 시도는 최주상의 자기 확신을 더 공고히 하는 데 일조했다. 최주상은 자유롭게 움직일 수 있는 구역을 넓히기 위해 돈을 긁어모으기 시작했다. 일원의 이탈을 효과적으로 막기 위해서이기도 했다. 손잡는 이들이 비열할수록, 겉보기엔 깨끗할수록 비원은 더 기름져졌다. 돈이 밀려들었다가 썰물처럼 빠져나가고 다시 해일처럼 덮쳐오는 기세가 너무나 엄청난 나머지 라땅은 공포를 느낄 정도였다. 일생 막연한 망상 속에서만 존재했던 재물을 손에 쥔 그는 현실감이 없어서 지난날의 순진하고 정직한 노동을 억울해할 틈도 없었다. 최주상도 김현이도 역시 그랬다. 서형우는 최주상이 본래 그런 일을 하던 인간이어서 비원의 몸집을 성공적으로 키웠다고 생각했지만, 사실 그들은 자신이 얻은 초능력보다 돈에 더 놀라고 어색해했다.

그러나 그들은 물질이 주는 허무와 당혹감에서 재빨리 빠져나왔다. 돈이 주는 해방감을 맛볼수록 그에 대비해 돈으로 해결할 수 없는 일에 대한 공포가 커졌다. 운명을 스스로 결정할 수 없다는 패배감이 묘하게 호승심도 같이 키워서인지 비원은 나날이 뿌리를 단단히 내렸다.

서형우는 간신히 생존만 얻어낸 경선산성을 버리고 최주상과 임시로 결탁하는 게 일을 처리하기 편하겠다고 판단했다. 다행히 비원은 저항 없이 섹션의 손짓을 따라 움직였다. 최주상이 섹션보다 이경선을 훨씬 두려워했기 때문이란 것을 서형우는 끝끝내 알지 못했다.

이경선은 자기 사람들을 잘 지켜냈지만, 갇혀 지내며 수시로 위협을 받는 집단이 건강한 활력을 유지하는 건 쉬운 일이 아니었다. 분명 경선산성도 처음엔 한데 묶이기 어렵고 별다른 공통점도 연결점도 없는 잡스러운 군상이었다. 그나마 그들을 엮어주는 공통점은 급작스러운 재해에 휩쓸려 터무니없는 재주를 얻었다는 동질감과, 최주상보다는 이경선에게 정서적 친밀감을 느낀다는 것 정도였다. 그걸 제외하면 그들은 그저 같은 언어와 경험을 공유하는 완전히 서로 다른 인간들이었다. 분명 그랬을진대, 세월이 흐르고 피로와 낙담이 켜켜이 쌓이며 그들이 지니던 개성도 모난 곳도 서서히 빛이 바랬다. 분명 모두가 색색이 다른 이들이었거늘 그런 과거의 모습쯤은 아무것도 아니라고, 세상 만물을 굽어보는 누군가가 비웃으며 조롱하는 것 같았다.

사정은 비원 사람들도 마찬가지여서, 나름의 신념을 지니고 열꽃을 피웠던 이들도, 어디서든 납작 엎드려 주변을 살피는 작은 짐승 같던 이들도, 유독 충성심에 불타 맹목적이던 이들도, 결국 나중엔 구별하기 어려울 정도로 고만고만한 점토 인형처럼 변했다. 모두 처음엔 각자 마음속에 자기만의 촛불을 켜놓고 있었지만 더는 그렇지 않았다.

심지어 싱크섹션마저 지겨움에 몸부림을 치기 시작했다. 현상 유지를 위해 같은 일을 꾸준히 반복해야 했지만, 그 일은 눈에 보이는 성과도 없을뿐더러 목숨값까지 요구했다. 그들은 종종 초능력자가 아니라 신입 요원을 죽이기 위해 일하는 게 아닌지 궁금해했다가, 그 질문이 마음에 더 큰 파문을 일으키지 못하도록 적극적으로 생각과 직감을 거부했다.

비원과 산성의 대치를 아슬아슬하게 유지시키고 감시하던 섹션의 일상에 큰 파도가 일어난 건 도시를 폐쇄한 지 8년째 되던 해였다. 산성에서 충돌이 있던 중 이경선이 최주상에게 살해당했다는 보고가 들어왔다.

지도자를 잃은 경선산성이 우왕좌왕하며 비원에 머리를 숙이려는 정황이 보였다. 아주 나쁘지는 않았지만, 서형우는 앞으로 일방적으로 몸집을 불릴 비원을 감당할 생각에 머리가 터질 것만 같았다.

그러나 진정한 큰 물살은 그다음에 찾아왔다. 이경선의 사망은 잔잔한 전조일 뿐이었다.

지옥에서 방금 기어 나온 것처럼 해쓱한 한 요원이 서형우를, 장태성 과장을 찾아온 것이다.

"너 누구였더라?"

8년 전 모습에서 전혀 나이를 먹지 않은 정여준 요원에게 그는 그렇게 말했다.

★

윤서리는 아예 싱크홀 발생 전으로 시간을 돌리려 했던 적이 있었다.

사망자를 줄이기 위해서였다. 살아나온 소수의 생존자 외의 희생자들은 가차 없이 모두 죽었기에, 그들의 회생을 위해 정신 나간 사이비 예언자 행세라도 해볼 참이었다.

그러나 그녀가 얻은 건 아무것도 없었다. 능력을 얻기 전의 시간으로 돌아갈 수는 없었던 탓이다. 결국 그녀는 무저갱 아래의 참상을 고스란히 한 번 더 겪기만 했다.

반복은 그녀가 자신의 재주를 쓴 이래 혹처럼 달고 다니는 짐짝이었다. 무엇이든 반복하지 않으면 효과를 볼 수 없었다. 아주 사소한 것 하나라도 바꾸려면 그것과 이어져 있는 수십 개의 과정을 일일이 끊어내야 했다.

같은 제약이 모든 일에 적용됐다. 암살팀 전원이 최주상이 날린 파편에 깔려 단번에 즉사했던 때처럼, 몇 번이고 계산을 반복한 끝에 추락물로부터 안전한 곳에 리더를 붙잡아 쓰러트린 것처럼, 이찬과 함께 심문소에 갔을 때처럼, 차세연에게 죽기 직전에 몇 번이고 시간을 돌려가며 서형우에게 할 거짓말을 정교하게 다듬었던 것처럼.

그렇게 이미 자기 자신과 타인을 구한 경험이 있기에 그녀는 포기하기 합당한 순간이 오려면 멀었다고 생각했다. 정여준을 구하지 못하고 자꾸 실패하는 건 아직 충분히 반복하지 않아서 그런 것이라고.

그렇게 최면 같은 주문을 걸며 그녀는 다시 가을을 밟았다. 시험해보고 싶은 새로운 시도를 위해 서형우의 옆에서 하루하루를 견디던 그녀는 기다리던 사건이 일어나자 마음을 다잡았다. 비원 때문에 희생될 뻔했던 '그 아이'가 신변 보호 필요 대상이 된 것이다. 기다리긴 했지만 그녀는 반갑지 않았다. 이번에 그녀는 이 보호 요청을 무시할 생각이었다.

퇴근길, 그녀는 아이가 사는 동네에 들러 군것질거리를 샀다. 근처에서 돌멩이를 갖고 놀던 아이에게 그녀는 공원 비둘기 옆에 모이를 뿌리듯 과자를 건넸다. 아이는 걱정될 정도로 아무런 경계 없이 과자를 받았다.

자신이 살렸던 열 살 먹은 어린이의 머리를 가만가만 쓰다듬으며 그녀가 말했다.

"미안. 이번엔 널 안 지킬 거야. 내가 이번에도 그 사람을 살리는 데 실패하는 게 너한테는 좋겠지. 걱정하지 마. 경험상 난 아마 또 여기로 돌아올 가능성이 크니까. 그땐 널 다시 구해줄게. 이번만 날 용서해줘."

그녀의 말을 이해하지 못한 아이는 눈만 굴리며 과자를 씹었다. 그녀는 아이를 돌아보지 말기로 다짐하며 자리에서 일어났다.

비원에서 일어나는 폭풍을 가만히 내버려두며 그녀는 섹션이 의도한 일이 그대로 진행되게 했다. 차곡차곡 쌓아 올려진 탑이 완성된 그날, 서형우는 최주상이 라땅을 처리할 장소로 이동했다. 라땅이 죽을 때 그의 능력을 가져갈 수 있는 다른 복원자가 자리에 없는 것을 확인하고 서형우는 비로소 안도했다.

그가 몸을 숨기고 최주상을 지켜보던 그때 윤서리는 전혀 다른 곳에 있었다. 그녀가 향한 곳은 라땅의 실각을 예감한 비원이 내부 투쟁을 하다가 무너진 본거지, 비원의 고위직 절반과 중간관리를 담당하던 대부분이 죽게 될 포에스 빌딩이었다.

서로를 공격하다가 건물을 폭삭 무너지게 한 사람들을 홀로 말리는 건 각오했던 것보다 어려운 일이었다. 그녀가 쓸 수 있는 도구는 앞일을 알고 과거로 돌아가는 것뿐이었다. 누가 언제 무엇을 부술지, 그것이 어디를 스치고 되돌아갈지, 누구를 죽인 후에 언제 멈출지, 일일이 기억해 피해가며 그녀는 인내심 있게 천천히 건물을 올라가 꼭대기 층에 도착했다. 가장 많은 이들이 모여 있는 곳에서 그녀는 몇몇 사람을 살리고 몇몇 공격을 무용지물로 만들며 인파 중심을 가르고 걸었다.

차츰 그 신기하게 운 좋아 보이는 낯선 이방자에게 눈길이 모였다. 소란이 잦아들고 시선이 집중되자 그녀가 말했다.

"당신들, 경선산성으로 들어갈 생각 없습니까?"

멍하니 그녀를 쳐다보던 사람들은 킬킬거리더니 곧바로 그녀를 공격했다. 조직의 배신자, 혹은 산성의 미친놈이라고 생각한 모양이었다. 둘 다 맞았기에 그녀는 웃으며 그들에게 거의 죽어주었다가 다시 시간을 돌려 알맞은 때에 몸을 피하고 말했다.

"최주상이 여러분을 버렸습니다. 이제라도 산성에 가서 조금 더 살 생각 없습니까? 여러분이 산성에 한꺼번에 붙으면 정여준이 최주상을 이길 수 있을지도 모릅니다."

이제 그들은 그녀만을 공격하지 않고 자신 외의 모든 이를 표적으로 삼았다. 본래 일어나던 난장판이 재개되자 그녀는 설득은커녕 살아남는 게 고작이었다.

새로 생긴 심각한 상처가 사라진 곳을 문지르면서 그녀가 중얼거렸다.

"여기 붙어봤자 아무도 못 산다니까요."

반응하는 사람은 없었다. 최주상의 행적을 묻는 이는 나오지 않았다. 그녀는 낙담했다. 버려진 모든 이가 자신만의 승리를 믿고 있었다.

"그래, 얌전히 산성으로 따라올 거라곤 꿈도 안 꿀 테니까 일단 여기서 나가! 건물이 무너질 거라고! 너희가 무너트릴 거라고! 지금 하는 짓 당장 멈추든가, 아니면 다들 도망쳐!"

그녀의 외침은 군중의 고함과 굉음에 묻혔다. 발밑이 흔들리고, 그녀는 이를 갈며 열 살배기 아이가 살아 있을 시간으로 돌아갔다. 울적한 마음으로 기꺼이 아이를 구하고, 포에스 빌딩이 무너질 날에 그곳을 찾아가지 않고, 순경을 모아 서형우를 뒤쫓아 갔다.

차에서 내리자 멀찍이 최주상과 라땅이 보였다. 먼 곳에서도 그녀를 알아본 최주상은 흠칫 놀라 우산 끝을 기울여 올렸다. 그를 쏘아보며 그녀는 자신이 타고 온 순찰차를 턱 끝으로 가리켰다.

'무슨 상황인지 알겠죠. 라땅을 죽이는 건 멍청한 짓이에요.'

그녀가 하고 싶은 말을 알아챈 그는 라땅을 차에 태우고 조용히 자리를 벗어났다. 분노한 서형우가 다리를 질질 끌며 달려오는 소리가 들렸다.

그녀는 그 추하게 벌게진 얼굴을 응시하며 가만히 굵은 빗줄기를 맞았다.

*

 2주에 한 번 정해진 요일에 교외로 나가는 건 귀찮은 잡무 중 하나였다. 장태성 과장 아래에 있는 요원들은 순번을 정해 산성 근처에 들러 보안 서류를 받아 직속 선배에게 전해야 했다.
 그날 정여준은 연구소 앞에 여동생과 함께 있었다. 동생은 내보일 만한 제대로 된 직위가 아직 없었지만, 팀의 말단에서 몇몇 업무를 공유하던 차였다.
 산은 그들이 건물 안으로 들어가기 전에 무너졌다. 쩍 벌어진 검은 아가리에 잡아먹힌 일부가 그랬듯 정여준 역시 운명에 붙잡히고 말았다. 생존자들이 밑바닥에 떨어질 때 본능적으로 각자의 능력을 활용해 목숨을 부지한 것처럼 그도 그러했다. 그에게 기생한 능력은 훌륭하게 숙주를 보호했다. 그의 시간을 멈춰버리는 것으로.
 그에게 똬리를 튼 능력은 그를 정지자로 점찍은 동시에, 능력 외의 모든 것을 잠들게 해버렸다.
 그는 제 시간 속에 갇혀져 존재와 비존재 사이에 머물러 있었다. 생존자들이 모여들 때도, 그들이 광란과 살육에 몸부림칠 때도, 이경선과 최주상을 위시한 사람들이 차례차례 밑바닥을 빠져나갈 때도 그는 영원과도 같은 무의식에 사로잡혀 어둠의 일부가 되어 있었다. 배신과 증오의 역사가 바깥에 새겨지는 동안에도 그의 시간은 흐르지 않고 불편한 이물질로 남아 있었다.
 어쩌면 그렇게 영원히 존재하지도, 존재하지 않지도 않는 무언가로 남아 자연에 버림받을 수도 있었으리라.
 그러나 그는 느리게나마 삶을 향해 혼신의 걸음을 딛고 있었다.
 '내가 지금 여기서 뭘 하고 있지.'

그런 의식이 싹트기 시작한 건 8년이나 지난 후였다. 숙주를 무감각에 가둔 그의 능력은 그가 치열하게 사고하는 걸 방해했기에 그는 이 힘과 함께 자유로울 수 있다는 걸 간신히, 아주 느리게 깨달았다. 잠들기 전에 있었던 일을 기억해내자 침수에서 벗어나 깨어나는 것은 순조롭고 자연스러운 일이 되었다.

그는 자신을 멈춰두는 생경한 힘을 밀어내고 눈을 떴다.

끝이 없어 보이는 공동은 그를 순식간에 공포에 질리게 했지만, 그는 어둠 속에서도 제법 공간 감각이 선명하다는 사실에 갸우뚱했다.

주변을 탐색하다 시선을 위로 향한 그는 절로 턱이 벌어졌다.

곳곳에 불꽃이 멈춰진 채 밝게 빛났고 나선 모양의 계단이 위로 끝없이 이어져 있었다.

그는 그 기이하게 생긴 구조물이 의심스러웠지만 어디로든 벗어나고 싶다는 생각만으로 공중에 박제된 나선계단에 발을 올렸다. 끝이 보이지 않는 계단을 쉼 없이 오르던 그는 멀리 하늘이 보이자 그제야 동생을 떠올려내고 자신의 안일한 망각에 충격을 받았다. 하지만 그는 계단을 다시 내려가 정체 모를 곳에서 동생을 찾아 헤매는 만용을 부리지 않았다. 그저 동생도 무사히 계단을 타고 올라갔길 기도할 뿐이었다.

동생은 흙으로 돌아간 지 오래였지만 그는 자신의 시간이 8년이나 멈춰 있었다는 사실을 당시 알지 못했다.

고독과 인내의 끝에 드디어 그는 새파란 하늘에 환호하며 밖으로 나왔다. 목을 빼어 든 그의 눈 앞에 펼쳐진 건 사람들이 뒤엉킨 해괴한 풍경이었다. 비원과 경선산성이 일상처럼 부딪치고 있는 광경이었지만 당연하게도 그는 알지 못했다.

그리고 모든 것들이 꼼짝 않고 멈춰 있는 이유 또한 바로 알지 못했다. 하늘을 가로지르는 시멘트 덩어리와 흙모래와 시커먼 연기가 딱딱하게 메마른 물감처럼 굳어 있었고, 사람들은 팔다리를 치켜든 그대로, 달려 나가는 자세로, 엎어져 웅크린 모습으로 꽝꽝 얼어 있었다.

그는 자신을 꼼짝 못 하도록 가뒀던 힘을 밀어내었던 감각을 떠올리고 반신반의하며, 자신의 주변을 감싼 경직되었으나 안락한 기운을 거둬들이는 시도를 해보았다. 켜켜이 숨을 죽이고 있던 수많은 움직임이 와르르 쏟아지면서 일제히 운동하기 시작했다. 그는 우주 한복판에서 잠수하고 있다가 단번에 화산폭발의 한가운데로 내던져진 기분에 움츠러들었다. 먹먹했던 귀가 따갑게 울렸다. 자극 받은 눈에서 눈물이 흘렀다. 하지만 살아 움직이는 사람들을 보자 가슴이 벅차고 기뻐서 그는 얼른 마지막 계단을 디뎌 지상에 올라왔다.

바깥 땅을 밟고 걸어 나오자 근처에 있던 무리가 그를 발견했다. 작은 소란이 일었지만 이미 더 큰 소란이 한창이었기에 금방 묻히고 말았다. 그러나 적지 않은 사람들의 경악에 찬 눈길은 그에게 꽂힌 채 움직이질 않았다.

누구보다도 놀란 건 그와 가장 가까이 있던 두 사람이었다. 이경선과 최주상은 8년 만에 아래에서 올라 나온 천연덕스러운 새 얼굴을 보고 경악스러워 잠시 무방비하게 서로에게 틈을 내보였다.

먼저 기회를 잡은 건 최주상이었다. 이경선은 8년을 뛰어넘어 만난 낯선 이의 선명한 생명력에 정신이 팔려, 죽은 동료의 뼛조각이 자신에게 날아드는 것을 미처 막지 못했다. 그녀는 자신에게 걸어오는 숨 쉬는 유령이 정지자라는 걸 알지 못한 채, 그가 그녀의 능력을 옮겨 담게 될 그릇이란 걸 알지 못한 채, 다만 한 사람이 더 살아 돌아왔다는 사실에 전율하며 몸을 떨었다.

절대 무너질 것 같지 않았던 경선산성의 큰 기둥은 그렇게 정여준이라는 새 생존자를 마지막으로 눈에 담고 숨을 거두었다. 여준은 그녀를 이뤘던 일부가 자신에게 온 줄도 모르고 허겁지겁 도시 밖으로 도망쳐 나왔다. 다짜고짜 공격당하는 이유도, 그것을 모조리 막아내는 자신의 반응도 이해하지 못한 채, 8년 전 요원 시절에 머무른 기억에 의지해 그는 동생을 찾았다.

그러나 그가 만날 수 있었던 건 과거의 상사 장태성뿐이었다. 장 과장이었던 서 팀장을 앞에 두고 그는 상대가 자신을 훑으며 죽일지 살릴지 계산하고 있다는 걸 상상도 못 했다.

서형우는 산성을 그의 손으로 연명시켜 비원의 단기 대항마로 만들어보자는 생각이 들었다. 이경선의 사망으로 흩어진 사람들을 정여준이라는 허수아비 밑으로 모아 입맛대로 써먹으면 양측의 몸집을 줄일 좋은 도구가 될 것이었다.

정여준은 양치기 개가 몰아대는 길로 얌전히 따라오는 양처럼 지난 8년간 일어난 일들과 관련 정보를 군말 없이 흡수했다. 서형우가 비원과 산성의 이력에 대해 설명하고 나자 차세연과 차세욱이 그들의 새 변종에게 생긴 기이한 재주에 대한 나름의 이해를 도왔다.

그러는 내내 차세연은 한시도 손을 쉬지 않았다. 끊임없이 먹을 것을 입에 넣는 그녀를 보고 여준은 눈치를 보다 말했다.

"많이 시장하신 것 같은데 식사가 끝날 때까지 기다려드릴게요."

"먹어도 먹어도 배는 계속 고파."

세연은 손을 떨며 그렇게만 말했다.

서형우는 여준의 어깨를 두드리며 구슬렸다.

"비원 하나만 우뚝 서면 곤란해. 양분된 상태가 안정적이지. 넌 일단 이경선 잃은 그 사람들이 뿔뿔이 흩어지지 않게만 잡아줘라. 그 도시 밖으로 벗어나지 않도록."

"저더러 두 번째 이경선이 되라는 말씀이신가요? 블랙 요원 훈련은 안 받았는데요."

"나한테 동생을 찾았었지? 네가 그 밑에서 꾸물거리는 동안 그 앤 진즉에 위로 올라왔어. 비원한테서 보호하려고 해외로 보내 일시킨 지 오래야. 네 임무 끝나면 바로 동생 있는 곳으로 보내줄 테니까 걱정하지 말고 다녀와라. 어차피 너 지금 비원 눈에 잘못 들어서 맘 편히 돌아다닐 방법도 없을 텐데."

여준은 동생이 무사히 살아 있다는 말을 믿고 싶어서 그를 따랐다. 그러나 그것이 자신의 모든 것을 내보일 이유가 되지는 않았다.

"너 정말 8년 동안 거기서 살아남은 이유 짐작 안 가나?"

서형우가 그렇게 물었을 때 그는 지나치게 능청스러워 보이지 않도록 주의하며 둘러댔다.

"그러게 말입니다. 제 생명을 잠깐 멈춰두기라도 했나 보죠. 다시 시도했다간 또 8년 뒤에 정신 차릴까 봐 겁나서 못 하고 있어요."

열을 알면 아홉만 보고하라. 장태성과 함께 일했던 선배들은 하나같이 그렇게 가르쳤다.

여준은 시간을 멈춰두고 손익과 명분을 재고 따지다가 다른 뾰족한 대안을 찾지 못하고 임무를 받아들이기로 했다. 다 쓰러져가는 집을 일으키는 첩자, 만들어진 우두머리라는 감투를.

눈을 부릅뜬 상태로 멈춰 있던 서형우가 전혀 친절하지 않은 미소를 지으며 빙긋 웃어 보였다. 그는 만족스럽게 말했다.

"너무 멀지 않은 곳에서 언제든 접선책 만날 수 있게 해주겠지만,

최주상 피할 자신 있으면 나한테 직접 와. 거기서 굶을 염려는 말아라. 수백 명 데리고 폐기도시에서 자급자족하라는 소리는 안 해. 몇 년 동안 산성 유지시킬 현금 떼놓을 테니까 나한테 장소 받아가. 이경선 능력에 돈까지 들고 나타나면 그놈들 틀어쥐는 것쯤은 쉽겠지."

최주상이 경찰에게 쓴 검은돈 일부가 정여준을 통해 산성으로 흘러 들어가고, 산성은 그것이 비원의 돈인 줄도 모르고 쓸 것이다. 비원 역시 자신들이 산성을 먹여 살리는 데에 일조할 거라고까지는 의심하지 못할 것이었다. 비원이 섹션에 쓴 돈이 칼이 되어 본인들을 공격하는 꼴이었다.

우스운 모양새였지만 여준은 맘 편히 비웃을 수 없었다. 그저 애써 긍정적으로 생각할 따름이었다. 한번 비원을 나간 돈도 다시 비원으로 돌아가는데, 설마 자신이 멀쩡한 옛 직위로 돌아가지 못할 리가 있겠는가. 발 달리지 않은 지폐도 이리도 자유롭게 온 세상을 돌아다니는데, 땅속에서 올라왔다 하여 바깥세상에서 가슴 펴고 살지 못할 이유가 어디 있으랴.

*

서리는 눈을 떴다.

익숙한 흰 벽과 한 남자의 등이 보였다. 산성에서 처음으로 끌려온 전시실이었다. 그녀는 자신이 무슨 목적으로 이 순간으로 돌아왔나 기억을 더듬었지만 이렇다 할 답이 나오지 않았다. 이제 그녀는 명확한 표지판도 없이 과거로 이동했다. 기계적으로 돌아가는 모든 과거에서 그녀는 아무나 붙잡고 정여준에게 도망치라고 전해달라고만 외치고 싶었다.

하지만 도망치라고 알려주지 않아도, 그는 이미 도망쳐야 할 때

도망치고 있었고 도망치지 말아야 할 때 당당히 고개를 들며 살고 있었다. 쉬지 않고 도망치며 살고 있는 건 오히려 그녀였다. 너무나 오랫동안 과거로만 도망쳤기에 미래를 받아들이는 방법을 잊어버린 것만 같았다.

그녀가 눈을 뜬 걸 발견한 사람들이 술렁였고, 익숙한 실랑이가 시작됐다. 이찬과 다른 사람들이 이런저런 말을 하는 동안에도 그녀는 시간이 더 흐르기 전에 도망치고 싶었다.

당신은 누군가요, 어디에서 왔나요, 조곤조곤 묻는 여준의 목소리가 그녀의 귓바퀴에 귀고리처럼 대롱대롱 매달렸다. 그녀는 그런 질문을 아무것도 아닌 것으로 취급하고 그에게 정체를 물어야 했다. 이곳에 모인 수백 명의 사람을 처음 본 양, 이찬의 정체를 감도 못 잡는 양, 나정을 보아도 가슴이 아프지 않은 양, 눈 앞의 정여준이란 인간이 누구 때문에 어떤 죽음을 맞이할지 알지 못하는 양.

어디에서 왔냐는 물음에 거짓 없이 대답하려면 뭐라고 말해야 할지 그녀는 알 수 없었다. 바깥세상, 비원, 경찰청, 어쩌면 그 무엇도 아니고 그저 미래에서 왔다는 대답만이 진실일지도.

어디에서 왔는지에 대한 답은 몰랐지만 어디로 가게 될지는 아주 잘 알고 있었다. 이찬과 함께 서형우를 찾아가 거창한 잠입이라도 되는 것처럼 유세를 떨며 두더지 노릇을 하게 되겠지만 그래 봤자 이제껏 해오던 것들의 반복이다.

피로한 조바심이 들었다. 그녀는 이제껏 해보지 않은 일이 남았는지 생각하다가 이찬과 눈이 마주쳤다. 과거로 와 이 순간을 반복할 때마다 늘 그랬듯, 그녀는 그를 똑바로 바라보며 소리 없이 서형우의 이름을 벙긋거렸다. 아니나 다를까 그는 제 정체를 알고 있는 섹션 요원이 잡혀 들어왔다는 생각에 안절부절못하더니 벌떡 일어나 말했다.

"그러니까 뭐냐, 정리하면, 비원이 정확히 어떤 덴지도 모르는 바깥 인간이, 십몇 년 전 유골 찾으려고 총까지 훔쳐 여기 왔는데, 여준이 네가 사람 죽이는 거 보고 그거 막으려다 끌려온 거라 이거지."

서형우가 보낸 사람을 어떻게든 산성 밖으로 내보내기 위한 그의 열성적인 거짓말이 이어졌다. 그녀는 그 소리를 한 귀로 흘리고 괴롭게 탄식했다. 무슨 생각으로 이 순간으로 돌아왔는지 기억이 났다.

아직 어떤 친구도 죽지 않은 경선산성을 보고 싶어서 이곳에 왔다. 그뿐이었다.

오래도록 쌓아 올린 노력이 그녀를 손가락질하며 비웃는 것 같았다. 이 굉장한 능력으로 할 수 있는 게, 고작 한때 반짝했던 추억을 들춰보는 것이라 생각하니 얼굴이 뜨거워졌다. 그런 건 사진첩의 역할이다. 인간이 온 힘을 다해 이뤄야 하는 목적이 아니다.

어쩌면 이것이 복원자의 숙명적 한계일 수도 있겠다고 그녀는 생각했다. 복원자의 능력은 되돌리는 것이지 변화시키는 것이 아니라고, 끝없이 되돌아가고 되돌아가는 것만이 할 수 있는 전부일지도 모른다고.

무엇을 해야 할지, 복잡한 굴레에서 한 발 떨어져 위험을 통제하려면 어떤 행동을 해야 할지, 그녀는 정여준을 모방해보기 위해 그가 자주 했을 법한 사고의 궤적을 상상했다.

지형을 떠올릴 수 있는 잘 아는 곳. 표적이 있을 곳. 아래를 내려다볼 수 있고 장애물로 둘러싸인 높은 곳.

높은 곳.

그녀는 이를 악물었다. 거의 모든 길을 반복해 걸으면서도 아직 손대지 않은 높은 곳이 있었다.

한 번 제 발로 내려왔다가 다시는 돌아보지 않은 높은 곳이 있었다.

*

두더지로 돌아온 정여준이 산성에서 본 사람들은 도저히 어디에든 맞서 싸울 만한 꼴로 보이지 않았다. 그는 과연 이런 곳에 투입이라는 말이 어울리는지 회의가 들었다. 이경선을 잃은 경선산성은 더는 경선산성이 아니었다.

그는 도시를 돌아다니며 사람들에게 접촉을 시도했지만 아무도 그를 자신들의 일부로 생각하지 않았다. 대부분은 비원이 어서 쳐들어와 자신들을 편히 죽여주길 바랐고, 그나마 기운이 남은 이들은 도시를 나가 최주상에게 항복해 비원 조직원이 되자고 친구들을 설득하고 있었다.

그들은 8년 만에 살아나온 새 친구의 이야기를 궁금해하지도 않았다. 여준은 당황했다. 그는 호기심을 상실한 인간을 다루는 법을 몰랐다. 자신과 함께하자고 제안할 시도는 차마 하지도 못했다. 8년을 이끌어준 우두머리를 따르다 잃었는데, 며칠 전에 막 만난 낯선 남자가 그들의 눈에 찰 리 없었다.

처음에 그는 임무 실패를 예감했다. 며칠이 지나 예감은 확신으로 바뀌었다. 다시 며칠이 지나자 그는 관찰자에서 목격자를 지나 수색자로 변했다. 희망 없는 사람들에게서 무력감을 느끼다가, 점차 슬픔에 빠져들다가, 종래엔 분노를 느꼈다.

그들은 죽음의 지하 세계에서도 삶을 포기하지 않았던 강인한 사람들이었다. 그에게 살길을 열어주고 계단을 준비해준 고마운 선배들이었다. 그런데 어째서 이 광활한 대지, 드넓은 하늘 아래 앉아 삶을 팽개치고 죽음을 기다리고 있는 것인가.

이유야 알지만 그는 받아들이고 싶지 않았다. 어디 한번 나한테 속아서라도 좀 더 사람답게 살아보라는 오기가 치밀어 올랐다.

며칠 후 비가 푸슬푸슬 내리는 날 그는 무시무시한 구덩이의 한쪽 끝에 섰다. 여전히 아무도 그에게 관심을 주지 않았다. 얼마 지나지 않아 비가 멈추었다. 단순히 비가 그쳤다고만 생각했던 사람들은 몇 시간이 지나자 이상을 느꼈다. 머리 위에 찰랑거리는 판자가 생겨난 것이다. 도시에 맑고 축축한 막이 덮였다.

정여준이 비를 멈춘 채 붙들고 있었다.

사람들은 두런거리며 모여들어 구덩이 앞에 꼿꼿이 서 있는 한 남자를 쳐다보았다. 구름에서 떨어진 빗줄기는 그들의 머리에 닿기 전에 공중에 멈추었고 그 빗방울 위에 빗방울이, 빗방울이 모인 곳에 다시 빗방울이 떨어지며 켜켜이 층을 만들어내고 있었다.

여준이 입을 열었다.

"이것은 이경선의 능력입니다."

그 이름에 수군거림이 한순간에 멎었다.

"아시다시피 저는 저 바닥에서 8년을 죽지 않고 버티다가 최근에 이곳으로 올라왔습니다. 가장 큰 기적은 제가 8년 동안 죽지 않았다는 게 아닙니다. 제가 올라왔다는 사실입니다. 대체 어떻게 올라왔을까요. 8년 전의 여러분과 똑같은 방법으로 올라왔습니다. 나선 모양의 계단을 이용해서요.

똑같은 방법으로 올라왔다는 사실만큼 놀라운 기적이 없습니다. 그건 이경선이 죽기 직전까지도 그 긴 계단을 멈춘 채 유지했다는 뜻이니까요. 계단은 이경선이 죽자 그제야 무너졌습니다. 왜 8년이나 그 다리를 놓지 않고 붙들어놓을 생각을 한 걸까요.

그날 미처 함께 올라오지 못한 누군가가 나중에 더 올라올 수 있으니까. 한 사람이라도 남아 있을 수 있으니까. 몇 년이 지났더라도, 생존자가 올라올 가능성이 한없이 제로에 수렴해도 희망을 놓기 싫었을 테니까요. 실제로 저는 이경선이 그 희망을 놓지 않은 덕분에 계단을 타고 올라와 살았습니다. 그 사람이 붙잡은 게 하필이면 불가능과 비상식이라서 제가 산 거예요."

공중에 쌓여 있던 빗물이 한순간에 땅으로 떨어졌다. 빗물이 사람들의 정수리와 어깨를 쳤고 땅을 둥둥 울렸다. 차디찬 물을 뒤집어쓴 사람들은 흠칫 떨었지만 더는 고개를 수그리지 않았다.

"제 능력은 이경선의 죽음이 아니었으면 존재하지도 못했을 겁니다. 누군가가 더 나아지기 위해선 다른 누군가가 희망을 품은 채 죽음을 각오해야 하는 거겠죠. 이경선이 그랬던 것처럼요. 그 능력을 받아먹었으니 그럼 저도 여러분을 위해 죽음을 각오해보겠습니다.

이경선은 살아 있는 사람이 남아 있는지 없는지도 모르는 저 밑바닥에 목숨의 일부를 바쳤습니다. 여러분은 어디에 목숨의 일부를 거실 건가요. 최주상의 도박입니까? 이경선의 꿈입니까."

한동안 도시엔 빗소리밖에 들리지 않았다. 그는 마음속에 똬리 틀고 있던 말을 모두 뱉었는데도 후련하지 않았다. 자신이 진심으로 생각하는 말을 한 것인지 임무를 위해 그럴듯한 말을 지어낸 것인지 헷갈렸다.

"야." 등을 돌린 채 앉아 비를 맞고 있던 남자가 소리쳤다. "남의 땅에서 연설할 거면 이름이라도 대고 시작해."

"…정여준입니다."

"어엉. 그래, 안녕."

남자는 설렁설렁 손을 흔들었다. 그리고 쭈그려 앉은 자세 그대로 어기적어기적 몸을 틀어 뒤돌았다. 그는 오랫동안 이발하지 못해 머리털과 수염이 지저분했다. 비에 젖어 이마를 길게 덮은 머리카락 사이로 장난기 가득한 눈동자가 빛났다.

"찬이라고 불러라."

이찬은 무릎을 펴고 일어나 젖은 머리를 뒤로 넘겼다. 그는 긴장한 기색의 여준에게 심드렁한 투로 말했다.

"어, 그리고, 앞으론 이경선 뒤에 꼭 님 자를 붙여, 인마."

그리고 그는 2대 경선산성이라는 말을 받아들이게 될 만큼 살아남는다.

*

서리는 남의 피를 밟고 가는 데에 익숙했다. 시야가 닿는 곳마다 타인의 피가 강처럼 흘렀고 그녀는 그곳을 나룻배 없이 건너야 했다. 하지만 핏물에 푹 잠겨 헤엄치는 삶을 살았어도 직접 손에 피를 묻히는 일은 여상스럽지 않았다.

그녀의 번제물은 그나마 쉬운 인간이었다. 비록 깨끗하지 않은 희생양이지만 최주상이라는 제물을 바쳐 정여준을 돌려받을 수 있다면 그만한 가치가 있었다. 최주상은 죽음으로써 그가 내버렸던 목숨들의 수만큼 생명을 구할 것이다.

그녀는 그가 죽어 마땅한 이유를 헤아리며 칼날을 기울였다. 그의 목에 닿은 칼은 망가지지 않고 얌전히 때를 기다리고 있었다. 그는 온순했다. 신가영이 자신에게 해를 입힐 리가 없다고 확신하는 건지, 아니면 신가영에게 살해당하는 것쯤은 개의치 않는 건지 그녀는 알 수 없었다. 알고 싶지도 않았다. 마지막 표정조차 보고 싶지 않아서 그녀는 뒤에 선 채 그의 목을 그었다. 그는 한때 그토록 요란하게 살았던 것이 믿기지 않을 정도로 조용히 죽었다. 살해는 최주상 때문에 고요하게 끝났다.

두려움과 죄책감이 일순 경련처럼 그녀를 스쳐 갔지만 그리 오래 가지 못했다. 그녀는 죽은 그를 내려다보며 덤덤히 생각했다. 나에게만 무해했던 이 사람이 다른 곳에서 무슨 짓을 했는지 잊어선 안 된다. 이 남자가 겪은 고통보다 다른 이들에게 준 고통을 더 똑바로 바라봐야 한다. 나를 지켜줬고 앞으로도 지켜줄 이 돈이 어떻게 태어난 건지 모르는 척해선 안 된다….

그러나 그녀는 결국 그를 죽이기 전으로 돌아가 그 다짐을 생각으로만 그치게 만들었다. 최주상을 잃고 비원을 이끈 김현이가 정여준에게 같은 결말을 선사했기 때문이다.

그녀는 지친 몰골로 다시 최주상 앞에 섰다. 그녀와 함께 있는 그는 살해당할 때처럼 조용하고 얌전했다. 자비심 없는 싸늘한 시선도, 우아함을 가장한 냉혹한 몸짓도 그저 한낮의 이슬 같은 허상이 되었다. 신가영에게 그는 언제든 아이를 간병할 자세가 돼 있는 보호자였다. 그러나 그 모습 또한 반대편에 얼비치는 허상이다. 다시는 진실을 알기 전으로 돌아갈 수 없다.

그녀는 용서를 구하고픈 마음이 없는데도 빈말을 뱉었다.

"날 용서해줄 수 있어요?"

뜬금없는 소리로 들렸을 텐데도 그는 망설임 없이 답했다.

"내가 안 그럴 수도 있는 거니?"

"하지만 전 당신을 용서하지 않는걸요." 그녀가 속삭였다.

"그건 나도 그래." 최주상이 말했다.

 정여준은 만약 자신의 능력을 제대로 알게 되는 사람이 생긴다면 그건 서형우나 차세연일 거라고 생각했다. 그러나 정작 눈치챈 건 그가 경계의 대상으로만 여기고 기만이나 농간을 부릴 상대로는 생각하지 않았던 인물이었다.

 그날은 그가 산성에서 다섯 번째로 비원을 맞이한 날이었다. 높은 곳에 몸을 피해 동료들을 지켜보던 그는 자리를 옮겨야 할 때가 되자 시간을 멈춰두고 움직였다. 발견 당하거나 오래 헤매느라 공백이 생길 염려 없이 여유롭게.

 그때 그는 시커먼 무언가가 멀리서 천천히 다가오는 것을 보고 자신이 실수를 한 줄 알고 화들짝 놀랐다. 그러나 세상은 변함없이 안전하게 정지되어 있었다. 부유하다 멈춘 풀떼기가 허공에 점점이 박힌 숲속에서, 그는 가만히 선 채로 숨죽여 집중했다. 정체 모를 그것은 계속해서 그를 향해 다가왔다.

 사람이었다. 상대는 단정하고 우아하게 산책하듯 곧게 걸어왔다.
 "이건 오랜만에 봐줄 만하네. 별별 재주를 볼 만큼 다 봐서 더는 신기할 게 없다고 생각했는데 말이야. 역시 하루라도 더 오래 살아남을 일이야."

 최주상이 말했다.

 여준은 뻣뻣하게 굳어 옴짝달싹도 못 했다. 그는 자신이 미숙해서 최주상이 있었던 곳을 건들지 못한 줄 알고 얼른 다시 시간을 멈추었다. 최주상의 걸음이 우뚝 멎고, 여준이 긴장을 풀며 신경질적인 숨을 내쉬자마자, 그 안도의 한숨을 비웃기라도 하듯 최주상의 눈썹이 스르륵 올라갔다.

그는 입술을 쭉 늘려 미소 지으며 말했다.

"처음 만나는 사람한테 인사도 없이 그놈의 재주 먼저 부리라고 이경선이 가르치던?"

여준은 아무 말도 못 하고 간신히 서 있기만 했다. 최주상은 입술을 동그랗게 모으더니 말했다.

"아, 이경선한테 뭘 배울 틈도 없었겠구나. 미안하다, 꼬맹아. 네 선배 대장을 존경하지는 않지만 놀릴 생각은 아니었어. 그나저나 이거 네가 한 거지? 설마 이경선한테 물려받은 능력은 아니지? 만약 그런 거면 8년 내내 눈치 못 챈 게 자존심 상하는데."

"……"

"아, 네 것이겠구나. 8년 동안 아래에 있었다더니 이래서였군. 그러면 말이 되겠네."

"…대체 어떻게 움직일 수 있는 거죠?"

"나한테 예의 차리려는 거야? 산성 사람한테 그런 걸 기대할 정도로 염치없지는 않은데."

"뭘 어떻게 하신 거죠? 제가 다 멈춰버렸을 때 저 말곤 움직이는 게 없었는데."

"그러는 넌 어떻게 이런 걸 할 수 있는 건데?"

"…그냥, 그럴 수 있는 사람이 되었으니까요."

"나도 그럼 그냥 이럴 수 있는 사람인가 보지."

"내 재주로 당신을 이길 수 있는 건 정말 하나도 없군요. 당신도 원래부터 이렇게 멈춘 시간을 깨트리고 나올 수 있었던 건가요?"

"아가야, 아무리 나라도 내가 이런 것까지 부술 수 있는지는 몰랐어."

그는 다시 날 선 미소를 지었다. 그러나 주변을 둘러보더니 언제 웃었냐는 듯 표정을 싸늘하게 굳혔다.

"이경선 후계자가 이런 눈속임으로 뒷짐 지고 지휘할 줄은 몰랐네. 어쩐지 애들이 맥을 못 추고 돌아오더니만. 오늘 당장 싹을 잘라두지 않으면 저세상 가서 원망 듣겠어. 이경선한테 유실물 반납이나 하러 가라, 애야. 네 능력은 기분 나쁘다."

"글쎄요. 내가 당신을 영원히 멈추는 것과 당신이 자신을 영원히 부수는 것 중 어느 쪽이 성공할까요."

"참 쉽게 영원을 입에 담는구나. 남들보다 약간 특이해졌다고 세상일이 네 뜻대로 될 줄 아나 보지. 방어만 하는 주제에 공격만 하는 사람한테 상대가 되겠어?"

"당신이야말로 왜 상대가 죽일 각오를 하게 할 말을 쉽게 입에 담죠? 남들보다 약간 특이해졌다고 누굴 살리고 죽이고 하는 일이 하찮아졌나요?"

"뭘 또 재미없는 말을 하고 그래. 당연히 날 죽일 생각이니까 산성에서 살았을 거 아니야."

"조금 전까지는 아니었습니다."

"그 말이 제일 재미없군."

"당신은 그런가요? 절 죽일 생각으로만 여길 찾아왔습니까? 이경선처럼 처치하려고?"

"그랬었는데…."

최주상은 주머니에 손을 넣은 채 주변을 휘휘 둘러봤다. 아무것도 생동하지 않는 지루하고 고독한 풍경에 혀를 차며 그는 나른하게 말했다.

"내가 정지자였으면 더 잴 것도 없이 이 자리서 바로 네 재주를 잡아먹겠지만, 안타깝게도 그렇질 않아서. 이만큼 인상적인 힘을 자연에 돌려주긴 아깝지 않겠어?"

"그래서요?"

"내 믿을 만한 정지자가 근처에 있을 날을 기다리는 편이 나을 것 같아서. 너도 날 처치하려고 할 땐 네 파쇄자 친구를 주위에 둘 거고 말이야."

"딱히 그럴 생각은 없었습니다."

"딱히 어떤 생각이든 제대로 할 것 같아 뵈지도 않는군."

그는 심드렁하게 눈을 흘기다 휙 돌아섰다. 미련 없이 멀어지는 상쾌한 걸음걸이에 당황한 여준에게 그는 뒤돈 채로 말했다.

"네가 이거 제대로 돌려놔서 다들 다시 움직이면 내 정지자 데리고 바로 찾아올 거야. 죽기 싫으면 아무쪼록 열심히 도망치는 게 좋을 거다. 운 좋게 오늘 살아남더라도 다신 내 앞에서 이런 눈속임은 시도할 생각 마라, 응?"

"…그럼 이게 절 내버려두는 마지막 호의입니까?"

"설마 그것까지 알려줘야 할 정도로 멍청해?"

"마지막이 아니게 할 생각은 없나요?"

최주상은 걸음을 우뚝 멈추고 고개를 돌렸다.

"그만 멈출 생각은 없습니까? 당신도 8년이나 계속했으면 알겠죠, 이런 식으론 산성에도 비원에도 미래는 없을 거란 걸."

"…산성이 우두머리를 잘못 택했군. 자기가 뱀의 혀를 가진 줄 착각하는 겁 많은 닭이라니."

"우리가 여기서 뭐 하고 있는 겁니까. 시간까지 조종할 수 있는 사람들이 기껏 한다는 얘기가 지금 죽이니 나중에 죽이니 따위밖에 안 되나요? 손잡고 일해도 부족할 판에 이런…."

"이게 게임인 줄 알아?" 최주상의 목소리가 대번 험악해졌다. "참

가자가 버튼 하나 누른다고 멈출 일 같냐고."

"지난 8년을 하루아침에 없던 일로 할 걸 바라진 않습니다. 하지만 그만큼 앞으로 8년 더 애쓸 각오 정도만 있으면…."

"8년이나 더 살아남을 생각을 하다니, 변종 주제에 꿈도 크지."

여준은 그의 말을 불편함 없이 넘길 수 없었다. 그가 자기 자신의 언어로 말하고 있다고도 믿을 수 없었다. 하지만 어쩌다 최주상이 본인을 포함한 생존자들을 이렇게 취급하게 되었을까 생각하느라 여준이 아무 응수도 하지 않자, '주제에 살아남을 꿈을 꾸는 변종'이라는 표현은 그들의 공통 언어가 되어버렸다.

"헛바람 들어서 망상하지 말고 이경선의 유물이나 잘 지켜." 최주상은 다시 뒤돌아 걸었다. "그 자리에 앉은 이상 네 운명은 이미 정해진 거야. 그만 멈추자는 말이나 할 거면 다른 정지자한테 그 재주 다 물려주고 발 빼든가."

그날 경선산성은 태풍처럼 도시를 쓸고 다니는 최주상 때문에 악전고투했다. 여준은 그가 산성에 남기고 간 흔적을 볼 때마다 같은 말을 반복해 듣는 것 같았다. '변종이 살아남을 생각을 하다니 꿈도 크지.'

그들이 대면한 이후 최주상은 자꾸만 산성에 몸소 들어왔다. 날이면 날마다 모습을 보이는 최주상 때문에 산성 사람들은 두려워 떨며, 저 악마 같은 인간이 이번에야말로 작정하고 우리를 끝장내려는 게 아니냐고 울적하게 수군거렸다.

아마 자신을 감시하고 위축시키려는 목적이리라고 여준은 짐작했다. 시간으로 장난질을 쳐봤자 그 비밀스러운 재주 따위는 묘수가 되지 못한다는 걸 똑똑히 보여주려는 의도일 터였다.

하지만 여준은 어째서 경선산성의 새 우두머리가 시간도 멈출 수 있는 정지자입네 하는 소문이 돌지 않는지 의아했다. 산성에 균열을 일으키거나 비원 정지자들의 충성 경쟁을 유도할 좋은 기회가 될 텐데 최주상이 입을 다물고 있는 것이 이해되지 않았다.

그는 자신이 만약을 위한 보험으로 취급받는 줄로 이해했지만 진실은 다른 데에 있었다. 최주상이 지킨 건 정여준이 아닌 신가영의 비밀이었다. 시간을 다루는 정지자가 존재한다는 사실이 밝혀지면 시간을 되돌리는 복원자의 존재를 찾으려 들 약삭빠른 사람이 생길지도 몰랐다. 괜한 추적에 휩쓸려 가영의 존재가 드러나게 둘 순 없었다.

그 가능성을 없애기 위해서라도, 정여준은 이경선과 껍데기만 다른 복제품으로 남아줘야 했다.

*

복원자가 공들여 헤매 얻어낸 것은 지름길이 되었다.

윤서리가 더 많이 걷고 인내해 얻어낸 것을 주위 사람들은 더 빠르게 얻었다. 그녀의 긴 삶은 자신의 시간을 늘리고 다른 이들의 시간을 잘라 이어 붙인 결과물이었다. 의식했든 아니든, 호의였든 자기를 위한 것이든, 그녀는 선택지를 줄여주고 매 순간 지름길을 마련해줬다.

같은 시간을 반복할 때마다 사람들의 지름길이 점점 짧아지고 있다는 걸 서리는 처음엔 느끼지 못했다. 그녀가 서른 개를 보고 들었기 때문에 사람들은 가장 중요한 두세 가지만 보고 들어도 충분했다. 그들은 덜 헤매도 더 곧은길로 갔고, 덜 보았지만 더 알았고, 적은 논쟁을 벌였지만 더 많은 결론을 냈다. 이미 모든 걸 겪은 그녀가 매번 더 짧은 길을 제시해줬기 때문이다.

그래 봤자 그녀는 허탕 칠 일을 줄이거나 시간을 좀 더 효율적으로 쓰는 것으로 그치리라고만 생각했다. 그러나 어쩌면 그보다 더한 것이 지름길을 달리고 있을지도 모른다는 것을, 그녀는 정여준을 통해 깨달았다.

처음 만난 시절의 그는 분명 생기라곤 없이 지쳐 어두웠고, 그러나 다른 이들과 함께 있을 때는 온화했고, 이찬과 있을 때는 좀 더 기운 있어 보였으며 그녀와 함께 있을 때는 평온했다.

딱 그 정도였다. 그러나 긴 여로를 달리던 어느 날 문득 그녀는 생각하게 되었다.

'저 사람이 저렇게 자주 밝아 보이는 사람이었나?'

그를 부드럽고 맑은 사람이라고 느낀 적은 있어도 밝고 화창해 보인 적은 없었기에 서리는 의아했다. 그녀가 같은 시간을 반복하느라 지쳐갈수록 그의 표정은 여우비에 젖듯 서서히 밝고 따스해졌다. 온유한 눈빛에 담긴 희망 어린 기대감. 그녀는 그 낯설도록 빛나는 표정을 보며 위안과 불안을 오가는 이질감을 느꼈다.

자신의 기억과 감정은 쌓이고 변화하지만 그는 단지 반복될 뿐일 텐데, 아무 변화 없는 세상에서 자신의 정신만 늙어갈 따름인데, 어째서 한 사람의 하루하루가 덜 불행해 보이게 된 것인지, 놀라워하고 걱정하던 그녀는 오래 지나지 않아 깨달음을 얻었다.

여준의 정신이 지름길을 달리고 있었다.

자신의 시간을 늘리고 남의 시간을 가속한 탓에 사람의 마음마저 더 빠르게 움직이게 만들어버렸다. 본래는 수없이 헤맨 끝에 발견하게 될 감정을, 조금만 헤매고도 바로 손에 넣게 된 것이다.

그녀는 판결문을 받아 읽듯 중얼거렸다.

"내가 매번 새로운 정여준을 죽게 하는구나."

★

 서형우는 서형우가 된 이래로 이토록 불만스러웠던 적이 없었다. 비원은 감질나게 굴었다. 산성은 이경선이 살아 있을 때만큼 기운을 회복했다. 정여준은 비원과 산성 모두를 망가트리기엔 너무 유능하게 게을렀다.
 "밭 해치라고 보낸 두더지가 엉뚱하게 겨울잠을 자고 난리야."
 불안해진 그는 정여준을 감시할 끄나풀이 절실해졌다. 비원과 달리 산성에는 변종이 아닌 이가 없었기에 그는 두더지를 산성 내부에서 발굴해야만 했다.
 비원으로 위장한 섹션은 외출을 나온 이찬을 몇 번의 고배 끝에 붙잡는 데에 성공했다. 서형우는 마법의 첫 문장으로 이찬의 난동을 그치게 했다.
 "정여준은 내가 심은 허수아비야."
 그는 이찬이 믿지 않으려 하며 충격과 의심 사이에서 헤매는 틈을 놓치지 않았다. 그는 그간 차곡차곡 모아두었던 증거들을 보여주며 말했다.
 "네가 설령 믿지 않더라도 우린 다른 놈을 포섭할 거고, 넌 산성 놈들을 모두 의심하며 살게 될 거야. 산성도 비원도 결국 우리가 원하는 결말을 맞을 거다. 이대로 돌아가서 동료들한테 진실을 밝히고 영웅이 돼서 그놈들이랑 함께 자멸할 거냐, 아니면 우리 쪽에 붙어서 그놈들이 공멸한 후에 조용히 호의호식하는 삶을 살 거냐?"
 넋이 나간 채로 제안을 받아들인 이찬에게 서형우가 지시한 첫 임무는 간단하고 고약했다. "정여준이 산성의 우두머리인 척하고 있는 건지, 정말 우두머리가 되려고 하는 건지 잘 봐봐." 그러니까,

친구들을 속이고 있는 중인지 친구가 되었다고 착각하는 중인지 판단해보라는 말이었다.

산성으로 돌아간 이찬은 여준의 얼굴을 보기 괴로워 도시의 온갖 곳을 들쑤시고 다녔다. 뭣 때문에 그렇게 헤매고 다니느냐고 걱정을 사도 그는 말해줄 게 없었다.

헤매지 않았기 때문이다. 헤맨 적이 없는 게 문제였다. 땅 위로 살아 돌아올 때도, 이경선을 따를 때도, 정여준을 받아들일 때도, 서형우와 작당할 때도, 그는 스스로 헤매고 갈등하다 선택한 것이 아니라 상대가 제안하고 찌르는 대로 반응해 흘러 흘러 살아왔을 뿐이다.

애당초 이경선을 따랐다고 당당하게 말할 수도 없었다. 그는 도시를 탈출한 직후엔 최주상과 함께였다. 낌새가 이상하게 흘러가는 게 불편해서 몰래 빠져나오려다 최주상에게 죽을 뻔했는데, 그때 이경선이 구해줘서 구사일생으로 어쩌다 돌아섰을 뿐이었다.

하지만 이경선을 충성스럽게 따르면 따를수록 마치 처음부터 그녀와 같은 생각을 해 온 것처럼 느껴졌다. 가능성을 믿고, 미래를 꿈꾸고, 통제와 불의에 분노하는 것처럼. 신념이라는 게 있는 것처럼. 단 한 번도 최주상과 뜻을 함께한 적이 없었다는 듯.

그런 어중간한 겉치레로 표리부동한 탓에 이리되었나 싶어 그는 자괴감이 들었지만 억울했다. 왜 자꾸만, 생사의 갈림길에서 한쪽 편을 고르라고 일면식도 없는 인간들에게 선택을 강요당해야 하는가? 그저 불운하게 한 번 죽었다 살아났다는 이유로.

그는 지긋지긋할 정도로 익숙한 산성의 풍경을 낯설게 관찰해보았다. 그리고 여준을 방금 처음 만난 것처럼 쳐다보았다. 이 정여준이라는 남자는 그를 집어삼키기 위해 온 괴물인가. 아무 감정도 없이 명령만 수행하는 로봇 같은 요원인가. 자기만의 정의에 취한 오만한 판관인가. 가볍게 툭 밀기만 하면 다시 지옥으로 떨어질 그 아슬아슬한 시커먼 끄트머리에 서서, 빗방울을 멈춰가며 화를 참듯 연설했던 그 청년은 정말 서형우의 하수인인가. 날이 갈수록 이경선을 닮아가는 이 친구는 자신들의 친구였던 적이 없는가.

그에겐 의심과 혼란과 외로움을 받아들이고 감당할 힘이 없었다. 여준이 했을 배신을 상상하는 것보다 자신이 저지른 배신을 직시하는 게 더 무서웠다. 이대로 가다간 여준이 산성을 다시 찾아오기 전, 이경선을 잃고 망연자실했을 때보다도 더 꼴사나워질 판이었다.

그때보다도 더.

그러고 보니 그때는 어쩌다 그 꼴을 박차고 일어날 생각을 했는지, 이 유약해 보이는 놈의 무엇을 믿고 다시 걸어 나갈 생각을 했는지 그는 기억을 들춰보았다.

구덩이 앞의 낯선 남자는 목숨의 일부를 어디에 걸겠느냐고 물었었다. 머리에 찬물을 쏟으면서.

"…야." 찬이 말했다.

"응?" 여준이 돌아보았다.

"너 만약 내가 원래 비원이었다고 하면 어쩔 거야?"

"…너 이경선 님이 맘먹고 갈라서기도 전에 최주상이랑 대판 싸우고 찍혀 나왔다며. 비원이 생기기도 전에 이경선 님한테 붙었는데 어떻게 네가 비원 소속이야."

"아니 좀…, 제발 그렇게 매사 진지하게 받아들이지 좀 말고. 만약이라고 했잖아. 만약 내가 원래 비원 출신이었는데 어쩌다 여기 들어와서… 비원을 버리고 산성에 정착했다고 하면 넌 어떻게 생각할래?"

"비원 얘기는 이름만 꺼내도 질색하면서 웬일이냐?"

"됐고, 어떻게 생각할 거냐고. 두목으로서."

여준은 지도를 읽듯이 찬을 바라보았다. 그 속 모를 눈을 보니 찬은 목이 졸리는 것만 같았다.

"두목으로서는 뭐 좋지. 인구가 한 명이라도 많은 편이 유리하잖아."

"…그러냐."

"그리고 인간 정여준으로서는 아무래도 상관없는 얘기고."

"……."

"비원 출신이든 산성 출신이든 무슨 상관이야. 우린 산성 출신이라서 같이 있는 게 아니라 싱크홀 출신이라서 함께하는 거야."

살아생전 이경선의 입에서 나왔다면 절대 수긍하지 않았을 말이었다. 찬은 아무리 싱크홀 출신이래도 최주상과 함께할 생각이 없었다. 그런데 여준의 입에서 출신 얘기가 나오자 그는 혼란과 의심을 제쳐두고 다시금 정여준이라는 인간을 곧이곧대로 바라보게 되었다. 비원 출신도 산성 출신도 아닌 반쪽짜리 이경선. 동료 공작원에게 의심받는 반쪽짜리 허수아비. 8년 치의 생사고락을 공유하지 못한 반쪽짜리 가족.

눈살을 찌푸리는 찬을 보고 여준이 말했다.

"왜? 비원 버리고 여기 들어오겠다는 조직원이라도 있어?"

"말이 되냐. 들어오는 순간 나한테 뒈진 목숨이야."

"그러게 왜 그런 비유를 들고 그래."

"내 말이. 이때껏 살아남았는데 슬슬 갈 때가 됐나." 찬은 기지개를 켰다. "넌 어떠냐. 여기 와서 사계절 다 지냈잖아. 여기도 조금은 맘에 들긴 들어?"

"…그러게."

여준은 버려진 빈 도시를 바라보며 숨을 길게 들이쉬었다. 노을 만큼은 공평하게 도시 구석구석에 스며들어 금빛 자국을 남겼다.

"꽤. 꽤 많이."

찬은 그 대답을 믿기로 했다.

그의 수상쩍은 대장이 어디서 출발해 어딜 통해 왔든 알 바 아니었다. 마지막에 산성을 택하게 하면 그만이었다. 그들을 영영 첩자로만 남기길 원하는 건 서형우지 그가 아니었다. 이경선에 이어 정여준까지 남의 손에 죽도록 내버려둘 수는 없었다.

정여준이 경선산성을 위해 목숨의 일부를 걸었다면, 그런 그를 위해 목숨의 일부를 거는 사람이 한 사람은 있어야 했다.

*

그녀 때문에 목숨을 잃었던 사람이 그녀에게 여기서 빠지라고 말하고 있었다.

"혼자서 예전처럼 얼마든지 지낼 수 있는데 우리처럼 살 필요는 없어요." 여준은 서리가 이미 골백번은 들은 설득을 늘어놓았다. "같은 생존자라는 이유로 이 짐을 떠넘기고 싶지 않아요. 제가 싸우는 걸 직접 봤으니 다시 결정하세요. 부담스럽거나 꺼림칙하면 이 틈에 몰래 도망가게 도와줄게요."

그러더니 그는 주저하며 말을 더듬기 시작했다.

"그리고 가시기 전에 이건 물어봐야 할 것 같아서… 그… 이상하게 들리겠지만… 정말 이상하게 들리겠지만…."

그는 당혹스러운지 얼떨떨한 표정으로 괜스럽게 머리를 긁적였다. 그는 그녀를 요목조목 뜯어보더니 멍하게 중얼거렸다.

"자꾸 이 생각이 들어서 그러는데… 왜 이렇게 당신이, 익숙하고 그리운 거죠?"

민망해하는 그를 보고 그녀는 길게 한숨 쉬었다. 또다. 그는 계속해서 그녀가 알던 것보다 빨리 지름길을 달리고 있었다.

그녀는 그의 머릿속을 고쳐줄 수 있는 행위라도 하는 것처럼 한 손으로 그의 눈을 덮으며 말했다.

"왜냐면 당신은 날 만난 지 얼마 안 됐지만, 난 당신이랑 백 년 가까이 같이 있었거든."

손바닥 밑으로 눈꺼풀의 떨림이 느껴졌다.

"있잖아, 방금 네가 한 말 모른 척하고 넘겨버린 것만 해도 꽤 되는데…. 아무리 그래도 한 번은 정직하게 대답해주는 게 좋겠지? 내가 지금 시도하고 있는 뭔가가 계속 실패하는 중인데, 네가 시도한 그 질문도 자꾸 무시당하니까 그다지 좋질 않네."

그녀는 손을 떼고 그의 눈을 똑바로 바라보며 말했다.

"나도 그래. 나도 당신이 그리워. 당신이랑은 다른 의미로 더 많이, 더 오래 그리워했어. 내가 아직도 만나지 못한 미래의 당신이 너무 보고 싶어."

말을 끝내자마자 그녀는 곧바로 조금 전으로 돌아갔다. 그리고 그가 똑같은 질문을 하지 않도록 얼른 말했다.

"지금 당장 저기서 우리 친구들이 비원한테 죽을지도 모르잖아. 날 억지로 도망가게 하려고 계속 실랑이할 거야?"

"하지만, 봐요, 이게 여기 사는 사람들에게 일어나는 일이에요."

그는 자신이 멈춰버린 불꽃들을 가리켰다.

"만약 여기서 비원 사람을 마주치면, 난 내가 멈춘 불을 집어다 그 사람 입속에 넣고 능력을 풀 거예요. 다시 움직이기 시작한 불길은 그 사람 목과 폐를 태우겠죠. 여기는 그런 사람이 지휘하는 곳이에요. 눈으로 봤으니, 직접 생각해서 결정하세요. 이런 데에서 도망치는 데에 죄책감 가질 필요 없어요."

그녀는 몇 번이고 했던 말에 진심을 담아 대답했다.

"난 네 옆에 있어도 괜찮아. 너 같은 사람이 돼도 괜찮아."

*

최주상의 언어에 영향을 준 것이 누구였을지 깨닫게 됐을 때, 여준은 서형우에게 놀라지 않고 최주상에게 실망했다.

산성이 비원을 받아들일 마음이 없는 것 이상으로, 서형우가 '변종'들을 안전하게 통제할 생각이 없다는 걸 여준은 모를 수가 없었다. 그는 갈수록 자신의 상사가 날것의 경멸을 숨기지 않는 것이 흥미로웠다. 변종인 그의 앞에서 변종의 전멸을 대놓고 논해도 작전에 어떤 지장도 없으리라고 한 치도 의심하지 않는 듯했다. 마치 그가 변종이 되면서 감정을 느낄 줄 모르는 존재가 됐다는 듯이, 의혹을 간직하거나 논리적 사고를 하는 능력을 잃어버렸다는 듯이. 그래서 말을 조심할 필요도 눈치를 볼 필요도 없는 편안한 장식품이자 편리한 도구로 변신했다는 듯이.

서형우는 그의 잠입이 다수의 시민을 지키기 위해 부득불 해내야 하는 임무라는 입에 발린 말도 더는 하지 않았다. 비원의 알력에만 예민하게 반응하고 산성에는 별 관심도 없어 보였다.

여준은 버림받아 갇힌 신세라는 생각으로 슬픔에 빠진 게 아니라 자신이 양쪽 모두의 적이라는 생각에 말라비틀어졌다. 그는 경멸감이 들기 시작한 옛 상사를 위해 산성을 이용해 먹을 수 없었지만, 산성 사람들을 위해 허가받은 일 이상의 일을 해줄 수도 진실을 털어놓을 수도 없었다.

정체성을 잃은 두더지가 두 발 뻗고 잠을 잘 수 있을 리 만무했다. 두통은 일상이 되었고 한순간도 불안과 긴장 없이 대화를 나눌 수 없었다. 사람들 앞에선 억지로 웃음을 지을 수 있다가도, 혼자 남으면 기력을 잃고 우두커니 서 있기 일쑤였다.

거울에 비친 자신의 얼굴이 도저히 사람 같지 않다고 생각한 어느 날, 그는 다짜고짜 서형우를 찾아가 물었다.

"요원으로서의 저를 믿으십니까, 과장님?"

"믿지 않는 요원을 현장에 던지는 머저리가 어느 나라 정보국에 있어?" 그 머저리는 거짓말을 잘했다.

여준은 서형우의 뒤에 숨어 있을 또 다른 서형우들까지 생각하니 견딜 수 없는 피로를 느꼈다.

그는 결국 경선산성에 투입된 지 3년째에 이 말을 마지막으로 남기고 다시는 산성을 나오지 않았다.

"우리는 어둠 속에서 헌신하며 빛을 떠받치는 지지대가 될 수도 있었습니다. 문장으로만 그럴듯하게 치장하는 게 아니라, 정말로요. 그리고 제 생각엔 장 과장님도 아직 늦지 않으셨습니다."

서형우는 뒤늦게 아차 했다. 정여준을 변절 가능성 있는 변종으로 생각하다가도 정작 직접 만나면 답답한 부하로 대하느라 결정적인 순간을 허술하게 놓치고 말았다. 그사이 그는 죽은 동생을 마음에 묻고 수백 명의 형제자매를 산성에서 찾았다. 시궁창에서 올라온 쥐는 고양이의 먹이가 되느니 개미 떼의 왕이 되길 선택한 것이다.

이경선 모양을 갖춘 인형이 아니라 정말로 이경선을 만들어버렸다는 두려움이 서형우를 덮쳤다. 다른 정지자들의 능력까지 먹어버리기 전에 없애야 했다. 필요하다면 세 번째 허수아비를 마련하면 된다. 어렵겠지만 이찬을 그 자리에 세울 수도 있다. 정여준을 제어할 수 있는 끈을 놓치는 것보다는 나았다.

하지만 어디까지나 감시원으로만 썼던 이찬에게 암살을 맡겼다가 그가 안팎으로 의심을 사게 되면 곤란했다. 그 덕에 분열이 일어나도 좋겠지만 이찬 혼자 린치를 당하게 두는 건 비싼 대가였다. 위험을 감지한 집단이 쓸모 이상으로 경계감만 키울 수도 있었다.

차세연은 내부 두더지가 아닌 외부인들을 암살자로 삼도록 방향을 틀어주었다. 첫 번째 팀은 보기 좋게 실패해 전멸했고, 두 번째 팀은 변종들의 싸움에 겁을 집어먹고 반 이상이 달아나는 바람에 품을 들여 처치해야 했다. 그래서 서형우는 세 번째 암살팀을 보내면서도 그리 큰 기대를 품지 않았다.

특히 그중 한 명은 일말의 기대도 줄 만한 상대가 아니었다.

멀쩡히 돌아와 그를 협박하기 전까지는.

*

여준은 무릎을 꿇었다.

서리도 덩달아 주저앉았다. 추락하는 이 짧고 깊은 감각을 그녀는 아주 잘 알았다. 이것은 실패를 알리는 선고였다. 그녀는 눈송이가 그의 얼굴에 내려앉지 않도록 손바닥을 가져다 두 눈 위에 올렸다.

그녀는 무력하게 말했다. "이게 아니야. 내가 아니라 네가 필요해."

그는 웃으며 말했다. "무사해서 다행이에요."

그녀의 눈에서 눈물 한 방울이 떨어지고 그의 눈에서 생기가 사라졌다. 그녀는 직전으로 돌아갔다. 그가 마지막 말을 남기는 순간으로.

"무사해서 다행이에요."

다시 눈물 한 방울이 떨어지고, 생명은 꺼져갔다. 다시 직전. 지친 복원자에게 그가 말했다.

"무사해서 다행이에요."

다시 눈물 한 방울, 그리고 얕은 생명과, 그리고 또 바로 전, "무사해서 다행이에요", 눈물 한 방울, 죽음, 바로 전, "무사해서 다행이에요", 눈물, 죽음, 바로 전, "무사해서 다행이에요."

그녀는 계속해서 같은 시간으로 돌아가 그의 유언을 반복해 들었다. 여준은 죽기 직전 매번 단 한 방울의 눈물을 보았지만, 수십 번의 눈물방울을 쌓아가는 서리에게는 통곡이었다.

끊을 수 없는 애도의 굴레에 갇혀 그녀는 생각했다. 사실 난 널 괴롭히고 있는 걸까? 널 돕는 게 아니라 네 비석을 더 매끄럽게 깎고 있는 걸까? 네가 수천 번 죽은 건 나 때문일까?

"무사해서 다행이에요." 그가 다시 속삭였다.

그러나 무사했을지언정 그녀는 다행이었던 적이 없었다.

*

생존자들은 총을 쓰지 않는다.

한날한시에 경험한 공통의 나쁜 기억 때문이기도 하거니와, 빠르기만 하고 터무니없이 가벼운 총알은 이경선과 정여준을 상대로 아무 소용이 없는 탓이었다.

그런데도 총을 쏘고 달려드는 사람. 뒤에서 도구를 들고 덮치는 장정. 마지막 순간까지 아무런 능력을 사용하지 않는 낯선 얼굴들. 최주상이 미쳤거나 그들이 비원과 관련이 없거나 둘 중 하나일 터였다.

답은 자명했지만 여준은 옛 상사가 제 등에 칼을 꽂으려는 이유를 자꾸만 생각하게 되는 게 싫었다. 그는 더는 섹션의 편에 서고 싶지 않을 뿐, 해를 끼칠 생각도 방법도 없다는 걸 서형우도 알고 있을 것이었다. 그런데도 굳이 비원이 아닌 이들까지 보내 무슨 득을 보려는지 이해가 되지 않았다.

그러나 그는 세 번째로 찾아온 암살자들의 목에 칼을 꽂으며 마음을 정리할 수밖에 없었다. 서형우는 처음부터 어떠한 득을 보려고 이 일을 시작한 게 아니었다. 득 될 것이 없는 걸 처리해왔을 뿐.

그는 등 뒤로 날아오는 총알을 멈춰 세우며 한숨 쉬었다. 총을 포기한 암살자가 칼을 쥐고 그에게 달려들었다. 여자였다. 건장한 남자 동료가 손도 못 쓰고 죽는 꼴을 봤으면서 이럴 마음이 드나 싶었다. 그는 여자가 쥔 단도를 허공에 멈추고 숲 너머를 보았다.

먼 곳에서 최주상이 날려 보낸 거친 선물을 공중에 매달아놓고 그는 단도를 집어 들었다. 여자는 도망가지도 않고 그를 신기한 물건 보듯 했다. 그 뒤 그녀가 한 말은 더욱 묘했다.

"도망쳐."

멈춰놓은 잔해를 최주상이 다시 폭발시킬 것쯤은 알고 있었다. 주의하라고 경고하지 않아도 그는 충분히 대응해 멈춰 세울 수 있었다.

그는 고개를 삐딱하게 기울이고 시간을 멈춰버렸다.

"…왜지?"

그는 답을 주지 못할 여자에게 얼굴을 바짝 들이대고 스산하게 중얼거렸다.

조금 전까지 죽이려 들었던 상대에게 도망치라는 말을 하는 심보가 무언지 알 수 없었다. 하여간에 서형우와 조금이라도 연관 있는 이들은 이해할 수 없는 것투성이였다.

한 가지는 확신할 수 있었다. 이 여자를 죽여도 섹션은 그에게 다음 암살자를 보낼 것이다. 끝이 날 때까지 끝없이.

그는 멈춘 시간을 놓아주고 여자가 머리를 다쳐 기절해 이찬에게 옮겨지도록 내버려두었다.

그는 여자가 정말로 서형우가 보낸 사람인지 확인하고 싶었다. 두더지 정여준의 이름을 몰래 간직하는 한 계속해서 칼이 날아들길 기다려야 하는지를.

"이 사람한테 물어보고 싶은 게 있어서 데려왔어요. 내가 걱정하고 있는 답을 이 사람이 말할 가능성이 있어요. 정말 그럴 경우, 난 그걸 여러분이 동시에 들어줬으면 해요. 이 사람이 나한테 편하게 말할 수 있도록 도와주겠어요?"

"무슨 답을 걱정하는 건데? 그냥 네가 말해. 저 여자가 뭐라고 얘기하든 우리한텐 네 의견이 더 중요해."

"미안하지만 그걸 제 입으로 먼저 말할 용기가 없네요."

만약 여자가 그의 정체를 폭로한다면 그는 그 자리서 모든 걸 털어놓고 자유로워질 생각이었다.

그러나 여자는 도시에 생존자들이 살고 있는 사실조차 몰랐던 듯했다. 그는 갈등했다. 서형우가 보낸 사람이 아니더라도 무슨 상관인가, 남이 먼저 폭로하지 않으면 스스로 진실을 밝힐 용기 하나 못 낸단 말인가, 고작 그 정도밖에 안 되는 겁쟁이면서 산성을 짊어지겠다고 다짐한 건가, 용서를 구하고 새로이 시작할 각오도 없는 주제에.

그랬다. 없었다. 그는 그러지 못했다. 그는 끝끝내 자신을 섹션의 사생아가 아닌 이경선의 후계자로 포장하길 택했다. 그렇게 살고 싶었고, 그 이름으로 죽고 싶었다.

그러니 어떻게 버리겠는가.

"난 네 옆에 있어도 괜찮아. 너 같은 사람이 돼도 괜찮아."

그 명패와 명찰과 명예를 준 사람을 어떻게 배반하겠는가.

최주상과 자신의 사이로 뛰어드는 그녀를 보았을 때, 도망치라는 외침을 다시 들었을 때, 그러나 무슨 일이든 누구를 상대로든 결코 도망치지 않겠다는 생각이 들었을 때, 그는 어떤 이름으로 어떻게 죽어야 할지 이미 알고 있었다.

"아이고."

그는 세상을 멈추고 탄식했다. 변화가 무색하게 최주상이 곧바로 눈을 깜빡이자 여준은 두 손을 내밀고 다급히 말했다.

"좀 봐줘요. 이 지경까지 왔는데 이 사람까지 건들진 마세요. 보아하니 비원도 상황이 우리랑 같아진 마당에 한 명 목숨으로 경쟁할 필요가 있겠어요? 내 목이나 가져가고 이 사람은 살려주세요."

주상은 그 말엔 신경도 쓰지 않고 새카만 조각조각에 맞붙어 굳어 있는 서리를 두려움 가득한 눈으로 바라볼 따름이었다.

여준은 멀리서 걸어와 서더니 서리를 보고 말했다.

"이런. 이 정도면 자신이 없는데."

"…뭐?"

"최주상 씨, 내가 졌어요. 어떻게 이렇게 빠를 수 있습니까? 뭘 멈춰보려고 해도 시간이 흘러가자마자 끝장나게 생겼는걸요. 이 사람 하나는 살려달라고 부탁했던 것도 쓸데없는 말이었네요."

"네가 손쓸 필요도 없어. 내가 다 부숴버리면 그만이야."

"이미 이 사람한테 너무 가까이 있어요. 당신이 하려는 일이 당신이 한 일을 이기지 못할 거예요. 뭐 어쨌든 이 사람을 구하는 데에 동의해준 건 감사합니다."

최주상은 두 사람에게 달려오려다 멈칫했다. 여준이 그녀에게 성큼 다가서더니 팔다리와 몸통을 여기저기 틀어가며 그녀를 불편한 자세로 껴안았기 때문이다. 아슬아슬하게 그녀를 뒤덮었던 거친 조각들은 그의 몸속으로 들어가 보이지 않게 되었다. 꼼꼼하게 팔을 두르고도 불안한지 그는 반쯤 체념하고 말했다.

"이렇게까지 했는데 이 사람이 다치게 되면 그땐… 아, 당신이 도와줄 리가 없군요. 하지만 이 사람은 몰라도 비원 사람들을 구할 생각은 있겠죠? 돌아가서 누구라도 구하세요. 전부 잃기 전에."

도시를 채운 낯선 침입자들을 둘러보며 그는 한숨을 쉬었다. 암살 따위가 아닌 원하는 방식으로 삶을 끝낼 수 있게 된 건 다행이었지만 서형우에게 승기를 넘겨주게 된 것이 마음에 들지 않았다.

"최주상 씨. 이런 사이로 만나게 돼서 유감이에요. 당신을 구하려 하지 않아서 미안합니다."

주상이 얼마나 당혹스러운 표정을 짓고 있는지 미처 모른 채 여준은 눈을 질끈 감고 이를 악물었다. 시간이 흘렀고, 그녀는 눈을 깜빡였고, 그는 주저앉았다.

그럴듯한 주마등이라도 펼쳐지길 기대했지만, 눈 앞을 왔다 갔다 하는 건 인생의 한 장면이 아닌 서리의 머리카락이었다.

마지막으로 눈에 담는 장면으론 이것도 꽤 좋다는 생각이 들었다. 딱 이 정도 풍경을 그는 원했다. 사람이 얼마나 깊은 나락에서 돌아오든 얼마나 특이한 초능력을 가지게 되든, 그 능력은 아마 누군가를 찌르고 뭉개고 부수기 위한 게 아니라 그저 머리카락을 잘라주고 붙여주며 킬킬거리기 위해 생겨났을 것이다.

그는 그 머리카락 한 올 함부로 상하지 않은 것을 뿌듯하게 바라보며 말했다.

"무사해서 다행이에요."

그러니 이 얼굴을 조금만 더 오래 보고 가자고 그는 생각했다.

이마에 내려앉은 따뜻한 눈물과 차가운 눈송이를 느끼며 그는 세상의 시간을 멈추었다.

그녀의 두 번째 눈물방울이 공중에 매달렸다.

*

정여준의 얼굴은 유령 같았다.

그녀는 멍하니 앉아 있다가 주위를 둘러보았다. 무의식이 데려다준 곳은 익숙했다. 지겨운 장면, 공연 같은 폭력, 정해진 대화, 무의미한 연기. 그것들이 겹겹이 쌓인 닳고 닳은 무대였다.

눈 앞의 여준은 암살자의 목에 칼을 내리꽂았다. 그 거침없고 날선 몸짓을 그녀는 아무 생각 없이 가만히 바라보았다. 총을 쥐고 있었지만 쏘지 않았고 칼을 빼 들어 달려들지도 않았다. 그의 주의를 끌고 싶은 마음이 들지 않았다. 산성에 합류해야 한다는 생각이 들지 않았다. 아무런 의욕도 들지 않았다.

마지막으로 누군가에게 도움이 된 게 언제였는지 기억나지 않았다. 오래전 일이었다. 모든 게 너무나 오래전 일이었다.

그녀의 지친 한숨 소리가 살인 현장에 이질적으로 울렸다. 소리를 잡아챈 여준이 예민하게 고개를 홱 돌리더니 그녀가 있는 곳을 향해 주저 없이 성큼성큼 다가왔다.

그녀는 무방비하게 양팔을 늘어뜨리고 말했다.

"미안해. 사실 처음부터 널 구하려고 했던 건 아니야. 원래는 나정이를 구하려고 했어. 그런데 잘 안됐지."

낯선 여자의 입에서 나정의 이름이 나오자 그는 놀라 멈춰 섰다.

"나정이도 못 구했는데 너는 구할 수 있을 거라고 착각한 게 잘못일까. 몇 배로 시간을 누릴 수 있게 됐는데도 그 값을 못 하는 내 잘못일까. 아니면 되돌아갈 줄만 알고 변화할 줄은 모르는 이 시간이란 놈이 잘못인 걸까…."

주춤거리던 여준은 진동을 느끼고 하늘을 보았다. 최주상이 보낸 손님들이 무서운 기세로 날아오고 있었다. 그는 그것들을 가볍게 멈추고도 혼란에서 빠져나오지 못했다. 여자는 공중의 험악한 것들이 전혀 걱정도 되지 않는다는 듯 땅바닥만 내려다보고 있었다.

"그래, 우리 능력은 의지에 좌우되는 힘이야. 그게 무슨 뜻인지 이젠 정말 잘 알겠어. 이 능력은 의지를 가진 무언가를 건드리지 못하는 건지도 몰라. 난 죽음을 피하려 했던 사람은 어떻게든 살려냈는데, 죽을 각오를 했던 사람은 아무리 시간을 되돌려도 살릴 수가 없었어." 그녀는 손바닥에 얼굴을 묻었다. "왜 나정이는 자기가 죽어도 괜찮다고 생각했을까. 너는 왜 죽을 각오 따위를 했니. 네가 목숨을 던지지만 않았다면…, 네가 죽고 싶지 않다고 생각했다면 난… 그러면 내 능력은 널 살릴 수 있었을지도 몰라…. 그럼 난 이제 죽음을 각오한 너와 싸워야 하는 걸까. 네가 날 구하려 하지 않고, 나도 널 구할 필요가 없으려면 어떻게 해야 할까. 구하지 않아도 네가 구해질 순 없을까…."

한참을 토로하다 지친 그녀는 고개를 들었다. 다른 장소였다. 또 저도 모르게 다른 시간으로 돌아와 있었다. 그녀는 피곤한 얼굴을 쓸어내리다가 흠칫 놀랐다. 누군가가 앞에 서 있었다.

갑작스럽게 울분을 토하기 시작한 가영 때문에 잔뜩 당황한 라땅이었다.

정확히 언제부터, 무슨 말을 얼마나 그에게 들려주었을지 알지 못해 당황한 그녀는 황급히 다른 시간으로 도망가려 했다. 그러려는 찰나, 라땅이 쪼그려 앉아 그녀에게 눈을 맞추었다. 그는 싱긋 웃으며 말했다.

"갑자기 무슨 말 하나 싶었는데, 그거였구나. 너무 걱정하진 마. 네가 그렇게 마음 쓰지 않아도 되는 일이야. 그나저나 최 사장님이 그걸 말해준 줄은 몰랐는데. 난 사장님이 너한텐 평생 그 얘길 안 하실 줄 알았어."

그녀는 그의 천연덕스러운 태도에 놀랐다. "내가… 내가 방금 한 얘기를 알아들었어요?"

"응? 싸우고 구하지 않고 죽을 걸 각오하고… 그런 얘기 아니었니?"

"네…뭐…네…." 취조받는 기분이 아니어서 그녀는 거짓말을 할 생각도 못 했다.

"그거…." 그는 아무런 의심도 고심도 없이 산뜻하게 말했다. "이경선이랑 최 사장님 얘기 아니야?"

그녀는 굳어버렸다.

짧고도 긴 시간 동안, 하나의 강렬한 생각에 사로잡혀, 손가락 하나 까딱하지도 못한 채, 정지자의 작품처럼 꼼짝없이 멈춰 있었다.

"가영아?" 그는 불안하게 눈을 끔뻑였다.

"…라땅."

"응."

"나는 아무것도 몰랐어요. 그 어두운 밑바닥에서 그렇게나 말을 많이 나누고 의지했던 여자 이름 석 자도 몰랐죠. 그 사람, 이경선이 어떻게 살다 어떻게 죽었는지도 몰랐고요. 우리가 떠나온 도시에서 무슨 일이 일어나는지도 몰랐어요. 난 아무것도 모른 채 맘 편히 안전하게 잘 살았죠. 주상 아저씨가 그렇게 만들었어요. 라땅

삼촌이랑 현이 이모가 날 보호했죠."

"그래, 그런데 최 사장님이 왜 이제 와서 갑자기 마음을 바꾸셨는지 모르겠다. 어쩌다 너한테 그 얘길 다 하셨을까?"

"내 순수함은 기만으로 덧칠된 위조 작품이에요. 날 안전하게 지켰던 성벽은 사람들의 살점을 벽돌 삼고 피고름을 진흙 삼아서 만들어졌어요. 나는 피 냄새가 풍기지 않는 깊고 안락한 방에서 나 혼자만의 악몽에만 신경 쓰면서 살아도 됐죠."

"음… 꼭 그렇게 생각해야 할까 가영아? 넌 그때 어린애였잖아. 꼭 처음부터 모든 걸 다 알아야 하는 건 아니야. 최 사장님도 나름대로 다 생각이 있어서…."

"그러다 진실을 알았을 때 난 분노해도 괜찮은 사람이었어요, 화를 낼 자격이 있는 사람이었어요. 이건 내가 벌인 일이 아니니까. 내가 이래 달라고 부탁한 것도 아니니까. 알고서도 모르는 척 외면하지도 않았으니까. 날 안전하고 풍족하게 만들어준 이기적이고 비겁한 사람에게 당당하게 화낼 수 있었죠. 그 사람처럼만 살지 않으면, 그 사람이 마련해준 조용한 새장에서 내 발로 걸어 나가기만 하면… 그것만으로 충분하다고 생각했어요. 나머지는 다 내 능력이랑 내 의지에 달린 일이라고 생각했죠. 분노가 이끄는 방향으로 계속 가기만 하면 어떻게든 답이 나올 거라고 말이에요. 내 분노는 정당하니까, 내가 가는 길은 옳으니까… 나는 살리는 사람이니까. 좀 잔인한 짓을 하더라도 다 그럴 만한 이유가 있고 그런 꼴을 당할 만한 작자들한테나 하니까. 가장 큰 최종 목표는 어쨌거나 좋은 일이니까. 그러니까 비록 길고 고통스럽더라도 결국엔 성공하게 될 거라고 확신했던 적이 있어요. 내가 원하는 대로 살면 원하는 결과를 얻게 될 거라고요. 그게 내 권리인 것처럼 방자하게 생각했죠.

좋은 편을 선택했고 맞는 길에 올라섰으니까 내가 당연히 이길 거라고 믿고 시작했던 거예요."

그녀가 입을 다물자 죽음 같은 침묵이 감돌았다. 라땅은 그녀의 긴 넋두리에 당황해서 입을 열 생각을 하지 못했다. 그녀는 그에게 제대로 된 대꾸도 없이 말을 쏟아내게 만든 자기만의 충격과 깨달음에서 빠르게 벗어났다.

그녀는 그가 가벼운 오해 때문에 했던 말을 중얼거렸다.

"하지만 그래요, 맞아요. 그랬었죠… 이건 이경선과 최주상의 얘기였었죠."

서리는 라땅의 눈을 똑바로 보았다. 비원의 가장 강력하고 든든한 복원자의 눈을.

"미안해요, 라땅."

"응…?"

"이렇게 이젠 내 손도 누구 못지않게 더러워지겠군요."

그녀는 그를 내버려두고 다른 시간으로 돌아갔다.

다른 곳에 있는 라땅을 찾아가기 위해.

9 ─────────────────────── 계단

최주상의 모습이 가까워졌다. 신가영의 보호자 최주상이 아닌 비원의 수장 최주상이.

경찰이 되지도, 서형우를 만나지도 않은 채 숨죽여 때를 기다렸던 그녀는 포에스 빌딩 상층을 뚜벅뚜벅 걸어 그에게 다가갔다. 문을 박차고 들어온 그녀를 향해 방 안의 시선이 우르르 몰렸다. 그녀는 흥분에 들끓고 있던 무리를 헤쳐 가르며 그들의 면면을 돌아보았다. 그녀 혼자 일방적으로 익숙해진 얼굴들을. 섹션의 두더지들을 색출해내다 알게 된 묘한 정황 때문에 우주 라땅을 의심하며 두려움에 젖은 사람들을. 그의 처분을 두고 눈치를 보며 둘로 갈라진 이들을. 결국 최주상과 김현이가 그를 데리고 나가버리면 덩그러니 남겨지게 될 이들을. 라땅의 실각을 확신하고 주도권 쟁탈과 면죄부를 위해 서로를 공격하다 건물을 무너트려 자멸하게 될 이들을.

그리고 그들의 건너편에 안색이 퍼렇게 질린 채 주저앉아 있는 라땅을.

 그렇게 각자의 공포 때문에 불행에 푹 잠겨 있는 사람들 사이로, 그녀는 한 발짝 한 발짝 침착하게 걸었다.

 신가영을 알고 있는 세 사람은 그녀를 알아보고 당황했고, 다른 이들은 낯선 외부인이 마구잡이로 들어오자 놀라서 기겁했다.

 10년이 넘도록 제 뒤에 완벽하게 숨겨놨던 가영이 갑자기 나타나자 충격에 빠진 최주상은 당장 그 자리에 쓰러질 것처럼 보였다. 그러나 소란 속에서 파쇄자들이 서로 이야기를 나누며 어떤 결심이 서린 눈으로 가영을 노려보는 것을 눈치채자마자 그는 단숨에 자리에서 벌떡 일어섰다.

 "가만있어!" 그는 정돈되지 않은 새된 소리로 외쳤다. 가영에게 사나운 눈길을 보냈던 이들이 한순간에 어리둥절해져서 그를 돌아보자 그는 더듬거려가며 급히 덧붙였다. "내… 내 손님이야. 경거망동하지 마라, 내가 불렀다."

 식솔들은 여전히 의아함이 가시지 않은 눈으로, 그러나 공격성은 사라진 느슨한 몸짓으로 뒷걸음질 치며 여자에게 길을 내주었다. 그들의 생소한 '손님'은 최주상을 쳐다보면서 라땅이 있는 쪽을 향해 주저 없이 걸어갔다.

 "라땅 당신 말이 맞아, 최 사장은 나름대로 생각이 있었지." 그녀가 말했다. "그것참 끔찍했어." 그녀는 최주상에게서 눈을 돌리고 라땅을 보았다. "그리고 이번엔 나도 나름대로 다른 생각이 있어." 주저앉은 라땅에게 가까이 다가붙은 그녀는 경계심 없이 자신을 올려다보는 그를 내려다보았다. "아마 최 사장보다는 덜 끔찍할 거야."

 그리고 최주상의 목을 그었던 것과 같은 자세로 그의 턱 밑을 베었다.

"하지만 오늘의 당신에겐 내가 더 끔찍하겠지." 꽝꽝 얼어붙은 표정으로 그녀는 중얼거렸다.

그녀의 표정보다 더 차갑고 무서운 침묵이 감돌았다. 라땅이 섹션의 첩자임을 믿어 의심치 않고 그를 당장 처단하자고 주장했던 이들조차 얼굴에 가벼운 경련을 일으키며 입술을 실룩였고, 결백을 주장하며 억울해했던 조금 전의 라땅보다 더 창백하게 질린 최주상은 힘겹게 숨을 몰아쉬었다. 김현이는 속내를 알기 힘든 눈방울을 커다랗게 뜬 채 입을 굳게 다물고 있었다.

그들의 경악에 찬 시선을 그녀는 잠시도 눈에 담지 않았다. 그녀는 바닥에 무너져 내린 라땅의 몸을 조용히 바라보며 그가 했던 사소한 오해의 말을 떠올렸다.

'싸우고 구하지 않고 죽을 걸 각오하고… 그런 얘기 아니었니? 그거, 이경선이랑 최 사장님 얘기 아니야?'

그녀는 그 말이 연상시키고 불러낸 한 가지 사실에 대해 생각했다. 우연과 필연이 엮여 있는 바람에 중요한 교훈이 있을 줄 몰랐던 어떤 사건을. 묻어두었던 죽은 동물이 비에 쓸려 발에 차인 기분이 들게 하는 진실을.

그렇다, 두 명이었다. 이경선과 최주상이었다. 두 사람이 아니었다면 나선계단은 완성되지 못했다. 그들이 둘이었기에 사람들은 싱크홀 밑바닥에서 나올 수 있었다. 그들이 둘이기 때문에 반목했고, 둘인 채로 끝없이 자해하며 분열하고 분리됐지만, 둘이 아니었다면 그들은 죽음에서 살아 돌아올 수 없었다. 계단을 올려놓는 최주상과 계단을 고정하는 이경선 중 한 명만 있었다면 아무도 바닥에서 발을 떼지 못했을 것이다.

그러나 이제 이경선은 없다. 최주상은 이 상황에서 벗어나려는 의지가 없다. 오직 정여준만 홀로 남았을 뿐이다.

정여준만.

그녀는 깨달았다. 그와 함께 계단을 올릴 또 다른 한 명이 없으면 누구도 이 두 번째 싱크홀에서 올라갈 수 없다.

정여준이 새로운 이경선이 되었듯 누군가는 새로운 최주상이 되어야 했다.

처음으로 다른 복원자의 능력을 '잡아먹은' 그녀는 자신에게 어떠한 변동이 일어나길 기다렸지만 지각할 수 있는 특별한 현상은 생기지 않았다. 느껴지는 것이라곤 마음의 밑바닥을 무겁게 잡아 내리는 피 묻은 돌덩이 정도였다. 그녀는 자신의 술책을 위해 이용하고 버려버린 이를 내려다보았다. 오랫동안 셀 수 없이 빗속을 달려가 살려냈던 사람을.

그녀는 깨지고 갈려 나가는 소리를 듣고 고개를 들었다. 뾰족하고 작은 것들이 날아들고 있었다. 마지막까지 라땅을 변호하며 그에게 자기 지위를 걸었던 이들이 복수를 시도한 것이었다.

그녀는 피의 제물에게서 강탈한 힘이 비로소 새로운 촉각이 되어 생생히 살아 숨 쉬는 것을 느꼈다. 눈 앞에 다가온 자질구레한 것들을 이전 위치로 되돌려버린 그녀는 자신이 막무가내로 힘을 쓴 탓에 누군가를 더 다치게 했을까 싶어 군중을 둘러보았다. 그러는 차에 또다시 기분 나쁘고 불길한 소리가 울려 퍼졌다. 그녀가 반대편으로 날려버린 파편들이 도중에 터져나가며 사방으로 비산했다. 그녀는 사람들의 머리 위로 내려앉는 검은 가루비의 원인으로 추정되는 이를 돌아보았다. 최주상이 주먹 쥔 손을 부르르 떨면서 비원의 일원을 향해 소리쳤다.

"가만있으라고 말했잖아, 전부 멈춰! 죽고 싶은 거냐!"

그의 뜻은 '나한테' 죽고 싶으냐는 것이었지만 사람들은 '저 여자한테' 죽고 싶으냐는 뜻으로 받아들였다. 다시 무서운 침묵이 감돌고, 누구도 손가락 하나 쉬이 까딱이지 못하는 가운데 그녀가 나직나직한 말소리로 말했다.

"고작 복원자 하나 깔끔하게 처리할 자신이 없어서 이 난리통을 부려야겠어? 잘 해낼 줄 알았는데…, 결국 이런 일로 내 손을 빌리다니 실망이야."

주상은 어안이 벙벙하여 입을 다물지 못하고 가영을 쳐다보았다. 그녀는 그에게 눈길을 주지 않고 자신의 손가락과 칼날을 타고 흘러내리는 피를 가만히 응시했다. 그러다 손에 묻은 피를 옷에 슥슥 문질러 닦더니 말했다.

"자기 수족 하나 제대로 간수 못 하는 사람한테 내가 계속 그 자리를 맡겨야 하나?"

그는 그녀의 말을 곱씹다가 얼어붙었다. 그녀가 난데없는 연극으로 얻어내려는 것은 그가 도저히 받아들이기 어려운 역할이었다.

그러나 그녀는 알았다. 그는 그녀가 원하는 걸 거절하는 게 불가능한 인간이었다. 그녀는 그에게 바짝 다가서며 말했다.

"정말 이대로 비원을 책임질 수 있겠어? 내가 조용히 뒤에만 있어도?"

그가 남들에게 들리지 않을 자그마한 목소리로 떨며 속삭였다.

"무슨 일이 있었던 거니? 무슨 일이 있었니, 가영아?"

그녀도 소리를 낮춰 귀엣말했다. "행여나 날 힘으로 이길 생각은 말아요. 이제 당신 능력으론 날 이길 수 없어요."

이로써 그녀는 죽음에 한쪽 발을 매어놓았다. 최주상의 자리에 올라타 착실히 죽어가는 여정을 밟는 것으로. 나정과 여준의 죽음이 그토록 단단하게 고정돼 있던 건 그들이 스스로 죽을 각오를 했기 때문이었다. 그렇다면 그녀가 자신의 의지로 죽음을 택한다면, 마찬가지로 그 운명은 고정될 것이었다. 적어도 그녀의 죽음이 완결 나기 전에는 여준과 나정이 운명을 고수할 필요가 없어질 것이다. 그녀는 그들을 위해 아주 느리게 죽어야 했다.

그녀의 이름이 곧 비원이 된다면 최주상은 비원을 지키길 포기하지 않을 것이다. 감히 절망하지 못할 것이다.

이러한 계산을 모르더라도 주상은 그녀가 비원을 욕망하거나 열망해서 일을 벌인 게 아니란 것쯤은 알았다. 그는 분노나 배신감 때문이 아닌, 그녀가 선택한 참담한 길에 대한 걱정 때문에 얼굴이 붉어졌다.

김현이마저 아무 말 없이 두 사람을 보고만 있자 대열의 가장 앞에 서 있던 일원이 용기를 내어 물었다.

"무슨 일이십니까? 이분은… 저희 중에선 아무도 모르는 것 같은데…."

"…내 위에 계신 분이지." 주상은 짧게 말을 고르더니 덧붙였다. "모습을 드러내길 원치 않으셔서 이제껏 내가 얼굴을 대신했는데 오늘로 그것도 끝이군."

최주상을 굴복시킨 인간이 있었다는 판단을 마친 군중의 눈이 의심을 넘은 공포와 경외로 빛났다. 그녀는 저들의 눈에서 공포를 사라지게 하려면 시간이 얼마나 필요할지 생각했다.

적어도 정여준 때문에 발버둥친 시간보다는 덜 걸리게 할 수 있을 것이다.

최주상이 그녀의 연기에 맞춰 고개를 숙이며 쐐기를 박았다.

"제 역량은 여기까진가 봅니다. 이렇게 직접 오시게 해서 죄송합니다, 신가영 님."

"윤서리야." 그녀는 쥐고 있던 칼자루에서 손을 놓아 그대로 칼을 바닥에 떨어트렸다. "당신이 준 이름인데 기억나지 않나 보네."

*

두더지들이 산 채로 돌아왔다.

비원은 싫어하는 반찬을 골라내듯 간단하게 제 식구 사이에서 두더지만 쏙쏙 잡아 내팽개쳤다. 마치 어느 날까지만 섹션의 첩자들과 동거하기로 정해놓기라도 했던 것처럼 한날한시에 모든 요원이 임무지에서 버림받았다.

이제껏 최주상이 두더지를 살려서 돌려보낸 적은 없었다. 서형우와 임시 동업 관계이면서도 그랬다. 정체를 들킨 두더지를 비원이 얌전히 놓아준 건 전례 없는 일이었다. 심지어 비원 사람들은 그들이 두더지인지도 모르고 쫓아낸 눈치였다고 요원들은 전했다. 단지 위쪽 사정으로 사람을 정리하는 중이니 내일부턴 나오지 말라고 통보했을 뿐이라고.

떠밀려 돌아온 두더지 중 누구도 자세한 경위를 알지 못했다. 그중 몇몇만 출처 모를 정보를 반복해 말할 따름이었다. '비원이 더는 최주상의 것이 아니다.'

그 보고에 신뢰도를 더해주기로 작정한 듯, 비원은 10년 넘도록 유지해온 연락망을 끊었다. 남아 있는 소통 수단은 전무했다. 최주상은 전언을 남기지 않았다. 죽었는지 살았는지 소식조차 알 수 없었다. 경선산성이 여전히 도시에 갇혀 있지만 않았더라도 그는 최주상이 암살당했다고 생각했을 것이다.

서형우는 내용 없는 보고서를 북북 찢으며 말했다.

"어떻게 한 명도 빠트리지 않고 전부 알아냈지? 이렇게 한 번에?"

현장 요원들과 가장 접촉이 많은 자신들을 타박하는 것이라고, 차세연과 차세욱은 생각했다.

"한 번에는 아니겠지." 차세욱이 말했다. "전부 알아낼 때까지 기회를 본 다음에 일망타진한 거 아니겠어?"

"뭐 하러? 그럼 넌 비원이 여기에 첩자 꽂으면 명단 전부 밝혀낼 때까지 나머지 놈들 구경만 할 거야?" 서형우는 발을 굴렀다. "분명 여기서 정보가 샌 거야."

두 사람은 그의 시선을 피하며 죽은 듯 입을 다물었다.

"어디가 구멍이었을까?" 그는 중얼거리며 목을 긁어댔다. 일하며 딱 한 번 스쳐 지나갔을 뿐인 사람들까지 죄 의심스러웠다. "내가 놓친 게 뭐지? 누가 빠져나갔지? 이봐. 차세영 걔 진짜 죽은 거 맞겠지?"

"누구?" 세욱은 순간 그 이름이 누구의 것이었는지 떠올리지도 못했다.

"차세영 살아생전에 차세연이랑 겉모습 구별해낸 사람 아무도 없잖아. 징그럽게 닮았지 진짜…. 만약 살아 있었으면 차세연인 척하고 여기서 정보 빼갔어도 아무도 모를걸."

"의심할 게 없어서 죽은 앨 의심해?" 세연이 말했다.

"죽기 전에 변종이었잖아. 그놈들 변수가 한둘이어야지. 차세영이 살았으면 비원에 붙는 것도 자연스럽네. 정말로 확실하게 죽은 거 맞아?"

"그걸 왜 우리한테 물어? 그 애 시체 가져간 건 당신네잖아."

"운반책들이 뭘 알겠어? 차세영이랑 마지막을 같이한 건 결국 너희야." 그는 세연을 곁눈질했다. "아니면 그건가? 사실 죽은 건 차세연이고, 살아 있는 건 변종 차세영인가?"

"난 차세연이야!" 세연은 책상을 치며 벌떡 일어났다. "세영인 내 손으로 죽였어!"

그녀는 자신이 뱉은 말에 놀라서 다음 말을 잇지 못했다. 도움을 구하듯 그녀는 애타게 세욱을 보았지만, 그는 꿋꿋이 누구와도 눈을 마주치지 않았다. 변호해주려는 기색도 없는 그를 보고 그녀는 눈을 이글거렸다.

서형우는 그녀에게 시선을 고정한 채 말했다.

"대답해봐, 차세욱. 네 옆에 있는 거 정말 차세연 맞아?"

"…글쎄. 세영이랑 세연이는 나도 잘 구분하지 못했어."

"웃기지도 않는 소리." 그녀는 탁자에 쌓인 먹을거리를 내버려둔 채 자리를 박차고 나갔다. 그녀는 이를 갈며 생각했다. '비원과 연락망이 끊어진 책임을 나한테 뒤집어씌우려는 게지.'

그녀가 사라지고 나서야 세욱은 등을 축축이 적신 식은땀을 알아챘다. 먼저 처리되는 게 자신이 아니라는 확신이 들자 심장이 기쁨에 겨워 두근거렸다. 고양감이 그를 몽롱하게 했다. 만약 차세연에 이어 서형우까지 없어진다면, 섹션의 사정을 속속들이 아는 건 자신밖에 없으니 비록 비원과 동업하지 못하더라도 회사에 이용당할 구석이 생길 것이다. 그렇다면 살아남을 수 있다. 서형우도 없어진다면. 서형우를 처리한다면.

차세욱의 머릿속에서 이미 시체가 돼버린 서형우는, 정작 쌍둥이 남매 일이야 어찌 되든 상관없다고 생각하고 있었다. 차세영이 살아 있을지도 모른다는 건 흥미로운 가정이지만 진지하게 고려할 가치도 없었다. 그는 세욱과 마찬가지로 자기 안위에 대한 생각만으로도 어찔했다. 이대로 영영 비원을 잃는다면, 최주상을 놓친다면, 자신은 분명 '갈릴' 것이다.

그렇게 된다면 그가 섹션에서 한 일이라곤 경선산성에 정여준을 선물한 것밖에 없는 꼴이 된다.

변종들을 목격한 날에 첫 명령을 받아들었을 때만큼 조바심이 들었다. 그는 갈 곳 없어진 두더지들의 자리 배치를 새로 하며 그날 밤을 뜬눈으로 새웠다.

잠들 수 없었던 건 차세연도 마찬가지였다. 그녀는 동이 트기도 전에 안전가옥을 나와 비원으로 향했다. 늘 두더지를 대신 보내기만 하고 직접 찾아간 적은 한 번도 없던 장소였다. 발걸음을 돌리고 싶을 때마다 그녀는 세욱을 떠올렸다. 그가 자신과 함께 섹션에 들어온 건 세영의 죽음을 혼자 책임지기 싫어서였으리라고 생각하면서.

언니처럼 되지 않으려면 넋 놓고 있지 말아야 했다. 이제 비원은 두더지 한 마리 없이 깨끗하므로 그녀가 안심하고 활보할 수 있을 것이었다. 그녀는 최주상의 접견지가 있는 것으로 알고 있는 건물에 다짜고짜 들어가 아무나 붙잡고 말했다. "최주상을 불러줘. 아니면 지금 최주상이나 마찬가지인 사람을 불러줘." 최주상이라는 이름은 여전히 그들을 두렵게 하는지 효과가 좋았다. 비록 거친 대접을 받았지만 난처해하는 기색을 그녀는 느낄 수 있었다.

당돌한 객의 호령을 전해 듣고 소식을 가져간 것은 김현이였다. 그녀는 한때 자신이 키우다시피 했으나 지금은 다른 이름을 달고 자기 상사가 된 윤서리를 향해 무뚝뚝하게 말했다.

"바깥에서 사람이 왔어."

"다 돌려보내라고 말씀드린 것 같은데요. 더는 같이 일하지 않는다고 전해주세요."

"최 사장 이름을 알고 있는 사람이야."

서리는 머리를 기울였다. 꼭 만나볼 필요가 있을까 고민하던 차에,

김현이가 입을 열었다.

"어쩌면 저쪽이랑 다시 손잡을 기회일지도 모르지."

"정말 그랬으면 좋겠어요? 저한테 맡기기 그렇게 불안하세요?"

"네가 비원을 지킬 수 있다면 난 널 따를 수 있어." 김현이는 휠체어를 지그재그로 굴렸다. "하지만 넌 그러겠다고 말한 적 없잖아. 약속할 수 있니? 비원을 지키겠다고?"

"아니요." 그녀는 턱을 치켜들었다. "어차피 처음부터 비원은 지켜지지 않았어요. 아무도 진정한 의미에서 비원을 지킨 적 없어요. 비원도 당신을 영원히 지켜주진 않을 거고요. 12년이 지났어요, 현이 이모. 이제 다른 곳으로 가야 할 때예요."

"비관적으로 변한 이경선을 보는 것 같구나. 하지만 그래 봤자 넌 최주상은 못 돼."

"최주상이 되겠다고 한 적이 있던가요? 나한테 필요한 건 최주상의 자리예요."

그녀는 순전히 김현이와의 자리를 피할 목적으로 손님을 찾아 나섰다. 섹션의 대담한 방문객은 얄궂게도 라땅이 쓰던 방에서 기다리는 중이었다. 차세연이 애써 당당한 척하며 다리를 떨고 있었다.

서리는 악수를 청하지도 않고 냉랭히 말했다.

"안녕하세요. 찾으시는 분은 부재중입니다. 어쩐 일로 오셨는지요."

세연은 자신보다 어려 보이는 그녀를 아래위로 훑어보더니 말했다.

"너희 보스하고 약속이 있어."

"그분은 오늘 아무 약속도 잡지 않으셨는데요."

"너 정도의 애가 알고 있을 약속이 아니야."

"제가 어느 정도인지 어찌 아시고?"

세연은 기세가 꺾여 우물거렸다. "그럼 안전가옥에서 사람이 왔다고 전해. 그러면 알 거야."

 그곳에서 날을 거듭해 사람을 보낸 게 한둘이 아니었지만 서리는 티 내지 않았다. "그분은 정말로 부재중입니다. 저한테 말씀 주시면 전해드리죠." 그녀는 입꼬리를 올렸다. "저는 기억하는 데에 자신이 있습니다."

 세연은 잠시 망설이다가 말했다. "거래를 제안해줘. 내가 안전하게 도망칠 때까지 보호해주면 그 대가로 내가 가진 명단은 다 넘기겠다고."

 서리는 눈을 찡긋했다. "저희에겐 필요한 명단 같은 건 없습니다. 귀하의 식구들은 모두 귀하께 돌려보냈을 텐데요."

 "두더지 명단 말고. 섹션 고위직을 말하는 거야. 큰손들 신원. 언제든 다시 너희 쪽에 두더지 심을 준비가 되어 있는 사람 말이야. 누가 너희한테 두더지 명단을 팔았는진 몰라도, 제아무리 그놈이라도 이거까진 모를걸."

 '차세욱을 바칠 생각이구나.' 서리는 생각했다. "괜찮습니다. 이미 알고 있습니다."

 "허세 부리지 마. 섹션이라고 하던 짓만 반복할 것 같아? 당한 만큼 물갈이를 크게 할 테니 너희가 아는 다른 정보는 무용지물이 되겠지. 너희한테 붙은 우리 쪽 배신자도 쭉정이가 될 거고. 자만하지 말고 앞으로 일어날 일을 걱정하는 게 좋을 거야."

 "도망칠 때까지 저희 보호를 바란다고 하셨는데, 그럼 그사이에 생기고 바뀔 정보들은 어떻게 알아내서 말해주시려고요?"

 "도…도망치기 직전까지 계속 알려주는 정도면 되잖아. 접촉 수단만 새로 마련해."

 "그보다는…." 서리는 팔짱을 꼈다. "싱크홀이 생겨난 원인에 대한 정보는 어떤가요. 오래도 지났으니 그 정도 조사는 했을 법도 합니다만."

"아니, 그건 아직 원인불명이야… 우린 조사반도 아니었고…."

"그렇습니까." 그녀는 이만 끝내자는 듯 밖으로 팔을 뻗었다. "제안은 생각해보겠습니다."

"아니, 생각이 아니라 전달을 해달라고."

"아, 예. 전달하겠습니다. 말실수를 했네요."

두 사람은 아래층까지 함께 내려와 예의 차리는 시늉을 했다. 꼿꼿이 서서 인사하며 서리는 세연이 했던 말을 미소와 함께 돌려주었다.

"조심히 들어가십시오. 앞으로 일어날 일을 걱정하시고요."

세연은 개운치 못하게 비원을 나왔다. 세욱이 있는 곳으로 돌아갈 자신이 없었다. 그래도 잠깐이나마 의심을 덜 사기 위해 얼굴을 계속 마주보고 있을지, 아니면 당장 다른 안전가옥으로 몰래 가서 물건이라도 미리 챙겨둘지 갈등하며 그녀는 걷고 또 걸었다. 그러다 얼굴을 드러낸 채 비원 근처에 너무 오래 있기는 위험할 것 같아 택시를 잡아탔다.

그녀는 가장 가까운 안가의 주소를 불렀다. 그러다 한참 뒤 택시가 안가와는 다른 방향으로 달리는 것을 눈치챘다. 왔던 길을 그대로 거슬러 가는 것을 보고 그녀는 아차 하며 뒤늦게 운전석을 살폈다. 거울에 비친 기사의 눈이 낯익었다. 비원에 심었다가 이번에 산 채로 돌려받은 두더지 중 하나였다.

"오, 서형우, 이 망할 자식."

택시 안에 울리는 살려달라는 목소리가 차세연의 것인지 차세영의 것인지 그녀는 알 수 없었다.

★

 비원의 수장이 바뀌었다는 소식은 조금 늦게 경선산성에 도착했다. 산성 사람들은 최주상이 죽었나 싶어 놀랐고, 그가 죽었는데도 비원이 유지됐다는 것에 두 번째로 놀랐고, 라땅이 죽었다는 데에 세 번째로 놀랐다. 사실은 최주상이 죽지 않았는데도 새 수장이 자리를 꿰찼단 걸 알았을 땐 그들은 더 놀랄 기력이 남아 있지 않았다.

 불후의 첨탑을 뒤흔든 윤서리라는 사람에 대한 추측과 뜬소문이 떠돌았다. 주체할 수 없는 호기심 때문에 그들은 비원이 산성에 쳐들어올 날을 아주 약간 기대할 정도였다.

 그러나 정말로 그날이 왔을 때 산성 사람들은 예전처럼 무리를 이끄는 최주상을 보고 당황했다. 새 우두머리가 여준처럼 모습을 감추고 있다고 생각하니 두려움이 일었다. 얼굴도 정체도 모를 적을 상대하려니 사람들은 더 큰 공포에 휩싸였다.

 멀리 떨어진 고지대에 서서 상황을 지켜보던 여준은 그러나 두려움보다는 의아함을 느끼고 있었다. 최주상은 장난을 치는 것처럼 물러졌다. 시간 낭비가 목적인 것 같은 허무한 충돌이었다. 여준은 이유를 알 수 없는 시시한 싸움에 갸웃했다. 그리고 뒤에서 자신을 덮친 암살자의 목에 칼을 내리꽂았다.

 이번이 세 번째였다. 자신이 버려졌다는 의심이 확신으로 바뀌었지만, 여준은 서형우가 이런 자해적인 승부를 언제까지 계속할지 알 수 없었다. 진실을 폭로 당하게 될 위험이 있을지 없을지도.

 조마조마한 마음을 애써 무시하고 아래쪽으로 다시 집중을 돌리려던 그는 인기척을 느끼고 돌아보았다.

 처음 보는 여자가 서 있었다.

또 처리해야 할 암살자인 줄 알았던 그는 상대가 무기를 들지 않은 것을 보고 소문으로 듣던 이름을 떠올렸다.

"윤서리?"

여자는 움찔하더니 말했다. "주위엔 우리 말고 없습니다. 난 복원자입니다. 우리 능력으론 서로를 다치게 할 수 없어요. 그러니까 긴장하지 마십시오."

"하지만 당신 사람들은 제 사람들을 다치게 하고 있죠. 충분히 긴장할 만한 이유 아닐까요?"

여자는 씁쓸하게 웃었다. "비원이 최주상의 것이었던 기간이 너무 길었지요."

"최주상이 아니라 당신 것이었으면 달랐을 것처럼 얘기하시는군요."

"이미 달라지지 않았습니까, 아닌가요? 예전과 아주 같지는 않다는 걸 당신만큼은 알 텐데요."

"죽이지는 않고 다치게만 해줘서 고맙다고 말해주길 기대하셨나 보네요."

"만족할 만한 변화가 생기려면 시간이 필요하니 조금만 더 기다리십시오." 여자의 표정이 어두워졌다. "서둘러서 급하게 굴었다가 안 하느니만큼 못 하게 망한 기억이 너무 많아서 말입니다."

"당신이 생각하기에 제가 만족할 만한 변화라는 건 뭔가요?"

"이렇게 혼자서 높은 곳을 찾아 올라올 필요가 없어지기만 해도 충분히 좋은 시작이 될 것 같은데요."

"제가 우리 식구들처럼 복수를 꿈꾸기라도 하면 어쩌려고 그러십니까?"

"하지만 당신은 그러지 않으니까요."

"왜 그렇게 생각하죠? 최주상이 그렇게 말하던가요?" 여준은 어쩌면 그녀가 자신처럼 서형우의 작품일 수도 있겠다는 생각이 들었다. 자신을 통해 경선산성을 장악하기 어려워지자 비원에 수작을 부린 것일지도 모른다고. "저에 대해 뭘 얼마나 알고 있습니까? 들으신 게 많은 것 같은데."

"음… 그렇군요." 그녀가 중얼거렸다. "난 당신을 모르지요."

여자는 그것이 아주 복잡한 문제라도 되는 것처럼 골똘히 생각에 잠겼다. 그녀가 그 상태로 계속 말이 없자 여준이 초조함을 감추고 말했다.

"하시고 싶은 말은 그게 다인가요?"

여자가 반짝 고개를 들었다. "예." 그녀는 보일 듯 말 듯 미소 지었다. "내가 당신을 모른다는 말을 하러 왔습니다."

"…네?" 그는 자신의 되물음이 조금 멍청하게 들렸다.

"하지만 앞으로 일어날 일은 조금 압니다. 우리는 화해할 겁니다."

"…네?" 그는 자신이 멍청하게 보이더라도 이번은 결코 본인 탓이 아니라고 생각했다.

"비록 그게 지금 당장은 아니더라도요. 하지만 살 수도 있었던 친구가 우리 손에 죽는 일은 더는 없을 겁니다. 우리는 달라질 겁니다."

그때 수풀이 흔들리며 이찬의 머리통이 불쑥 튀어나왔다.

찬은 여준과 조금 떨어진 곳에 웬 여자가 있는 것을 발견하고 다급하게 주변 바위를 부숴 날렸다. 그녀는 그것을 그에게 되돌리지 않고 가만히 지켜보았고, 아니나 다를까 돌덩이들은 그녀에게 닿기 전에 공중에 멈춰 섰다.

그녀는 등을 돌려 돌아서고 말했다. "우리는 그럴 수 있을 겁니다." 그리고 그대로 언덕을 내려갔다. 여준은 쫓아가려는 찬을 막기 위해 그의 팔을 붙잡아 세웠다.

"저게 그건가? 윤서리?" 찬이 말했다.

여준은 고개를 끄덕였다.

"마지막까지 코빼기도 안 내밀길래 너 같은 사람인 줄 알았더니 여기서 이러고 있었네." 찬은 머리 위의 모래를 털어냈다. "어떻든?"

"최주상 같은데 아주 같지는 않고…." 여준은 입을 다물더니 한참 뒤 말했다. "그런데 비원 수장 입에서… 친구라는 말이 나왔어."

*

여준과는 달리 찬은 윤서리의 정체에 대해 고심하지 않았다. 서형우에게 물으면 그만이므로.

"미리 말 좀 해주실 것이지. 거 특이한 사람을 최주상 대신 세워 놓으셨던데, 이번엔 또 무슨 생각이에요? 비원이 비원 같지를 않으니 찜찜해서 원."

그러나 그는 다음과 같은 대답을 받아들 생각은 아니었다.

"우리가 한 게 아니야."

"음?"

"그냥 어느 날 갑자기 비원 꼭대기가 변했어."

"그 무슨… 어쨌든 그럼 그 여자 대체 누군데요."

"무슨 여자."

"비원 머리요. 정체가 뭐냐고요. 어디서 솟아난 거예요? 윤서리도 뭐, 우리가 모르는 사이에 그 밑에서 올라왔대요? 이번엔 8년이 아니라 12년 만에?"

"윤서리? 이름이 윤서리야?"

"농담하는 거죠? 그 사람 이름이 윤서리인 건 최주상 분간도 못하는 우리 막내도 알아요." 서형우가 얼굴을 구기자 그는 헛웃음 쳤다. "그럼 혹시 그 여자가 복원자인 것도 아직 몰라요?"

"뭐야, 그건 어디서 들었어?"

"여준이 앞에서 본인이 직접 말했대요. 거짓말일 수도 있겠지만."

"윤서리가 정여준이랑 대면했다고?"

"알고 있는 게 뭡니까? 윤서리 얼굴이 어떻게 생겼는지도 모르겠네요? 비원 쪽 애들이 아무 말도 안 해줬어요? 그 여자한테 다 털렸나?"

"털렸을 수도 있고, 아닐 수도 있고."

"뭐예요 그건."

"수장이 바뀐 뒤로 비원의 아무하고도 연락이 안 돼."

"죽은 거네 그럼."

"최주상하고도."

"……."

"최주상이 두 눈 뜨고 멀쩡히 살아 있으니 여기 일은 웬만해선 다 그놈한테 들었을 텐데, 배짱도 좋지, 자리 한번 꿰차자마자 우릴 등져? 산성만도 못한 꼬락서니가 되고 싶나 보지."

이찬은 숨을 집어삼키고 조용히 서형우를 지켜봤다. 여준이 첩자라는 말을 들었던 때만큼 골이 얼얼하고 눈 앞이 번쩍였다. 그는 미동도 않고 눈만 굴렸다. 방 안엔 서형우와 차세욱밖에 없었고 차세욱은 장식물처럼 구석에 박혀 아무 말도 없었다. 패배의 기운이 넘실거리는 회색 풍경을 그는 혓바닥으로 맛보듯 천천히, 샅샅이, 달콤하게 음미했다.

그는 입술이 느물느물 풀어지는 것을 참지 못했다. "하!"

갑자기 터진 그의 웃음에 서형우는 혼잣말을 멈췄다. 이찬은 자신에게 쏠린 두 쌍의 눈동자를 즐기며 말했다.

"그니까 이거지, 너희 지금 비원을 조종하지 못한단 거지?"

그는 의자에 앉은 채로 춤을 추는 것처럼 다리를 떨었다.

그들 사이를 가로막고 있던 탁자가 돌연 쩍 소리를 내며 갈라졌다. 의자들이 조각조각 나며 부서져 사람 몸뚱이와 함께 바닥에 나뒹굴었고, 서형우는 바닥에 뺨을 댄 차세욱과 눈이 마주치자마자 얼른 지팡이를 짚고 몸을 일으켰다. 그러자 지팡이는 높다랗고 즐거운 휘파람 소리와 함께 사방으로 터지며 가루로 변했다.

"이차아안!"

노성에도 아랑곳하지 않고 찬은 빙글빙글 웃었다. 그들 주위의 모든 것들이 원을 그리며 차례로 터져나갔다가, 리듬에 맞춰 손뼉 치듯 부서졌다가, 폭죽 터지듯 위로 솟아올랐다. 어지러운 소음을 뚫고 서형우의 목소리가 쩌렁쩌렁 울렸다.

"쓸데없는 생각 마라, 멍청한 자식! 비원이 여길 버렸다고 하루아침에 널 동지로 봐줄 것 같으냐? 고작 이따위 반항이나 하고 도망쳐서 뭐가 달라질 것 같아? 멈춰! 정여준처럼 되고 싶냐!"

"이 말 많은 양아치야, 내가 지금껏 너 무서워서 이러고 살았겠냐? 비원이 따까리 짓 하는 게 무서워서 그랬지!"

"그러면 뭐? 비원이 너흴 놓아주면 다 해결될 것 같아? 후회할 짓 하지 마라. 우리가 사라지면 그다음은 세상 모든 인간이 우리처럼 될 테니까."

"고럼 고럼, 나도 그렇게 생각해."

"지금 넌 싱크홀 생길 산 위로 다시 기어 올라가려는 거야!"

"아 진짜 더러운 새끼. 비유를 들어도 꼭 그런 거로 드니."

찬은 문가로 더벅더벅 걸어갔다. 그가 걸음을 뗄 때마다 사방의 조각은 더 예리한 조각으로, 잔해는 더 작은 잔해로 부서졌다. 천장과 벽에 굵직한 금이 갔고 높은 곳에 있는 물건들이 아래로 우르르 쏟아졌다.

그는 호기롭게 나서면서도 여전히 얼떨떨했다. 그가 서형우의 유인에 넘어가 경선산성을 포기했던 건 비원의 무기력한 고집을 너무도 생생히 봐왔기 때문이었다. 아무런 일도 일어나지 않게 하는 데에만 온 힘을 다해 최선을 다하는 사람들. 죽임 당하는 것이 두려워 죽는 사람들. 그런 사람들을 넘어서지 못하고 고전하는 한 산성엔 희망이 없어 보였던 탓이다.

그러나 정말로 비원에서 최주상의 흔적이 지워진다면, 윤서리라는 인간이 무슨 일을 하려는 것이든 헛물켜지 않을 각오를 다졌다면, 여준이 그 여자에게 들었다는 말이 진실이라면, 찬은 얼마든지 몇 번이고 서형우의 지팡이를 부숴버릴 수 있었다.

싱크섹션을 이기더라도 세상은 이기지 못할 거라는 게 최주상의 지론이었고, 찬은 그에 동의했지만 그 말에 고개를 끄덕이는 동시에 침을 뱉을 수도 있었다. 그는 자신의 생각을 무시하고 갈 길을 가는 훈련을 차고 넘치도록 해왔다. 그가 절망을 받아들인 채로 따라나선 건 최주상이 아니라 이경선이었고 정여준이었으며, 그 선택을 한 번 더 할 수 있는 기회가 온다면 그건 바로 지금이었다.

그는 시원스레 웃었다.

"하하하하! 내가 이런 말을 하게 될 줄은 몰랐는데, 최주상 그놈이 적어도 바깥세상엔 깽판을 안 친 게 그나마 다행이네! 우리한텐 그렇게나 지랄을 떨면서 잘도 얌전히 살았어! 나중에 사람들은 그놈을 엄청나게 자제력 강한 놈으로 볼 거 아냐?"

발작처럼 찾아온 희망에 찬 몸을 뒤떨며 발을 굴렀다. 그렇게 해서 이곳의 흙과 먼지를 신발 밑창에서 모조리 떨어낼 수 있다는 듯이.

그 모습을 서형우는 보금자리를 침범당한 짐승의 눈으로 지켜보았다. 그가 변종들을 경험하기 전의 장태성으로 다시는 돌아갈 수 없듯이, 그의 두더지 역시 더러운 배신의 밀약을 맺기 전의 이찬으로 돌아갈 수는 없는 것이었다.

몸에 지니고 있던 무기는 산산조각이 났기에 그는 이찬이 등을 돌리는 순간을 기다렸다가 달려들려고 했다. 하지만 차세욱이 선수를 쳤기 때문에 그는 계획대로 몸을 던지지 못했다.

다만 세욱이 노린 목표물은 다른 쪽이었다. 그는 서형우가 찬에게 주의를 빼앗긴 것을 기회 삼아 몰래 다가갔다. 그가 생각하기로는 몰래였다. 온 힘을 실은 주먹이 엉뚱한 곳에 헛손질하고, 서형우가 한쪽 다리로 그를 걸어 넘어트리기 전까지는.

서형우는 허공에 소용돌이치는 날카로운 조각들 사이로 손을 밀어 넣어 아무것이나 움켜잡고, 지팡이를 잃은 반대쪽 다리가 기우뚱하며 세욱의 위로 난폭하게 엎어지자마자, 베인 손바닥의 피가 묻어 범벅이 된 뾰족한 부스러기를 세욱의 귓불 밑에 갖다 대어 눌렀다. 한때 직업군인들과 함께 현장을 활보했던 남자는 전직 학자를 손쉽게 제압했다. 그는 진리를 배반한 이 가짜학자가 요 며칠간 보인 눈빛을 아주 잘 알고 있었다. 거울 같은 눈동자들에 둘러싸였던 어느 날에 생생하게 보고 배웠다. 상대를 죽이기 위해 남의 시체 뒤에 숨어 비겁하게 숨죽이며 때를 기다리는 살인자의 얼굴을.

"차세욱! 차세욱!" 그는 무릎으로 세욱의 배를 차며 소리쳤다. "최소한 지금은 방해하지 말았어야지!" 그는 자신들을 경멸 어린 시선으로 관찰하는 찬을 보며 애가 탔다.

세욱은 서형우가 들이댄 예리한 절단면에서 멀어지려고 머리를 뒤틀며 목 졸리는 소리를 냈다. "네가 가… 네가 대신 가. 네가 한 게 뭐가 있어…! 내가 아니었으면 넌 아무것도… 알아내지 못했어… 내가 남아야 돼! 넌 그냥 사람들 협박할 줄만 아는 허깨비야…."

"시체한테서 빼돌린 정보가 네 것인 줄 알았나 보지? 목숨을 건다는 게 뭔지도 모르면서 남의 목숨 딛고 설 생각을 하니까 이런 날이 오는 거다."

서형우는 자신의 피가 묻어 미끌거리는 작은 조각을 여러 번 놓칠 뻔하고, 세욱의 찢어진 피부 사이로 손가락을 욱여넣다시피 하며 고생스럽게 깊은 상처를 내어 '일'을 끝냈다. 차세욱의 경련은 조금씩 멎어갔고 주변은 여전히 거친 파편들로 무섭게 회오리쳤다. 바깥과 면한 벽은 반 이상 무너져가고 있었다. 휑하니 뚫린 구멍 사이로 늦가을의 햇살이 쏟아져 들어왔.

이찬이 말했다.

"내가 지금 널 죽이지 않는 건… 칼 든 사람한테만 칼 겨누고 초능력 휘두르는 사람에게만 내 능력으로 맞서겠다고 이경선 님과 약속했기 때문이야. 그 이유밖에 없어. 최주상은 그딴 약속 누구랑도 한 적 없을 테니까 최주상이나 조심하고 살아라."

그는 다시는 오지 않을 지긋지긋한 심문실을 휙 둘러보고 밖으로 뛰어내렸다. 산성으로 돌아가는 내내 그는 뒤도 돌아보지 않았다. 시시한 통제소를 지나 귀를 멀게 할 것 같은 유령도시로 들어오고 나서야 심장이 세차게 뛰었다. 돌아왔다. 정말로 돌아왔다. 그러니까 그 말인즉슨, 정말로 떠나 있었던 것이다. 저 하나 살아보겠다고 서형우에게 미주알고주알 식구들 얘기를 떠벌렸던 게 악몽도 아니었고 최면에 걸린 것도 아니었던 것이다. 아무도 모르게 배신했다가 아무도 모르게 돌아왔으니 용서를 기대할 수도 없었다.

그는 풀이 죽어서 식구들에게 모습을 보이지 못하고 바깥만 뱅뱅 돌았다. 서형우 앞에서 느꼈던 후련함과 당당함은 온데간데없이 사라졌다. '이 겁쟁이 자식. 왜 그랬어?' 그는 두더지 노릇을 했던 기간이며 횟수를 세어가며 절망에 빠졌다. '왜 이렇게 늦게 돌아왔어?'

그때 임시 거처에서 사람 한 명이 나왔다.

"뭐야, 언제 왔어?" 여준이 찬을 발견하고 말했다. "왜 이렇게 빨리 돌아온 거야?"

찬은 눈을 껌뻑거렸다. 여준이 민망해할 정도로 입을 닫고만 있던 그가 불쑥 말했다.

"난 네가 상상할 수 있는 수준을 넘어선 기회주의자야."

"뭐야 또 뜬금없이."

"난 이경선 님 장례에 참석하지 않았어."

이번에는 여준이 멀뚱멀뚱해졌다. 찬이 계속 말했다.

"남들이 그분 무덤 팔 때 난 가까이 가지 않았어. 그냥 그분 묻히는 걸 보는 게 싫었어. 기일도 챙기지 않았어. 그분이 없는 걸 기념하기 싫어서. 늦었지만 이제 나 혼자 고루한 방식대로 그분 3년상을 치를 거야. 3년만 목숨을 바치겠어. 그 뒤론 다시 기회주의자로 돌아가든 어쩌든 내 맘대로 할 거야. 3년 뒤에 산성이 이기고 있으면 난 산성 사람인 거고, 비원이 됐든 누가 됐든 다른 쪽이 이긴 패를 쥐고 있으면, 하… 씨… 그럼 뭐 돼지는 거겠지. 어차피 일찍 죽으나 늦게 죽으나 결국 하늘 올라가서 볼 건 이경선 님 얼굴인데."

찬은 뒤통수를 벅벅 긁으며 툴툴거렸다. 갑작스러운 무거운 말에 당황한 여준이 대꾸하지 못하는 사이, 임시 거처 입구가 순식간에 소란스러워졌다.

"찬이 삼촌 왔다!" 나정이 외치며 뛰어왔다. "근데 왜 손에 아무것도 없어요!"

나정의 말에 맞장구치며 사람들이 차례로 다가왔다. 심부름시킨 물건들은 어디다 팔아먹고 왔냐며 장난스럽게 다그치는 말소리가 노랫소리처럼 들려왔다. 선택의 여지 없이 매일 들어온 목소리인데도 아주 오랜만에 듣는 것만 같다고, 찬은 생각했다.

*

서형우는 이찬의 이탈을 보고하지 않았다. 그는 자신이 머릿돌부터 지어 올린 것이나 마찬가지인 심문소를 버렸다. 조직의 잘려 나간 팔다리보다 더 큰 상처를 입은 건 그의 자존심이었다. 최주상에게 일언지하도 없이 버려져 체면을 구긴 차에 이찬의 뒷모습마저 무력하게 바라보기만 했으니 견딜 수가 없었다. 그의 화풀이 대상이 된 건 국정원에서 그의 공백을 채워주던 아랫사람들이었다. 산성의 진실조차 알지 못하는 어린 직원들은 그가 매일같이 회사를 들락거리는 탓에 물 한 모금 편히 마시지 못했다. 그를 만난 날엔 으레 차장들의 기분이 내리막길을 달리는 것도 직원들이 최근 그를 꺼리는 이유 중 하나였다.

그의 표정은 본부를 거듭 다녀올 때마다 한층 더 어두워졌다. 윗사람들과 언성을 높이기 일쑤였고 깨어 있는 시간 내내 불만스러워 보였다. 그는 재능 없는 예술가가 분노에 차서 대충 만든 인형 같았다.

최주상을 손바닥 위에 놓은 덕에 자율적으로 이찬을 매수하도록 허락받았는데, 그 둘이 이렇게 한순간에 쏙 빠져나가니 그는 디딜 입지가 없었다. 아무도 그를 신뢰하지 않았다. 그조차 자신을 믿을 수 없었다. '서형우 그 사람은 처음부터 버려졌던 놈이야. 그간 잘 비벼서 연명한 거지. 비원이 서 팀장 꼭두각시였던 게 유일한 힘이었는데, 이제 누가 그 인간 옆에 서주겠어?' 그는 저를 보는 모든 직원이 그렇게 쑥덕거리는 환청에 시달렸다.

그는 차세연과 차세욱이 스스로 명을 재촉하지 않았더라도 오래 못 가 제거됐으리란 걸 알고 있었다. 써먹을 구석이 없으면 바로 버려진다. 지나치게 많은 것을 아는 경우는 더더욱. 묻고 덮고 숨기는 해결책을 선호하는 이들은 어디에나 있다. 증인이기 때문에 보호했다가 증인이기 때문에 죽이는 일은 언제든 자기 일이 될 수 있었다. 그러니 그는 목격자가 되는 게 아니라 반드시 사건 한복판에 있어야만 했다.

그러나 이제 그를 제외하곤 싱크섹션의 초기형태를 기억하는 이도 없거니와, 싱크홀 사건의 중심에 있었던 두 사람도 깔끔하게 저세상으로 거처를 옮긴 뒤였다. 이제는 그가 최후의 증인이 되었다. 그가 사라지면 아무도 제0호 섹션 지휘자를 심문할 수 없을 것이다.

두려워진 그는 자신이 잡을 수 있는 마지막 동아줄은 정여준밖에 없다고 생각했다. 비원이 처세술을 바꾸기 전에 이쪽에서 먼저 산성을 흔든다면 판의 흐름은 변할 것이다. 하지만 그 계산 역시 홀로 앞서나간 몽상에 지나지 않았다. 겨울이 깊어지면서, 회사는 해가 바뀌기 전에 크고 무거운 도장을 받아낼 수 있는 기획서를 완성하고 싶어 했다.

오랜 입씨름 끝에 나온 결론은 통보에 가까웠다. 고작 팀 단위로 움직인 게 문제였다고, 이제 부처에서 제대로 나서겠다고, 이상 능력을 휘두르는 테러 집단 처리하는 일을 눈치 보며 할 이유가 있겠냐고, 굳이 비밀작전을 고집할 필요가 없다고 그들은 유들유들 말했지만, 그는 그 회유가 무엇을 뜻하는지 모르지 않았다. 서형우 팀장의 진두지휘는 이것이 마지막이란 뜻이었다.

자주 그랬듯 그는 강하게 반발했다. 그렇게 다룰 놈들이 아니라고, 우두머리 두 명이 문제라고, 최주상에 정여준, 그 수족과 능력들이 핵이라고, 그걸 먼저 없애지 않으면 그들은 끝없이 복제된다고, 그렇게 몇 번이고 주장했지만 그의 외침은 먹혀들지 않았다.

초라해진 안가로 돌아온 그는 침을 튀기며 소리쳤다.

"순진하고 무능한 것들이 상사인 건 상관없어. 하지만 상사 노릇 하겠답시고 내 작전에 손대는 건 못 참아!"

그는 섹션에 잔류한 인원을 꼽아보았다. 보기 좋게 반 토막이 난 데다 그중 대다수는 현재 그가 아닌 다른 누군가에게 명령을 하달 받고 있었다. 맹목적인 정여준 사냥에 함께 나설 만한 요원은 없었다.

혼자서 해낼 수 있겠느냐 없겠느냐는 지금의 그에게 유의미한 질문이 아니었다. 뭐라도 해야 했다. 무모한 짓을 하는 것보다 아무 시도도 하지 않는 게 훨씬 위험했다.

그는 마지막으로 봤던 정여준의 모습을 어렵게 떠올렸다. 불안과 죄책감에 절어 있는 온순한 얼굴을 기억해내니 작은 불꽃처럼 자신감이 피어올랐다. 처치하지 못할 것도 없어 보였다.

그는 비원이 산성에 들어서는 순간을 기다리기로 했다.

*

고요한 도시에 소복소복 눈이 쌓였다. 비원의 새 수장은 하늘이 일방적으로 내려보내는 흰 것들을 되돌려 보내지 않았다.

윤서리는 시커먼 구덩이를 멀찍이 돌아 느긋하게 걸었다. 최주상과 김현이를 양옆에 세우고 행차하듯 도시를 가로지를 때마다 그녀를 위로해주는 한 가지는 뒤따라오는 이들의 머릿수에 변함이 없다는 것이었다. 아직은 아무도 죽지 않았다.

예전과 달리 경선산성은 비원의 돌입을 재빨리 눈치채지 못했다. 산성 사람들은 비원이 지척에 와 있는데 아무것도 파괴되지 않았다는 사실에 당혹스러워했다. 산성 쪽에서 먼저 거칠게 굴지 않으면 싸움 비슷한 일은 일어나지 않았다. 대홍이 식구들을 자제시켰을 때, 비원이 전혀 움직이지 않고 가만히 서로를 쳐다보는 것을 보고 사람들이 기함했음은 말할 나위도 없다.

산성 사람들은 비원이 온순해진 이유를 궁금해하는 만큼, 이럴 거면 뭐 하러 저 인원을 끌고 이런 곳에 들어오는지 의아해했다.

그 이유를 알더라도 여전히 받아들이지 못하는 이도 있었다. 김현이는 수하들을 곁눈질하며 새 우두머리의 귀에 속삭이곤 했다. "저 사람들이 경선산성이랑 잘 지내보고 싶어서 얌전히 널 따라오는 것 같니? 아니, 네가 라땅을 죽여서 그래. 네가 무서워서. 네 말을 듣지 않으면 다칠까 봐 가축처럼 끌려 나온 거야. 최 사장 때문에 산성을 공격했던 때랑 너 때문에 산성에 살랑거리는 지금이 다를 게 뭐야? 공포를 이용해서 평화를 시도했으니 이걸 유지하려면 앞으로 계속 더 큰 공포가 필요할 거다, 얘야. 최 사장도 처음엔 약간의 협박으로 충분히 사람들을 통제할 수 있을 거라고 생각했어." 비원의 새 수장은 그 말을 들을 때면 은은한 미소를 지으며 고개를 끄덕였지만 마음속으로는 단 한 번의 예외도 없이 강렬한 두려움에 휩싸여 떨었다. 그 뾰족한 충고에 한 점 낭비 없이 진실이 꽉꽉 들어차 있다는 걸 알았기 때문이다.

그래서 그녀는 산성에 들어와 정여준이 여전히 살아 있음을 확인할 때마다 승리가 조금씩 가까워지고 있다고 생각하면서도, 한편으론 한쪽 귀에 김현이의 속삭이는 목소리가 맴돌아서 자멸과 패배를 상상할 수밖에 없는 것이었다. "그래, 너는 최주상이랑 달라, 가영아. 하지만 지금은 그럴듯한 최주상이야. 이거야말로 무섭지 않니?" 비원을 강탈당한 김현이는 진실이라는 독침을 뿜어내는 친밀한 뱀으로 변모했다.

그러나 오늘 그녀는 우두머리의 간담을 서늘하게 할 생각이 없는 듯했다. 그 역할을 대신할 생각인지 최주상이 입을 열었다.

"이 부탁 하나는 들어주렴." 가까이에 듣는 귀가 없어서 그는 평소처럼 말했다. "만약 이번 결말도 좋지 않게 끝나면 과거로 돌아가. 가서 안전하게 숨어. 비원이든 경선산성이든 아무것도 신경 쓰지 말고 그냥 평화롭게 사는 걸 삶의 목적으로 삼아. 그렇게 하겠다고 약속하면 네가 원하는 대로 끝까지 발맞춰줄게."

"내가 이 자리에 앉은 것만으로도 이미 최악의 결말 몇 개는 비껴간 걸 확인했어요."

"내가 말하는 건 비원이랑 산성의 결말이 아니라 네 인생의 결말이야. 어떤 식으로든 그 자리가 너를 불행하게 한다면 그땐 나도 내 의지로 행동할 거라고 미리 말해두는 거다."

그녀는 날붙이에 손 뻗는 어린아이를 보듯 그를 쳐다봤다.

"안됐지만 난 당신이 당신 의지대로 행동했을 때 어떤 일이 벌어지는지 다 알고 있어요."

정점을 누리기 합당하지만, 지도자가 되어선 안 됐던 사람이었다. 그녀는 이제 확신을 가지고 최주상을 그렇게 평가했다. 사람들을 죽음의 구렁텅이에서 건져 올릴 능력은 있어도 그들의 삶을 이어 나가게 하는 능력은 그에게 없었다.

"무슨 일이 생기든 상관없어." 그가 덤덤히 말했다. "살면서 배운 게 한 가지 있다면, 무슨 일이 벌어지든 그건 내가 바랐던 게 아니라는 거야. 설령 네가 바라는 일이 이뤄지더라도 그건 아마 내가 원했던 것과는 한참 다르겠지."

그는 반문을 바라지 않는 것처럼 고개를 돌렸다. 뒤로 한참 멀어진 검은 구덩이를 바라보며 그가 말했다.

"산성이 비원은 용서하더라도 날 용서하진 않을 거야."

"그러게 말이에요. 이경선을 죽였다면서요?"

"이경선만 없애면 경선산성도 사라질 줄 알았어."

그는 길고 긴 한숨을 뱉었다. 그리고 다시 숨을 들이쉴 만한 힘이 남아 있지 않은 것처럼 급격히 누추해져서는 퀭한 눈으로 그녀를 바라보며 말했다.

"비원이 비원이길 포기하고 경선산성이 이 도시를 나가면 그땐 온 세상이 네 적이 될 거야."

"그러겠죠. 나뿐만 아니라 우리 모두한테 그럴 거예요."

"차라리 예전처럼 사는 게 그나마 덜 끔찍하다고 생각하게 될 거야."

"그럴지도 모르죠. 아닐 수도 있고."

"바깥세상은 우릴 이미 잊었고, 기억해달라고 하면 짜증내고 엉뚱하게 억울해할 거야. 숨어 살 수 있는 유일한 유령도시조차 뺏기고 하수구 생쥐처럼 살 수도 있어."

"예. 하지만 그러지 않게 할 거예요."

"아직 늦지 않았어. 이제라도 마음 돌릴 생각은 없니?"

"아직 늦지 않았는데 제가 그런 결정을 할 것 같은가요?" 그녀는 그와 눈을 마주쳤다. "난 복원자예요. 먼저 폭발해 다가오는 게 없으면 돌려보낼 수 없어요. 그러니 이번 희망도 부서질 때까지 기다려야 해요. 그 전엔 되돌리지 않을 거예요."

"경선산성이 내게 복수하도록 내버려두는 한이 있어도?"

"네." 그녀는 흔들림 없이 말했다. "제가 함께 복수 당하게 되더라도."

그는 말도 안 되는 소리 말라는 듯 단호한 눈짓을 했지만, 어떤 형태로든 복수는 이뤄질 것이다. 최주상을 향한 복수든, 가면 뒤에서 싱크섹션과 연결돼 있던 자들을 향한 복수든, 이 철장이 열어젖혀지는 즉시 날카로운 호각 소리와 함께 뜨거운 기름 냄새를 지글지글 풍기며 앞다투어 시작될 것이다.

그 복수만큼은 이찬이나 정여준만의 영웅담이 되어선 안 되리라고 그녀는 생각했다. 경선산성은 이제껏 비원처럼 한 사람에게 의존하는 모양새로 성장했지만, 최주상이 홀로 잡아끌었던 비원이 완전하지 못했듯 정여준과 이찬 두 명만이 짊어지는 산성은 견고하지 못할 터였다. 계단을 만드는 건 두 명일 수 있어도 그것을 밟고 올라 탈출하는 건 둘 뿐이 아니다. 모든 사람이 끈질기게 위까지 다다르도록 견뎌내야만 했다. 그들은 함께이되, 종래엔 각자의 방식으로 복수하고 각자의 방식으로 용서해야 할 것이었다.

그녀는 자기 몫의 복수와 용서를 좀 더 먼 미래에 떠넘기기로 했다. 당장은 다른 할 일이 있었다.

그녀는 비원의 방문을 충분히 인식시킬 만한 위치에 자리를 잡고 멈춰 섰다. 산성 사람들 일부가 다소 늦게 무리 지어 나왔지만, 도시엔 아무도 없는 것처럼 적막만 감돌았다. 그녀는 깨질 듯 말 듯 한 위태로운 평온을 즐기며 상대 쪽을 가만히 지켜보았다. 엉뚱한 곳에 숨어 시간을 죽이지 않고 자기 자리를 지키고 있는 이찬과, 멀쩡히 숨이 붙어 살아 있는 홍정윤, 그리고 반가운 기색이라곤 조금도 보이지 않는 피곤한 얼굴의 사람들을.

비원의 무리 역시 날카로운 긴장을 침묵 뒤에 감춘 채 간신히 침착을 유지하고 있었다. 그녀는 잠자코 한 장면이 연출되길 기다렸다. 끝끝내 아무도 상대를 공격하지 않고 평범하게 만났다가 평범하게 헤어지는 광경을. 정여준이 저격수 잡는 저격수처럼 홀로 동떨어져 숨지 않고 앞으로 나서는 순간을. 그날을 보기 위해 그녀는 아무런 목적도 없는 척하며 비원을 줄줄이 이끌고 방문해 맥 빠지게 돌아갔었고, 앞으로도 그럴 작정이었다.

그들 사이에 겨울바람만 오갔다. 시간은 갔고, 그녀는 멈춘 채로 있었다. 비원도 인내심 있게 꼼짝하지 않고, 시간은 가고, 산성도 움직이지 않고, 시간은 갔다. 다들 고요히 자기 자리에 머무르기만 했고 시간은 흐르고 흘렀다. 그녀는 초조하게 시계를 보았다. 여준의 마지막 순간이었던 때가 오기까지 얼마 남지 않았다.

그때 여준은 자주 찾는 익숙한 고지대에 서서 그들을 내려다보고 있었다. 멀리서 아무도 움직이지 않으니 어느 편의 동향도 읽어낼 수 없었다. 방향을 분간케 해주는 건물이 없었다면 어느 쪽이 비원이고 경선산성인지 구별하지도 못했을 것이다.

문득 그는 그것이야말로 자신이 바라던 게 아니었나 생각했다. 바라기만 하고 시도할 엄두도 못 낸 채 포기하기만 해서, 이미 비원과 산성이 싸움을 멈춰가는 중이란 걸 알아채지 못했을 뿐.

그 사실을 깨달은 동시에 그는 등 뒤로 빠르게 다가오는 무언가의 움직임을 알아챘다. 그는 그것을 공중에 멈춰 세우고 돌아섰다. 눈높이에 총알이 떠 있었다.

이쯤 되니 이 물체는 그에게 정중한 방문 인사 선물로 느껴졌다. 그는 숨어 있는 자를 유인하기 위해 빠른 걸음으로 뒤로 내려갔다.

뒤를 쫓듯 총알이 따라붙었지만, 그 주인은 여전히 보이지 않았다. 숙련된 미행 솜씨에 감탄한 그는 순간 제 상황을 잊고 유희를 느낄 뻔했다. 그는 과자 조각을 늘어놓듯 공중에 총알을 주렁주렁 멈춰놓으며 더 빠르게 아래로 향했다. 그러다 사람이 숨을 만한 장애물이 사라지자 그는 뒤를 홱 돌아보았다.

암살자의 얼굴을 확인한 그는 저도 모르게 멈춰 섰다. 그러나 상대가 멈추지 않고 다가오는 것을 보고 다시 허겁지겁 밑으로 내달리며 소리쳤다.

"난 당신이 끝까지 어린애들만 보낼 줄 알았죠!"

탄창을 갈아 끼우는 소리가 들렸다. 여준이 재차 말했다.

"그런데 드디어 현장에 돌아올 마음이 드셨군요!"

그는 뒤를 보았다. 서형우가 지팡이에 팔을 받혀 두고 그를 조준하고 있었다. 그는 날아든 총알을 바로 눈 앞에 멈춰 세웠다.

"이건 제게 소용없는 거 아시잖습니까, 과장님! 잘못 세운 작전을 아직도 수행하는 걸 보니 마음이 안 좋네요!"

서형우는 다시 지팡이를 끌며 다급하게 내려왔다. 쫓는 입장인데도 쫓기듯이. 여준은 그와 너무 멀어지지 않도록 속도를 조절하며 천천히, 그러나 여유를 잃은 것처럼 움직였다.

"목숨을 버릴 각오로 작전에 임하라고 가르치시더니, 상관에게 살해당할 각오도 거기에 포함됐던 건가요?"

서형우는 대답하지 않고 계속 발포하며 여준을 밑으로 몰아붙였다. 두 사람 사이의 거리가 조금씩 좁혀졌다.

"그만두시죠. 지금이라도 멈추면 저도 과장님을 해치지 않고 넘어갈 수 있어요!"

"허! 정지자가 잘도!"

처음으로 터져 나온 그의 목소리에 여준은 눈썹을 추켜세웠다. 이제 그들은 서로를 완전히 마주보고 있었다.

"앞에 서 있는 사람을 제대로 보십시오. 그거론 제게 승산이 없어요."

"그래, 당연히 총으론 승산이 없겠지." 갑자기 서형우는 지팡이를 치켜들고 몸을 날렸다. "하지만 여기로 유인하는 데 쓰는 도구로는 충분해!"

뒤로 물러선 여준의 한쪽 발이 땅을 딛지 못하고 허공에 붕 떴다. 언덕과 이어진 싱크홀 끄트머리에서 몸이 위태롭게 흔들렸다.

"앞을 제대로 봐야 했던 건 너야, 이 괴물 자식!"

서형우는 미소를 지었다. 지팡이를 쥔 손에 잔뜩 힘이 들어갔다. 여준이 중심을 잃어 비틀거리는 순간을 놓치지 않고 그는 팔을 자신 있게 쭉 뻗었다.

그러나 지팡이가 밀어낸 건 여준이 아닌 휑한 허공이었다.

"어…, 헉!"

서형우는 숨을 집어삼키며 손을 펼쳤다. 지팡이는 검은 구덩이 아래로 떨어지며 소리도 흔적도 없이 사라졌다. 그의 발끝은 절벽 가장자리를 긁듯 간신히 닿았다가 안쪽 허공으로 떨어지길 반복했다. 머리가 땅의 경계를 지나 구덩이 안쪽으로 기울어졌지만 그는 아래로 떨어지지 않은 채 버티고 있었다.

옆으로 비켜선 여준이 그의 멱살을 잡아주었기 때문이다.

"오랜만에 뵙습니다, 장 과장님."

여준은 눈을 내리깔며 싸늘하게 말했다. 대롱대롱 매달려 땅끝을 딛고 선 서형우의 눈에 핏발이 섰다. 조금 전까지 암흑 위에 올라가 있던 여준의 한쪽 발은 중심을 잃지 않고 땅으로 고이 돌아와 있었다.

"저를 다른 곳도 아닌 여기로 유인할 생각을 하셨으면, 저도 유인하고 있을지 모른다는 생각을 하셨어야죠."

서형우는 급격히 숨이 차오르기 시작했다.

"여기 떨어진 적이 없어서 저한테 속으신 거예요. 이쪽으로 가고 있는 걸 제가 모를 리가 있나요. 십 년 넘게 밖에서 산 비원 사람들이어도 여기랑 가까워지면 본능적으로 피가 굳어요. 우리는 눈을 가리고 산책해도 이 앞에서 발을 멈출걸요."

서형우는 그를 잡아당기기 위해 버둥거렸다. 여준은 팔을 위태롭게 쭉 뻗으며 행동과 전혀 어울리지 않는 조언을 했다.

"조심해요."

서형우는 숨을 씩씩 몰아쉬며 여준을 노려보았다. 그 눈빛에 미처 숨기지 못한 죽음을 향한 공포가 서린 것을 보고 여준은 슬픔과 통쾌함이 섞인 불편한 맥동을 느꼈다.

"전 당신이 저를 과거의 후배였던 저, 제자였던 저로만 기억해서 그렇게 얕잡아봤다고 생각했어요. 어떤 명령이든 생각 없이 따르기만 할 거라고요. 그래서 절 경선산성에 꽂아 넣고 아무렇지도 않게 저를 죽게 만들 작전을 돕게 했구나 싶었죠. 하지만 이런 조잡한 방식으로 공격하는 걸 보니… 그냥 과장님이 지피지기의 원칙을 잊었던 거였군요."

여준은 멱살을 잡은 손에 힘을 더해 밀어냈다. 땅 끝에 기대고 있던 서형우의 두 발 중 한쪽이 완전히 떨어져 나가 공중에 허우적거렸다.

"예전에 이런 말을 한 적 있으시죠." 여준이 한가하게 말했다. "변종들이 다음 시대에 나타났으면 그 시대 사람들한테 처리됐을 텐데 하필이면 이 시대에 나타나서 고생을 시킨다고. 흥미로운 말이었어요. 지금이 아니어도 언제든 우리 같은 사람이 생기긴 했을 거라고 단정 짓는 것 같아서. 당신이 우리에게 생긴 일들에 대해 얼마나 알고 있는지, 제가 모르는 진실이 따로 있는지 그건 모르겠지만… 분명 저한테 말하지 않은 무언가가 하나 이상은 있겠죠. 저도 당신한테 말하지 않은 게 있는 것처럼요."

그는 멱살을 붙잡은 손을 놓았다. 공포에 질린 비명이나 애원이 터져 나오기 전에 그는 추락하는 이의 시간을 멈춰버렸다.

"죽진 않을 거예요. 죽고 싶긴 하겠지만요. 거기서 기다려요. 언젠가 다시 내려갈게요. 그 아래서 긴 대화를 나눠보자고요. 다음 시대까지 수다라도 떨다가 바깥으로 올라와서, 그때 세상이 어떻게 바뀌어 있는지 같이 구경 좀 해보죠."

그는 감촉이 사라진 손을 꿈지럭댔다. 존재하지도 않는 여섯 번째 손가락이 잘린 것처럼 저릿저릿했다.

구덩이 안에 고여 휘몰아치던 거대한 바람이 우우 울었다. 그는 자기 목소리의 메아리를 들은 것처럼 흠칫 뒤로 물러났다. 공중에 매달아놓은 총알을 따라 길을 되돌아 올라가니 눈이 내리기 시작했다. 그는 서형우가 처음으로 발포한 탄환에 쌓인 눈송이를 검지로 쓸었다. 총알들을 붙잡아뒀던 힘을 푸니 아래쪽까지 이어진 작은 쇳덩이들이 우수수 떨어졌다.

그는 본래 보고 있었던 방향을 내려다봤다. 꽤 오랜 시간이 지났는데도 변한 게 없었다. 사람들은 여전히 움직이지 않고 그저 서로를 바라보기만 했다. 언제까지고 그럴 수 있을 것처럼.

그는 주변을 휘휘 둘러보았다. 친구들로부터 이리도 멀리 떨어진 곳에 홀로 높이 서 있는 건 비원과 산성의 복잡한 움직임을 한눈에 보기 위함이었다. 하지만 그는 싱크섹션을 등진 이래 처음으로 잘못된 곳에 와 있다는 생각이 들었다. 멀리 있는 것도 높이 있는 것도 홀로 있는 것도 전부 올바르지 않은 판단 같았다.

그의 발이 서형우의 총탄이 떨어진 곳의 반대 방향으로 움직였다. 총알 대신 무언가 다른 것이 쫓아와 따라붙는 것처럼, 그것을 허공에 멈출 필요 따윈 없이 그저 앞서나가기만 하면 되는 것처럼. 그의 걸음은 뜀박질이 되고 이어서 질주가 되었다. 그는 내달렸고, 시간도 내달렸고, 모든 것이 그를 스쳐 지나갔고, 시간이 모든 것을 스쳐 지나갔다.

윤서리의 시간은 정직한 속도로 흘렀다. 그녀가 초조하게 손목시계를 흘긋거리던 그때, 무료하게 늘어져 있던 김현이의 손가락이 움찔하고 최주상의 턱이 들렸다. 한데 뭉쳐서 있던 산성 사람들이 양옆으로 천천히 갈라지고 있었다.

김현이가 최주상에게 말했다.

"누가 앞으로 나오려는 모양이네. 자넨 왜라고 생각해? 아직도 투항을 시도할 사람이 남아 있는 거려나."

"공격을 시작하려는 거겠지. 오늘은 지난번보다 많이 늦긴 했지만 어쨌든 이렇게 될 일이었잖아."

서리는 옆으로 물러서는 산성 사람들에게서 눈을 떼지 않았다. 가장 앞에 선 이찬은 묵묵히 고개를 숙이고 있었다. 마치 뒤를 보지 않아도 무엇이 다가오는지 아는 것처럼.

한 남자가 무리의 가운데를 가로질러 나왔다.

살아 있는 정여준이.

"…그래, 죽지 말고 이리 와." 서리가 속삭였다. "도망치지 마."

그녀는 시곗줄을 풀어내고 시계 알을 아무렇게나 바닥에 내던졌다. 이제 그것은 누군가의 초조와 절박함을 빨아먹을 일 없이, 아침 참새의 장난감이 되어 새둥지 정도나 장식할 것이었다.

여준이 무리의 맨 앞줄에 다다르자 찬이 퉁명스레 말했다.

"굳이 네가 안 나섰어도 별문제 없었을 거야."

"별문제 없으니까 나선 거야."

그가 돌아온 것을 보고 다른 곳에 몸을 숨기고 있던 사람들이 하나둘 모습을 드러내기 시작했다. 이윽고 나정까지 얼굴을 내보이면서, 살아 있는 모든 이가 한자리에 나와 섰다. 여준은 아이가 비원 앞에 서는 것을 말리지 않았다. 아이는 어른들의 싸움을 도와 자기 역할을 해내려는 투쟁심 없이 속 편한 구경꾼의 몸짓으로 걸어 나왔다.

과거 어느 한때 나정이 했던 말이 기억의 파도를 타고 넘어와 여준의 마음속 해변에 도착했다. 그때 아이는 지금보다 더 어렸고 그는 경선산성에 투입된 지 얼마 지나지 않았었다. 열대야에 모두가 잠 못 이루던 밤, 불꽃놀이용 화약을 구해다 터트려 놀며 까부는 찬을 다들 구경하고 있었다. 하늘 위 별처럼 무구히 빛나지 못하고 금세 사그라지는 불꽃을 보며 나정은 이렇게 말했다.

"아주아주 오랜 시간이 흘러서, 땅이 바다가 되고 산이 모래밭이 된 먼 미래에… 만약 그때도 이 별에 사람이 살고 있다면, 어쩌면 우리가 저주하는 저 거대한 절벽에 흐르는 바닷물을 보려고 사람이 몰려들지도 몰라요. 세상에서 가장 완벽하게 둥근 폭포를 구경하기 위해 들뜬 마음으로 여행 짐을 싸고, 어린 꼬마가 어른들 어깨에 올라타 폭포를 향해 손을 뻗고… 검은 절벽이 아닌 푸른 줄기 앞에서 웃으며 친구들과 사진을 찍는… 그런 날이 언젠간 올지도 모르죠. 우리는 보지 못하겠지만 누군가는 그럴 수 있을 거예요…."

그날 밤 아이의 뺨 옆에 타올랐다가 사라졌던 불꽃이 눈 앞에 다시 반짝이는 것 같았다. 증오스러운 사람들이 있는 쪽에.

여준은 더 앞으로 나섰다.

"얘. 어쩌려고 그러니. 뭘 하려는 거야?" 홍정윤이 조심스럽게 물었다.

"폭포를 만들려고요." 여준이 말했다.

그는 그대로 비원을 향해 성큼성큼 걸었다. 운명을 도려낸 곳을 향해서.

서리도 비원을 향해 고개를 돌렸다. 운명을 탈취한 곳을 향해서.

그녀는 최주상과 김현이와 겁에 질린 새 동료들에게 말했다.

"오늘은 복수 당하지 않고 돌아올 테니 여기서 기다려라."

그녀는 걸음을 디뎠다. 운명을 모르는 곳을 향해서.

눈송이가 콧잔등에 내려앉았다. 그녀는 가슴을 쭉 폈다. 여준의 유언이었던 마지막 말을, 그러나 이제는 유언이 아닌 한 문장을, 그녀는 승리감에 가득 차 그에게 소리쳤다.

"무사해서 다행입니다!"

10 당신이 모르는 이야기

사박사박 눈 밟는 소리가 들렸다.

실제로 그 소리는 전혀 나지 않았다. 단지 그가 걸음을 떼며, 정상적인 곳이었다면 눈 밟는 소리가 나겠지 하고 허구의 소리를 멋대로 상상해 들을 뿐이었다.

그는 주머니에 손을 푹 찔러 넣고 한참을 걷다가 멈춰 목을 꺾으며 끙 소리를 냈다. 그리고 새하얀 도시를 다시 가로질렀다. 깨끗한 풍경에 어울리지 않는 지저분한 장면이 펼쳐져 있었다. 하늘 위로는 연기가 뭉쳐 있고 길바닥엔 시신이 나뒹굴었다. 무장한 사람들이 점점이 열을 지어 그를 맞았다.

시체를 건너뛰며 걷던 그는 어떤 이의 뒷모습을 발견하고 걸음을 빨리했다. 다가가 얼굴을 보니 예상했던 사람이었다.

자기 자신이었다. 최주상이 눈을 부릅뜬 채 우두커니 서 있었다.

최주상은 눈 앞의 최주상을 손으로 쓸어보았다. 역시나 감각도 반응도 없었다.

다른 모든 것도 하나같이 멈춰 있었다. 있는 힘껏 내달리던 사람들도, 고통을 호소하며 버둥대던 부상자도, 하늘 위 연기도, 아래로 데굴데굴 굴러가던 조약돌도 전부 멈춘 채였다. 눈송이가 허공에 점점이 매달려 온 사방에 장식물처럼 박혀 있었다. 그는 입술 끝에 닿은 눈을 만져보았다. 눈은 녹지 않았다.

이것이 어떤 상태인지 그는 알았다. 이미 겪은 바가 있었다.

"그래도 이것까진 건드리지 못할 거라고 생각했어요."

그는 목소리가 들려온 곳을 향해 뒤돌았다. 이런 풍경을 만들어낸 장본인이 땅바닥에 아무렇게나 주저앉아 있었다.

"진짜 징글징글하게 대단하세요. 여기 올 생각은 어떻게 했어요?" 여준이 말했다.

"…이상하게 생긴 게 자꾸 눈에 거슬리니까 와봤지. 네가 있을 줄 알았으면 그냥 무시했을 텐데."

"겁도 없으셔라. 어떻게 들어온 거예요?"

"내가 '들어온' 거냐? 뭘 부수긴 한 것 같다만."

"당신은… 귀신이 있다면 귀신도 부술 수 있을 거예요."

"그러는 너는 세상 하나를 통째로 귀신으로 만들어버렸는걸. 여긴 대체 어떻게 생겨 먹은 데야? 무슨 상황이지?"

"제가 또 '멈춘' 거죠, 뭐." 여준은 어깨를 으쓱였다. "제가 죽기 직전에요."

"조금 전에 네가 갖다준 사식으로 점심을 해결했는데. 나한테 밥 넣어주고 돌아가는 길에 죽은 거냐?"

"거긴 안 멈췄잖아요. 그쯤은 아실 텐데."

"네가 이렇게 다 멈춰놨으면서 어떻게 그런 거야?"

"그쪽은 이쪽이랑 분리됐거든요. 여긴 그쪽 기준으론 존재하지 않는 공간이지 않을까요?"

"정지자가 그런 짓도 할 수 있나?"

"정확히는 정지자와 복원자의 합작이죠. 의도한 건 아니지만."

주상의 미간이 좁혀졌다. 여준은 눈을 굴리며 천천히 말을 골랐다.

"으음… 얘기가 긴데, 일일이 전부 말하지는 않을게요. 화내는 당신이랑 대화할 자신은 없거든요. 내가 시간을 멈춘 순간 서리 씨가 절 살리려고 시간을 돌려버렸더니 이렇게 둘 다 존재하게 됐어요. 참 고지식하고 유연한 세상이지 않나요?"

"…그 애가 시간을 돌렸다니 무슨 소리야?"

"시치미 뗄 필요 없어요. 다 알고 있으니까 모르는 척하지 마세요."

"다 알고 있다는 게 무슨 뜻이지?"

"글쎄요, 꽤 많이? 좀 봐주세요. 여긴 저 말고 모든 게 멈춰 있다고요. 그쪽 세상 돌아가는 거라도 구경하지 않으면 심심해서 미쳐버릴걸요. 제가 갖지 못한 미래가 궁금하기도 하고. 유일한 유희란 말이에요."

"그렇게 지루하면 제대로 다 돌려놓고 진짜로 죽어버리지 그래."

"그럴 생각이었죠. 처음엔 그럴 예정이었는데… 멈춘 시간을 풀어놨을 때 서리 씨가 어떻게 될지 모르겠어요. 만약 모든 게 내가 죽는 순간으로 억지로 돌아가고, 그간의 노력이 다 헛것이 되면… 그럼 너무 가엾잖아요."

"뭘 제대로 아는 건 아니군. 노력이 헛것이 되는 걸 그 애만큼 잘 견디는 사람도 없어."

"쉽지 않을걸요. 서리 씨가 나 때문에 시간을 돌리면서 산 시간은 백 년이 족히 넘어요."

순식간에 분노에 차서 뻣뻣해졌던 최주상은 바로 이어진 말을 듣고 맥이 풀렸다.

"내가 백 년째 죽어 있다는 뜻이죠." 여준은 자리에서 일어나 몸을 틀어 뒤를 보았다. "아니, 내가 아니라 우리가 백 년 동안 죽어 있는 거겠네요."

주상은 여준의 뒤에 달라붙어 있는 투명한 껍질 너머를 보았다. 희미하게 사람이 비쳤다.

정여준이었다.

그 뒤에 정여준이 보이고 그 뒤에 다시 정여준이 있었다. 수백 수천의 정여준이 저마다 홀로 갇혀 그들을 보고 있었다. 반투명한 창살을 나눠 가지고 일렬로 늘어선 죄수처럼.

주상이 탄식했다. "저놈들 전부… 자기 쪽 시간을 멈춘 거냐?"

"징그럽죠? 서리 씨가 그쪽의 절 살리는 데에 성공하고서야 이 분열과 복제도 멈췄어요."

가장 멀리 떨어진 정여준은 너무 까마득해서 보이지도 않았다. 여준은 자신과 자신을 갈라놓은 시간의 장막 앞에 손을 가져다 댔다.

"차라리 서리 씨를 처음 만난 그날 바로 죽였다면 난 이렇게까지 되진 않았겠죠. 솔직히 가끔은 그렇게 생각하기도 했어요. 하지만 어쩌겠어요. 나는 이미 서리 씨를 알고 있고… 너무 많은 사람의 삶을 보았는걸요. 내 삶을 포함해서요."

그는 이렇다 할 감정이 결여된 눈으로 자신의 얼굴들을 바라보았다.

"생명은, 스스로 복제하는 시스템…. 이경선 님의 의견이 이런 식으로 증명되네요. 우리의 이 이상한 힘은 생명력을 가지고 있지만 생명은 아니죠. 하지만 호흡하는 세포를 갖고 있진 못해도… 본디 복제돼선 안 될 것을, 이런 식으로 복제해내는군요."

주상은 혀를 찼다. "어리석은 것도 정도가 있지. 멍청한 짓을 했네."

"그러게요. 하지만 저뿐이겠어요? 자기를 죽이려고 했던 사람을 살리려는 제가 더 어리석을까요, 자기가 죽이려고 했던 사람을 살리려는 서리 씨가 더 어리석을까요. 하긴 당신만 하겠어요. 거기 돌아가는 꼴을 보아하니 당신은 둘 다 해당되는데."

"그래 봤자 너처럼 자기를 복제하지는 않았어."

"나라고 내가 복제될 줄 알았겠나요. 죽기 직전에 미련이 좀 남아서 반칙을 좀 했을 뿐인데. 같은 일을 겪을 내가 무더기로 생기게 될 줄은 꿈에도 몰랐죠."

그는 주상이 건너온 공간을 바라보았다. 어지럽도록 많은 사람이 생생히 살아 있는 곳을. 윤서리와 정여준의 인생이 미지의 시간을 향해 계속해서 이어지고 있는 곳을.

그는 입김을 불듯 중얼거렸다. "저쪽의 정여준이 너무 부러워요."

"……." 그를 빤히 보던 주상은 턱을 빳빳이 치켜들었다. "내가 여기 전부 부숴줄까? 깔끔하게 내가 있는 쪽 공간만 남도록."

"시도해봤나요?"

"아니. 당연히."

"그럼 그쪽에 있는 서리 씨가 기억이나 시간의 변동 없이 그대로 안전히 살 수 있다는 확신이 있나요?"

그 말을 듣자마자 도울 생각이 사라졌지만, 주상은 빈말을 뱉었다.

"글쎄. 해봐야 알겠지."

"그럼 됐어요. 어쨌든 간신히 복제가 멈췄으니 그쪽 세상 귀하게 여길 줄 알아야겠죠."

바라던 답이 나오자 주상은 멋쩍게 뒷목을 긁었다. "그래서 여기 계속 있겠단 거냐?"

"예."

"…그래, 난 그럼 간다. 식후에 너무 이상한 걸 봤더니 속이 안 좋아. 여기 정체가 뭔지 확인했으니 볼일은 끝났어."

"돌아가서 남의 목숨도 본인 목숨도 조심히 대하세요. 가끔 혈압 높여줄 말동무가 필요하면 언제든 와도 좋고요."

"스트레스 발산용으로 두드려 팰 샌드백이 필요하면 찾아오지." 그는 뒤돌아서려다 멈칫했다. "그럼 내가 여기 없을 땐 혼자서 뭘 하고 있으려고?"

"저쪽의 서리 씨랑 내가 죽는 순간을 기다리는 거죠. 꿈꾸는 사람이 죽으면 꿈도 사라질 테니까…."

"이제 와서 허풍떠는 건 아니겠지만, 정말이야? 왜 그러는 거지?" 주상은 인상을 찌푸렸다. "그 애를 저기 살려두려고 왜 이렇게까지 하는 거야?"

여준은 눈을 동그랗게 떴다. 그리고 먼 바깥에 환영처럼 스쳐 지나가는 서리의 모습을 보고, 다시 주상을 향해 고개를 돌렸다.

"왜겠어요?"

정여준은 미소 지었다.

최주상이 그를 완전히 처음 보는 낯선 이로 느낄 만큼 찬란한 미소였다.

"왜겠어요."

〈끝〉

돌이킬 수 있는 개정판

초판 발행	2018년 12월 5일
개정판 발행	2025년 7월 25일
개정판 3쇄 발행	2025년 10월 25일
지은이	문목하
펴낸이	박은주
디자인	김선예, 이다솔, 이수정
마케팅	박동준
발행처	(주)아작
등록	2015년 9월 9일 (제2015-000140호)
주소	10542 경기도 고양시 덕양구 청초로 19 아이에스비즈타워센트럴 A동 707호
전화	02.324.3945-6 **팩스** 02.324.3947
이메일	arzaklivres@gmail.com
홈페이지	www.arzak.co.kr
ISBN	979-11-6668-876-8 03810

© 문목하, 2018, 2025

책 값은 표지 뒤쪽에 있습니다.
잘못 만들어진 책은 구입하신 서점에서 교환해 드립니다.